Secret Gods

Die Prüfung der Erben

Isabel Kritzer wurde 1993 in Süddeutschland geboren und studierte Kommunikation und BWL. Inzwischen lebt sie mit ihrem Mann in Stuttgart und arbeitet dort als Marketingmanagerin für eine Bank. Sie liebt romantische Geschichten und reist in ihrer Freizeit gerne in fremde Länder oder tauscht sich mit ihren Leser*innen auf Social Media aus.

Mehr über unsere Bücher und Autor*innen auf:
www.loomlight-books.de

ISABEL
KRITZER

SECRET GODS

Die Prüfung der Erben

LOOM LIGHT

Liebe Leser*innen,

am Ende des Buches erwartet euch als Extra die Entstehungsgeschichte und Evolution der verschiedenen übernatürlichen Spezies in *Secret Gods.* Entscheidet selbst, ob ihr diese zuerst lesen möchtet – oder ob ihr euch im Verlauf des Buches von den im Verborgenen lebenden Spezies überraschen lassen wollt.

Ich wünsche euch viel Spaß beim Lesen.
Eure Isabel

Für alle,
die es vergessen haben:

Einatmen und Ausatmen.
Das ist der wahre Takt des Lebens.

PLAYLIST

Kings Never Die (feat. Gwen Stefani) – Eminem

Hurts Like Hell – Tommee Profitt & Fleurie

Last One Standing – Syklar Grey, Polo G, Mozzy & Eminem

The Motto – Tiesto & Ava Max

Call Me Maybe – Carly Rae Jepsen

Rise – Katy Perry

Solid Gold – Sheppard

Single Ladies – Beyoncé

How To Fall In Love – Linda Elsner & ELIF

Worthy – Jacob Banks

Mansion (feat. Fleurie) – NF

Dynamite – ILIRA & VIZE

Unter meiner Haut – ELIF

Killer (Remix) – Eminem, Jack Harlow & Cordae

Minefields – Faouzia & John Legend

Falling Up (Piano Acoustic) – Dean Lewis

It'll Be Okay – Shawn Mendes

Soldier – Fleurie

Animals – Maroon 5

Girls Just Want To Have Fun – Cyndi Lauper

When The Party's Over – Billie Eilish

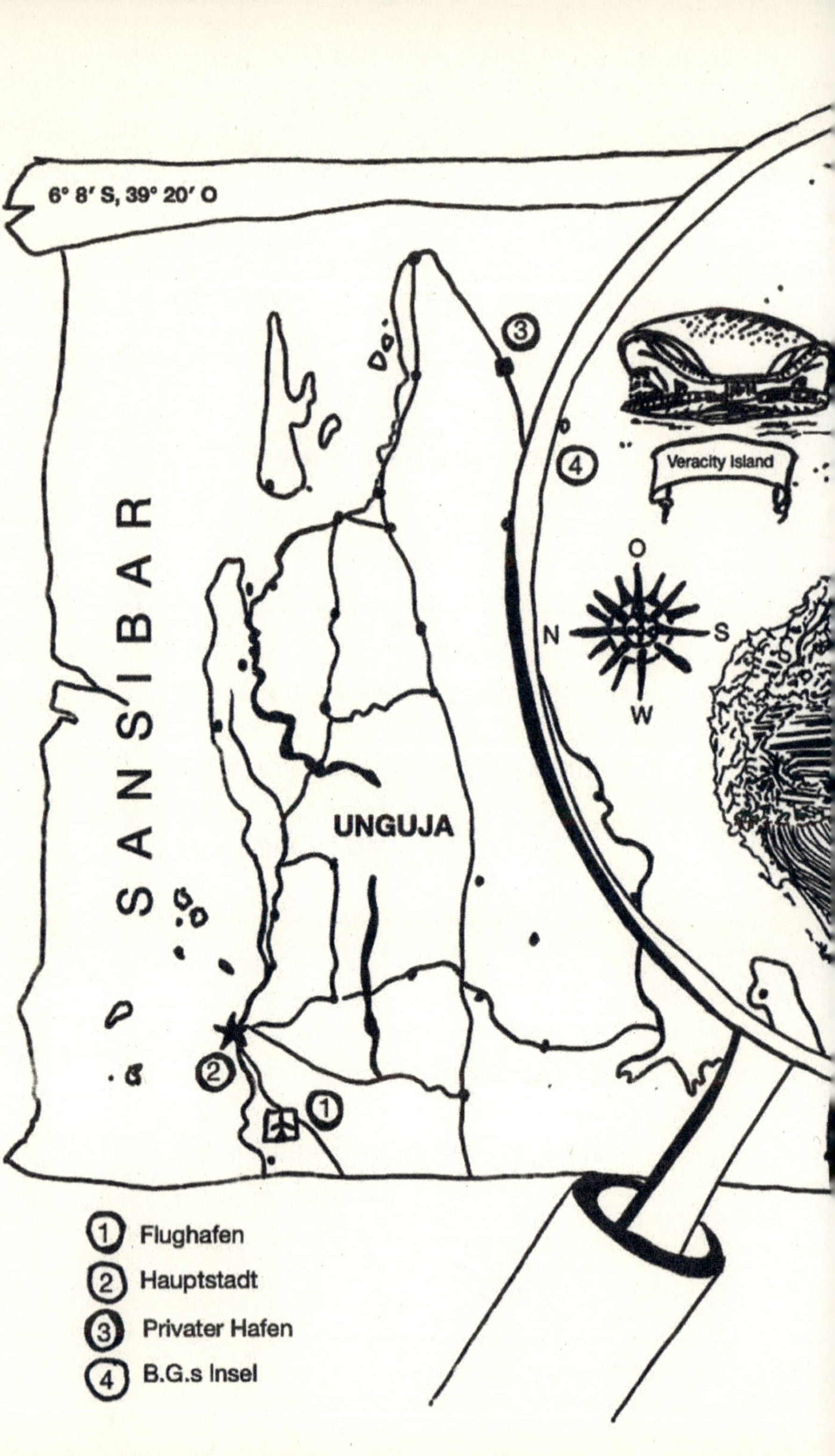
6° 8′ S, 39° 20′ O
SANSIBAR
UNGUJA
Veracity Island
O
N
S
W
1 Flughafen
2 Hauptstadt
3 Privater Hafen
4 B.G.s Insel

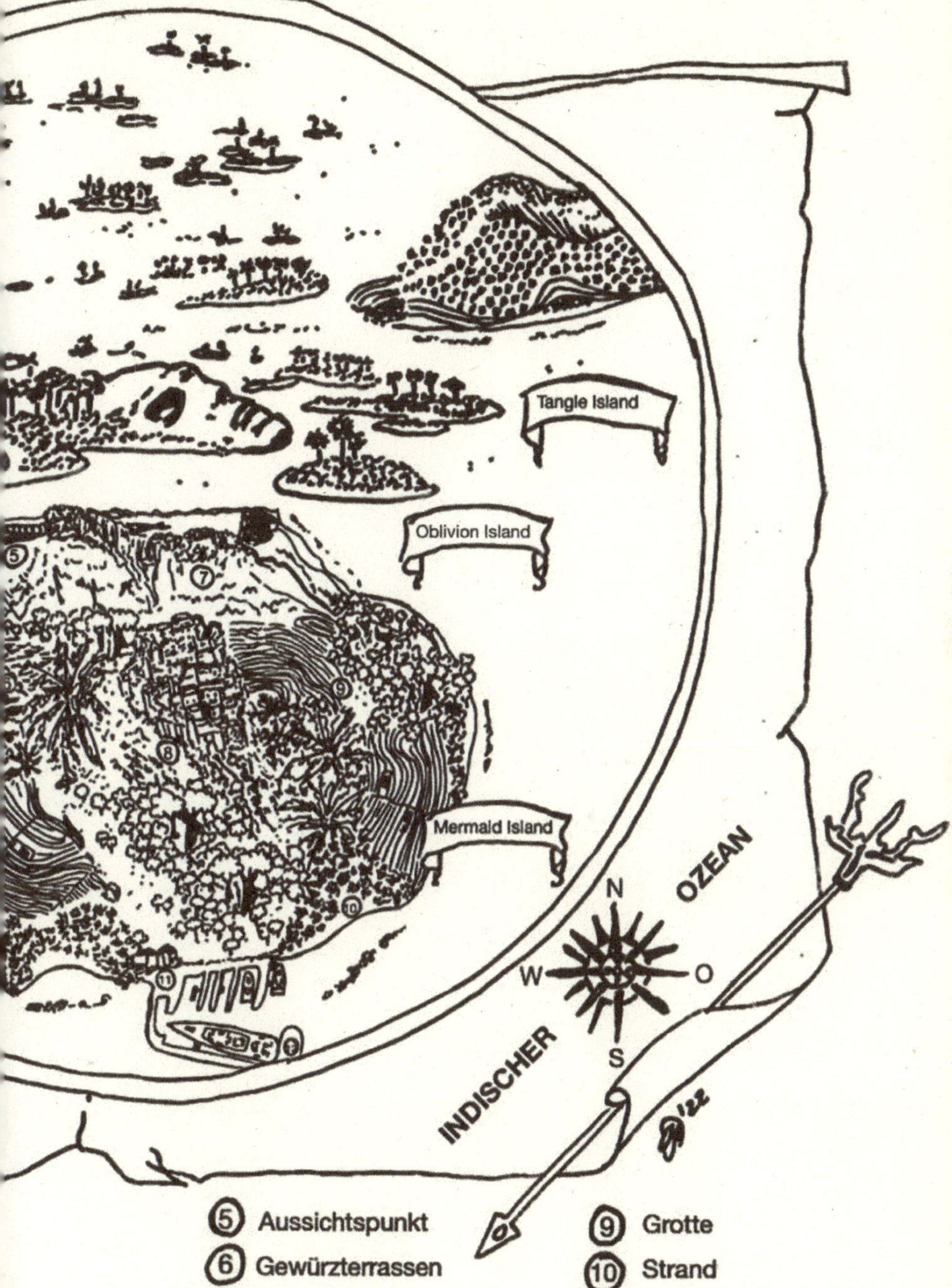

(5) Aussichtspunkt
(6) Gewürzterrassen
(7) Wasserfälle
(8) Mermaid Castle
(9) Grotte
(10) Strand
(11) Hafen
(12) Anleger

PROLOG

FREITAG, DER 17. JUNI
SANSIBAR/TANSANIA

Eden Dell'Aqua

»Die düstere Zeit des Abbadon ist knapp 3.000 Jahre her! Wir können uns von der Vergangenheit nicht länger die Zukunft diktieren lassen, sonst werden wir bald keine mehr haben.« Ich klang bissig, aber schließlich gab es für meinen Appell einen guten Grund. Den gleichen Grund wie für diese Telefonkonferenz und ich war es jetzt schon leid, den Anschein von Normalität zu wahren. Das fiel mir schwer genug vor denen, die ich am meisten schützen wollte: meine Kinder. Das letzte Jahr war nicht leicht für uns gewesen und hatte mir Cassidy und Christos zunehmend entfremdet. Für die aktuelle Situation war das wohl Glück im Unglück, so würden sie meinen Geheimnissen nicht so schnell auf die Spur kommen. Besonders wenn ich es geschickt anstellte.

Kalid schnaubte nur in den Hörer.

Aber was erwartete ich? Seinem Erzfeind – und das war die treffendste Bezeichnung von allen für unser Verhältnis – reichte man nicht einfach die Hand und alles Vergangene war vergessen. Und schließlich war Kalid Al-Ginn – genau wie ich und der andere Teilnehmer unserer kleinen Krisensitzung, Valin Madhāmā – kein Mensch. Eine sichere Zukunft interessierte ihn herzlich wenig nach der Ewigkeit, die er schon gelebt hatte.

Ewigkeit. Das Wort ließ meinen Körper abrupt versteinern, während mein Herz immer schneller schlug. Unnatürlich schnell. Unerträglich schnell. Aufgewühlt beobachtete ich, wie sich meine sirenenhaften Züge in der Platte des verchromten Schreibtischs spiegelten, an dem ich saß. Meine hellblauen Augen weiteten sich unter den langen weißblonden Locken, als mich zum denkbar ungünstigsten Moment der Schmerz darüber einholte, dass ich meine Zukunft – sollte ich sie wider Erwarten erleben – ohne die Liebe meines Lebens verbringen würde. Aber Trauer fragt leider nicht, ob es gerade passt, sie überkommt einen einfach.

Schlagartig waren Kalid, Valid und alles Taktieren vergessen. Mein Brustkorb schien plötzlich zu eng für die Organe darin zu sein. Wie ein Fisch auf dem Trockenen schnappte ich tonlos nach Luft. Meine Sicht verschwamm. Bunt wurde zu Grau und das Grau wich schwarzen Flecken, die aus meinem Gesichtsfeld ein unregelmäßiges Schachbrett machten.

Erst verspätet, als die Sauerstoffversorgung meines Körpers genauso überraschend wieder einsetzte, wie sie kollabiert war, flogen meine Hände zu meiner bebenden Unterlippe. Kalt drückten meine Finger gegen die zarte Haut. Ich zitterte; Arme, Beine, alles. Weil es in diesem Herzschlag so irrsinnig real war, so unendlich traurig. Und ich es jetzt, nach einem knappen Jahr des Verdrängens, erst richtig realisierte: Es war vorbei. Er war tot. Die Zeit hatte ihn mir genommen – und nun arbeitet sie erneut gegen mich, um mir auch alles andere zu nehmen.

Matt schloss ich die Lider.

Atemzug für Atemzug zwang ich mich dann, die Bitterkeit, die mich durchdrang, von mir zu schieben. Der Verlust würde eines Tages verblassen, der Schmerz würde vergehen. Das wusste ich, das war der Lauf des Lebens. Weil wir vergaßen, ob wir wollten oder nicht. Und wenn nicht in diesem

Jahrhundert, dann im nächsten – in der Ewigkeit der Zukunft; das hatte mich die Erfahrung gelehrt. Trotzdem tat es weh. So weh.

Jetzt.

Überall in mir.

Entschlossen, mich zusammenzureißen, holte ich einmal tief Luft und öffnete die Augen. Mein Blick fiel auf Grams' uralten Perserteppich vor meinem Schreibtisch, den halb verblasste Flecken zierten. Beim Ozean, der Tod war mir wahrlich nicht fremd, auch hier in meinem Büro waren schon viele gestorben – durch mich. Ein körperloser Kopf erzielte bei meinen meist übernatürlichen Geschäftspartnern leider noch immer das nachhaltigste Ergebnis in Bezug auf Respekt, Treue und das Einhalten von Absprachen.

Leider. Da mir das Prozedere jedes Mal Übelkeit bereitete und Joyce, meine Haushälterin und inoffizielle rechte Hand, stets große Mühe hatte, hinterher alles wieder sauber zu bekommen. Deshalb tüftelte ich seit Langem an einer speziellen 3D-Kopf-Drucktechnik – kurz KDT –, bei der der Durchbruch zum Greifen nahe war. Dann musste ich für meine Botschaften zwar immer noch morden, aber wenigstens auf humanere und sauberere Art. Denn das Blutvergießen gehörte nun einmal dazu, wenn man das Oberhaupt einer der einflussreichsten Mafiafamilien der Welt war – mit Schwäche verdiente man sich keinen Respekt. Auch Kalid wusste davon ein Lied zu singen. Und Valin war nicht viel besser.

Während ich nun erneut die Spiegelung meines Gesichts in der glänzenden Platte meines Schreibtisches betrachtete, gingen mir einmal mehr Zweifel durch den Kopf. Richtig und falsch lagen in meinem Alltag nur eine Winzigkeit voneinander entfernt. Dies galt auch für diese Konferenz und besonders für meinen Plan zur Lösung unseres aktuellen Problems, den ich Kalid und Valin zu Beginn, vor allen Abschweifungen, vorgestellt hatte.

Was mich in die Gegenwart zurückbrachte.

»Also, was tun wir?«, hakte ich angespannt nach. »Stimmt ihr meinem Vorschlag zu, habt ihr eigene Vorschläge – oder wollt ihr einfach abwarten, bis das Unheil seinen Lauf nimmt?«

»Tja, so gesehen«, Kalid seufzte überheblich, »läuft uns die Zeit davon und dein Vorschlag kostet nur ein paar Tage ...«

»Das heißt ... du sagst *Ja*?«

»Das heißt ... dein Vorschlag wird zeigen, ob die Zeit reif ist, um aus unserem aktuellen Friedensabkommen ein Bündnis zu machen. Und die Zeit wird zeigen, ob ein Bündnis unsere Zukunft retten kann.«

»Einen Versuch ist es wert, einen ersten Schritt der Annäherung. Mehr verlange ich gar nicht.« Hoffnungsvoll schweifte mein Blick durch die Luft, über meine schlichte, funktionelle Büroeinrichtung.

»Ein äußerst riskanter erster Schritt.«

»Nun, was erwartest du nach einer 3.000-jährigen Fehde?« Stirnrunzelnd sah ich nun aus der großen Fensterfront mir gegenüber auf die vier Palmen, die sich draußen der gleißenden Sonne entgegenstreckten.

»Ich erwarte, dass auch Valin einwilligt, denn ich werde deinem Wahnsinn nicht allein zustimmen, Eden.«

Nett. Einfach nett. Ich konnte mir Kalids arroganten Gesichtsausdruck vorstellen. Genau wie jedes seiner mit Gel getränkten, zurückgekämmten schwarzen Haare und seine ziemlich gut aussehende, große Gestalt. Wie ich ihn kannte, fläzte er in einem weißen Anzug hinter seinem vergoldeten Sekretär, im Marid-Palast mitten in der Chalbi Wüste in Kenia und genoss den Ausblick über die dunklen Lavadünen. Und – noch wahrscheinlicher – lief Home-Shopping-News auf stumm. Hoffentlich war da heute nicht alles versandkostenfrei.

»Valin, es wäre schön, wenn du etwas dazu sagen würdest!«, durchbrach ich rigoros die eingetretene Stille. Geduld gehörte grundsätzlich nicht zu meinen Stärken. Womöglich weil man, wenn man sich als Frau in Männerkreisen behaupten will, mindestens doppelt so schnell, gnadenlos und effizient sein muss. »Wenn sie dich fürchten, gehorchen sie dir«, hatte Melusine, meine Grams, immer gesagt. Und sie hatte recht behalten.

»Ja, bitte bevor das nächste Jahrhundert anbricht«, stichelte nun auch Kalid. »In meinem goldenen Becher geht seit Edens schwarzmalerischer Rede die Aufmerksamkeit zur Neige und das macht die Sache zu einer sehr trockenen Angelegenheit.« Er lachte über seinen eigenen Scherz.

»Wie amüsant.« Ironie troff aus meiner Stimme. Was für eine ermüdende Konferenz. Selbst ich konnte mir jetzt eine Provokation nicht mehr verkneifen. »Hattest du einen Clown zum Frühstück? Schön angerichtet, auf einem goldenen Teller?«

»Oh-oh. Achtung, Eden. Nicht, dass dir der Neid auf die kleinen Freuden meines Alltags noch Falten in die Stirn gräbt«, parierte Kalid.

Wütend biss ich die Zähne zusammen.

Nach Sekunden raschelte es.

»Nun, gut ... Ich bin einverstanden«, hörte ich Valin murmeln und konnte vor meinem inneren Auge sehen, wie er sich in traditioneller Kleidung auf seinem handgeschnitzten

Schreibtischstuhl zurücklehnte. Dabei stellte ich mir den Prunk in seiner riesigen Villa auf dem Cumbala Hill in Süd-Mumbai vor. »Keine Toten, keine lebensgefährlich Verletzten und keine Geiseln, das sind meine Bedingungen. Wenn ihr mir das zusichert, stimme ich Edens *Herausforderung* zu.« Er klang nicht glücklich, aber seine Worte standen für sich. Zumindest gegenüber Kalid war auf ihn Verlass.

Schon zur Zeit des Abbadon hatte Valins Spezies an der Seite von meiner gekämpft. Und auch davor, in den Großen Kriegen, hatte sie uns unterstützt. Auch wenn diese über 8.000 Jahre zurücklagen, für meine Familie bedeutete Loyalität nach wie vor etwas. Für mich bedeutete sie etwas. Dell'Aquas und Madhāmās gegen Al-Ginn und Anhängsel. Wasser gegen Land. So war es seit jeher. So war der Lauf der Dinge, die natürliche Ordnung. Doch die Zeit alter Ressentiments war vorbei. Wenn wir eine Zukunft haben wollten, mussten wir die Vergangenheit hinter uns lassen. Und ich wollte definitiv eine, in der ich mich meinen Kindern wieder annähern konnte.

»Das ist realisierbar«, versicherte ich also eilig. »Kalid, hast du Bedingungen, wie Valin?«

»Nein. Ein Djinn ist allem gewachsen.«

Natürlich.

Bei so viel Zustimmung wollte ich diese Telefonkonferenz schnellstmöglich beenden. Valin und vor allem Kalid waren unberechenbar und unsere fragile Allianz bewegte sich auf dünnem Eis.

»Dann ist es Zeit für uns, nach vorne zu blicken«, schloss ich. »Da uns das nie besonders gut gelungen ist, bleibt nur zu hoffen, dass die nächste Generation es besser hinbekommt.« Und das – nur das – ließ mich, und vermutlich auch Valin und Kalid, dem Irrsinn der unmittelbaren Zukunft zustimmen. Denn mit unserer Entscheidung schickten wir die Zukunft unserer Spezies in den Kampf für die Zukunft dieser Welt.

VOR 4 JAHREN

KAPITEL 1

MITTWOCH, DER 26. AUGUST
ROLLE AM GENFER SEE/SCHWEIZ

Cassidy Dell'Aqua

»Also sind die Gerüchte wahr?«, fragte Gwen leise.

Ich stockte im Gehen, stolperte fast über meine eigenen Füße und kaschierte das Missgeschick mit einem nicht sehr echt klingenden Husten. »Welche Gerüchte?«, haspelte ich zwischen Luftschnappen und Weiterhusten. Haare flogen mir ins Gesicht. Ich wischte sie mit der rechten Hand weg. Doch der hier übliche Wind zerrte weiter an meinen weißblonden Locken, die ich von Mum geerbt hatte, und kühlte meine noch bis vor wenigen Tagen sonnenverwöhnten Wangen.

Gerade durchquerten Gwen und ich den leeren, lichtdurchfluteten Innenhof des historischen Hauptgebäudes von Le Rovey, um vom Chemieraum des Internats zum Englischunterricht zu gelangen und ich hatte ihr zum ersten Mal etwas von meiner Familie erzählt. Allerdings nur, wo ich grob herkam, nämlich aus der Nähe von Tansania, beziehungsweise dem Archipel vor dem Festland. Schon das bereute ich jetzt.

»Na, die über Bill Gates' paradiesische Insel!« Begeisterung ließ Gwens zartes Gesicht leuchten und rötete ihre Wangen.

»Oh?« Ich stieß möglichst unauffällig den unbewusst angehaltenen Atem aus. *Oh Mann!* »Ach so.« Und ich hatte schon gedacht …

»Ja, also: Besitzt Gates wirklich eine Trauminsel bei euch?«, ließ Gwen nicht locker.

Ich grinste. »Da gibt es ziemlich viele Inseln, bei uns.« Gwen hatte mir in den letzten Tagen viel von ihrer Heimat in Südasien erzählt. Ihr Dad war dort einer der reichsten Männer und sie, seine einzige Tochter, war – ähnlich wie ich – bis jetzt von der Welt abgeschirmt aufgewachsen. Das schloss offensichtlich einen Atlas ein. Und Tratsch aus. »Gates' Insel gehört zum Sansibar-Archipel«, bestätigte ich schließlich amüsiert. »Zumindest soweit ich weiß. Also ja, der Inselgruppe vor dem Festland von Tansania.«

»Cool.« Gwens grüne Augen glänzten aufgeregt. Sie strich sich eine Strähne ihres glatten braunen Haars aus dem Gesicht. Dabei tanzte ein Lichtstrahl wie ein Spotlight über ihre anmutige Gestalt und die aus Strumpfhose, Rock, Bluse und Sweater bestehende blau-weiße Schuluniform von Le Rovey, die auch ich trug.

Ich nickte. An ihr fröhliches Geplapper gewöhnte ich mich nur langsam. Zu den obersten Prinzipien der Dell'Aquas zählte nämlich genau das Gegenteil: Verschwiegenheit. Man wusste schließlich nie, wer mithörte und nach einem Druckmittel suchte. Das sagte zumindest mein Dad. Auch gesagt hatte er, dass ich hier, in der Schweiz, endlich die Chance bekam, Freunde in meinem Alter zu finden. Und ich hoffte sehr, dass Gwen und ich gute Freundinnen werden würden. Ich wollte meinen Dad stolz machen. So richtig stolz, damit er mir in den nächsten Ferien sein besonderes Lächeln schenken würde, das nur für mich reserviert war.

Bei meiner letzten Begegnung mit Dad hatte ich mich leider zum ersten Mal in meinem Leben von ihm verabschieden müssen. Als ich mich jetzt daran erinnerte, trat Gwens fröhliche Stimme in meiner Wahrnehmung in den Hintergrund. Der Ort unseres Abschiedes, mein Zimmer hier, auf

Le Rovey, erfüllte mich immer noch mit gemischten Gefühlen.

In letzter Zeit gab es so viele neue erste Male …

Ein dicker Kloß formte sich in meinem Hals. Zum Glück übernahm Gwen das Reden vollständig und ich nickte nur hin und wieder, während sie von Gates und Tansania sprach.

Ich vermisste meinen Dad.

Und meine Mum.

Und Christos, meinen Bruder, der nur manchmal ein Idiot war.

Um nicht vor Heimweh in peinliche Tränen auszubrechen, spannte ich all meine Muskeln an. Besonders die in meinem Bauch und dann sogar die in meinen kleinen Zehen. Das war ganz schön unangenehm und gar nicht so einfach, während des Gehens.

Darauf konzentriert, setzte ich neben Gwen stumm einen Fuß vor den anderen. Denn jetzt war ich nun mal hier, auf einem Eliteinternat am Genfer See. Das Le Revoy war eines der exklusivsten Internate der Welt und seit meinem letzten Geburtstag mein neues Zuhause. Ich sollte mich nicht beklagen. Auf rund dreißig Hektar gab es zwölf Tennisplätze, drei Basketballplätze, einen großen Außenpool – dem ich auf keinen Fall zu nahe kommen durfte –, mehrere Reitanlagen, einen eigenen Park und eine absurd große Konzerthalle, die wie ein überdimensioniertes Raumschiff kurz vor dem Abheben aussah. Also ziemlich groovy. Alles wirkte ganz schön fremdartig auf mich. Nirgends gab es Palmen und Sand wie bei mir zu Hause; meinem eigentlichen tropischen Zuhause. Doch war es ein Privileg, hier zu sein, das wusste ich. Nur leider wollte mein Herz noch nichts davon wissen.

Dass ich neben einem gleichaltrigen Menschenmädchen aus dem Innenhof in einen der davon abzweigenden Gänge des Schulgebäudes trat, hatte etwas Surreales. Ebenso der Widerhall unsere Schritte auf dem Pflaster des alten Gemäuers.

Tap. Tap, Tap.

Tap. Tap, Tap.

Gespenstisch.

»Muss traumhaft sein, auf einer Insel aufzuwachsen«, merkte Gwen gerade an und schenkte mir ein breites Lächeln.

»Besser als reich in Indien?«, klinkte ich mich wieder in die Unterhaltung ein. »Meinst du wirklich?«, fragte ich neugierig nach, obwohl es mir schon im nächsten Moment nicht sehr ratsam erschien, ein Gespräch anzuregen, das irgendwie mit meiner Familie zusammenhing. Die Dell'Aqua-Regeln waren da eindeutig: Zu Hause nichts sehen und nichts hören, was nicht für kleine Mädchen und Jungs bestimmt war. Und überall sonst das, was ich nicht gesehen oder gehört hatte – und alles andere – nicht erzählen. Dads goldene Regel. Und was Dad sagte, machte ich. Ausnahmslos. Ich war schon immer Daddys Mädchen – und stolz darauf. »Woher weißt du eigentlich das mit Gates?«, beschloss ich deshalb, Gwen lieber schnell abzulenken.

»Hab ich in einem Artikel in einer Zeitschrift meiner Mum gelesen«, murmelte sie und biss sich konzentriert auf die Unterlippe. »Glaub ich jedenfalls. Hast du ihn schon mal getroffen?«, fragte sie unerwartet hoffnungsvoll.

»Gates? Nein.« Besitzer von Privatinseln schätzen nun mal ihre *Privatsphäre.* Und wenn ich ehrlich war, hatten mich unsere menschlichen Nachbarn bisher auch nicht sonderlich interessiert. Außerdem ... »Auf seiner Insel steht, glaub ich, ein Hotel«, gab ich vorsichtig zu bedenken.

»Oh.« Gwen wirkte enttäuscht.

»Na ja, vielleicht treffe ich ihn doch irgendwann«, lenkte ich ein, nur um ihre Augen wieder zum Leuchten zu bringen und obwohl ich nicht ganz verstand, warum sie das so interessierte. War der Mann nicht ziemlich alt? Aber Gwen hatte mir ihr Vertrauen geschenkt und das wollte ich nicht verlieren. Nicht nur, weil sie das Zimmer neben mir bewohnte oder ich außer ihr bisher kaum jemanden auf Le Rovey näher kannte, sondern auch, weil ich sie intuitiv mochte. Sie war so erfrischend. Ganz anders als unsere Angestellten; die einzigen Menschen, die ich – abgesehen von Dad und Tante Mahanas Mann – bis zu meiner Ankunft hier kennen gelernt hatte.

»Bestimmt«, sagte sie begeistert. »Vielleicht treffen wir ihn ja gemeinsam, wenn ich dich mal besuche. Was meinst du?«

Ich blinzelte überrumpelt.

»Ich würde mich einfach gern bei ihm bedanken«, fuhr Gwen fort und reckte die Nase gen Himmel. »Weißt du ...« Sie senkte übergangslos die Stimme. »Womöglich wäre der PC von IBM ohne die Software von Microsoft nie auf den Markt gekommen. Oder hätte sich nie so stark verbreitet und hätte nie zu einer digitalen Gesellschaft geführt. Kein Internet. Kein Google. Kein Fenster zur Welt, nur das in meinem Zimmer, zu unserem tristen Innenhof; und bei dem doofen Ding quietschen jedes Mal grässlich die Scharniere, wenn ich es öffne. Also bitte. Ohne meinen Laptop hätte ich nicht gelebt! Es wären so viele verschwendete Jahre gewesen und ich wüsste nur, was die Lehrer, die mein Dad gut findet, mir beigebracht haben. Sprachen, Naturwissenschaften, okay, ja.

Aber Religion. Eine einzige! Wie furchtbar. Und auch sonst … Wo bleibt da der Spaß?«

Mir stand der Mund offen. Ich versuchte, die Flut an Informationen schnellstmöglich zu verarbeiten. Doch alles, was dabei herauskam, war: »Du bist verrückt.« Ich sagte es nicht abwertend, aber mit absoluter Sicherheit. *Und anders. Und einsam. Und beides kenne ich nur zu gut*, dachte ich, ohne den Mut zu haben, es laut zu sagen. Oh Gwen.

»Vielleicht«, stimmte sie mir zu, zu meiner anhaltenden Verwunderung mit großer Ernsthaftigkeit und gerunzelter Stirn. »Aber ich bin dreizehn. Genau wie du, Cass. Mit dreizehn darf ich verrückte Dinge sagen. Du ebenfalls, weißt du. Wir dürfen auch verrückte Dinge tun, einfach weil wir es wollen. Weil wir es können. Und weil wir in einem Alter sind, in dem sie uns verzeihen werden. So wie anderen Dreizehnjährigen. Normalen Dreizehnjährigen.«

Normal? Ich schluckte. In meinem Bauch schien all meine Unsicherheit einen Knoten zu formen, in meinem Herzen nistete sich etwas Ungewohntes, Warmes ein. Im Laufen zog ich die Schultern hoch und ließ sie anschließend unschlüssig sinken, während ich Gwens Worte sacken ließ.

Ich wusste nicht, was normale Dreizehnjährige taten oder sagten oder machten. Woher auch? Ich hatte keinen Laptop gehabt und hatte auch nie einen vermisst, weil all das nicht interessant für mich gewesen war, da hatte es ganz andere Dinge gegeben. Für sie hingegen …

Unvermittelt blieb Gwen stehen.

Abrupt hielt auch ich inne. Beklommen drehte ich mich zu ihr und schaute sie an. Hatte sie recht?

In ihren Augen loderte ein Feuer, unzählige Emotionen standen darin: Mut, Furcht, Kampfgeist. Rebellisch stemmte sie die Hände in die Seite und streckte das schmale Kinn vor. »Cass, nur weil unser Leben bis jetzt nicht normal verlaufen ist, heißt es nicht, dass es das ab jetzt nicht sein kann: normal«, sagte sie und lief ohne Vorwarnung wieder los.

»Äh. Warte!« Atemlos eilte ich ihr hinterher. Dabei stimmte ich ihr keuchend zu: »Ja, vielleicht,« und dachte unwillkürlich, dass ich mir zu hundert Prozent sicher war, es mit einem Genie zu tun zu haben. Was auch erklärte, warum es bis zum Wahnsinn nicht mehr weit war.

»Nein, ganz sicher«, stellte sie, kein bisschen außer Puste, klar und beschleunigte ihre Schritte weiter, als könnte sie nur so all die Energie in ihrem Inneren loswerden. »Wir haben ja jetzt uns, oder?«

Uns?

Uns!

Oder?

... oder auch nicht. Wir waren ziemlich verschieden.

»Klar«, krächzte ich völlig überfordert, weil A) meine Stimmbänder streikten, als zu B) Sauerstoffknappheit durch noch schnelleres Gehen C) eine wahnsinnige Angst kam. Zurückkam. Die Angst, Gwen sofort wieder zu verlieren, wenn ich ihr nicht zustimmte, wo ich sie doch gerade erst für mich gewonnen hatte.

Meine allererste Freundin.

Die nichts über das Dell'Aqua'sche Familienunternehmen oder meine Spezies wusste. Ansonsten hätte sie der Freundschaft mit mir vielleicht gar keine Chance gegeben. Ihr Dad mochte überbehütend sein und sie strebte, nach eigener Aussage, nach allem Verrückten, aber meine Familie war beyond crazy, eine der mächtigsten Mafiadynastien der Welt. Und nicht nur das, wir waren:

kriminelle,
übernatürliche,
in Vergessenheit geratene
Götter.

Wesen, die früher in Tempeln verehrt und öffentlich angebetet worden waren. Die Zivilisationen zu Ruhm und Niedergang geführt hatten. Und die nun im Verborgenen – gut geschützt durch Hightech-Satellitenabwehr und strenge Regeln, speziell für uns Nachkommen –, die Geschicke der Gegenwart lenkten.

DAS war starker Tobak.

Und man sagte nicht mal schnell: ›Hey du, meine Eltern kontrollieren die Weltmeere. Ob Fischerbötchen, ob Schiff, ob Flugzeugträger oder Fischschwarm – meine Familie kennt alle Bewegungen. Alles, was über oder unter Wasser geschieht: Routen, Aufenthalte, Schutzzölle und Güterströme wie Drogen-, Menschen- und Wertguthandel. Alles wird von uns Dell'Aquas entweder bewilligt oder gebilligt; oder es kommt niemals an. Ermöglicht wird das durch ein strategisches Netzwerk an Kurieren unter Wasser und die neueste Software sowie Hardware. In das Geschäft sind, soweit ich weiß, auch andere übernatürliche Spezies involviert. Wer unsere Bedingungen akzeptiert, umsetzt – und bevorzugt eben nicht menschlich ist –, ist bei uns Dell'Aquas herzlich willkommen. Ein bisschen wie bei einer Franchise.‹ Und das Geschäft boomte, soweit ich mitbekam. Doch das war kein Gesprächsthema für die letzten paar Meter bis zum Englischunterricht.

»Ich hab noch nie Schnee gesehen«, platzte also das Erste aus mir heraus, das mir stattdessen einfiel und halbwegs normal klang. Im Winter würde nämlich die gesamte Schule für drei Monate nach Gstaad ziehen. Dort sollten wir, zusätzlich zu den üblichen Fächern, auch Wintersportunterricht bekommen. Das fand ich aufregend.

»Schnee? Nee, ich auch nicht.« Gwen hüpfte lachend auf ihren rechten Fuß. Dann auf den linken. Und immer abwechselnd. Der Themenwechsel schien sie nicht zu stören. »Darauf freu ich mich!«, verkündete sie.

Ich grinste. »Das wird verrückt. Wie sich Schnee wohl anfühlt?«

»Nass und kalt?« Sie wechselte wieder zu normalem Gehen und klapperte mit den Zähnen.

Ich kicherte.

»Wie er wohl schmeckt?«, überlegte sie.

»Ihhh! Den willst du doch nicht freiwillig probieren?«

»Pssst!«, zischten ein paar ältere Schüler, an denen wir vorbeikamen.

»Selber pssst!«, zischte Gwen aufmüpfig zurück. »Warum nicht?«, fragte sie mich leiser. »Ist doch nur gefrorenes Wasser.« Damit zog sie mich plötzlich, überraschend kräftig, nach rechts; in einen leeren Unterrichtsraum.

Ah, ja. Englisch. Ihre Superkraft war eindeutig eine, die mir an Land fehlte: Orientierung.

Weiße Wände, Parkettboden, Whiteboard, Beamer und einige moderne Tisch-Stuhl-Kombinationen erwarteten uns. Ganz selbstverständlich setzte ich mich neben Gwen, in die erste Reihe. Wir hatten beide lange genug im Abseits gestanden. Wir wollten instinktiv alles an vorderster Front erleben und sei es nur eine Englischstunde in einer Schule.

Stumm packten wir Stifte und Bücher aus unseren zur Uniform gehörenden Umhängetaschen. Und hängten diese an die Haken dafür, unter den Tisch.

»Um auf den Schnee zurückzukommen: War nur ein Spaß. Speiseeis reicht mir völlig«, fügte Gwen flüsternd an unser Gespräch an, da nun auch andere Schüler den Raum betraten. »Davon abgesehen will ich das volle Fun-Programm: Schneeengel, Schneeballschlacht, Rodeln, am liebsten sogar Ski fahren. Alles. Und ich vermute, ich werde das ein oder andere Mal unabsichtlich in den Schnee beißen.« Sie giggelte. Ihre grünen Augen blitzten voller Schalk.

»Verstehe.« Ihr Übermut und die Vorfreude waren so ansteckend, dass ich wieder breit zu grinsen begann. »Bin dabei«, sagte ich spontan.

Bei allem.

Mit dir.

Immer.

Und genau da, während der ehrlich gesagt ziemlich langweilige Englischunterricht begann, beschloss ich, Gwen in der echten Welt zu beschützen. *Ihr* goldener Käfig mochte sie dank ihres Laptops ein bisschen besser auf die Realität hinter den Gitterstäben vorbereitet haben als meiner. Und sie war mental stärker. Doch physisch war sie viel zerbrechlicher als ich, schließlich war sie nur ein Mensch. Aber zusammen ... Zusammen konnten wir alles sein und alles erreichen.

Wir waren wie Yin und Yang.

Zwei, die gemeinsam Sinn ergaben.

Und wir waren nicht nur schnell Freundinnen geworden. Wir wurden schon kurz darauf beste Freundinnen. Für die Ewigkeit. Wo Gwen hinging, war ich nicht weit, auch wenn sie nichts von all den Dingen ahnte, die ich ihr weiterhin verschwieg. Über mich und meine Familie. Aber irgendwann, so versprach ich ihr eines Tages leichtfertig, würden wir gemeinsam nach Tansania reisen; zur Insel meiner Familie.

Womit ich dabei nicht rechnete, war, dass ›irgendwann‹ in der dunkelsten Zeit meines Lebens zu ›heute‹ werden würde – und dass Gwen zu diesem Zeitpunkt immer noch keines meiner für sie welterschütternden Geheimnisse kannte, weil ich sie heute mehr denn je brauchte und erst recht nicht verlieren durfte …

HEUTE

KAPITEL 2

SAMSTAG, DER 2. JULI
SAINT TROPEZ/FRANKREICH

Cassidy Dell'Aqua

Meine Hände umklammerten das Geländer der Dachterrasse so fest, dass meine Knöchel weiß hervortraten. Alles an mir war angespannt und meine hellblauen Augen schimmerten an diesem Abend nicht wie sonst so klar wie die See der Karibik, sondern waren aufgewühlt, denn in mir tobte ein Tropensturm.

Der Sturm tobte dort seit Monaten.

Nämlich seit ich begriffen hatte, dass der Tod nicht die Toten, sondern die Lebenden in Einsamkeit hüllt. Genauer, seit Dads plötzlicher Tod ein schwarzes Loch in mein Herz gerissen hatte, das zuerst die Erinnerung an ihn und schließlich immer mehr von mir selbst zu verschlingen schien – bis nichts mehr übrig bleiben würde, außer Leere. Schmerzender Leere.

Davor fürchtete ich mich. Mehr als vor allem anderen.

Hinter mir zuckten lila Stroboskoplichter wie Blitze über den Nachthimmel und ohrenbetäubende Musik spornte die Menge auf der Tanzfläche um den großen Rooftop-Pool zu ausgelassenen Moves an.

Für mich war die Privatparty zum Abschluss des Schuljahres gleichzusetzen mit einem Film, den ich mir zum zwanzigsten Mal ansah. Ermüdend. Aber unser vorletztes Jahr auf Le Rovey war zu Ende und damit schon bald unsere gemeinsame Internatszeit. Deshalb hatte ich mich von

Gwen überreden lassen, nur für die Party hier in Frankreich einen kurzen Zwischenstopp auf unserem gemeinsamen Weg nach Tansania einzulegen, wo wir die Sommerferien verbringen würden. Was ein gutes Stichwort war …

Wo blieb eigentlich Gwen?

Von meiner etwas ruhigeren Position am Geländer sah ich den Jachthafen von Saint Tropez in der Ferne und den dunklen Himmel darüber. Mein Blick fiel auf einen Vogel, der hoch oben seine Kreise zog. Er wirkte selbstbestimmt und frei. Jäh überkam mich eine unerklärliche Sehnsucht danach, er zu sein. Ich verfolgte seine schnellen Flügelschläge, bis er aus meinem Blickfeld flog.

Doch was ich dann – dank meiner übernatürlich guten Augen – bemerkte, fühlte sich genauso falsch an wie gerade alles in meinem Leben: Im Vieux Port des einstigen Fischerdorfs ankerte kein einziges Fischerboot mehr, nur noch Jachten des internationalen Jetsets.

Während ich trübsinnig schluckte, schweifte mein Blick von der Szenerie vor mir ab. Ich drehte mich zum Rooftop-Pool. Irgendwer machte sich doch bestimmt zum Affen, das würde mich aufmuntern.

Ich suchte alles mit den Augen ab. Wo waren die Verrückten, wenn man sie brauchte? Die Menschenmasse auf der Tanzfläche zwischen mir und dem Pool wippte im Takt der Musik, die mit ohrenbetäubender Lautstärke alle anderen Geräusche übertönte. Die meisten hielten Körperkontakt mit irgendwem. Halbwegs züchtig, obwohl sie bereits mehr als ein paar Cocktails intus hatten und damit einen ziemlichen Schwips.

Der Rausch der Menge verstärkte das Gefühl der Teilnahmslosigkeit in mir. Ich fühlte mich wie ein Fremdkörper.

Ungewollt, aber da. Es war wie immer. Doch nicht, weil ich auf Partys zur Anti-Alkohol-Fraktion gehörte. Ganz und gar nicht. Hochprozentiges und bewusstseinserweiternde Substanzen wirkten bei meiner Spezies nur nicht.

Ich gähnte halbherzig. Das vertrieb immerhin kurz die Traurigkeit in mir. Gleichzeitig krochen die Zeiger der historischen Uhr über dem geschnitzten Torbogen hinter dem Pool auf kurz vor Mitternacht. Es war zwar noch früh, aber spät genug, um demnächst zu gehen. Und ich sagte mir, dass ich Gwen zuliebe hier war, für die ich nun mal alles tun würde – und die gleich wieder bei mir sein würde, damit wir gehen konnten. Alles war in bester Ordnung. Nur Geduld.

In Gedanken versunken wandte ich mich wieder dem Jachthafen und dem Panorama zu. Die Dachterrasse, auf der die Privatparty stattfand, gehörte zum höchsten Gebäude im Umkreis und der Ausblick über die Küstenstadt an der französischen Riviera war das Beste am ganzen Abend.

In unmittelbarer Gesellschaft des sanften Lichts des Mondes über mir gestattete ich mir ein lautes Schnauben und einen tiefen, zerrissenen Seufzer, die beide von der Geräuschkulisse im Hintergrund verschluckt wurden. Trotzdem ließ der Druck auf meinem Brustkorb weiter nach und ich atmete tief, fast befreit, durch.

Meerluft ein.

Meerluft aus.

Ich liebte den Geruch von Salzwasser.

Ab morgen erwartete er mich jeden Tag. Ganz ohne die Intrigen, die Cara – unsere Klassenzicke – zusammen mit Titus – unserem Jahrgangssprecher –, fortwährend anzettelte. Dafür mit neuen Herausforderungen eines ganz anderen Kalibers, wie ich meine Mum kannte. Denn Christos und ich mussten uns jeden Sommer bei speziellen Games beweisen, die sie sich für die Jüngeren in unserer Familie ausdachte. Eigentlich hatte sie für meinen Bruder und mich diesen Sommer im Rahmen der Familien-Games vier besondere Challenges angekündigt, unsere letzten und riskantesten; die uns herausfordern und aufs Leben vorbereiten sollten. So wie alle Challenges, die wir in den letzten Jahren bestehen mussten. Aber etwas in mir sträubte sich gegen noch mehr seelischen Druck und die, wie ich ahnte, brandgefährlichen Herausforderungen. Typisch Mum und Mafia eben.

Ein Schauer lief meinen Rücken hinunter. Und ich schämte mich, es vor mir selbst zuzugeben, aber genau deshalb nahm ich Gwen diesen Sommer mit nach Hause. Ihre Gegenwart würde mir hoffentlich Mums alljährliche Tests ersparen und die Ruhe bringen, nach der ich mich so verzweifelt sehnte. Das war eigensüchtig. Ich benutzte meine beste Freundin als Schutzschild gegenüber meiner Familie und es war auch noch einfach, weil Gwen mich seit jeher anbettelte, sie nach Tansania mitzunehmen. Doch allein der Gedanke, Mum und den kommenden sechs Wochen ohne Gwen gegenüberzutreten, ließ Gänsehaut meine Unterarme emporwandern. Außer auf meinen älteren Bruder freute ich mich auf niemanden wirklich, es war jedes Jahr das Gleiche. Wie bei den Internatspartys. Allerdings bekam Mum eigentlich immer ihren Willen. Na ja. Fast immer.

Nervös biss ich mir auf die Unterlippe.

Mum war in letzter Zeit leicht reizbar, weshalb ich sie zwar wegen Gwens Besuch um Erlaubnis gefragt hatte, aber nicht was deren Gegenwart für die Challenges bedeuten würde. Da hoffte ich einfach. Auch sonst war Mum nicht gerade das, was man sich unter einer liebevollen, geschweige denn trauernden Mutter vorstellte. Obwohl die Trauer und ihre kurze Zündschnur bestimmt zusammenhingen. Denn Liebe hatte sie, wenn überhaupt, dann nur für Dad empfunden – und die Seefahrt, die sie mit eiserner Faust kontrollierte; schließlich führte sie den größten Unter-Wasser-Schmugglerring der Erde. Das hatte für sie oberste Priorität. Wäre es anders, wäre sie wohl nicht so gut in dem, was sie tat. Nicht so berüchtigt. Und das Familienunternehmen würde nicht so reibungslos laufen. Auch wenn wir nicht immer einer Meinung waren und mein Herz oft gegen ihre Entscheidungen rebellierte, vertraute ich ihr mit meinem Leben. Ich wusste, dass sie mich liebte. Aber ... etwas zu wissen und etwas zu fühlen sind zwei Paar Schuhe.

Noch war ich jedoch in Saint Tropez und nicht zu Hause.

Seufzend drehte ich mich erneut und blickte zum zweiten Mal an diesem Abend zum Pool, dieses Mal auf der Suche nach Gwens zierlicher Gestalt. Wo blieb meine beste Freundin?

Wenig elegant pulte ich mein Handy aus dem Ausschnitt meines schlichten, schwarzen Kleides. Nein. Keine Nachricht. Kein Anruf. Sonst hätte es auch längst vibriert.

Verdammt, Gwen.

CASSIDY: Wo bleibst du?, tippte ich schnell.

CASSIDY: Ich versaure hier draußen!

Dann: CASSIDY: SOS!!!

Gwen hatte Sina – eine andere Mitschülerin – suchen wollen, um sich von ihr zu verabschieden. Ich war am Geländer zurückgeblieben, denn Sina und ich ... Nun ja ... wir konnten uns nicht riechen. Na ja, ich konnte sie nicht riechen. Wortwörtlich.

Sina Vauc Gūl kam nämlich aus den USA, New Orleans, und – Überraschung – roch furchtbar nach Ghula. Das war für mich wie ein L'eau de Brechreiz, frisch aus der Verwesungshölle. Dementsprechend war ich in ihrer Nähe hauptsächlich damit beschäftigt, meinen Magen davon abzuhalten, seinen kompletten Inhalt nach oben zu befördern. Kein besonders schönes Gefühl. Und keine gute Ausgangslage für ein geistreiches Gespräch. Es mit ihr in einem Klassenzimmer auszuhalten, ging gerade so, da sie überall in der letzten Reihe saß und damit weit weg von Gwen und mir.

Dabei war Sina nett. Wobei sie mich für eine ziemliche Ziege hielt, das wusste ich von Gwen. Sina hatte ja keine Ahnung von meinem Zwiespalt und wohl auch keine von ihrer Abstammung, denn genetisch war sie – zum Glück – hauptsächlich menschlich und nur ein bisschen Ghula. Das reichte meiner Nase aber völlig.

Mein Handy vibrierte in meiner Hand.

GWEN: Sauer macht lustig!

Ha ha. Das kommentierte ich nicht.

GWEN: Ach, komm schon, sei lustig. Bin gleich zurück. :)

Aber sicher, Gwen. Nun tippte ich doch.

CASSIDY: Geht klar ;) Wenn du wirklich GLEICH zurück bist ...

Na, bitte.

Gwen antwortete prompt:

GWEN: Jaja. Gleich. ;)

Mhm. Mal sehen wie bald Gwens ›gleich‹ sein würde ...

Melancholisch hing ich weiter meinen Gedanken nach: Die Beziehungen zwischen den übernatürlichen Spezies waren kompliziert. Die Dell'Aquas mochten nicht nur keine Ghule, sondern verabscheuten vielmehr alle Geistwesen; insbesondere Djinn. Das ging ... Ich hatte keine Ahnung wie weit zurück, jedenfalls weit. Während wir der weiblichen Linie des Wasservolkes entstammten, waren die Djinn Nachfahren der männlichen Linie des Wüstenvolkes und damit unser biologischer Gegenpol. Unsere erklärten Erzfeinde. Gegensätze konnten sich nicht mehr abstoßen. Zum Glück war ich noch nie einem Djinn begegnet.

Obwohl, vielleicht wäre das doch ganz lustig?

Shenaya, meine vorlaute kleine Cousine, hatte letzten Sommer behauptet, die meisten Djinn seien super attraktiv. Sexy Rauchteufel. Das klang spannend. Im Gegensatz dazu wurden Ghule von allen übernatürlichen Spezies abgelehnt, außer von den Kindern der Nacht. Doch von denen gab es ohnehin nur wenige. Manchmal schmuggelte meine Familie Blutkonserven oder willige Spender für sie. Schließlich schmuggelten wir – für den richtigen Preis – alles für alle. Und immerhin rochen die Kinder der Nacht nach nichts. Ein riesiger Pluspunkt. Obwohl Menschen den fehlenden Eigengeruch scheinbar intuitiv komisch fanden, wenn auch nicht gänzlich abstoßend.

Ich schüttelte den Kopf, nachdem mir auffiel, wie sehr ich abgeschweift war. Wenn ich mich schon nach heißen Djinn sehnte, statt nach coolen Mermen oder Matsya, also Wasserwandlern, stand es schlimmer um mich und diese Party, als ich gedacht hatte. Und Gwen schien sich definitiv mit dem Ghul-Girl verquatscht zu haben.

Langsam hing mir das Warten so richtig zum Hals raus.

Genervt atmete ich durch und durchkämmte mit meinem Blick jedes Fleckchen der Tanzfläche und dahinter. Vielleicht hatte ich vorher etwas übersehen? Ich verrenkte mir den Kopf, während meine Klassenkameraden zum nächsten Sommerhit johlten. Sie waren wie ein Uhrwerk, das frisch aufgezogen im gleichen Takt dieselbe Melodie spielte.

Allerdings konnten selbst meine scharfen Augen Gwen nicht in der Vielzahl an Körpern ausmachen. Sie war unauffindbar. Stattdessen erregte ein blonder Haarschopf, unter dem etwas Glitzerndes rhythmisch geschwungen wurde, meine Aufmerksamkeit.

Endlich Ablenkung!

Sekunden später identifizierte ich das Glitzernde als äußerst spärliches Kleid und den Haarschopf als Caras.

Tanzten in dem riesigen Ausschnitt ihres Bustiers etwa ihre nur von dem winzigen Streifen Stoff gehaltenen ... Uhhh, ja. Auf und ab, wie beim Wellenreiten. Oder beim Rodeo. Diese Party, Titus' Party, versprach nun doch ein neues Maß an Exzess.

Ähnlich einer Elster, die etwas Glänzendes entdeckt hatte, beobachtete ich sensationslustig Caras Dancemoves. Handys wurden gezückt, TikTok- und Insta-Livestreams gestartet, während Caras Bustier immer weiter verrutschte – und ihr Dekolleté präsentierte. Wusste sie, was sie tat? Wollte sie zum viralen Hit werden? Mit einer Schlagzeile wie ...

Cara Carson uncovered zu ›Call Me Maybe‹ von Carly Rae Jepsen.

Meine Mundwinkel zuckten. Immerhin hätte das fast literarische Qualität und Cara war alles zuzutrauen.

»Cassidy!« Gwen eilte mit großen Schritten auf mich zu.

Meine Lippen verzogen sich zu einem echten Lächeln. Meine beste Freundin sah toll aus. Ihr langes Maxi-Kleid bestand aus roter Seide und umschmeichelte ihre zarte Figur. Es zeigte deutlich weniger Haut als die Kleider aller anderen hier, selbst meines eingeschlossen, und von Gwens Ohrläppchen hingen Steine, die fast so sehr glitzerten wie Caras Kleid … Mein Blick wurde wieder vom rhythmischen Schwung des besagten angezogen.

»Cassidy!« Gwen schnippte mit den Fingern vor meinem Gesicht.

»Mhm?« Ich fokussierte mich auf sie.

»Ertappt!«, neckte sie mich. »Ich hab dich beim Starren erwischt. Aber volle Kanne!«

»Huh? Ne.« Ich meinte: ›Ne, es ist nicht so, wie du denkst.‹ Aber irgendwie war es das ja schon. Prompt wurde ich rot. »Also: Ja …«, gab ich zu, weil ich ja schon gestarrt hatte.

»Na, was denn nun?« Gwen grinste belustigt.

Ich seufzte.

»Ich sag's doch: Ertappt«, wiederholte sie. »Und deine Faszination in Ehren, aber lass uns aufbrechen. Wenn mich nicht alles täuscht, warst du diejenige, die gehen wollte? Oder jetzt nicht mehr?« Sie stemmte die Arme in die Seite, ganz Gwenlike, und krauste die Stirn. »Ich hab mich extra mit Sina beeilt.«

Beeilt? Da war ja jede Omi mit Rollator schneller.

»Sag nicht, du willst jetzt bleiben, nur um Cara zuzugucken?«

Ich schaute Gwen peinlich berührt an. »Definitiv nicht. Ich schätze, ich war nur … schockiert.«

»Ich schätze«, äffte Gwen mich kichernd nach, »du warst fasziniert. Hast du was gesehen, das dir gefällt?«, zog sie mich auf. Es klang sehr zweideutig.

Ungewollt schoss mir noch mehr Blut ins Gesicht. »Ähhh, nein. Nein-nein. Also ich …«

Feixend schüttelte Gwen den Kopf. »Dein geschrumpfter Wortschatz spricht da eine ganz eigene Sprache, Cass. Wer hätte das gedacht«, neckte sie mich gnadenlos weiter. »Nun, ich weiß, wer Caras Vorbau ausgebaut hat, falls du Bedarf an weiteren Informationen hast?«

Selbstverständlich wusste sie das. Gwen wusste immer alles.

»Aber ich glaube, du bist mit deinem besser dran.« Auffordernd schnalzte sie mit der Zunge. »Also, gehen wir?«

Um meine Lippen zuckte es. Ich konnte das Lachen gerade noch so zurückhalten. Gwen war eindeutig in Hochstimmung, so viel war sicher. »Es ist nicht wirklich Caras Dekolleté, das mich fasziniert hat«, rückte ich mit der Wahrheit heraus und wollte das nun doch irgendwie ins rechte Licht rücken, bevor wir aufbrachen.

»Ah, lass mich raten.« Gwen grinste. »Das Glitzerkleid?«

»Das Glitzerkleid«, bestätigte ich gespielt resigniert, schließlich kannte sie meine Schwäche für alles, das glitzerte, glänzte und funkelte. »Ehrlich, soll sie machen, was sie will«, fügte ich hinzu. »Ich finde es nur immer wieder überraschend, was ein bisschen Alkohol mit Menschen macht.« Ich schwieg, schämte mich etwas für Cara fremd und bemitleidete sie gleichermaßen wegen ... na, allem eben. Es hatte ja Gründe, warum sie so war, wie sie war.

»Ein bisschen Alkohol?« Gwen wackelte vielsagend mit den Augenbrauen. »Oh du Kleingläubige. Na ja, lassen wir sie, es sind Sommerferien. Und es kann ja nicht jeder so abstinent sein wie du.«

»Oder so wohlerzogen wie du?«, parierte ich. Schließlich war sie ebenso nüchtern wie ich, da wollte ich mir den schwarzen Party-Peter nicht allein zuschieben lassen.

»Ahhh«, tat sie meine Worte mit einem Winken ab. »Übrigens: Wir sollten jetzt wirklich verschwinden ...«

»Ich warte ja die ganze Zeit nur auf dich!«

»Tja nun, wo es brenzlig wird, bin ich da. An der Bar sind sie nämlich schon dabei, sich Wetteinsätze zu überlegen.«

»Für was?«, fragte ich neugierig. Die Partywetten zwischen Titus' Kumpel waren legendär. Wirklich LE-GEN-DÄR. Und ein Quell steter Erheiterung. So ziemlich alle Jungs unseres Jahrgangs wollten wegen seines berühmten Actionstar-Dads, Fürst Tepes – nein, das war kein Pseudonym, der hieß mit Vor- und Nachnamen wirklich so –, mit Titus befreundet sein. Als glaubten sie, dass dann etwas von dessen Ruhm auf sie abfärben würde. Entsprechend waghalsig waren die Wetten.

»Ne, für wen«, korrigierte Gwen mich. »Nämlich für dich«, gestand sie.

»Für mich«, wiederholte ich verdutzt. »Wie für mich?« Mein Puls beschleunigte sich.

Gwen kicherte in einem fort.

»Das ist ein Scherz, oder?!« Meine Handflächen wurden schwitzig.

»Nein, ist es nicht. Ich habe gehört, wie Titus irgendwas von ›dornige Wildrose, die heute gepflückt wird‹ in seinen keine Ahnung wievielten Gin Tonic genuschelt hat und ...« Sie stockte.

Großer Gott.

Gwen kicherte haltlos. »Schon irgendwie witzig.«

»Ähäämmm. Nein. Nein-nein-nein.« Da bekam die Übersetzung von Titus' Nachnamen Tepes, der – wie ich von Gwen wusste – der Pfähler bedeutete, eine ganz neue, noch gruseligere Message. Mir wurde heiß. Und das auf die unangenehmste Art. *Honigfallen-Alarm*, war alles, was ich einen Herzschlag lang denken konnte. Denn ich war eine von der Natur geschaffene Verführung: Mein langes Haar sah trotz der Jahre in der Schweiz unverändert aus, als wäre es von Salzwasser und Sonne gebleicht worden, und ich hatte weibliche Kurven bekommen. Sehr anziehende, weibliche Kurven. Ich war eine Honigfalle, auf die Schlimmeres folgte als Erpressung, wenn ich mich nicht im Griff hatte. Ein Raubtier, das gar kein Raubtier sein wollte. Aber so funktionierte die Genlotterie leider nicht. Bewusst trug ich deshalb ein schlichtes Kleid und ein Paar High Heels mit nur mittelhohen Absätzen. Nichts Besonderes.

Die Realität schlug trotzdem über mir zusammen.

Ich war eine Sirene – und Titus folgte meinem Ruf.

Ojemine, was nun? Andererseits ….

»Wildrose? Echt jetzt?« Meine Stimme schrillte mindestens eine Oktave zu hoch und eindeutig zu laut, aber ich konnte mich nicht bremsen. Plötzlich empfand ich unbändige Wut auf Titus, die Welt und mich selbst. Ich hatte doch wirklich alles getan, um unauffällig zu bleiben.

»Gepflückt?« Ich spuckte das Wort Gwen fast entgegen, als hätte es etwas verbrochen. Was dachte sich eigentlich dieser aufgeblasene, volltrunkene, kleine … »Trottel«, knurrte ich.

»Jaaa.« Gwen, die meinen Ausbruch abgewartet hatte, runzelte missbilligend die Stirn. »Er sah ziemlich weiß um die Nase aus. Wenn du weißt, was ich meine. Wäre er nicht immer so ein Blödmann, könnte man ihn fast bemitleiden.«

»Fast. Wie Cara.« Bei den beiden lief definitiv etwas schief. Etwas, das mit zu viel Geld, zu viel Langeweile, falschen Freunden und zu wenig Aufmerksamkeit ihrer Eltern zu tun hatte. »Trotzdem hat er dadurch keinen Freifahrtschein, sich wie ein Arsch zu verhalten«, grummelte ich. »Wetten über mich, also ehrlich. Hat sein Hirn jetzt komplett kapituliert?«

»Gute Frage. Die Sprachsteuerung scheint noch zu funktionieren. Aber der Rest ... Kann jedenfalls nicht so schwierig gewesen sein, den zu vernichten, bei dem wenigen, was davon vermutlich noch übrig war. Ich hätte ihm ja längst eine ayurvedische Kur empfohlen. Zur Entgiftung«, meinte Gwen zuckersüß grinsend. »Das heilt Körper und Seele.« Sie lächelte, als könnte sie kein Wässerchen trüben. Aber man sollte sie nicht unterschätzen. Besonders seit sie sich vor einigen Monaten selbst einen Pony geschnitten hatte. Sie war gewieft und würde der Welt ohne Frage noch ihren Stempel aufdrücken.

»Tja, ich bezweifle, dass Titus einen Tag ohne Publikum, Gin Tonic, iPhone, Social Media und seinem heiß geliebten Mega-TV überlebt«, murmelte ich und stellte mir unseren Jahrgangssprecher in einer Hütte aus Palmblättern mit weißer Leinenkleidung und einer Kokosnussschale voll grüner Brühe in der Hand vor. Das Bild von ihm bei einer ayurvedischen Kur war ja mal so was von abwegig.

»Du meinst einen Tag, ohne der reiche, verzogene Macho aus einer der vermögendsten Familien von Saint Tropez zu sein, der er nun mal ist? Ohne zu überkompensieren? Wohl kaum«, entschied auch Gwen.

»Siehst du.« Ich hatte keine Ahnung, wie Cara es mit ihm aushielt, die zwei hingen ja ständig zusammen rum. Obwohl sie zueinander passten, schließlich waren sie beide ziemlich speziell ... »Die Kur hätte ihm auch nicht mehr geholfen«, stellte ich ernüchtert fest.

»Stimmt wohl.« Gwen nickte gespielt mitleidig.

Vom Meer wehte ein leichter Wind und kühlte mein Gesicht. Ich atmete langsam aus und die Wut in mir schwand ganz. »Lass uns gehen, bevor sie alle versuchen, mich äh ... zu pflücken?«

Gwen und ich schauten uns an, unsere Mundwinkel hoben sich synchron, bevor das Lachen nur so aus uns herausplatzte. Meine beste Freundin rang schließlich nach Luft. »Na endlich! Deine mit Abstand beste Idee heute Abend.« Sie hakte sich bei mir unter und zog mich in Richtung der vollautomatischen Tür, die ins Innere des Gebäudes führte. »Lass uns zarte Blumen das Feld räumen, bevor der Gärtner kommt.«

KAPITEL 3

SAMSTAG, DER 2. JULI
SAINT TROPEZ / FRANKREICH

Cassidy Dell'Aqua

In weitem Bogen liefen Gwen und ich an den Tanzenden vorbei und um die große Ausbuchtung des Pools, vor dem ich gehörigen Respekt hatte. Nicht etwa, weil ich nicht nass werden wollte, sondern weil ich mich, sollte ich von jemandem aus Spaß hineingestoßen werden, vor den Augen meiner Mitschüler verwandeln würde. Und das durfte niemals passieren.

Gwen wusste nur, dass ich Wasser mied. Sie glaubte, dass ich panische Angst davor hatte. Mit der Begründung hatte ich auch ein Attest, das mir Aquaphobie bescheinigte und mich vom Schwimmunterricht befreite. Das war natürlich absurd, ich liebte das Element wie kein anderes. Aber wie erklärte man in einer Welt, in der Mythen längst in Vergessenheit geraten sind, dass einem Schuppen und ein Fischschwanz wachsen, wenn man am ganzen Körper mit Wasser in Berührung kommt?

Plötzliche Metamorphose.

So total – absoluuut – überraschend.

Wohl kaum.

»Geht's dir gut?«, flüsterte Gwen mir im Gehen leise zu.

»Klar«, raunte ich ebenso leise zurück, beschleunigte aber meine Schritte. »Muss ja, wird schon.« Gaaah, wie überzeugend. Aus mir würde kein Pep Talk Champion mehr werden. Das Wasser führte mich in Versuchung. Einer, der ich unter keinen Umständen nachgeben durfte, egal wie lange ich mich schon nicht mehr verwandelt hatte. Egal, wie sehr ich mich danach sehnte; wie erfrischend der Pool sein würde oder wie einladend die Oberfläche glänzte.

Ruckartig wandte ich den Blick ab.

Doch die Gedanken blieben. Im Wasser konnte ich ganz ich selbst sein. Allerdings nur, wenn mich keiner sah, denn ich durfte mich nur verwandeln, wenn keine Menschen anwesend waren. Für andere Gestaltwandler galt diese Regel nicht, auch Familienangehörige oder Eingeweihte waren davon ausgenommen. Allerdings oblag es dem Oberhaupt jeder Spezies zu bestimmen, wer eingeweiht wurde und wer nicht. Aus diesem Grund hatte ich Gwen bisher nicht die Wahrheit über mich und meine Familie erzählen können. Mum würde darüber nach unserer Ankunft auf der Insel eine Entscheidung treffen.

Halb hoffte, halb befürchtete ich, dass sie darauf bestand, Gwen nichts zu sagen. Schon unser Telefonat über Gwens Besuch war eine äußerst hitzige Angelegenheit gewesen. Doch dann würden Gwen und ich uns von den anderen fernhalten müssen und ich würde nie in ihrer Gegenwart schwimmen gehen können. Das wäre beides schade. Denn meine Cousinen und Cousins gingen alle auf andere Schulen und verbrachten ihre freien Tage, abgesehen von den traditionellen Sommerferien, selten mit meinem Bruder und mir. Die Dell'Aquas hatten überall auf der Welt Domizile und es mangelte den Älteren daher nicht an Möglichkeiten, sich aus dem Weg zu gehen. Zugegeben, das war mir eigentlich ganz recht. Aber jetzt, wo ich darüber nachdachte, wäre es doch schwierig, die Ferien ganz abgeschirmt zu verbringen …

Jäh wurden meine Gedanken unterbrochen, weil mich ein lautes Platschen herumfahren ließ.

»Cassidy, pass auf!«, rief Gwen, gerade als ich grob an den Schultern gepackt wurde. Wir hatten fast den Pool umrundet.

Ich zuckte zusammen.

Heißer Atem blies mir ins Ohr und ich dachte nur noch daran, was geschehen würde, wenn mein Körper das Wasser berühren würde. War der Pool weit genug weg, sodass mich der Angreifende nicht hineinwerfen konnte? Sonst würden alle sehen, was ich wirklich war. Würden sehen, dass dort, wo meine Beine ... Sie ... Nein!

ICH. DURFTE. DAS. NICHT. ZULASSEN.

Irgendwas in mir drehte durch. Der Zorn von vorhin war zurück. Heiß pulsierte er durch meine Adern und spornte mich an, mich zu verteidigen. Ich war eine Mermaid. Wir waren stolze Wesen. Ich würde uns nicht verraten!

Mit einem Ruck riss ich mich los und wich zurück. Mein Herz pochte unendlich schnell. Kurzatmig fuhr ich herum und drehte den Kopf, um mordlustig aufzublicken. Dabei konnte ich gerade noch so verhindern, dass ich meine Zähne bleckte – inklusive meiner zusätzlichen messerscharfen zweiten Reihe.

Mein Angreifer war Titus.

Grrr! Der Typ hatte einfach keine Manieren. Und keinerlei Instinkt. Stattdessen hatte er den Nerv, mich breit anzugrinsen. Mich. Ganz so, als hätte er gerade eine Glanztat vollbracht: den Mount Everest bestiegen oder die weltweite Armut beendet. Dabei hatte er wahrscheinlich nur zu viel Gin Tonic und chemischen Schnee in den Blutbahnen.

Das Bedürfnis, nun doch noch meinen Mund aufzureißen und Titus mit meinen Mermaid-Zähnen so lange und bedrohlich anzufauchen, bis er begriff, dass es in Zukunft besser wäre, mich in Ruhe zu lassen, war fast übermächtig. Ich sah es schon bildlich vor mir: Sein bleiches vor Schreck erstarrtes Gesicht, die geweiteten Augen. Ungeahnte Schadenfreude stieg in mir auf. Wie ein Luftballon, der aufgeblasen wurde. Es war das intensivste Gefühle, seit Dad ... seit er ... Und ich schwelgte urplötzlich darin. Es war mir so willkommen, nach all den Monaten der Leere. Und Titus würde es ganz recht geschehen.

Diesem Großmaul.

Zorn und Vorfreude verdrängten die Leere in mir im Handumdrehen und radierten jeden rationalen Gedanken aus. Ganz langsam klappte ich den Unterkiefer ein bisschen nach unten. Und noch ein bisschen.

Ein bisschen mehr.

Ohhh ... das würde Spaß machen.

Ich beugte mich näher zu Titus. Er wirkte wie in Trance. So nah war ich ihm noch nie gekommen. Während ich sein Gesicht musterte, verstand ich auf einmal, warum die Mädels auf Le Rovey ihn so toll fanden: Das markante Kinn, die Nase ... Anbetungswürdig. Die tiefbraunen Augen ... verengten sich aber erstaunlich schnell!

Auch er beobachtete mich eindringlich.

Mein Blick zuckte zu seinen Lippen, wo etwas Weißes aufblitzte. Etwas doppelt Weißes. Etwas ...

Titus atmete aus.

Wieder traf mich warme Luft, dieses Mal im Gesicht. Sie enthielt alles, was eine Nacht wie diese mit sich brachte: die süßen Aromen von Säften, Sirup und Parfüm, ein Hauch von Chlor und Salz, all die erhitzten Körpergerüche. Nur von Titus' Geruch fehlte jede Spur. Das konnte nicht sein, oder doch?

Intuitiv blähte ich die Nasenflügel, um mehr Luft anzusaugen. Schnupperte. Schnupperte noch mal, unverhohlen. Doch Titus hatte keinen Eigengeruch. Gar keinen.

Ich erstarrte, als mir die Tragweite dessen bewusst wurde und ein ungeheuerlicher Verdacht in mir aufstieg. Verdammt, waren das etwa Eckzähne gewesen? Ich konnte den Blick nicht von seinen sich kräuselnden Lippen lösen. Wer war hier die Schlange und wer das Kaninchen?

Titus hob mir nun seinerseits den Kopf entgegen. Lächelte wieder. Breit. Weiß. Unglaublich überheblich, aber ziemlich menschlich, oder?

Nein, da war es wieder!

Ein unheilvolles Kribbeln wanderte meinen Nacken empor. Für den Bruchteil einer Sekunde hatte ich erneut die weißen Spitzen gesehen. Eine rechts, eine links. Verflucht, ich hatte es mir nicht eingebildet. Heilige Mermaid-Mum! Drehte ich jetzt vollkommen durch oder war er wirklich ein Vampir? Mein Herz drohte mir aus der Brust zu springen und die meisten Marathonläufer atmeten wohl die ganze Strecke über kontrollierter, als ich in diesem Moment, denn Titus kam noch näher.

Lächelnd.

Bedrohlich lächelnd.

... um mich zu pflücken?

Schlagartig aktivierte pure Angst die Mermaid-Gene, die unter meiner Haut schlummerten, und ich ...

»Cassidy!«, beendete Gwens Stimme die vermeintliche Zweisamkeit zwischen Titus und mir. Der rationale Teil meines Verstandes meldete sich endlich zurück und ich realisierte abrupt, was ich gerade im Begriff gewesen war zu tun. Nämlich nicht das, was vermutlich alle – inklusive Gwen –

gedacht hatten: Titus küssen. Sondern das, was ich auf keinen Fall tun wollte: mich verraten. Und im schlimmsten Fall: Einen Nachkommen einer anderen übernatürlichen Spezies verletzen. Das könnte unter Umständen Krieg bedeuten.

Blinzelnd trat ich sofort einen Schritt zurück, kniff meine Lippen zusammen und funkelte Titus böse an, der mich frech angrinste. »Du!«, rief ich erbost, weil mir die Worte fehlten und ich ihn vor allen kaum mit den Fragen in meinem Kopf konfrontieren konnte: ›Bist du ein Vampir, ein Kind der Nacht? Weißt du, was ich bin – und wie lange schon? Gibt es hier noch mehr von uns Übernatürlichen, außer dich, Sina und mich?‹

Schwer atmend und mehr als froh, mich nicht auf die übernatürliche Art geoutet zu haben, nickte ich Gwen zu. Das würde doch hoffentlich nicht so weitergehen, dass sie ständig meinen Namen rufen musste, um mich zu bändigen. Was war nur los mit mir?

»Titus, zieh Leine!«, blaffte meine beste Freundin just. »Ihr auch«, richtete sie sich an die Umstehenden, die sich zwischenzeitlich zum Gaffen oder Livestreamen versammelt hatten.

Manche wandten sich direkt ab.

Andere, wie Titus, ließen sich von Gwen nicht aus der Ruhe bringen. »Och Gwenilein, warum denn so feindselig?«, säuselte er.

Mir stellten sich die Nackenhaare auf. Ich mochte die Nette in meiner Familie sein, na ja, okay, netter als Mum. Doch ich hatte Mums Gene und die machten sich zum ersten Mal in meinem Leben bemerkbar, denn ich verspürte wirklich große Lust, Titus einen Kopf kürzer zu machen – im wahrsten Sinne des Wortes.

Mum haftete nämlich der Ruf an, dass Partner, die sie hintergingen, den Kopf verloren. Hieß im Klartext, dass sie ihnen den Kopf abbiss. Kleidung blieb nur zwischen den Zähnen stecken und wer wollte schon eine Zahnfleischentzündung riskieren? Eben, niemand. Der abgetrennte Kopf wurde dann als Quittung und Warnung an die Hinterbliebenen geschickt, der Körper entsorgt. Denn frisches Fleisch war zwar wichtig für uns Mermaids, es hielt den Teint rosig, die Haare seidig und besänftigte unsere grausame Seite. Außerdem sorgte der regelmäßige Konsum von rohem Fleisch für eine reibungsfreie Wandlung im Wasser und die stetige Zellregeneration, die uns ein weit längeres Leben bescherte als Menschen. Allerdings konnten wir auch Fisch oder anderes Getier bei einem unserer Streifzüge durchs Meer mit unseren extrem scharfen Zähnen fangen, zerkauen und schlucken. Fangfrisches hatte gegenüber Menschenfleisch den Vorteil, frei von HIV und anderen Krankheiten zu sein, das war nämlich weder schmackhaft noch gesund. Menschen zu verspeisen war also eher ein grausames Relikt unserer Vorfahren aus Zeiten, als sich Menschen gefühlt noch mit Fischen auf einer Evolutionsstufe befunden hatten. Aber das Kopf-Abbeißen war zum – meiner Meinung nach ebenso überholten – Markenzeichen der Dell'Aquas geworden; oder wie die meisten uns nannten: der Mermaid Mafia.

Jetzt musterte ich bedauernd Titus' Kopf. Um dem gewaltsamen Drang nicht doch noch zu erliegen, murmelte ich Gwen zu: »Los, gehen wir.«

Als hätte sie nur drauf gewartet, hakte sie sich schnell bei mir unter und zog mich von Titus weg. Über die Schulter rief sie ihm, mit ihrer freien Hand wedelnd, zu: »Titus, geh und such Cara, die ist dahinten in den Pool gefallen.« Das erklärte das Platschen.

»Shit«, stieß er aus. Und tatsächlich joggte Titus sofort an uns vorbei, um seine Prinzessin zu retten.

Braver Junge. Besonders, da der letzte Teil der Gaffer direkt hinter ihm herpilgerte, wohl in der Hoffnung auf Weiteres, über das sie sich noch Tage nach der Party das Maul zerreißen konnten.

Endlich waren Gwen und ich allein.

Ich seufzte befreit auf, erst dann realisierte ich geschockt, dass das Raubtier in mir in den letzten Minuten fast die Oberhand gewonnen hatte. Kopf abbeißen. Einfach widerlich! Dazu die Schadenfreude. Also, nein, das durfte nie wieder passieren. Ich durfte mich niemals erneut derart überrumpeln lassen und sollte dringend mit Mum über meinen Verdacht bezüglich Titus – und wohl auch über Sina – sprechen. Sie hatte doch bestimmt einen Hintergrundcheck bei all meinen Klassenkameraden durchführen lassen, oder? Warum hatte sie mir dieses Wissen vorenthalten?

Gwen schwieg wohlweislich, während wir die restlichen Schritte bis zur elektrischen Schiebetür zurücklegten und von dort aus in das klimatisierte Foyer mit dem hellen Steinboden und den weiß gekachelten Wänden traten.

Drinnen war es deutlich ruhiger als draußen. Die Mitschüler, die sich hierher verzogen hatten, chillten in Grüppchen auf teuren beigen Ledersofas. Ich vernahm leise gemurmelte Gespräche, aber Gwen und ich hielten uns nicht mit Small Talk auf. Wir steuerten direkt auf den Gang zu, der zu den Aufzügen führte.

Dabei dachte ich wieder an das Telefonat mit Mum. Gwen durfte die nächsten sechs Wochen mit mir auf dem

Dell'Aqua'schen Familiensitz verweilen. Im Gegenzug hatte ich mich verpflichtet, innerhalb der nächsten sechs Jahre eine Familie zu gründen. Ja. Familie. Ich!

Das war Mums *Quidproquo.*

Klang nicht normal? Na ja, meine Familie war ja auch alles andere als normal. Und Mum ging es darum, die Blutlinie zu erhalten. Unsere übernatürliche Machtposition, die sie mit derselben Hartnäckigkeit verteidigte, mit der sie das Familiengeschäft führte. Man könnte meinen, ich hätte ein großes Opfer für Gwens Besuch gebracht, aber ich konnte dem so oder so nicht entkommen. Heutzutage waren wir eine seltene Spezies, vom Aussterben bedroht, und Mum setzte alles daran, unser Erbe zu bewahren. Und obwohl bei dem Gedanken an Familiengründung alles in mir ›PanikPanikPanik!‹ schrie, verstand ich es. Mein Bruder war, anders als ich, fein raus, denn die Linie der Mermaids wurde immer durch das weibliche Oberhaupt fortgeführt. Somit lag Mums Fokus ganz auf mir. Also hatte ich aus etwas Unabwendbarem einen Vorteil herausgeschlagen. Ich versuchte, nicht groß darüber nachzudenken, wer die bereits jetzt zu Bemitleidenden sein würden, die mit Mums Zustimmung um meine Hand anhalten durften, sollte ich ihr in den nächsten Jahren von mir aus keine passende Partie präsentieren können. Da rechnete ich mir nämlich keine großen Chancen aus, das war ja wie die Suche nach der Nadel im Heuhaufen. Tja, für mich würde es kein ›Match made in Heaven‹ werden.

Gwen drückte den silbernen Knopf, um einen Aufzug anzufordern.

Ich seufzte und stellte mir nun doch vor, wie mir Gestaltwandler – sicher Mums erste Wahl –, in Reih und Glied aufgestellt, nacheinander ihre Aufwartung machten, und runzelte die Stirn. Oh Mann! Ich hatte zu viele historische Filme gesehen. Für mich würde es bestimmt nur Videobotschaften geben: ›Hallo ich bin xyz. Ich mag x und y und z. Außerdem bin ganz scharf auf Zwiebelringe und Pepperonipizza, darauf Hausmann zu spielen und mich um die Familie zu kümmern, während du die nächste Patin wirst.‹ Das wäre eher ein ›Match made in Hell‹! Mit Liebe würde das herzlich wenig zu tun haben, aber jedes große Erbe erforderte gewisse Pflichten. Vielleicht sollte ich doch aktiv werden – sonst musste ich im schlimmsten Fall noch einen wie Titus heiraten …

Während wir noch immer auf eine freie Kabine warteten, blickten Gwen und ich durch die breite Glasfront, die die vier Glasaufzüge bildeten. Diese bot einen spektakulären Blick auf die Straßen von Saint Tropez.

Ich seufzte. In Tansania war alles weit weniger an der Zivilisation orientiert. Und dass meine Familie eine Privatinsel bewohnte, klang nicht nur exotisch, sondern war es auch. Unser privater Archipel war ein Mix aus Historie und Hightech und ich hoffte, Gwen kam damit zurecht. Aber da sie außer ihrem protzigen Zuhause, einer Art goldenem Tempel, und unserem Internat, das ihr den nötigen Schliff zur Superehefrau geben sollte, noch nichts von der Welt gesehen hatte, würde es sicher spannend werden. Wie sie ihren Dad wohl überzeugt hatte, die Sommerferien bei mir zu verbringen, weit weg von seinem strengen Arm? Bisher hatte sie es mir nicht verraten, aber das würde sie schon noch.

Mit einem *Pling* öffnete sich die Aufzugtür vor uns.

Schnell setzte ich mich in Bewegung, um die Kabine zu betreten. Gwen tat es mir gleich. Weiterhin stumm fuhren wir Stockwerk für Stockwerk hinab, jede in Gedanken versunken.

Ich war ein Kind beider Welten: Ich fühlte mich auf unserer abgeschiedenen Insel wohl, konnte aber auch problemlos in der westlichen Zivilisation der Millionenstädte eine unter vielen sein. Gwen war da anders. Schon dass sie Vegetarierin war, würde bei meiner Familie auf taube Ohren stoßen. Aber sollte das unser größtes Problem werden, war es ein kleines. Joyce, die Haushälterin meiner Mum, machte wahnsinns Grilled Cheese Sandwiches, in die ich hineinkriechen könnte, so gut waren sie. Im Zweifelsfall musste Gwen sich eben davon ernähren. Der Diät würde ich mich vielleicht sogar anschließen.

Sekunden später waren wir fast im Erdgeschoss angekommen und ich schmiedete Pläne für die nächsten Minuten. Sobald der Concierge meinen Fahrer informiert hatte, würde dieser mit der Stretchlimousine vorfahren, die uns vom Flughafen zur Party gebracht hatte.

»Wir haben noch neunzig Minuten bis zum Abflug«, informierte Gwen mich, mit Blick auf die digitale Anzeige im Aufzug. »Ich würde sagen, wir sind gut in der Zeit.«

Ich nickte. »Perfektes Timing.« Und meinte damit nicht nur die Uhrzeit. Gemäß meinem Deal mit Mum blieben mir nach meinem Schulabschluss in einem Jahr noch fünf weitere, um exakt ein Bachelor- und ein Masterstudium in Europa zu absolvieren und währenddessen die Welt zu bereisen. Na ja, im letzten Studienjahr würde es mit der Familiengründung bereits ernst werden, aber damit konnte ich leben. Es war ein guter Deal im Tausch für Gwens Begleitung. Aufregung kribbelte wie Blubberbrause in meinem Magen. Mit Gwen, einem Unschuldslamm inmitten all meiner vielzahnigen Verwandten, stand uns ein echtes Abenteuer bevor. Die sechs Wochen Sommerferien würden auch ohne Mums Challenges alles andere als langweilig werden.

»Oh ja«, stimmte mir meine beste Freundin nichts ahnend zu. »Fahren wir also auf direktem Weg zum Flughafen?«, hakte sie nach.

»Das ist der Plan.« Im Jet wartete bereits unser Gepäck. Wir waren von der Schweiz kommend nur für die Party in Saint Tropez gelandet – und düsten nun postwendend nach Tansania weiter.

Gwen lachte fröhlich. »Doppelt perfekt.«

Mehr als sie je wissen würde.

KAPITEL 4

SONNTAG, DER 3. JULI
SANSIBAR/TANSANIA

Cassidy Dell'Aqua

Um die Mittagszeit landeten wir auf dem einsamen Streifen Teer, der am Kisauni Airport als Rollfeld bezeichnet wurde. Die Außentemperatur lag bereits bei knapp fünfunddreißig Grad Celsius.

Der Flughafen befand sich auf einer der beiden öffentlich zugänglichen Hauptinseln von Sansibar. Ohne Boot und Helikopter kam man innerhalb der Inselgruppe nicht weit. Sand, Palmen, kristallklares Wasser und Riffe dominierten das postkartentaugliche Panorama. Allen voran war mein Zuhause der Inbegriff einer Idylle – sollte man zumindest meinen, denn meine Familie war, zwar anders als Caras und Titus', aber eindeutig auch mehr als speziell.

Speziell verkorkst.

Speziell gefährlich.

Nun lagen sechs Wochen ohne all die High Society Clowns und selbst ernannten Prinzessinnen aus unserem Jahrgang vor Gwen und mir. Und obwohl ich immer noch auf alles gefasst war, freute ich mich doch, wieder in Tansania zu sein.

Wie in Zeitlupe rollte unser Jet in Richtung des einzigen privaten Hangars, dem meiner Familie. Äußerlich unterschied sich das Gebäude kaum von den drei Wellblechhütten, die daneben standen und zusammengenommen den Flughafen bildeten. Zwei davon waren kleiner, eine größer. Die große war der Passabfertigung der Einreisenden vorbehalten. Einmal, als ich mit einem Linienflug herkommen musste, weil Christos den Privatjet in Beschlag genommen hatte, war ich in den Genuss gekommen, dort drin eine halbe Stunde verbringen zu müssen. Die grässlichste halbe Stunde meines Lebens.

Keine Übertreibung!

Innen begrüßten einen sauber verputzte, weiß gestrichene Wände, aber auch der Muff gefühlt aller schwitzender Menschen, die sich jemals darin aufgehalten hatten, und ein paar altersschwache Ventilatoren an der Decke, die diesen unablässig weiterverteilten. Außerdem viel Personal, das in alle Richtungen schaute, nur nicht in die, in der es etwas zu tun geben könnte. In die Jahre gekommene Rollbänder tuckerten im Hintergrund und spuckten im Schneckentempo Koffer aus. Eilig hatte es hier keiner gehabt – abgesehen von mir, da ich die mit Bildern des Präsidenten geschmückte Ankunftshalle so schnell wie möglich wieder hatte verlassen wollen.

Jetzt war mein Bruder bereits seit drei Tagen auf Sansibar und der Flughafen wirkte wie ausgestorben. Besonders viel war hier sowieso nie los und so konnte unser Jet spontan zu jeder Tages- und Nachtzeit starten oder landen, genau wie es meine Familie bevorzugte.

Gwen hing seit dem Aufsetzen der Maschine unablässig am Fenster, drückte sich daran die Nase platt und betrachtete staunend die saftig grünen Palmenblätter am Rand des Flughafengeländes, die weißen Wolkenberge am tiefblauen Himmel über uns und die sonnengetränkte Fahrbahn.

Stolz registrierte ich, dass sich ihre Augen aufgeregt weiteten.

Ja, Sansibar war wunderschön.

Ich wusste im Detail, wie alles roch und schmeckte: die exotischen Früchte, die holzige Cassava-Wurzel, die salzige Meerluft. Und ich hatte es vermisst: Den Ozean in seiner unendlichen Weite, das Flosse an Flosse Schwimmen mit den unzähligen bunten Fischschwärmen und vieles mehr. Manche Dinge waren ganz einfach, die Freuden der Natur gehörten dazu.

»Glaub mir, es wird noch viel schöner«, versprach ich Gwen lächelnd. »Sansibar ist das Paradies. Zum Glück haben davon noch nicht so viele Wind bekommen.«

Als sie ihr Gesicht von der Scheibe löste und es in all seiner Rote-Abdrücke-glänzende-Augen-Pracht in meine Richtung drehte, zwinkerte ich ihr zu. »Weiße Sandstrände, kristallklares Wasser und eine unglaubliche Tier- und Pflanzenvielfalt erwarten dich. Die Menschen hier sind arm, aber freundlich und glücklich, denn sie haben, was sie zum Leben brauchen. Und das reicht ihnen, obwohl Sansibar bis ins 19. Jahrhundert ein wichtiges Handelszentrum im Indischen Ozean war.«

»Krass. Aber ich vermute: Weniger ist manchmal mehr. Und die Farben hier sind so intensiv, alles wirkt so ... unwirklich.« Ihre Stimme klang ein kleines bisschen überwältigt. Freudig. Neugierig.

Begeistert?

Ich lächelte breiter. »Das macht die Sonne. Wir sind nahe dem Äquator, hier ist die Strahlung sehr stark.« Ich neigte den Kopf zur Seite, musterte ihre zierliche Gestalt im beigen Jogginganzug. Wir beide hatten uns für den langen Flug von Europa nach Sansibar im Flugzeug umgezogen und uns eine ordentliche Mütze Schlaf gegönnt. Das würde sich jetzt bezahlt machen. »Besser, du cremst dich gut ein, sonst bekommst du schnell einen Sonnenbrand.«

Sie nickte und verstellte dann ihre Stimme im Telegrammstil: »Wunderwaffe Sonnencreme. Lichtschutzfaktor fünfzig. On Bord.«

Ich lachte. »Sehr gut. Dann schau, dass sie auch immer on Skin ist.«

»On Point, versprochen. Wieso bekommst du eigentlich nie einen Sonnenbrand?«, mäkelte Gwen mit hochgezogenen Brauen. »Das ist doch unfair!«

»Gute Gene?«, schlug ich vor und strich mir eine lange blonde Strähne hinters Ohr, die während des Schlafes aus dem Zopf entwischt war, in den ich meine Mähne geschlungen hatte, um zu vermeiden, mit einem Vogelnest auf dem Kopf aufzuwachen. Jetzt strotzte ich nur so vor Energie und auch Gwen sah bereit aus, all die Wunder vor dem Fenster zu erkunden.

Meine Antwort war durchaus ernst gemeint, auch wenn Gwen das nicht wusste. Ein Vorteil davon, eine Mermaid zu sein, war, dass ich nie einen Sonnenbrand bekam. Ein Fisch bekanntermaßen auch nicht. Wasser und Sonne waren ganz im Gegenteil sogar unverzichtbar für uns, sie beschworen unser Wesen. Anders als Fische waren wir Mermaids und die Matsya von der Natur ganz besonders beschenkt worden, wir konnten nämlich sowohl in Salz- als auch in Süßwasser existieren. Obwohl ich niemanden kannte, der das offene Meer nicht einem See oder Fluss vorzog. Allerdings gab es Geschichten von Sirenen wie der Loreley, die sich ihr ganz eigenes Plätzchen am Fluss gesucht hatten.

»Mit Tourismus ist hier also nicht viel?«, fragte Gwen nach.

»Nein, nicht wirklich.« Ich schürzte die Lippen. »Wenn du Einheimische nach der Haupteinnahmequelle von Sansibar fragst, sagen sie paradoxerweise Tourismus. Wobei ...« Nachdenklich löste ich meinen Zopf, schüttelte die hellen Strähnen, angelte meine Sonnenbrille aus meiner Handtasche zu meinen Füßen und steckte sie mir geübt ins Haar. »... das wirklich nur für die Inseln von Sansibar gilt. Auf dem Festland leben sie mehr vom Ackerbau, wenn auch in Maßen.«

»Und alle zusammen, also Inseln und Festland, heißen Tansania? Ja?«

»Genau.«

»Wie viele Inseln hat Sansibar?«, fragte Gwen, während der Jet nun in unseren Hagar rollte. Von innen war dieser klassisch weiß und glänzte tadellos – ganz wie Mum es schätzte – und ich sah bereits den großen schwarzen SUV, der uns zum Hafen und der Jacht bringen würde, mit der wir auf unsere Privatinsel übersetzen würden.

»Nun. Sansibar hat zwei Hauptinseln«, konzentrierte ich mich auf Gwens Frage. »Die, auf der wir uns gerade befinden, heißt Unguja – es ist die größte Insel – und die Schwesterninsel heißt Pemba Island. Dazu kommen unzählige kleinere Eilande. Einige wenige sind bewohnt. Aber steigt dort die Bevölkerung über einen gewissen Punkt, siedeln die Menschen wieder zu den Hauptinseln über, da es auf den kleineren Inseln keine Infrastruktur gibt. Andere Inseln sind sogar so klein, dass sie nur als Touristenattraktionen gelten, wie die Gefängnisinsel vor Stone Town, der Hauptstadt, auf der Riesenschildkröten leben. Dort in der Nähe befindet sich sogar eine Insel, die Deckel genannt wird, weil sie wirklich winzig ist.« Ich zeigte zwischen Daumen und Zeigefinger einen Mini-Abstand.

»Deckel. Ist ja witzig.« Gwen grinste mich begeistert an. »Winzig und witzig. Deckel«, wiederholte sie kichernd. »Deckel, Deckel, Deckel.«

Schmunzelnd fuhr ich fort: »Wieder andere Inseln werden genutzt, um Agrarwirtschaft zu betreiben. Damit hast du den Komplett-Überblick. Klein aber fein, so ist das hier.«

»Und diese Gefängnisinsel ...« Sie schauderte.

Ich lachte auf. »... war nie wirklich ein Gefängnis. Zumindest soviel ich weiß. Zuerst wurden darüber Sklaven geschmuggelt, dann erbaute jemand eine Burg als Quarantänestation. Heute leben dort nur noch die bis zu zweihundert Jahre alten Riesenschildkröten. Die laufen frei herum und können gefüttert werden.«

»Mhm, Riesenschildkröten ...« Gwens Wangen sahen schon wieder deutlich rosiger aus.

»Ja, die Aldabras sind sehr zutraulich und fressen einem sogar aus der Hand«, führte ich aus.

»Wow. Wie cool!« Sie klang jetzt richtig aufgeregt. »Können wir mal hin, sie füttern?«

»Klar. Warum nicht, ich war ewig nicht da.«

»Dann tun wir's unbedingt.« Sie lächelte.

»Tun wir's«, stimmte ich Gwen grinsend zu, als schlössen wir einen geheimen Pakt und planten nicht einen Ausflug zu Riesenschildkröten, die sich eventuell für Futter bewegten. Aber auch nur eventuell. Die Biester waren nämlich ganz schön bequem. Kein Wunder bei all den fütterwütigen Touris, die sie täglich besuchten.

»Wir sind da«, bemerkte Gwen, als der Jet schließlich zum Stehen kam.

Ich atmete tief aus. Mit dem ersten Schritt aus dem wohltemperierten Flugzeug würde uns eine Hitzewelle inklusive hoher Luftfeuchtigkeit entgegenschlagen. Obwohl ich das wusste, überraschte es meinen Körper stets aufs Neue. Um mich von der aufkommenden Nervosität abzulenken, ließ ich

Gwen noch wissen: »Wir können alles machen, was du willst: Die Schildkröten besuchen, sonnenbaden, lecker essen, entspannen, eine Gewürz- oder Bananenplantage anschauen. Falls du das möchtest ...« Alles außer Schwimmen, Schnorcheln, Tauchen und Segeln, fügte ich in Gedanken hinzu. Dafür musste erst meine Mum ihr Go geben.

»Gefällt mir. Alles.« Gwen lachte. »Ich weiß ehrlich nicht, was ich als Erstes tun will.«

»Aussteigen?«, schlug ich feixend vor und erntete dafür einen Klaps gegen den Arm.

»Natürlich. Das kann ich parallel: Aussteigen und Pläne schmieden.«

»Wenn du es sagst«, neckte ich sie. »Schreib von mir aus eine Prio-Liste oder was auch immer. Aber wenn du mich nochmal boxt, verfüttere ich dich an die Riesenschildkröten«, warnte ich sie mit gespielt ernster Miene und erhob mich von meinem Sitz.

Gwen verlor prompt wieder ein bisschen Farbe im Gesicht. Ich sollte wohl eine Schauspielkarriere anstreben oder die Aldabras waren ihr doch nicht mehr geheuer. Dabei müsste gerade sie wissen, was diese am liebsten aßen; so von Vegetarier zu Vegetarier. Immerhin keine menschlichen Köpfe.

Ich lachte in mich hinein. Die handzahmen Schildkröten auf Prison Island waren echt nichts, wovor sie sich fürchten musste, da gab es ganz andere Ungeheuer auf Sansibar – eines davon saß ihr direkt gegenüber. Mit plötzlich wieder gemischten Gefühlen griff ich meine Handtasche aus dem Fußraum und meine riesige Strandtasche vom Sitz neben mir. Dann stiefelte ich entschlossen nach vorne.

Die Ausstiegsluke öffnete sich langsam.

Es war so weit.

»Jambo«, hauchte ich in den ersten Schwall warme Luft und konnte bereits den Duft der Vanille, von Kardamon, Muskatnüssen und süßlich-schwerem Zimt riechen – das natürliche Parfüm von Unguja.

»Welcome to Zanzibar«, vervollständigte Clare, meine Lieblingsstewardess, neben mir sanft.

»Hallo! Willkommen auf Sansibar«, übersetzte Gwen direkt hinter mir. »Und jetzt auf ins Abenteuer!« Die Vorfreude in ihrer Stimme schmerzte mich, denn es gab kein Zurück mehr: Ich hatte das Lamm direkt in die Höhle der Löwen geführt.

KAPITEL 5

SONNTAG, DER 3. JULI
UNGUJA/TANSANIA

Cassidy Dell'Aqua

Gerade als Gwen und ich, vollbepackt mit unserem Handgepäck, die kleine Treppe des Jets hinunterstiegen, wurde die hintere Tür des in einigen Metern Entfernung parkenden schwarzen SUVs aufgerissen. Eine gebräunte Hand und ein bloßer Fuß in ausgelatschtem Flipflop kamen zum Vorschein.

Nur Sekunden später folgte der Rest eines muskulösen Körpers, der in einer dunkelblauen Surfer-Badeshorts und einem ärmellosen grauen Shirt steckte, das schon bessere Tage gesehen hatte. Noch bevor mein Blick beim sandfarbenen, verwuschelten Haarschopf angelangt war, wusste ich, wer uns da ganz überraschend vom Flughafen abholte: mein Bruderherz!

Christos grinste mich wie ein Honigkuchenpferd an.

Sofort stieg mein Puls sprunghaft und Aufregung flatterte hauchzart durch meine Glieder. Alle guten Manieren vergessend, entwich mir ein lauter Freudenschrei und ich hüpfte die letzten beiden Stufen der Flugzeugtreppe hinunter. Sorglos ließ ich dabei meine Sachen fallen und überwand die Schritte zwischen uns im Eiltempo.

Dann warf ich mich ihm in die Arme. Unverhohlene Freude ließ uns beide laut auflachen, bevor unsere Körper schmerzhaft kollidierten. »Aua!«

»Cass, hast du etwa trainiert?« Christos drückte mich so fest an sich, dass ich fast keine Luft bekam.

»Ha ha.« Tief atmete ich seinen vertrauten Duft ein. Er roch nach Sonne, Salz und Meer. Nach Heimat. Nach Familie und Merman. Auch wenn Mermen nicht wie in Filmen mit einem Dreizack herumlaufen und jede Menge Macht über alle Lebewesen des Meers haben – denn das besitzt beides nur ein Aquarius, und den gibt es in etwa alle Schaltjahrtausende mal –, konnte Chris doch viel besser schwimmen, länger tauchen und lebte viel länger als jeder Mensch. Zum Glück.

»Ich hab dich vermisst, aber ich hab nicht trainiert.«

»Was, so stahlhart, wie du bist? Da bleibt einem ja die Luft weg.« Er lachte laut und grinste dann verschmitzt.

»Ha ha.« Ich rollte mit den Augen. Chris war nur ein Jahr älter als ich und unsere Verbindung war schon immer innig gewesen.

Ein Scheppern störte den besonderen Moment und wir lösten uns voneinander.

Mein Blick zuckte zum Flugzeug. Dort standen Pharos, unser Pilot, und die beiden Stewardessen des Jets in der offenen Tür. Einige Stufen unter ihnen auf der Treppe kniete Gwen und sammelte eilig ein Buch ein, das aus einer ihrer Taschen gefallen sein musste. Ihr glattes braunes Haar wehte dabei in der leichten Brise, die auf Sansibar fast überall spürbar war. Ihr Gesicht glühte, entweder vor Scham oder aufgrund der ungewohnten Wärme. Sie sah wunderschön aus. Trotz ihrer Tollpatschigkeit.

Ich lächelte.

»Gwen!«, gestikulierte ich im nächsten Moment überschwänglich. »Komm her, ich möchte dir meinen Bruder vorstellen.« Da rutschte mir meine Sonnenbrille aus den Haaren und machte klappernd Bekanntschaft mit dem Boden.

Gwen nickte – nun grinsend – und kam auf uns zu.

Chris bückte sich derweil neben mir und reichte mir Sekunden später die ausgebüxte Gucci-Brille.

»Danke dir, Chris.«

»Kein Ding, Cass. Aber pass das nächste Mal besser auf, wenn du so teuren Kram trägst«, murmelte er missbilligend. Ach ja, neben all den schönen Momenten gab es ja noch die, in denen er einfach nur nervte.

Ich zog die Augenbrauen hoch. Seufzte, als lastete eine schwere Bürde auf mir. »Christos, hab Nachsicht mit mir, es ist kein Zuckerschlecken, die Modewirtschaft ankurbeln zu müssen. Das erfordert Planung, Ausdauer und Koordination.« Provokativ drückte ich ihm einen extra feuchten Kuss auf die warme Wange. »Und: Ich freue mich auch sehr, dich zu sehen.«

»Weiß ich doch.« Er grinste, unverschämt selbstsicher und unverschämt unerschütterlich. »Aber nur du schaffst es, dass Shoppen wie Leistungssport klingt.«

»Na, Reichtum bringt eben auch eine gewisse gesellschaftliche Verantwortung mit sich.«

»Wirklich?«, fragte er ironisch. »Das nutzt du nicht etwa als Ausrede, um viel Geld beim Shoppen auszugeben?«

»Na-na.« Wenn er so besserwisserisch weitermachte, würde ich mir was ausdenken müssen, das war ja nicht auszuhalten. Vielleicht könnte ich Shenaya zu einem Streich anstiften. Und ich hatte ja auch Gwen als Verstärkung, die Christos in den nächsten sechs Wochen mit ihrer scharfen Zunge Paroli bieten würde. Mit einem hinterhältigen Grinsen drehte ich mich zu meiner besten Freundin um.

Doch die ließ leider das vergnügliche Traumschloss, das ich gerade gebaut hatte, direkt wieder in sich zusammenfallen.

Sie starrte Chris so verträumt an, dass ich mich unwillkürlich fragte, was jetzt los war.

Verwirrt blinzelte ich.

Chris sonnte sich geradezu in Gwens Blick.

Maximal zwei Meter trennten die zwei voneinander und sie sagten kein Wort. Gwen schien ... hin und weg? Chris ... keine Ahnung, aber da ich seinen Ruf als Herzensbrecher kannte ... wohl kaum.

Ich räusperte mich. Laut. Unangenehm berührt drehte ich in meinen Fingern die Sonnenbrille hin und her und ließ das gottverdammte Ding schließlich erneut fallen, nur um einen Grund zu haben, ein bisschen Bewegung in diese stockende Begrüßung zu bringen.

Während ich nun abtauchte, hörte ich meinen Bruder sagen: »Hi, ich bin Christos, Cass älterer Bruder. Aber du kannst mich Chris nennen, das machen eigentlich alle.«

»Gwen«, piepste meine beste Freundin.

Herrgott, sie klang wie eine Maus auf Helium.

»Freut mich, dich kennenzulernen«, säuselte Chris daraufhin in einem Tonfall, den ich noch nie bei ihm gehört hatte. Und den ich auch nie wieder von ihm hören wollte.

»Ja, mich auch. Cass hat schon so viel von dir erzählt ...«

Hatte ich das? Ich räusperte mich wieder. *Hallo, ich stand direkt hier.*

»Doch hoffentlich nur Gutes?«, wurde ich ignoriert.

»Nein, natürlich nur Schlechtes«, murmelte ich. War diese Konversation nicht originell?

»Hä?« Chris sah mich verwirrt an.

Seufzend schob ich mich zwischen ihn und Gwen und durchbrach damit den Was-zum-Teufel-Moment. »Chris, denk nicht mal dran. Bei deinem Gesülze bekomm ich Ohrenbluten.

Gwen, schnapp dir dein Zeug, ab damit ins Auto.« Bevor das hier vollends aus dem Ruder lief, wollte ich meine beste Freundin später erst mal unter vier Augen vorwarnen. Wenn es dafür nicht schon zu spät war. Mein Bruderherz hatte mehr Kerben im Bettpfosten als Casanova höchstpersönlich. Und obwohl ich Chris abgöttisch liebte, war ich mir nicht sicher, ob er auch nur entfernt einem weiblichen Wesen ans Herz gelegt werden sollte. Eher brach er ein Herz nach dem anderen. Aber wer hätte auch ahnen können, dass Gwen dem ersten Surfer-Boy verfallen würde, dem sie auf Sansibar begegnete? Traute ich ihr doch zu viel zu, indem ich ihr meine Familie vorstellen wollte?

»Na los!« Nach einem weiteren vielsagenden Blick meinerseits, setzten sich beide – endlich und kommentarlos – in Bewegung. Puh! Ich wollte einfach nur nach Hause. Auf der Insel konnten sie sich immer noch sechs Wochen lang anschmachten.

Eilig trat ich wieder auf die Treppe des Flugzeugs zu und sammelte dort meine beiden Taschen ein. »Bye-bye, Clare!«, rief ich meiner Lieblingsstewardess zu.

»Bis in sechs Wochen, Cassidy. Passt auf euch auf.«

»Aber immer!« Damit steuerte ich vollgepackt den SUV an und Clare verschwand im Flugzeug. Gwen, die inzwischen auch ihre Sachen geschultert hatte, trat mit mir zusammen an den Kofferraum des Wagens, an dem nun schon unser einheimischer Fahrer lehnte.

»Jambo, Joacim«, begrüßte ich diesen erfreut.

Seine Lippen unter der breiten Nase verzogen sich zu einem herzlichen Lächeln. »Jambo, Cassidy. Jambo, Pharos!«, rief er unserem Piloten zu, mit dem er seit Kindertagen befreundet war.

»Jambo, Joacim«, schnaufte Pharos, der sich offensichtlich mit Chris zum hinteren Teil des Flugzeugs begeben hatte. Denn dort stand jetzt die Gepäckluke offen. Gemeinsam mit meinem Bruder – und von Joacim, Gwen und mir beobachtet – lud er vier große Koffer aus. Zwei orangene von Gwen und zwei silberne von mir, schließlich waren die Sommerferien lang und wer wollte mitten im Indischen Ozean schon einen Kleidungsnotstand riskieren.

»Glauben Sie, wir schaffen es, alle vier Koffer und das Handgepäck im Kofferraum unterzubringen?«, fragte Gwen Joacim besorgt, nachdem wir ihm schnell unsere Taschen übergeben hatten.

»Du«, korrigierte er sie amüsiert.

Sie nickte errötend. »Glaubst du, wir ...«

»Klar.« Er zwinkerte uns zu. »Zur Not lassen wir Christos hier, dann haben wir zusätzlichen Platz im Innenraum«, scherzte er gut gelaunt. Als Gwens Blick sofort zu Chris zurückzuckte, flüsterte er mir zu: »Und du hast deine Freundin wieder ganz für dich.«

»Verlockend«, flüsterte ich. Joacim hatte die Vibes also auch bemerkt. Nun, Joacims Kinder waren im gleichen Alter wie Chris und ich, vermutlich durchschaute er uns alle spielend.

Joacims Lachen enthüllte strahlend weiße Zähne.

»Vorsicht«, hörte ich Gwen scharf sagen und schaute auf.

Chris und Pharos brachten die Koffer, schnell traten Joacim und ich aus dem Weg. »Was habt ihr da drin? Steine?«, keuchte mein Bruder, während er alle vier, zusammen mit Pharos, in den Kofferraum wuchtete – ohne so richtig doll außer Atem zu geraten. Das war ja eindeutig der Beweis dafür, dass die Koffer leicht waren; und nicht etwa dafür, dass Chris gut in Form war.

»Klamotten«, parierte Gwen bereits, zu meiner Verblüffung.

»Wann wollt ihr die denn alle anziehen? Plant ihr eine Modenschau, oder was?«

Gwen musterte Chris jetzt von oben bis unten. »Oder nichts. Wir haben eben nur nicht alle vor, jeden Tag in den gleichen Sachen zu verbringen.«

Uhhh ... Da hatte sie es ihm aber gegeben. Offenbar fand sie in seiner Gegenwart nun doch den Weg zu vollständigen Sätzen wieder. Allerdings hasste sie es auch, in Sachen Klamotten bevormundet zu werden. Heikles Thema, dank ihrem Dad. Und Chris war mitten ins Fettnäpfchen getappt. Oh-oh.

Mein Bruder schaute nur ungläubig und brummte. Allem Anschein nach hatte Gwen gerade einen wunden Punkt bei ihm getroffen, von dem ich geschworen hätte, dass es ihn nie geben würde. Schließlich war meine Stichelei zuvor einfach an ihm abgeperlt und zugegeben: Er lief schon immer herum wie ... Nun ja, die meisten Einheimischen hier. Seine Outfits sahen stets etwas Vintage aus und waren ein starker Kontrast zu den Designeroutfits unserer Mum – oder meinen. Nach wenigen Minuten mit Gwen schienen sich die Dinge aber zu ändern, das ließ mich doch stutzig werden ...

»Können wir dann?«, fragte Chris schließlich in leicht genervtem Ton, bevor sich seine Miene wieder glättete und er ein Pokerface aufsetzte.

»Natürlich«, beschied uns Joacim. »Auf geht's!« Mit weit ausholenden Bewegungen scheuchte er uns nach vorne, um ins Auto zu steigen.

»Bis bald, Pharos«, rief ich nach dem ersten Schritt noch schnell unserem Piloten zu. »Danke für den ruhigen Hinflug und den Zwischenstopp in Saint Tropez.«

Er nickte gutmütig. »Immer gerne, bis in sechs Wochen, Cassidy.«

»Ciao-ciao.« Zum Abschied winkte ich ihm, bis ich schließlich auch ins Auto stieg und auf die Rückbank rutschte.

Gwen und Chris waren dort bereits in ein angeregtes Gespräch verwickelt. Die aufgezogenen Gewitterwolken trübten nicht länger die Stimmung. Ich wusste nicht, ob ich es gut oder schlecht finden sollte, dass Gwen in der Mitte der Rückbank saß und die beiden sich somit nicht über meinen Kopf hinweg unterhalten mussten – sich aber auch sehr nahe waren. Ich beschloss, das Rätsel ›Gwis‹ (Gwen + Chris) oder *Quiz*, wie ich es passend gedanklich nannte, da es damit genau nach dem klang, was es war – nämlich gar nicht so einfach zu lösen –, erst mal sich selbst zu überlassen. Den Ausgang würde ich so oder so mitbekommen. Stattdessen beobachtete ich jetzt lieber, wie Joacim als Letzter einstieg.

Sekunden später rollte der SUV langsam aus dem Hangar und verließ das Flughafengelände.

Wir fuhren Richtung Norden. Unterwegs begegneten uns nur wenige Fahrzeuge, meist überladene Kleintransporter oder kleine staubige Lkw auf deren Pritschen und Dächern von Holz über Palmenblättern und Früchten bis hin zu Menschen alles gestapelt und festgezurrt worden war. Mofas und eine größere Anzahl Fahrräder überholten uns, was Joacim veranlasste, mal leise und mal eher laut zu fluchen.

Ich grinste.

Seit einigen Jahren gab es auf den beiden Hauptinseln von Sansibar einen wahren Zweirad-Boom. Trotzdem gingen die meisten Menschen noch immer auf den ausgetretenen Grünstreifen direkt neben der Straße zu Fuß. Wie auch jetzt. Schulkinder erkannte man sofort an ihrer Uniform. Frauen trugen

Gefäße auf dem Kopf. Doch anders als jetzt bei Tag, da uns Spaziergänger eher spärlich begegneten, waren bei Nacht oft ganze Gruppen unterwegs. Dann sank die Temperatur auf ein erträgliches Maß und machte es möglich, auch längere Strecken zurückzulegen. In der Gruppe zu gehen, war dabei in vielerlei Hinsicht sicherer, um ans Ziel zu kommen. Straßenschilder waren auf Sansibar ein eher zufälliger Fund und keineswegs etwas, das in regelmäßigen Abständen Orientierung bot. Straßenbeleuchtung suchte man vergebens, diesen, in vielen Ländern selbstverständlichen, Luxus gab es hier nur in den Straßen von Stone Town. Aber die Regierung bemühte sich um mehr Infrastruktur. Besonders seit Stone Town im Jahr 2000 von der UNESCO aufgrund der Verschmelzung von afrikanischen, arabischen und indischen Kulturen zum Kulturerbe ernannt worden war.

Auf einer der frisch asphaltierten Straßen fuhren wir immer geradeaus. Nach einer halben Stunde Fahrt im SUV war weit und breit nur noch Natur zu sehen. Keine anderen Fahrzeuge, keine Menschen. Rechts und links bogen sich große Palmen der Straße entgegen. Ganz als wollten sie die Schneise, die mitten durch den Urwald geschlagen worden war, wieder zurückerobern. Ihre Blätter waren saftig grün, wie alles, das die Straße säumte. Nur ab und an sprenkelten farbige Punkte die Vegetation: Früchte oder auch Tiere.

Wir fuhren schneller. In weiten Abständen drängten sich nun Hütten aus getrockneten Palmblättern und Wellblech am Straßenrand. Ganz selten auch welche aus Holz und Lehm. Die einzigen Steinhäuser, die wir passierten, waren verlassen; fast schon Ruinen. Sie gehörten zu einem Militärcamp und standen, seit ich denken konnte, leer.

Ich fragte mich stets aufs Neue, warum niemand daraus,

zumindest aus den Steinen, etwas Neues errichtete; zum Beispiel ein Dorf. Ich wünschte mir sichere Häuser für die Menschen, Häuser die Sturm und Regen trotzten; obwohl ich genau wusste, warum niemand die Steine nutzte. Die Menschen glaubten, dass das verlassene Militärcamp böse Geister anzog. Und auch wenn ich nicht an böse Geister glaubte, verstand ich, dass niemand zwischen ihnen leben wollte.

Die vorbeiziehende, doch immer wieder gleiche Landschaft lullte mich ein, genau wie das monotone Dahingleiten des Wagens.

Ganz von allein sank mein Kopf ans Fenster, denn meine Gedanken schweiften bereits zum Meer und unserer Jacht, zu der wir unterwegs waren. Ob Mario wohl auf der *Blue Bell* sein würde? Aber wo sollte er auch sonst sein, er war ja der Kapitän. Ein äußerst gut aussehender Kapitän mit wahnsinnig ausdrucksstarken Augen, wie ich schon letztes Jahr bemerkt hatte. Irgendwie hoffte ich, ihn direkt heute wiederzusehen und freute mich darauf. Vielleicht ging es ihm ja dieses Jahr ähnlich?

Irgendwann erreichten wir endlich eine makellose Einfahrt, deren hochmodernes, zweiflügeliges Tor nicht in die ursprüngliche Umgebung passte.

Mühsam setzte ich mich auf und versuchte, die Taubheit in meinen Armen und Beinen abzuschütteln. Wir waren am privaten Jachthafen meiner Familie angelangt. Von hier aus würden wir übersetzen. Zugleich war der Hafen ein zentraler Umschlagplatz für alle Handelswaren der Mermaid Mafia. Hier draußen stellte keiner unangenehme Fragen und die offizielle Begründung meiner Mum, warum sie an diesem abgelegenen Fleckchen einen Hafen unterhielt, lautete: ›Der einzige andere private Jachthafen von Unguja liegt neben dem öffentlichen Hafen in Stone Town. Das ist viel zu weit weg vom einzigen Flughafen Sansibars und meinem Eigentum im Indischen Ozean, um bequem dorthin zu reisen.‹ Jaja, die liebe Bequemlichkeit war immer ein gutes Argument …

Während sich das Tor vor uns öffnete und Joacim den SUV langsam hindurchsteuerte, hörte ich mit halbem Ohr wieder dem Gespräch vom Chris und Gwen zu. Mein Bruder warnte Gwen gerade. »Nimm dich bloß vor unserer Cousine Shenaya in Acht, die Kleine hat es faustdick hinter den Ohren. Dauernd heckt sie irgendwelche Streiche aus, was ja anfangs noch lustig ist, aber mit der Zeit wirklich wirklich lästig wird. Glaub's mir.«

»Ja, da hat er wirklich wirklich recht«, stimmte ich grinsend zu. »Zur Abwechslung«, fügte ich, wieder etwas munterer, neckend an.

»Wie ›zur Abwechslung‹? Also bitte, wann hatte ich je nicht recht?«

»Äh. Okay.« Gwen wirkte für einen Moment unsicher. »Zurück zu Shenaya, denn das andere scheint ja mehr eine Geschlechterfrage zu sein. Ich kenne keinen Mann, der nicht glaubt, immer im Recht zu sein …«

Chris hob die hellen Augenbrauen.

»Aber egal …«, ruderte sie schnell zurück. »Ist eure Cousine wirklich so schlimm? Du sagtest, sie wäre noch klein.«

»Schlimmer«, bestätigten Chris und ich unisono.

Verdutzt schauten wir uns an, dann lachten wir gemeinsam. Wir mochten Shenaya sehr, ganz ohne Frage. Aber sie war ein schwer zu bändigender Wirbelwind. Jetzt allerdings auch schon wieder ein Jahr älter, vielleicht bestand ja Hoffnung, dass sie die Streiche zugunsten eines neuen Hobbys aufgegeben hatte …

»Und eigentlich gar nicht mehr so klein«, schob ich hinterher.

»Okay«, echote Gwen noch mal, definitiv etwas überfordert.

Gleichzeitig ließ Joacim sein Fenster herunter und wir verstummten, während er leise mit einem der Männer am ersten Sicherheitshäuschen sprach.

Kurz darauf setzte sich der Wagen wieder in Bewegung, um eine breite Straße hinunter zum eigentlichen Hafenbereich zu fahren.

»Halt dich einfach an uns, dann kann dir nichts passieren«, nutzte Chris prompt die Gelegenheit zum Süßholzraspeln. Und meinte insgeheim bestimmt ›an mich‹.

Ich verdrehte stumm die Augen.

»Äußerst beruhigend«, durchschaute ihn Gwen aber ebenso direkt, wie der Sarkasmus in ihrer Stimme verriet.

»So, jetzt steigen wir auf die Blue Bell um«, wechselte ich abrupt das Thema, bevor die zwei entweder ihren zweiten Mini-Streit haben würden oder erneut auf Teufel komm raus zu flirten begannen, »damit haben wir es fast geschafft. Gwen, du wirst unser Zuhause schon von Deck aus sehen können, bevor wir nachher ankommen: den herrlichen Sandstrand, die Gewürzterrassen unserer Tante Mahana ...« Ich lächelte breit.

»Cass, man könnte fast meinen, du hättest es eilig, nach Hause zu kommen. Das ist doch sonst nicht so?«, mischte sich Chris ein. Er musterte mich verwundert, dann grinste er plötzlich durchtrieben. Das konnte ja nichts Gutes bedeuten.

»Nun, ich gebe zu, ich freue mich ...«, setze ich vorsichtig an.

»Auf unseren zweiten«, unterbrach er mich, »Gaaast!« Er

zog das Wort unendlich in die Länge. Oder vielleicht kam es auch nur mir so vor.

Ich blinzelte. Blinzelte noch mal.

»Hä?« Wollte er mich veräppeln oder meinte er das ernst?

»Jaaa. Mum hat als ausgleichende Gerechtigkeit eine Ausnahme bei uns beiden ...«

»Das darf doch wohl nicht wahr sein!«, ließ ich ihn gar nicht erst den Satz beenden. Schließlich hatte ich einen Deal für Gwens Besuch gemacht und Chris ... Nun, selbst wenn Chris auch einen gemacht hatte, war ich mir sicher, dass ich einen höheren Preis gezahlt hatte. Was konnte er Mum schon angeboten haben? Von wegen ausgleichende Gerechtigkeit!

Aber Moment ... Mum erlaubte nie etwas grundlos und wieso sollte sie Chris überhaupt gestatten, einen unwissenden Gast mitzubringen, wenn sie keinen eklatanten Vorteil daraus ... War das alles ein abgekartetes Spiel? Hatte sie etwa schon einen Typen für mich auserkoren? Der Gedanke hatte etwas Absurdes, aber ich traute Mum alles zu. Seit Dads Tod war sie regelrecht besessen davon, die Linie zu erhalten. Oder gab es einen anderen Grund für einen zweiten Gast? Zum Ozean, ich hoffte es.

»What the hell«, murmelte ich matt. Und hustete lautstark, als ich die irritierten Blicke von Gwen und Chris bemerkte. »Wie lange bleibt denn dein Gast?«, startete ich Ablenkungsmanöver Nummer zwei. Hoffentlich nicht länger als einige Tage. Hoffentlich nur für ein paar Tage. Ich hatte absolut keine Lust, mit irgendeinem Idioten meine ganzen Som...

»Die Sommerferien über«, ließ Chris' Antwort meine Gedanken eine glatte Vollbremsung hinlegen.

»Großartig«, murmelte ich.

»Cass, was ist los?«, fragte Chris leise. Er hielt den Kopf

gesenkt. Gwen schaute krampfhaft in den Fußraum des SUVs. Meine plötzliche schlechte Laune hatte alles im Auto zum Erliegen gebracht.

Mist. In dem Moment war mir danach, den Kopf von Mister Hat-sich-zum-ersten-und-letzten-Mal-nach-Sansibar-verirrt zu verspeisen. Oh nein. Nicht schon wieder ... Keine Köpfe, Cassidy! Gleichzeitig fühlte ich mich von meinem Bruder verraten. Klar, wir redeten nicht über alles und sahen uns kaum, weil er ein Sportinternat für Jungen besuchte, auf das er – weil wir gleichzeitig eingeschult worden waren – auch noch ein Jahr gehen würde. Aber er musste doch wissen, dass ... Musste doch 1 und 1 zusammengezählt haben und verstehen, was ... Stattdessen verstand ich plötzlich etwas. »Deshalb bist du hier, Chris«, stellte ich bitter fest. »Um mir das zu sagen. Du hast mich sonst nie vom Flughafen abgeholt.«

Sein Kopf schnellte hoch. Die blauen Augen blitzten herausfordernd.

Aha, sein inneres Raubtier war erwacht.

»Tu nicht so, als wärst du überrascht«, schoss er harsch zurück.

»Ich bin überrascht!«, stieß ich – ehrlich überrascht – aus. »Ich hatte mit Mum eine lange Unterredung bezüglich Gwen und meiner Reise und ich hätte nie damit gerechnet, dass du auch ...«

»Ich weiß.« Er warf einen bedeutungsvollen Seitenblick auf Gwen.

Ich klappte den Mund wieder zu, verbiss mir die ungesagten Worte und schluckte hart. Fast hätte ich mich verraten. Uns. Schon wieder.

Verdammt!

Gwens neugieriger Blick wanderte derweil zwischen Chris und mir hin und her. Kein Wunder, da sie in der Mitte saß. Nun hob sie beschwichtigend die Hände und formte ein T. »Timeout, Leute. Timeout. Ich verstehe mindestens die Hälfte eurer Unterhaltung nicht und das ist völlig okay. Obwohl ich persönlich finde, einer mehr macht die Party umso lustiger – metaphorisch. Und ihr solltet einen Gang runterschalten, bevor ihr euch, über mich hinweg, an die Gurgel geht.«

»Sorry.« Ich seufzte. Sie hatte ja recht.

»Ist schon okay.« Gwen zwinkerte mir zu, kein bisschen beleidigt. »Ich hab das Gefühl, das ist so ein Geschwisterding. Irgendwie ganz amüsant.«

»Mhm«, machte Chris muffelig.

Ich lachte besänftigt. Nur Gwen konnte einen Streit amüsant finden.

Wenigstens Joacim schwieg, aber der war ja auch mit Fahren beschäftigt, denn wir hatten fast den Kai erreicht. Vorsichtig manövrierte er den SUV durch das Gewirr an Containern und geschäftigen Arbeitern. Eine echte Konzentrationsübung.

Stille trat im Wagen ein.

Die stummen Sekunden nutzte ich, um nachzudenken. Bei zwei menschlichen Gästen war es doch immerhin eine mehr als berechtigte Hoffnung, dass Mums Challenges ausfallen würden, oder? Ich sollte mich auf das Positive daran konzentrieren. Blieb einzig die Frage: »Chris, wer ist dein Gast?«

KAPITEL 6

SONNTAG, DER 3. JULI
UNGUJA/TANSANIA

Cassidy Dell'Aqua

Statt meine Frage zu beantworten, knirschte Chris mit den Zähnen. Wundervoll. Störte ihn der wenig begeisterte Tonfall, in dem ich gefragt hatte? Oder waren die Antwort und der Gast gleich so toll?

Ich seufzte. »Komm schon. Gwen und ich haben einen langen Flug hinter uns und ich bin nicht in der Stimmung, Laute zu entschlüsseln. Du wirst mir schon in Worten antworten müssen, damit ich es verstehe.«

Vergessen waren die Palmen, der Sand und das Meer. Übrig blieb das schale Gefühl, irgendwie ausgetrickst und in die Falle gelockt worden zu sein. Obwohl ich das noch gar nicht wusste. Schließlich konnte Chris' Gast sich als supernett, echt tiefgründig und absolut zuvorkommend entpuppen; auch wenn das wohl eher reines Wunschdenken war. Besonders da mein Bruder immer noch schwieg.

»Jetzt lass dir doch bitte nicht alles aus der Nase ziehen«, konnte ich mir nicht verkneifen, ihn zu tadeln. »Warum hat Mum dich vorgeschickt?« Chris war nicht gerade der geborene Diplomat. Wir standen uns nahe, aber das richtet auch nicht alles.

»Ich kenne ihn. Hab ihn schließlich eingeladen. Und ... sie hat vorausgesagt, dass du nicht erfreut sein würdest. Vielleicht deshalb.«

»Woher kennst du ihn?«, fragte ich und ignorierte den Rest.

Wobei die Antwort fast klar auf der Hand lag, wenn ich nach Gwen und mir ging: aus dem Internat. Aber wenn mein Bruder den Typ wirklich gut kannte, konnte ich bestimmt einiges aus Chris über ihn herausbekommen und Schwachstellen finden, mit denen ich den Guten ruckzuck wieder loswurde. Also ... Natürlich nur, falls er nicht supernett, echt tiefgründig und absolut zuvorkommend war – oder eben Teil von Mums hartnäckiger Strategie. Oder heiß.

Langsam konnte ich wieder freier atmen.

Da räusperte sich Joacim. »Na, wer will aussteigen?«

Ins Gespräch vertieft hatten weder Chris noch Gwen oder ich bemerkt, dass er uns bis vor den Anleger gefahren hatte, an dem die Blue Bell vertäut war.

»Oh, wow!« Gwens Kopf kollidierte fast mit meinem, so schnell reckte sie ihren zur Scheibe auf meiner Seite. »Könnt ihr eure Diskussion vielleicht auf dem Boot weiterführen? Ich genieße derweil die coole Aussicht von dort aus ...«

»Ähhh«, machte ich überrumpelt, denn Gwen griff bereits über mich hinweg, nach dem Türgriff und hatte es plötzlich sehr eilig.

»Boot?«, wiederholte mein Bruder lachend. »Jacht«, korrigierte er sie stolz. »Das ist die Blue Bell, meine Jacht. Gefällt sie dir?«

Was für eine Frage. Natürlich gefiel sie Gwen, die mich gerade aus der halb offenen Autotür schob, um die Blue Bell noch ein bisschen besser und aus der Nähe betrachten zu können.

»Deine Jacht? Die ist ja riesig!«, rief Gwen bewundernd.

Die Bewegungen am Kai erstarben kurzzeitig, als wir aus dem SUV geklettert waren, neugierige Blicke wurden ausgetauscht, dann setzten alle Hafenarbeiter die Vorbereitungen ungleich geschäftiger fort. Die Crew war schon fast bereit auszulaufen, es fehlten nur noch einige letzte Handgriffe.

»Na ja«, meinte mein Bruder zweifelnd, als er zu uns trat.

Dieses Mal verdrehte ich die Augen. Die Blue Bell war sein Baby. Unsere Mum hatte sie hauptsächlich für ihn gekauft, schließlich besaß die Familie schon einige Boote. Seit zwei Jahren eben auch noch eine Jacht für sechs Passagiere plus Besatzung. Eine kleine, wie Chris nicht müde wurde zu betonen. Sollte er doch eine große finanzieren.

Durchatmend sah ich mich um. Am Anleger herrschte weiterhin reger Betrieb. Gerade wurden einige Säcke mit Reis und andere Vorräte für die Insel auf die Jacht gebracht. Ein traditionelles Essen auf Sansibar brauchte nicht viel: Fisch, den sogenannten Catch-of-the-Day, Reis und ein bisschen Gemüse. Der Steg, über den wir die Blue Bell betreten würden, war für die Lieferungen heruntergeklappt und der fleißige Joacim reihte unsere vier Koffer schon davor auf.

Orange, orange, silbern, silbern. Alle da.

»Lust, an Bord zu gehen?«, fragte mein Bruder Gwen.

»Na klar.« Ehrfurchtsvoll blickte meine beste Freundin zum Steg.

»Dann los.« Chris eilte leichtfüßig darüber und sprang am anderen Ende, trotz Flipflops, schwungvoll auf die Jacht. Unser ausladendes Handgepäck oder die Koffer würdigte er keines Blickes. Mein Bruderherz eben, so zuvorkommend wie ein Elefant im Porzellanladen.

Kopfschüttelnd wandte ich mich an Joacim: »Danke dir, fürs Bringen und Koffer ausladen.« Freundschaftlich drückte ich ihm die Hand und steckte ihm dabei das Trinkgeld zu, das ich schon im Flugzeug extra dafür in der Tasche meiner Jogginghose deponiert hatte. »Gwen und ich haben über

Ausflüge gesprochen. Ich ruf dich an, sobald sich was konkretisiert.«

Er nickte erfreut. »Gerne, Cassidy. Und Gwen: nochmal herzlich willkommen auf Sansibar. Es ist schön, dass du da bist.«

»Dem kann ich nur zustimmen.« Gwen lächelte ihn warm an. »Es ist wundervoll hier. Ich muss unbedingt mehr von all dem sehen, Cass wird dich definitiv anrufen!«

»Das freut mich, danke.« Joacim grinste; ganz weiße Zähne und keine Scheu. »Halt die beiden in Zaum, ja? Jemand muss dafür sorgen, dass sie über ihren Hahnenkämpfen unser Paradies nicht zu schätzen vergessen.«

»Save.« Gwen lachte, dann murmelte sie verträumt: »Ich glaube, ich hab mich insgeheim bereits in die Insel verliebt.«

Ich gluckste. »Nur in die Insel?«

»Cass!«, rief sie errötend und stieß mir ihren Ellenbogen in die Seite.

»Au, ist der spitz!«, jammerte ich. »Womit habe ich das denn verdient?«

»Das weißt du genau!«

»Ach?«, protestierte ich und rieb mir die Rippen. »Das hätte aber wirklich nicht sein müssen.«

»Jetzt sei nicht so ein Baby und überleg dir nächstes Mal, was du sagst; bevor du es sagst. Das nennt sich präventive Kognition.«

»Jaja«, grummelte ich, fügte aber trotzig an: »Wenn es doch wahr ist.« Zack, schon hatte ich ihren Ellenbogen wieder in der Seite. »Aua!«, beschwerte ich mich.

Während ich mich leidend krümmte, winkte Gwen seelenruhig lächelnd dem davonfahrenden SUV. Joacim hatte sich wohlweislich aus dem Staub gemacht. Jetzt war ich allein mit meinem Bruder und Gwen, die beide momentan einzeln schon schwer zu ertragen waren. Und zusammen auch noch schwer voneinander begeistert. Na toll.

»Also wirklich!«, schimpfte ich leise. »Für was war das denn?«

»Was macht ihr Landratten denn noch da unten?«, rief in dem Moment, in bester Piraten-Manier, Chris, der Grund allen Unheils, von seiner kleinen Jacht.

Ich verdrehte wieder die Augen.

Gwen hingegen drehte richtig auf: »Darauf warten, dass du bessere Manieren als Klamottengeschmack beweist!«

Ich prustete los. Sieh an, selbst ihre rosarote Brille schützte ihn nicht vorm Koffertragen. Chris musterte Gwen stirnrunzelnd von oben. Er wirkte, als versuche er hinter den Sinn ihrer Worte zu kommen.

»Piraten waren, glaube ich, keine Gentlemen«, stellte ich trocken fest, sodass nur Gwen es hören konnte. »Aber der Versuch zählt.«

Sie zuckte die Schultern, dann trat sie an den ersten Koffer.

»Nein-nein-nein. Du und ich, wir gehen mit unserem Handgepäck zum Sonnendeck der Blue Bell und genießen entspannt die erste richtige Ferienstunde. Wir schleppen ganz sicher keine Koffer«, ich sah sie vielsagend an, »wenn es hier nur so von starken Männern wimmelt!«, schimpfte ich in einer Lautstärke, die bis nach Stone Town zu hören sein musste. Als weiterhin die ganze Crew, samt dem nun verschollenen Chris, abgetaucht blieb, zuckte ich die Schultern. »Männer«, klagte ich übertrieben.

»Also doch selber tragen?«, fragte Gwen flüsternd nach.

»Nein.«

»Aber nicht, dass sie unsere Koffer einfach stehen lassen?«

»Das würden sie nicht wagen«, beruhigte ich sie. »Aber sie sind schlimme Faulpelze, allesamt!« Damit stolzierte ich über den Steg, an Bord der Blue Bell; dicht gefolgt von Gwen.

Im Bauch der Jacht stellten wir unser Handgepäck ab und ich zeigte ihr die Kajüten, die Nassräume und die Bar. Bei der Brücke im vorderen Teil angekommen, riss ich die Tür auf und rief lautstark: »Könnte sich bitte jemand berufen fühlen, unsere Koffer an Bord zu bringen?« Auffordernd blickte ich ... meinen Bruder an, der sich hier verschanzt hatte. *Dieser faule Faulpelz.* »Daaaankeeee, Chris.«

»Echt jetzt?«, gab er mäßig begeistert zurück. »Schon wieder Koffer schleppen?«

»Je schneller sie auf der Blue Bell sind, desto schneller können wir auslaufen«, gab ich unbeeindruckt zurück.

Chris seufzte tief, murmelte »Okaaay« und erhob sich endlich.

»Geht doch«, kommentierte ich. »Vielleicht sogar etwas schneller?«

»Ha ha«, machte er. Dann rief er laut: »Mariooooo! Ich brauche dich am Anleger.« Eher als vermutet verschwand er durch die offene Tür.

Oh, Mario war also da. Mhmmm. Ich lächelte breit.

Gwen zog in einer stummen Frage ihre feinen Brauen hoch.

Ich grinste sie nur zufrieden an. »Siehst du. Alles gut, die machen das mit den Koffern schon. Die brauchen nur ein bisschen ... Erziehung. Also komm, lass uns die Sonne suchen gehen, ich bin sicher, wir stechen in einigen Minuten in See.«

»Sonnen und die Bootsfahrt genießen klingt gut.« Gwen nickte.

»Lass dass mit der *Boots*fahrt nur nicht Chris hören.« Lachend führte ich sie wieder zur Tür hinaus, eine schmale Treppe nach oben und durch einen kleinen Salon ins sonnige Freie.

Auf dem Oberdeck begrüßten uns absolute Windstille und ein ungetrübter Horizont. Das Wetter war traumhaft schön.

Nach einem kurzen Blick über die Reling, ins türkisblaue Wasser im Hafen, ging ich glücklich seufzend auf eine der hölzernen Sonnenbänke zu, die sich in Stufen rechts und links an den Innenwänden des Decks entlangzogen. Wahlweise konnten sie zum Liegen, Sitzen oder nach ein paar Handgriffen sogar als Tisch genutzt werden. Jetzt sah mein Plan allerdings vor, absolut faul im Jogginganzug darauf zu entspannen. Was die Männer konnten, konnten wir ja wohl schon lange.

Auffordernd klopfte ich mit der Hand aufs Holz der Sonnenbank. »Setzen wir uns und chillen«, schlug ich Gwen vor, die eindeutig in Richtung des Stegs schielte, an dem Chris und Mario sicher gerade unsere Koffer einluden.

Ich verstand sie. Nur zu gut. Und auch, warum es noch einige Sekunden dauerte, bis sie sich neben mich setzte. Denn mit dem äußerst attraktiven Mario hatte ich zu Beginn des letzten Sommers mindestens so heftig geflirtet wie Chris und Gwen jetzt. Vielleicht wäre das dieses Jahr auch keine schlechte Idee. Vielleicht würden Mario und ich uns dieses Jahr wirklich nahekommen. Chris und Gwen ... Mario und ich ... Oder auch nicht, weil mir da wieder die Wünsche meiner Mum einfielen und ... apropos Männer: Mein Bruder, der Held, sollte mir noch Rede und Antwort stehen, was den zweiten Gast betraf!

»Ist es okay, wenn ich dich für ein paar Minuten hier allein entspannen lasse?«, versicherte ich mich bei Gwen, die bereits mit geschlossenen Augen die Sonne anbetete. »Ich würde gerne nochmal mit Chris reden. Du weißt schon: Geschwisterkram.«

»Klar, quetsch ihn über den Partycrasher aus!«

Hach, wir verstanden uns einfach.

KAPITEL 7

SONNTAG, DER 3. JULI
SANSIBAR/TANSANIA

Cassidy Dell'Aqua

Auf meinem Weg nach unten zurück zur Brücke der Jacht hörte ich, wie der Anker der Blue Bell eingeholt wurde, und fühlte, wie der Rumpf mit einer leicht seitwärts gerichteten Bewegung vom Kai wegtrieb.

Chris und Mario lümmelten, wie vermutet, in je einem der schwarzen Ledersessel hinter dem großen Steuerpult auf der Brücke und schauten aufs fast glatte Meer hinaus. Beide hatten ein geöffnetes Dosenbier in der Hand und nahmen gerade einen langen Schluck davon. Bei Chris wirkte Alkohol nicht, aber bei Mario schon ... Er war ein Mensch und steuerte eigentlich die Jacht. Alkoholisiert? Wenn Mum das wüsste. Immerhin waren sie bester Stimmung. »Gibt's was zu feiern?«

»Ja, du musst unbedingt mit uns anstoßen!«, rief mein Bruder und schwenkte sein Bier, dass es nur so aus der winzigen Öffnung oben spritzte.

Mit hochgezogenen Augenbrauen trat ich vorsichtig hinter ihn. »Ja, worauf?« Dass Gast Nummer zwei bereits wieder abreisen wollte? Das wäre schön. Zu schön, um wahr zu sein.

»Mario hat sich verlobt.«

Mario? Was? ... *verlobt?!*

Für eine Sekunde war da nur Schreck.

Als dieser nachließ, blieb pure Überraschung, schließlich hatten wir ja nie was miteinander gehabt. Trotzdem ... Ich horchte in mich. Die geheimen Vorstellungen von einer gemeinsamen Zukunft zerbröselten vor meinen Augen. Chris' Worte trafen mich aber nicht so sehr, wie sie es eventuell sollten, nachdem ich eben noch an ein Wir, ein Mario-und-ich, gedacht hatte. Das war einerseits gut – super –, andererseits zeigte es mir, dass ich mir selbst etwas vorgemacht hatte und emotional eigentlich noch im Tunnel nach Dads Tod steckte. Es war wohl doch eher eine Schwärmerei gewesen, weil Mario so gut aussah und mir Abwechslung geboten hätte. Und nicht mehr. Ich schluckte, von mir selbst enttäuscht, dann nickte ich langsam, als ich akzeptierte, dass ich eben noch nicht so weit war. Und Mario sowieso nicht der Richtige.

»Glückwunsch.« Leider klang es nicht halb so selbstsicher, wie ich es mir wünschte, und deutlich mehr, als hätte ich rostige Nägel verschluckt. Danke, Chris. Jetzt dachte Mario bestimmt, ich würde es ihm nicht gönnen.

Prompt spiegelte das männliche Gesicht unseres Kapitäns, das ich von Anfang an so attraktiv gefunden hatte, etwas, das verdächtig nach Mitleid aussah. Aber auch ein bisschen ... Angst. Vor mir und meiner Reaktion?

Ich seufzte. Vielleicht war es, weil ich eben nicht nur Cassidy war, sondern Cassidy Dell'Aqua, Erbin meiner Mum und der Mermaid Mafia. Dabei war ich jetzt, in diesem Herzschlag, einfach nur erstaunt. »Wer ist denn die Glückliche?«, fragte ich bemüht nett, obwohl mich das eigentlich gar nicht interessierte.

»Mahana«, antwortete mir Mario zögerlich.

Oh. *Oh?* Ich erstarrte. Schluckte noch mal. Was zum heiligen Dreizack? Hätte ich auch ein Bier in der Hand gehabt, ich hätte es verschüttet. Ich versuchte, meine plötzlich unruhigen Hände unter Kontrolle zu bekommen. »Shenayas Mum?«, brachte ich fassungslos hervor.

Chris giggelte in sein Bier.

Elender Verräter.

»Wie ... schön«, fügte ich lahm hinzu. Meine Tante war zweifelsohne eine attraktive Frau, genau wie meine Mum. Und beide sahen keinen Tag älter als dreißig aus. Denn ab dem achtzehnten Lebensjahr alterten Mermaids nur noch mäßig, ab dreißig fast gar nicht mehr. Aber wie Mum war auch Mahana sehr viel älter, als sie aussah: fast hundertfünfzig Jahre alt. Ihr erster Mann, der Dad von Shenaya und ihrem älteren Bruder Okuza, war in hohem Alter während unserer Kindheit gestorben. Shenaya konnte sich gar nicht mehr an ihn erinnern. Unsicher, was ich von all dem halten sollte, strich ich mir eine helle Haarsträhne hinters Ohr.

Mario und Chris beobachteten mich, als könnte ich jederzeit etwas Verrücktes tun; als wäre ich diejenige, die vor sich selbst bewahrt werden müsste. Dabei war das wohl eher Mario ...

Cassidy, das müssen Mario und Mahana wissen, wies ich mich gedanklich zurecht. Denn grundsätzlich war die Verbindung für meine Familie nichts Ungewöhnliches, die meisten Mermaids bevorzugten es, sich mit treuem Personal einzulassen. Der attraktive Mario war eben nicht nur mir aufgefallen. Und die Heirat bescherte ihm neue Möglichkeiten. Mahana war Mums Lieblingsschwester, das schuf gute Chancen für eine Karriere in der Mafia. Außerdem war Mahana, anders als Mum, ein echter Familienmensch. Ich mochte sie sehr, sie war unglaublich herzlich. Und ihre Schwanzflosse schimmerte in Mermaid-Gestalt azurblau – genau wie meine. Das machte die Blutlinie aus und die Familie stand über allem.

Die Mermaid Mafia aber auch.

Mit einem Stirnrunzeln dachte ich daran, was das für Mario bedeutete. Mum ließ Eingeweihte nie wieder vom Haken. Gehörte man einmal dazu, gab es kein Zurück mehr. Zumindest nicht lebendig. Und Verrat – ein sehr dehnbarer Begriff – wurde grausam bestraft, außer man gehörte zur direkten Blutlinie. Doch selbst dann endeten die Freiheiten an einem bestimmten Punkt. Und schließlich waren da noch all die Feinde, die Mum sich über die Jahrzehnte gemacht hatte. Mehr als ein Gestaltwandler-Clan war erpicht darauf, eine wertvolle Geisel in die Hände zu bekommen, Mum zu erpressen und ihren Einfluss zu schmälern. Deshalb durften wir nie unaufmerksam sein. Das war viel zu gefährlich. Trotzdem wünschte ich mir manchmal, vergessen zu können, dass der goldene Käfig existierte.

Jetzt gerade wünschte ich mir allerdings, ich hätte ein Bier, wie Chris. Noch besser wäre es, wenn das Bier auch eine nennenswerte Wirkung auf mich hätte, damit ich etwas lockerer wurde.

»Wann ist denn der große Tag?«, ergriff mein Bruder das Wort.

»Also«, druckste Mario herum. Er nahm einen weiteren Schluck aus seiner Dose, »das haben wir noch nicht festgelegt.«

»Vielleicht könnten wir dabei sein«, versöhnlich sah ich Mario an, »falls ihr in den nächsten sechs Wochen heiratet? Hier?«, bot ich ihm einen Ölzweig an. Wenn er und meine Tante glücklich waren, freute ich mich für die beiden. Und welches Recht hatte ich überhaupt zu urteilen? Wären wir ein Paar geworden, hätte unser Altersunterschied immerhin auch knapp zehn Jahre betragen.

Mario nickte erleichtert. »Ja, warum nicht, das ist eine

wirklich schöne Idee. Ich denke, Mahana wird sie lieben, ich schreib ihr nachher gleich und schlage es vor.«

»Werdet ihr denn auf der Insel heiraten?« Chris sah angetan aus von der Vorstellung, die ich angeregt hatte.

Eine Hochzeit hier, hach ja. Trauungen wurden bei uns immer bunt, laut und in großem Stil gefeiert. Das war also etwas, worauf man sich freuen konnte.

»Ich hoffe es«, meinte Mario, deutlich gelöster.

Ich lächelte. Traditionell wurde das Paar unter einem mit Blumen geschmückten Torbogen getraut und durch einen Blütenregen geehrt, sobald es den Mittelgang zwischen den Gästen entlangging. Die bunte Pracht, die sich die Gäste aus vorbereiteten Kokosnussschalen griffen und warfen, symbolisierte Fruchtbarkeit, lebensfrohe Tage und die gemeinsamen Erlebnisse, die alle dem Paar für die Zukunft wünschten.

Als würde er sich die Zeremonie bereits vorstellen, lächelte auch Mario. »Das hier ist Mahanas Zuhause. Ich lebe zwar erst seit drei Jahren auf Sansibar, kann mir aber keinen schöneren Ort vorstellen, um mich trauen zu lassen.« Sein Blick wanderte von mir zu Chris. »Ich glaube, Mahana wollte diesen Vormittag um die Zustimmung eurer Mum dafür bitten.«

»Für die Insel als Location kommt es eigentlich nur darauf an, wen ihr einladen wollt«, gab ich zu bedenken. Wollte Mario seine eigene Familie einladen, würde das schwierig werden.

»Ach, nur der kleine Kreis. Wir, ihr. Das reicht mir völlig.«

»Dann sollte das klappen. Mahana konnte Mum schon immer rumkriegen«, meinte Chris, der gedankenverloren an seinem Bier nippte.

Ich nickte. »Mum hat ihr selten etwas abgeschlagen. Mahana ist einfach super darin, sie milde zu stimmen.« Mhm. Milde ... Plötzlich überlegte ich, ob Mum mich hatte milde stimmen wollen, als sie Gwen erlaubt hatte, über die Ferien zu uns zu kommen. Etwas, das bis vor einigen Jahren noch undenkbar gewesen wäre: Ein Mensch, der nicht zum handverlesenen Personal gehörte, zwischen Gestaltwandlern. Allerdings war der Gedanke, dass Mum mich milde stimmen wollte, noch Furcht einflößender als unser Deal. Denn das würde bedeuteten, dass ich noch gar nicht wusste, was Mum eigentlich plante. Um zumindest ein weiteres Puzzleteil zu entdecken, war ich ja ursprünglich auf die Brücke gekommen ... »Themenwechsel«, bestimmte ich deshalb übergangslos und ziemlich scharf.

Mario verschluckte sich an seinem Bier. »Cassidy!«, protestierte er keuchend.

»Was?!« Auch wenn Mario es nicht wusste, ging es hier um meine Zukunft und ich fand, ich hatte durchaus das Recht, Antworten von Chris einzufordern. Zielstrebig wandte ich mich deshalb an meinen Bruder: »Chris, spuck's endlich aus!«

Er sah mich verwirrt an.

»Der zweite Gast ...«, half ich ihm auf die Sprünge.

»Cass, wann lernst du Diplomatie?«, fragte er seufzend, statt mir einfach zu antworten und obwohl ich ihm genau anmerkte, dass er mich sehr wohl verstand.

»Direkt nachdem du sie gelernt hast.« Also wirklich.

»Wäre besser für alle, wenn du sie schnell lernen würdest.« Chris' Tonfall war locker, doch sein ernster Gesichtsausdruck beunruhigte mich.

Ich studierte seine Mimik genauer. Sein Zögern machte mich nervös. So nervös, dass ich zum ersten Mal einen Hauch von Angst verspürte. Was verbarg er? »Raus mit der Sprache, Christos. Wer ist dieser zweite Gast und was macht er bei uns?«

Chris seufzte.

Mario lachte. »Chris, gib's auf. Sie wird sich niemals ändern. Genau wie du. Ihr seid beide gleich dickköpfig. Und je schneller du ihr sagst, was sie wissen will, desto schneller kannst du in Ruhe dein Bier weitertrinken.« Nein, wie charmant. Da gab ich ihn doch noch viel lieber an Mahana ab.

Chris und ich boxten Mario gleichzeitig gegen den Oberarm. Wäre Chris' Anspannung nicht so greifbar gewesen, wäre es fast lustig.

»Es geht um die Familie«, sagte mein Bruder schließlich, »irgendwie geht es doch immer darum.« Etwas bedrückend Endgültiges schwang in seinen Worten mit und ließ mich aufhorchen. Sunny-Surfer-Boy Chris sprach in dem Ton? Von Familie?

Anscheinend hatte Dads Tod nicht nur mich aus der Bahn geworfen. Mum war angespannt und sich ihrer Sterblichkeit zu sehr bewusst, Chris hatte begriffen, dass das Leben nicht nur aus Spaß bestand, und ich ... Ich war irgendwie haltlos, was ein Gefühl wie Übelkeit und Schwerelosigkeit in einem war; allerdings nicht die fröhlich-unbeschwerte Schwerelosigkeit, sondern die, die mich meine Machtlosigkeit fühlen ließ.

Seit Dads Tod telefonierte niemand mehr jeden Donnerstagabend eine Stunde lang mit mir. In den Ferien würde niemand mehr ewig mit mir Monopoly spielen und mich gewinnen lassen, damit wir wie immer anschließend den Sieg mit einer ganzen Packung Schoko-Bananeneis feiern konnten, bis uns übel wurde. Mum und Chris waren zwar noch da und auch ... Familie, aber Chris hasste Monopoly, Mum hatte – O-Ton – keine Zeit für so was und ich sah beide nur ein paar Mal im Jahr in den Ferien. Dad war eben Dad gewesen. Etwas ganz Besonderes für mich, nicht zu ersetzen.

Resigniert ging ich auf einen der vier kleinen Hocker zu, die neben den vielen Schaltern und blinkenden Instrumenten der Blue Bell fest verankert waren und ließ mich daraufsinken. Es hatte etwas Ironisches, dass ich mich gerade hier im Kontrollraum der Jacht fühlte, als würde mir langsam alle Kontrolle über mich entzogen. Als würde ich mitten in die Ausläufer eines Sturms geraten, der sich weit draußen am Horizont zusammenbraute, noch unsichtbar, aber schon so groß, dass das Frühwarnsystem ansprang.

Eine bleischwere Stille trat für Sekunden auf der Brücke ein.

»Ich schau mal im Maschinenraum vorbei«, durchbrach Mario sie.

Wie betäubt nickte ich und musterte hingebungsvoll den weißen Boden mit den blauen Quadraten. Den hatte aber jemand schön sauber geschrubbt. Derweil murmelte Chris matt: »Klar, Mario, schau, was der Rest der Crew so treibt.«

Ein Schleifgeräusch ertönte, dann ein leises Klicken. Übrig blieben mein Bruder und ich – und all die unausgesprochenen Dinge zwischen uns.

Ich hörte, wie Chris seine Bierdose mit einem scheppernden Laut abstellte. Der Boden knarzte, als er an die Monitore neben mich trat. Er verharrte dort und justierte stumm ein paar quietschende Hebel. »Er ist okay«, sagte er schließlich.

»Mhm.« Wir wussten beide, dass er von seinem Gast sprach. Aber … Okay? Okay war nichtssagend. Und Chris hatte schon zu viel Zeit geschunden. Jetzt nahte die Ankunft zu Hause und er war offensichtlich doch zu der Entscheidung gelangt, mir etwas erzählen zu wollen. Warum?

»Wir brauchen ihn«, fügte er, fast unhörbar, hinzu.

Erschrocken hob ich den Blick. Mein Herz pochte überdeutlich in meiner Brust. »Für was?!« Wir hatten noch nie irgendwen für irgendwas gebraucht.

Kapitel 8

Sonntag, der 3. Juli
Sansibar/Tansania
Cassidy Dell'Aqua

Ich hatte einen riesigen Kloß im Hals. Wir Dell'Aquas beherrschten die Ozeane. Wir führten den größten Schmugglerring des Planeten. Wir konnten alles beschaffen, transportieren und in einer Welt des Konsums fast jeden zu fast allem bringen. Warum sollten wir einen Typ aus Chris' Internat, einen Menschen, für irgendetwas brauchen? Was sollte er uns geben können?

Geld? Wohl kaum. Wir waren reicher als die meisten Staaten.

Macht? Wir waren einst angebetete Götter, eine höhere Spezies.

Einfluss? Wir machten Politik, indem wir die Welt manipulierten.

»Warum brauchen wir ihn?«, fragte ich beklommen. Die Situation wurde immer undurchschaubarer und das gefiel mir ganz und gar nicht.

»Ich verstehe es auch nicht genau«, gestand Chris mir resigniert.

»Wie?« Ich riss die Augen auf. Ungläubig sah ich ihn an.

Er schwieg.

»Ich weiß, dass Mum mir angeboten hat, ihn einzuladen – nachdem du Gwen eingeladen hattest«, setzte er an.

Ach, ihm war es einfach angeboten worden? Was war denn das für eine elterliche Ungerechtigkeit?

»Ich weiß, dass du kein Interesse ...«, fuhr er fort.

»... daran hast, wie eine Marionette eine Rolle zu erfüllen, die Mum für mich bestimmt?«, unterbrach ich ihn sauer. Jetzt platzte mir der Kragen. »Vielleicht hätte sie mich nicht auf ein Internat schicken sollen, auf dem sie einen zur Selbstständigkeit erziehen und dazu, Dinge zu hinterfragen.« Andererseits waren genau das essenzielle Fähigkeiten, um eines Tages ihre Führungsposition zu übernehmen. Sagte sie zumindest immer.

»Schon«, gab mein Bruder unumwunden zu. Er fixierte eine Spur zu interessiert seine verschlissenen Flipflops, die Haltung kam mir bekannt vor. Jäh richtete er sich kerzengerade auf.

»Chris?« Ich sah ihm aufmerksam ins Gesicht.

»Cass, du hast das gerade in den falschen Hals bekommen. Ich glaube nicht, dass es darum geht, dich zu verkuppeln. Wirklich nicht. Auch wenn Mum diesbezüglich gerade etwas am Rad dreht, wegen Dads Tod und dem Erbe. Und ... Ich will, dass du weißt ...« Er vollführte eine etwas hilflos wirkende Armbewegung. »Ich stehe immer hinter dir. Immer«, betonte er ernst.

Ich musterte ihn. Blickte ihm tief in die hellblauen Augen, die meinen so ähnlich waren. »Okay«, akzeptierte ich schließlich.

»Also ich ...« Er fuhr sich mit den Fingern durchs sandfarbene Haar. »... fange am besten nochmal von vorne an und erzähle dir, was Mum mir gesagt hat, okay. Es ist so: Unsere Geschäfte laufen nach wie vor gut.«

Ich lächelte beruhigt.

»Sehr gut sogar. Allerdings ...« Er stockte.

»Ja?«

»Befinden wir uns im Zwist mit einem unserer Unterhändler.«

»Oh?« Das verursachte mir Gänsehaut. Ich wusste nicht viel über Geschäftsdetails oder die genauen Partner der Mermaid Mafia. Mum bevorzugte, das für sich zu behalten, solange Chris und ich noch nicht ins Tagesgeschäft involviert waren. Doch ich wusste, dass Unterhändler nicht zwingend etwas mit dem Handel von Waren zu tun hatten. Es bedeutete nur, dass sie etwas für uns erledigten. Ich nahm allerdings an, dass mein Bruder sich bewusst vage ausdrückte. »Das klingt nicht wirklich gut«, murmelte ich bang.

»Ist es auch nicht«, bestätigte Chris leise und runzelte sorgenvoll die Stirn. »Vor allem, da es sich nicht um Menschen handelt.«

Ich atmete scharf ein. »Gestaltwandler?«

»Wasserwandler.«

»Was?!«

»Ja, Matsya.«

Das war ganz schlecht. Die Matsya waren uns seit jeher von allen übernatürlichen Spezies am nächsten. Sie begleiteten oft unsere Unterwasser-Konvois als Schutztrupp und unterstützten uns auch sonst bei vielem, geschäftlich und politisch. Genau wie wir sie. »Was ist passiert?« Es gab unzählige Wasserwandler-Stämme. Manche waren stärker, andere schwächer. Die meisten arbeiteten seit jeher für die Mermaid Mafia. Gemeinsam mit uns waren sie zu Reichtum, Macht und Ansehen gekommen. Zu Ruhm. Deshalb rissen sich die einzelnen Familien normalerweise um unsere Aufträge, zumindest erzählte Mum das immer. Was musste passiert sein, dass sie sich mit Mum – der höchsten in der Hierarchie – anlegten?

Ich verspürte ein unangenehmes Druckgefühl im Bauch.

»Es ist kompliziert. Mum meint, dass sie ihre Autorität nicht mehr vorbehaltlos anerkennen.« Chris seufzte.

Ungläubig schaute ich ihn an. »Sie fühlt sich nicht respektiert? Sie?« Das wurde ja immer besser. Mum war die Queen der Ozeane. Ich hatte noch nie erlebt, dass jemand nicht vor ihr gebuckelt hätte. Das mussten besonders lebensmüde Matsya sein. Oh Gott, was würde sie tun?

Chris nickte unbehaglich. »Fakt bleibt, dass die Matsya wohl schon länger in kleineren Gruppen aufbegehren, weil sie sich uns nicht mehr unterordnen wollen.«

Ich warf die Hände in die Luft. Waren denn alle irre in ihrem Freiheitsstreben? Die Welt brauchte eine natürliche Ordnung. Nur Ordnung verhinderte Chaos. Wobei ... das dachten bestimmt schon so einige große Politiker. »Wir zwingen sie doch nicht dazu. Sie profitieren vom Geschäft, genau wie wir. Sollen sie sich erst mal Macht, Einfluss und Verbindungen in unserem Ausmaß aufbauen, dann sprechen wir weiter.«

Mein Bruder grinste. »Du klingst wie Mum.«

Ich zuckte die Achseln. »Na, ist doch wahr.«

»Schon, aber sie sehen das offenbar anders. Sie sagen, dass wir zu viel vom Verdienst einstreichen.«

»Ohne uns hätten sie doch gar keinen! Was bekommen sie? Fünfunddreißig Prozent? Das ist mehr, als sie irgendwo sonst einstreichen würden. Wir sind viel zu großzügig bei ihrem Anteil«, knurrte ich, jetzt verärgert.

Er lachte. »Ich sehe schon, unter deiner Herrschaft brechen harte Zeiten für alle an.« Dann wurde er ernst. »Aktuell sogar bereits vierzig Prozent. Sie wollen aber fünfzig. Hälfte-Hälfte.«

Ich schüttelte den Kopf. »Das ist Wucher! Das können sie nicht ernst meinen, schließlich gibt es Kosten und Risiken, die nur wir tragen. Und kommen wir ihrer Forderung nach – bevorzugen wir sie –, rebellieren alle anderen, es wäre ein Teufelskreis. Sie sind ja nicht unsere einzigen Unterhändler. Und sie sind nicht unersetzbar.« Unwillig schürzte ich die Lippen. »Wieso erfahre ich erst jetzt davon?«

Chris verzog das Gesicht und schaute weg. »Frag nicht mich. Ich habe es auch erst gestern erfahren und das sicher nicht, weil Mum mich lieber hat als dich, sondern nur, weil ich schon hier war. Sie war ziemlich ... aufgebracht. Aber ganz unter uns: Ich vermute, sie hat uns bisher außen vor gelassen, weil es ein altbekanntes Problem ist. Nichts Neues. Das weißt du.«

»Ja, schon«, gab ich zu. »Es ist normal, dass der ein oder andere Unterhändler die Grenzen austestet. Wir sind die Mafia. Kein strickendes Teekränzchen.«

»Gute Metapher.« Chris schmunzelte. »Wir kennen das ja: Zuerst werden große Forderungen gestellt, aber nachdem ein paar der besonders aufrührerischen Rädelsführer verschwunden sind, ist im Normalfall wieder für eine Weile Ruhe, bis das Spiel von Neuem beginnt. Allerdings ist jetzt unser größter Unterhändler betroffen und Mum hat sich, anders als sonst, anscheinend von ihm in eine ungute Position manövrieren lassen.«

Ich sah meinen Bruder groß an. Das klang so unglaubwürdig, dass es mir schon ein wenig Angst bereitete. »Das bedeutet? Abgesehen von der dreisten Forderung?«

»Das bedeutet für uns verstärkte Sicherheitsmaßnahmen. Und für dich ... einen zweiten Gast.« Er seufzte schwer, wirkte unsicher. »Bitte lass mich jetzt ausreden. Von mir wirst du alles erfahren, was ich von Mum weiß. Den Rest ...« Freudlos lachte er. »Solltest du bei ihr erfragen und mir dann sagen.«

»Mhm.« Ich nickte unzufrieden.

»Nun, also ... Es gibt einen Matsya, der inzwischen fast alle Wasserwandlerstämme unter sich geeint hat. Das macht ihn zu einer echten Bedrohung. Besonders in Anbetracht der Mannstärke, na ja Anzahl der Matsya eben. Aber warum diese Bedrohung so groß ist, dass wir ...« Er stockte und korrigierte minutiös den Kurs der Jacht.

Wir waren bereits in unmittelbarer Nähe unseres Zuhauses.

»Dass wir was?« Ich konnte meine Neugier nicht verhehlen.

»Gleich«, murmelte Chris, abwesend auf einen der Bildschirme starrend.

Na, hoffentlich. Mein Kopf drohte fast zu platzen, so intensiv versuchte ich die neuen Informationen zu ordnen. Wasserwandlerstämme gab es viele. Erstarkte Familien ebenso, doch seit wann gab es einen Sprecher für alle? Hatten sie sich nicht immer gegenseitig misstraut? Wann und wie hatten sie sich einigen können? Das war doch nicht erst gestern passiert. War Mum unaufmerksam gewesen? Aber das sah ihr so gar nicht ähnlich ...

»Jedenfalls«, setzte Chris neu an, »ist Mum von der Bedrohung überzeugt. Und davon, dass wir diese wirklich ernst nehmen müssen, denn die Matsya sind fleißig: Sie zerstören Geschäftsbeziehungen und alteingesessene Bündnisse wie Parasiten. Sie sind – Zitat Mum – ›ein Geschwür, das herausgeschnitten werden muss, bevor die natürliche Ordnung zerbricht‹.«

Ich seufzte ungläubig. »Warum erzählt sie mir das alles

nicht selbst? So wie dir?« Ich konnte es einfach nicht verstehen. Etwas so Wichtiges ging vor sich … Und sie schickte Chris zu mir?

»Weil sie mich bat, es dir zu erzählen.«

»Das ist keine Antwort«, sagte ich bedrückt. »Daraus kann ich nur schließen, dass sie mich nicht sehen will.« Und das tat ganz tief drinnen weh.

»Ach, Cass. Sie will vor allem den Anschein von Normalität wahren und vermeiden, dass die ganze Familie Wind von all dem bekommt. Glaubst du, eine Panik wäre hilfreich?«

»Nein.« Ich stutzte. »Ist Panik denn die angebrachte Reaktion?« War es so schlimm? Wackelte Mums Thron tatsächlich?

»Nun, wie gesagt und wie wir beide wissen: die Matsya sind viele, wir sind wenige.«

Wahre Worte. »Und was hat jetzt dieser Gast damit zu tun?«

»Ich zitiere wieder Mum: ›Wer neue Strukturen aufbauen will, braucht neue Freunde‹.«

»Meine Güte, hat sie vor eurem Gespräch eine ganze Packung Glückskekse gegessen?«

»Ach Cass. Der zweite Gast ist … nun … auf Mums Wunsch hier, aber er ist auch … Also eigentlich …«

»Was?«, fragte ich ungeduldig. »Unsichtbar? Ein Rockstar? Kriminell? Ach halt, kriminell sind ja wir.«

Chris lachte nicht.

Schade. Und sehr bedenklich.

»… mein bester Freund«, endete er leise und ziemlich unbeholfen, »Überraschung!«

Verständnislos schaute ich ihn an. Der mysteriöse Gast war Christos bester Freund? Ich stieß die Luft aus, die ich unwillkürlich angehalten hatte. Wozu dann die Geheimnistuerei? »Das ist doch eigentlich toll, oder? Ich meine: Meine beste Freundin ist hier, dein bester Freund ist da, Mario und Mahana heiraten. Und okay, verschärfte Sicherheit und Aufmerksamkeit während der Ferien, weil unsere engsten Verbündeten beschlossen haben, unsere größten Feinde zu werden. Was mir ehrlich gesagt schon ziemlich Sorge bereitet, aber ... Warum hast du so ein Geheimnis draus gemacht?«

»Weil ...« Chris trippelte verwirrend nervös auf und ab. »Ich fühle mich irgendwie schuldig. Es ist so seltsam, dass Liam jetzt hier ist.«

»Liam?« Ich ließ mir den Namen auf der Zunge zergehen. Klang so weit ganz normal. Liam. Mhm. War doch eigentlich ganz schön?

»Wir haben uns direkt im ersten Internatsjahr kennengelernt«, sprudelte es aus Chris heraus, »und ich wollte es dir erzählen, jedes Jahr in den Sommerferien. Ich meine, Liam und ich, wir haben uns von Anfang an so gut verstanden. Aber ... Ich dachte, Mum wüsste nichts davon, also wollte ich es lieber geheim halten, damit ihr euch nicht aufregt ...«

»Worüber denn?« Meine Augenbrauen wanderten nach oben.

»Er ist wirklich ganz anders, als ich dachte.«

Ich verstand nur Bahnhof. Geheim halten? Aufregen? Waren sie mehr als Freunde? War es das, was mein Bruder mir sagen wollte?!

»Deshalb wünsche ich mir wirklich, dass du ihm unvoreingenommen begegnest. Und ...«

Aber all die Mädchen ...?! Nein, das ergab keinen Sinn. Oder etwa doch? »Hör auf«, sagte ich laut.

Chris öffnete und schloss seinen Mund tonlos.

»Du quasselst wirres Zeug. Und ich verstehe wirklich nicht, was genau du zu sagen versuchst. Bist du mit ihm zusammen?«

Mein Bruder riss die Augen auf. »Was?! Nein. Wie kommst du darauf?«

»Mhm.« Damit war meine einzige Theorie hinfällig. »Was ist dann los?«, fragte ich seufzend. Was konnte schwieriger sein, als zu sagen: ›Unsere engsten Verbündeten haben beschlossen, unsere größten Feinde zu sein‹? Und das hatte er ja schon hinter sich.

»Ich sagte doch schon«, murmelte Chris. »Wir brauchen ihn.«

»Sagtest du«, stimmte ich ungeduldig zu. »Aber du hast mir bis jetzt nicht gesagt, warum wir ihn brauchen. Oder wofür.« Ich verengte die Augen, als es mir dämmerte. Meine rechte Hand schoss zeitgleich mit meinem Kopf nach vorn. Ich packte meinen Bruder am Arm. »Er ist kein Mensch, oder?«, entwich es mir.

»Nein«, flüsterte Chris und wirkte ziemlich schuldig. »Ist er nicht.«

»Was ist er dann?«, fragte ich alarmiert, während ich Chris mit einem Ruck losließ. Die Lager der übernatürlichen Wesen dieser Welt gliederten sich in exakt zwei und da zu unserem – außer uns – nur noch die Matsya gehörten, musste Chris' Freund bei all der Aufregung aus dem anderen kommen und damit ein Feind sein – ein Kind der Nacht, ein Ghul oder sogar ein Djinn. Der Schock darüber war mir wohl anzusehen, denn mein Bruder zischte: »Find es doch selbst heraus!«

Scheiße, hatten Titus oder Sina ältere Brüder?

KAPITEL 9

SONNTAG, DER 3. JULI
SANSIBAR/TANSANIA

Cassidy Dell'Aqua

Stocksauer stapfte ich die Treppe zum Sonnendeck der Blue Bell hinauf. Am liebsten hätte ich meinen Bruder über Bord geworfen, allerdings wäre das in dem Fall wenig effektiv gewesen.

Schon nach dem ersten Schritt ins Freie sah ich, dass sich Gwen bis zur Nasenspitze in eine der Bootsdecken eingemummelt hatte – wohl zum Schutz vor der Sonne – und selig vor sich hin schlummerte. Das machte sie auch oft im Internat, wo es viele begrünte Außenflächen zum Entspannen gab. Sie sah richtig süß aus in ihrem Eskimo-Deckenkokon. Vielleicht hätte ich auch lieber ein Mittagsschläfchen halten sollen, statt Wahrheiten nachzujagen, die mich mit umso mehr Fragen zurückließen.

Dafür war es jetzt aber zu spät, die Blue Bell drosselte schon ihre Geschwindigkeit und steuerte in direkter Linie in den gemauerten Hafen des Dell'Aqua'schen Zuhauses. Die lauten Rufe der Crew, die alles zum Einlaufen fertig machte, aufprallende Taue und das Rasseln der Ankerkette weckten nicht nur meine Vorfreude, Zweifel und Ängste wieder, sondern auch Gwen.

Schläfrig blinzelte sie mir entgegen und nahm dabei zum Glück nicht wirklich meine chaotische Stimmungslage wahr. Erklären wollte ich ihr diese nämlich definitiv nicht. Stattdessen drehte ich mich von ihr weg und trat, einem Impuls folgend, an die Reling der Jacht. Von dort aus betrachtete ich unsere Umgebung mit einem aufgeregten Flattern im Magen. Bunte Speedboote und einige Jetski lagen im Hafen. Doch das Beeindruckendste war das wilde Hinterland der Insel mit all den Naturwundern über und unter Wasser, in deren Mitte das halb versunkene Haupthaus thronte. Trotz Dads Tod wirkte alles wie immer, wie das Paradies.

Dad … Schmerz schnitt in mein Herz.

Ich vermisste ihn so sehr.

Schnell ließ ich meinen Blick weiterschweifen.

Direkt vom Hafen abgehend, wurde die Insel ringsum von hellen Sandstränden gesäumt, über deren unendlich wirkender Weite einzelne Palmen ihre Stämme aus der Pflanzengrenze des Inselinneren reckten und tagsüber Schatten spendeten. Riesige Blätter und kleine bunte Blütenkelche in Rot, Orange und Blau leuchteten auf Hüfthöhe dort, wo der Sand in Vegetation überging. Weiter oben konnte ich mit meinen scharfen Augen kleine Äffchen von Palme zu Palme springen sehen. Noch kleinere Vögelchen segelten zwischen Kokosnüssen hindurch und ließen sich anmutig auf einigen uralten Bäumen mit dicken Stämmen und tiefbrauner Rinde nieder.

Es war der Takt der Natur.

Und mein Herz schlug im Gleichklang, denn ich war zu ihr zurückgekehrt. Zum Rhythmus von Ebbe und Flut, von Atmen mit jeder Zelle, ohne zu ersticken. Ohne das bedrückende Gewicht auf der Brust zu haben, das mir in der Schweiz die Luft geraubt hatte; immer ein Stück mehr, bis da nichts mehr gewesen war, außer dem schwarzen Loch. Außer dem Schmerz.

Schmerzhaft drückten meine Hände jetzt gegen das Metall der Jacht, als wollten sie sie nicht loslassen: die Qualen. Als bräuchte ich eine physische Erinnerung daran, was es bedeutete zu leiden.

Finger für Finger löste ich mich davon. Der Prozess erforderte meinen ganzen Willen, weil es eben nicht nur um meine Finger ging, sondern auch um die Traurigkeit wegen Dads Tod. Tränen liefen währenddessen meine Wangen hinab und meine Umgebung verschwamm.

Tief einatmen und ausatmen.

Dann hatte ich es geschafft. Endlich kehrte Stille in mir ein. Der Tropensturm, der mich seit Monaten aufgewühlt hatte, kam zum Erliegen. Und ich erkannte ...

Einatmen und ausatmen.

Das ist der wahre Takt des Lebens.

Zumindest für den Moment war er das für mich. Ich fühlte, wie eine letzte Träne aus meinem Lidkranz perlte und meine Wange hinunterrann, weil ich nicht blinzeln wollte; weil ich furchtbare Angst davor hatte, dass mit dem Blinzeln alles Schreckliche zurückkommen würde.

Einatmen und ausatmen.

Während ich mich daran hielt, spürte ich, wie die dünne zivilisatorische Schicht, die mir auf Le Rovey anerzogen worden war, mit jedem Atemzug größere Risse bekam und eine tief verwurzelte Sehnsucht gänzlich freilegte; die nach der übermenschlichen Kraft in mir. Roh und drängend schlummerte sie unter meiner Haut. Fast konnte ich spüren, wie Schuppen meine Beine überzogen. Sie waren so nah, so greifbar, so ...

Einatmen und ausatmen.

Ich lächelte, als wäre es der letzte und gleichzeitig erste Tag meines Lebens. Als wäre ich zum letzten und gleichzeitig ersten Mal zurückgekehrt – nach Mermaid Island – denn obwohl es nicht so war, fühlte es sich so an: Es war meine erste Rückkehr nach Dads Tod.

Ich war endlich zurück ...

Wahrhaftig zurück an der Quelle des Lebensrhythmus, der mir von Anbeginn in mein Herz gepflanzt worden war.

Und alles war wie immer, nur ich war nicht mehr wie zuvor. Ich war eine andere. Das akzeptierte ich jetzt.

Schwer atmend wischte ich mir mit den Händen die Tränen aus dem Gesicht, griff nach der Sonnenbrille in meinem Haar und schob sie mir auf die Nase. Ich wollte meine Tränen nicht erklären. Genauso wenig wie meine Stimmungslage. Wollte nicht analysieren, was gerade passiert war und wo ich stand, denn ich machte mir nichts vor, es würden Schritte und Rückschritte folgen.

Hier auf Mermaid Island hatte ich immerhin die beste Chance auf Heilung. Zu Hause war für mich schon immer dieser Ort gewesen. Diese Insel voller Gefühle und Erinnerungen: An die vielen Grotten und den kleinen Wasserfall, von dem die jungen Mermen so gern sprangen. An all die eckigen Steingebäude und die unterirdischen Schätze, die tief im Inneren der Insel vor der Welt versteckt lagen. An eine fröhliche Kindheit und den weltbesten Dad.

»Alles gut, bei dir ... und Chris?«, fragte Gwen plötzlich hinter mir.

»Klar.« Es klang genuschelt. Ich schluckte, in dem zweifelhaften Versuch, den jetzt abermals aufsteigenden Kloß aus meiner Kehle zu bekommen. »Bereit für den Landgang?«, fragte ich sie dann, schon etwas fröhlicher.

»Absolut. Hauptsache, es hört auf zu schwanken«, murmelte Gwen.

Schlagartig besorgt drehte ich mich zu ihr um und besah mir meine beste Freundin genauer. Sie wirkte tatsächlich schon wieder ein bisschen blass im Gesicht. War sie etwa seekrank geworden? »Hast du dich deshalb hingelegt?«, bohrte ich nach.

»Ja, da wurde es direkt besser. Vielleicht auch weil ich im Schlaf vergessen habe, dass ich auf See bin.« Sie grinste halbherzig.

Oh nein. Und ich hatte sie allein gelassen. Sofort nagte das schlechte Gewissen an mir. Dabei hatte ich die Bewegungen der Jacht auf der Überfahrt gar nicht wahrgenommen, so schwach waren sie mir vorgekommen. Ein Blick übers Wasser, auf der vom Hafen abgewandten Seite, bestätigte mir, dass die Oberfläche noch immer absolut eben war. Kein Windstoß, keine Welle drückte gegen den Bug und brachte die Jacht zum Schwanken. Gwen musste ein sehr feines Gespür haben.

»Sag mal ... Warst du etwa noch nie auf einem Boot?« Die Frage hätte ich ihr eventuell vor der Überfahrt stellen sollen.

»Nein«, gab sie zu und blinzelte mehrmals bedrückt.

»Na, du hast es ja jetzt geschafft«, munterte ich sie auf und verfluchte gedanklich ihren Vater und seinen engen goldenen Käfig. »Komm, die Crew hat die Blue Bell bestimmt bereits festgemacht und sobald du Inselboden unter den Füßen hast, wird es dir gleich viel besser gehen.« Im Hafenbecken erspähte ich bereits Mario und drei andere Männer, die zur Crew der Jacht gehörten und eilfertig unseren Landgang vorbereiteten.

»Versprochen?« Hoffnungsvoll sah Gwen mich an.

»So was von versprochen.« Enthusiastisch nahm ich sie an die Hand, da sie meinen plötzlichen Energieschub offensichtlich nicht teilte, und zog sie hinter mir her, von der Reling fort, zur Treppe und diese schnurstracks nach unten.

Unter Deck nahmen wir unser Handgepäck auf, dann drängte ich Gwen in Richtung des Ausstiegs. Ich sehnte mich erneut nach der gleißenden Sonne, wollte die salzige Brise des Meeres wieder auf meiner Haut spüren ...

Wagemutig streckte ich den Kopf aus der geöffneten Tenderluke in die wärmenden Strahlen, während die Crew den Steg festmachte. Das Wasser brandete mit schaumigen Kronen in hellem Weiß rechts und links davon gegen die Einfassung des Hafenbeckens und sog mich magisch an. Einfach reinspringen, das wär's jetzt. Doch ich musste-musste-musste stark bleiben; vor Gwen.

»Jambo, Cassidy«, lenkte eine bekannte Stimme meine Aufmerksamkeit auf die Bohlen vor der Blue Bell.

»Jambo!« Riesige Freude stieg in mir auf und ich winkte aufgeregt. Ohne nachzudenken, machte ich samt meinen beiden Taschen einen großen Sprung über den Streifen Wasser zwischen Jacht und Land und stürzte mich in das zweite Paar Arme an diesem Tag. »Joyce, ich flipp aus«, begrüßte ich die Person, die mich umarmte.

»Ich freue mich auch, Liebes.« Ein breites Lächeln umspielte ihre Mundwinkel, helle Zähne blitzten im Kontrast zu tief gebräunter Haut. Ihr dunkles Haar saß wie immer tadellos im akkuraten Bobschnitt und das schicke, luftige Kleid in Gelb, eines von unzähligen ihrer nie endenden Parade, wirkte so deplatziert wie gewohnt auf einer tropischen Insel. »Jambo, Chris«, grüßte Joyce amüsiert, über meine Schulter hinweg. »Versagt gerade dein Charme?«

Vorsichtig löste ich mich von ihr und drehte mich neugierig zur Blue Bell. Dort standen mein Bruder und Gwen. Es wirkte, als versuchte er, meine beste Freundin – erfolglos – davon zu überzeugen, dass sie ohne Gefahr über den inzwischen befestigten Steg an Land laufen konnte. »Jambo, Joyce! Sehr lustig, aber ich glaube, wir brauchen Hilfe«, rief er.

»Das glaub ich auch«, murmelte Joyce leise.

Ich verbiss mir ein Grinsen, denn Gwen sah immer noch blass aus und ihr üblicher Mut schien sie verlassen zu haben. So kannte ich sie gar nicht.

»Du schaffst das, Gwen«, machte ich ihr aus der Ferne Mut.

Meine beste Freundin nickte verzagt, rührte sich aber keinen Millimeter vom Fleck.

Joyce und Chris tauschten derweil einen bedeutungsvollen Blick und Mario tauchte hinter Gwen auf.

»Oh, wie unhöflich von mir«, sagte Joyce plötzlich, »ich habe mich ja noch gar nicht richtig vorgestellt, Gwen. Ich bin Joyce und ich …«

Chris gestikulierte hinter Gwens Rücken in Marios Richtung, dessen Hände sich daraufhin ihrer Taille näherten. Aha. Ich schmunzelte, während Joyce so richtig in Fahrt kam.

»… koordiniere alle Angestellten hier auf der Insel. Wenn du irgendetwas brauchst, zögere nicht, mich danach zu fragen. Ich bin nämlich auch die Köchin und organisiere zusätzlich alles für euch: Von Sandwiches bis Bootstouren – na, das vielleicht eher nicht für dich. Aber wenn es …«

Mario hob Gwen, samt ihren Taschen, von der Jacht.

»Ahhh«, entwich es meiner überrumpelten besten Freundin. Doch sie hielt still, während Mario sie wenige Schritte trug und Chris voraus vom Steg an Land sprang.

»… um fehlende Zahnpasta oder dein Lieblingsessen geht, keine Sorge, das kriegen wir alles hin. Ich bin immer …«, quasselte Joyce gut gelaunt weiter, nun da Mario Gwen an Chris übergab, der bereits mit ausgestreckten Armen gewartet hatte. »... für dich da. Übrigens: Wir haben hier überall 5G und WLAN«, endete sie in dem Moment, in dem Chris Gwen absetzte und diese wieder festen Boden unter den Füßen hatte.

Belustigt und nur ein kleines bisschen besorgt, registrierte ich mit einem Seitenblick, dass Joyce äußerst zufrieden über das Ablenkungsmanöver dreinschaute. Allerdings klammerte sich Gwen nach wie vor wie eine Ertrinkende an Chris. Das gefiel ihm sichtlich.

Was für ein Spektakel.

Mario wollte sich hingegen gerade wieder ins Innere der Jacht davonstehlen, als Joyce ihm nachrief: »Sei nachher bitte pünktlich! Ich habe dir auf deine Nachricht vorher in den Gruppenchat zurückgeschrieben, wann. Es gibt viel zu besprechen, damit alles wird, wie ihr es euch vorstellt.«

Unser Kapitän quittierte die Sätze mit einer wedelnden Handbewegung über seinem Kopf, bevor ihn die Blue Bell verschluckte.

»Hochzeitsvorbereitungen?«, fragte ich neugierig.

»Ja.« Joyce lächelte erfreut. »Ich bin mir sicher, eure Mum wird heute zustimmen, dass die beiden hier heiraten und feiern; in der letzten Sommerferienwoche. Tolle Idee übrigens! Allerdings lässt mir das nicht mal ganz fünf Wochen für die Vorbereitungen, deshalb sollten wir so schnell wie möglich die ersten Entscheidungen treffen. Schließlich muss alles extra eingeflogen werden. Aber Mahana will sowieso unbedingt ihre Kinder dabeihaben ...«

»Versteh ich.« Ich nickte.

»Ja, ich auch. Daher war das glücklicherweise schon ein bisschen absehbar.«

»Das wird wohl auch ein bisschen teuer«, murmelte Chris.

Joyce zwinkerte nur geheimnisvoll.

»Wer heiratet?« Gwen schaute verwirrt von Chris zu Joyce. Langsam kamen ihre Lebensgeister zurück, ihre Haut hatte wieder einen rosigen Schimmer.

»Unsere Tante Mahana heiratet Mario«, antwortete mein Bruder.

»Oh, cool!«, machte Gwen und löste sich von ihm.

Ich lachte, da war keine Schwermut mehr wegen Mario. »Sogar sehr cool. Hochzeiten werden bei uns immer ziemlich groß gefeiert. Und Joyce wird sich bestimmt selbst übertreffen – wie bei allem.«

Geschmeichelt lächelte Joyce.

»Sind Shenaya und Okuza dann schon da?«, fragte ich sie.

»Ja.« Sie nickte. »Ihr trefft sie bestimmt nachher in der Küche.«

»Wenn ihr wollt, könnt ihr schon vorfahren. Ich kümmere mich um eure Koffer«, bot Chris da unverhofft an.

»Gern«, sagte ich sofort.

»Fahren?«, fragte Gwen mit sichtlichem Unbehagen.

Chris grinste. »Quad fahren. Supercool.«

»Kannst du nicht mitkommen?« Flehentlich sah sie ihn an ... und eine Spur bewundernd?

Chris wirkte so überrascht wie ich. Ich versuchte aus seiner Miene schlau zu werden. Freute er sich nicht? »Chris, dann komm eben doch direkt mit«, versuchte ich die Sache zu beschleunigen. »Mario kann sich genauso gut um die Koffer kümmern. Oder, Joyce?«

»Klar«, stimmte Joyce mir zu.

»Okay«, sagte Chris und zuckte die Achseln. »Ganz wie ihr wollt.«

»Wollen wir«, echote Gwen.

»Ich sag schnell Mario Bescheid.« Joyce zog ihr Handy aus einer versteckten Tasche ihres Kleids. »Gebt mir eine Sekunde.« Sie drückte eine Kurzwahltaste und trat mit dem Telefon am Ohr ein paar Schritte zur Seite.

»Komm, setz dich«, wies ich Gwen derweil an, die immer noch etwas wackelig wirkte, und zeigte zur niedrigen Kaimauer. Widerstandslos setzte sie sich hin und betrachtete das schimmernde Wasser.

Joyce telefonierte leise.

Es war der perfekte Zeitpunkt, um ...

Ich zog Chris ein kleines Stück mit mir mit. »Gwen ist meine beste Freundin. Wenn du nicht an etwas Langfristigem interessiert bist, lass bitte die Pfoten von ihr. Verstehst du das?«

»Mhm.« Chris presste die Lippen zu einem dünnen Strich zusammen.

»Nichts mhm. Ich erwarte ein: Verstanden, Cassidy. Und ich erwarte auch, dass du sie aus den Inseldramen raushältst und Shenaya in ihrer Gegenwart beobachtest, wenn sie wieder auf blöde Streiche aus ist, klar?«

»Klar, Sergeant.« Er salutierte übertrieben und schüttelte den Kopf. »Du traust mir nicht über den Weg, was?«

»Spinner!« Ich verdrehte die Augen, schmunzelte aber.

»Selber! Wie kannst du denken, dass ich das alles nicht sowieso auf dem Schirm habe? Ganz ohne deine Ansprache.« Er klang ehrlich empört.

Also bitte. Aufgebracht sagte ich: »Eventuell weil ich dich kenne, Christos. Du hast doch wohl nicht erwartet, dass ich Gwen nicht zu beschützen versuche ...«

»Wir können los!«, unterbrach Joyce uns fröhlich. »Mario

bringt die Koffer nach und ihr habt doch bestimmt Hunger nach der langen Anreise?«

Mein Bauch knurrte zustimmend.

Chris und ich nickten, ohne einander aus den Augen zu lassen. Es war ein stummer Waffenstillstand. In der Angelegenheit war noch nicht das letzte Wort gesprochen, das ›Gwis‹ blieb weiterhin ungelöst und das wussten wir beide ...

KAPITEL 10

SONNTAG, DER 3. JULI
MERMAID ISLAND/TANSANIA

Cassidy Dell'Aqua

Nach einigen Schritten fragte ich Joyce: »Wer wird denn diese Ferien alles auf der Insel erwartet?«

»Ihr seid die Letzten, die ankommen«, entgegnete sie. »Shenaya und Okuza sind schon seit einer Woche da. Eure anderen Tanten, Onkel, Cousinen und Cousins werden dieses Jahr nicht kommen.«

»Nicht?« Na, die wussten genau weshalb. Ich wunderte mich allerdings, wie sie es geschafft hatten, sich bei Mum rauszureden. Normalerweise waren ihr diese familiären Zusammenkünfte superwichtig. Und alle richteten sich danach. Warum auch immer, da sie sich meist in ihrem Büro vergrub, statt dabei zu sein. Diese Freude war ganz Chris und mir vorbehalten. Aber vielleicht war die Bedrohung doch ernst genug, um mit der Tradition zu brechen. Wobei ... eine Bedrohung, von der niemand etwas wusste?

Ich seufzte.

Joyce schwieg.

»Liam und ich sind vor drei Tagen gekommen«, ergänzte mein Bruder, der Gwens Handgepäck zu zwei schwarzen Quads trug, die mit im Zündschloss steckenden Schlüsseln am Hafenausgang parkten.

Als ob ich das nicht schon wüsste ...

»Ansonsten sind natürlich all diejenigen da, die immer hier sind: deine Mum, Mahana, Mario, die Gärtner, das Sicherheitspersonal … ich.« Joyce zwinkerte. »Das bedeutet, im Großen und Ganzen habt ihr diesen Sommer eure Ruhe.«

Oder sechs Wochen lang meine Lieblingscousine am Hals, weil sie keine andere Ablenkung fand.

»Eure Mum wird euch übrigens etwas später begrüßen«, meinte Joyce.

»Ich freue mich drauf«, sagte Gwen gedankenverloren.

Ich enthielt mich jeden Kommentars.

Damit blieben wir vor den beiden Quads stehen, die jeweils Platz für zwei Personen boten.

Kritisch beäugte Gwen sie, genau wie den ausgefahrenen Erdpfad, auf dem sie parkten. In Serpentinen führte dieser vom Hafen aus ins Inselinnere und über ein weit verzweigtes Netz an Wegen zu allen wichtigen Punkten auf Mermaid Island. Wusste man das allerdings nicht, sah man nur eines: Er führte unmittelbar in den Dschungel. Das helle Braun der Erde verlor sich nach einigen Metern im satten Grün von Jackfruchtbäumen, deren Kronen von Mabungo-Pflanzen durchzogen wurden.

»Sind Quads nicht schwer zu fahren, besonders auf diesem … Trampelpfad?«, fragte Gwen beklommen. »Ich hab irgendwo gelesen, dass das Risiko von Unfällen bei Quads zehnmal höher ist als bei Autos.«

Natürlich hatte sie das. Ich grinste, Chris nicht.

»Alles im Leben ist ein Risiko«, meinte er seufzend. »Aber nur, wenn man nicht Quad fahren kann, baut man Unfälle. Und ich hatte noch nie einen, ich bin der beste Fahrer der Insel.« Er lächelte breit.

Joyce hustete trocken.

Ich schmunzelte, aber Chris hatte nun mal recht und ich wollte los. »Gwen, so wenig ich das Ego meines Bruders aufblasen will, er hat wirklich ein Händchen für die Dinger. Steig hinter ihm auf und lass ihn machen, du wirst sicher ankommen, das verspreche ich dir. Joyce und ich nehmen das zweite Quad. Wir werden gleich hinter euch sein.«

Noch für einen Moment wirkte Gwen unschlüssig, dann gab sie sich einen Ruck. »Okay.«

»Ihr habt sie gehört«, rief Chris erfreut. Eilig befestigte er Gwens Taschen hinten am ersten Quad.

Ich tat es ihm mit meinen beiden beim zweiten Quad gleich.

»Gwen, ich nehme an, du bist noch nie auf einem Quad gefahren?«, fragte mein Bruder nur eine Sekunde später.

Meine beste Freundin schüttelte den Kopf.

»Kein Problem«, beruhigte er sie. »Kurze Einweisung: Wenn wir fahren, solltest du in den Kurven dein Körpergewicht in entgegengesetzter Richtung zur Fliehkraft verlagern. In Linkskurven also nach links, in Rechtskurven nach rechts. Beim Bergauffahren lehnst du dich nach vorne, bergab nach hinten. Halt dich einfach gut an mir fest, dann kann nichts passieren. Alles so weit verstanden?«

Gwen nickte, wirkte aber nach wie vor beunruhigt.

»Solange du dich an mir festhältst, musst du dir das auch gar nicht merken«, setzte Chris sachte hinzu. »Mach gleich einfach alles, was ich mache. Ganz easy. Okay?«

Gwen krauste die Stirn. »Klar, bin ja nicht bescheuert«, murmelte sie.

»Gut!«

Ich versteckte mein Grinsen hinter Geschäftigkeit, in dem ich uns die vier Helme, die an einer eingemauerten Stange hingen, herunterholte. Mit möglichst neutraler Miene drückte ich Gwen und Joyce je einen Helm in die Hand. Als ich Chris ebenfalls einen reichen wollte, schüttelte er abwehrend den Kopf.

»Safety First«, mahnte Joyce ihn sofort, die dabei keinen Spaß verstand.

Endlich nahm er mir den blöden Helm ab.

»Von wegen«, murrte dafür Gwen, »wir bräuchten Ganzkörper-Schutzanzüge, um für eine Quadtour wirklich geschützt zu sein.«

Chris seufzte wieder, übertrieben gequält.

Tja, Gwen war nichts für schwache Nerven.

Joyce lachte fröhlich. »Gwen du musst dich daran gewöhnen, dass die meisten Dell'Aquas grundsätzlich den Nervenkitzel bevorzugen. Sie sind ein bisschen verrückt.«

»Hey!«, riefen Chris und ich synchron. »Wen nennst du hier verrückt?«

»Mhm«, machte Gwen, aber auf ihre Lippen stahl sich ein kleines Lächeln. Ich wusste genau, was sie dachte. ›Verrückt‹ war schließlich genau das, was sie sein wollte.

Und siehe da ...

Auf einmal ging alles ruckzuck.

Wir zogen die Helme auf und stiegen auf die Quads. Chris und ich gaben ordentlich Gas. Schon rasten wir über die Erde, dass der Staub nur so aufgewirbelt wurde. Kleine Steinchen und Grashalme stoben zu allen Seiten davon.

»Wuhuuuu!«, rief Chris, der mit Gwen vorfuhr.

Ich jubelte ebenfalls lautstark. Quad fahren war so Mermaid Island und beschwor Erinnerungen an unsere unbeschwerte Kindheit herauf. Eilig beschleunigte ich, um nur ja nicht von Chris abgehängt zu werden.

In den nächsten Minuten flog die Umgebung – unscharf, aber in den prächtigsten Farben – nur so an uns vorbei, während wir quer durch den Dschungel fuhren. Meine Haare peitschten im Wind. Das Gefühl von Freiheit lag in der Luft. Und der Geschmack von Abenteuern.

»Yeah!«, rief ich und beschleunigte weiter.

Einige Palmenblätter hingen so tief, dass wir alle die Köpfe einziehen mussten. Lianen kamen den Quads gefährlich nahe. Joyce klammerte sich fester an mich. Gwen tat bestimmt das Gleiche bei meinem Bruder, der vor uns immer mehr aufs Gas drückte.

Ich genoss den Rausch der Geschwindigkeit – bis ich Kameras an einigen Palmenstämmen entdeckte, deren Bewegungssensoren rot aufleuchteten, als wir vorbeizischten. *Die waren neu.* Das Gefühl der Freiheit schwand. Da kam mir eine Idee.

»Chris, fahr zum Mtazamo kutoka mlima!«, rief ich, so laut ich konnte.

»Cassidy!«, warnte Joyce. »Bist du dir sicher?«, fragte sie von hinten.

»Ja.« Ich klang patzig. Denn ich wusste, ich brach damit die Regeln. Wir brachen die Geheimhaltungsregeln auf meinen Wunsch hin. Vermutlich würde nicht nur ich die Konsequenzen tragen. Die waren mir allerdings gerade so was von egal. Da war nur noch diese wahnsinnig intensive Sehnsucht in mir. Der Wunsch, Gwen ... Ja, was ... einzuweihen? Für immer an mich zu binden? Oder einfach den Käfig zu sprengen?

Wie würde sie auf die Enthüllung zumindest eines Teils meiner Geheimnisse reagieren?

Ich wusste es nicht.

Nur, dass es mir richtig vorkam, mit ihr zum Mtazamo kutoka mlima zu fahren. »Chris, fahr zum Mtazamo kutoka mlima«, wiederholte ich.

»Poa!«, hörte ich ihn zustimmend brüllen. Schon nahm er in einer riskanten Linkskurve eine Abkürzung, die uns nur wenige Meter später aus dem üppigen Grün auf ein Plateau führte, das trocken war – mit spärlicher Vegetation. Buschland. Ringsum hatte Mahana ihre Gewürzplantagen angelegt. Sorgsam bewässert wuchsen dort Pfeffer, Vanille und Nelken. Reihen von Muskatnussbäumen verströmten den typischen Duft Sansibars – dafür war der Archipel berühmt. Gewürze gediehen hier mit fantastischen Aromen und wurden in die ganze Welt verschifft.

Doch wir hielten uns nicht lange auf dem niedrigen Plateau auf, sondern folgten einem schmalen Weg immer weiter bergauf, bis wir über einen Kamm bretterten und nach einer engen Rechtskurve wieder auf eine etwas befestigtere Straße einscherten, die uns zum Mtazamo kutoka mlima bringen würde. Einem meiner absoluten Lieblingsorte auf der Insel.

Ich hörte Gwen ängstlich aufkeuchen, als wir ungebremst die Straße hinauffuhren und sich uns nach einer Hügelkette Stück für Stück der Ausblick über die zahlreichen lagunenartigen Buchten auf der anderen Seite von Mermaid Island offenbarte und ...

Sie japste perplex, während zwischen hellen Riffen die hochtechnologisierten Islands des übrigen Mermaid-Archipels sichtbar wurden. Surprise-Surprise! Meine Familie besaß nicht nur eine Insel, sondern gleich Dutzende.

Chris stoppte sein Quad auf einem erhöhten Plateaustück mit niedriger Felsbrüstung, das einen natürlichen Aussichtspunkt bot, den Mtazamo kutoka mlima. Auch ich ließ unser Quad ausrollen, sodass Joyce und ich neben ihm und Gwen zum Stehen kamen. Für einige Momente genossen wir vier still die freie Rundsicht auf die umliegende Landschaft.

»Also diese … Sitzrasenmäher sind ganz schön schnell«, sagte Gwen schließlich zittrig und fassungslos.

»Sitzrasenmäher?« Mein Bruder drehte sich mit einem derart ungläubigen Ausdruck im Gesicht zu ihr um, dass ich am liebsten ein Foto davon gemacht hätte, um diesen für die Ewigkeit festzuhalten. »Die Quads fahren an die hundert Sachen, das kann kein Rasenmäher«, empörte er sich.

Hundert Sachen, echt? Ich dachte, die konnten nur …

»Christos«, hörte ich Joyce in einer gefährlich ruhigen Tonlage hinter mir sagen. »Sind diese putzigen Spielzeuge nicht auf 45 km/h Höchstgeschwindigkeit ausgelegt und zugelassen?«

»Äh«, er schaute schnell weg. »Weiß nicht, kann sein. Eventuell.«

»Nein. Ist so«, korrigierte sie ihn. »Chris?«

»Okay, vielleicht hab ich da ein wenig nachgeholfen … Aber das hier ist Privatgelände, Joyce. Beruhig dich, hier kommt ja wohl kaum die Polizei vorbei und verhaftet mich.«

Ich gluckste.

Joyce verspannte sich zusehends hinter mir. »Die Polizei nicht, doch deiner Mum wird das Tunen der Quads sicher nicht gefallen, junger Mann! Ich mache wirklich alles mit, aber das …«

Das stimmte. Seit unserer Kindheit war Joyce bei allem am Start.

»Frisierte Quads und ich soll mich beruhigen? Na schön! Ab jetzt ist es deine Privatangelegenheit, Christos. Wenn dir irgendetwas passiert … Glaub nicht, dass ich dir das Händchen halte, wenn das schiefgeht!«

»Ach Joyce.« Chris' Tonfall war einschmeichelnd.

»Nein, nein. ›Ach Joyce‹ zieht nicht, solange ich auf dieser getunten Höllenmaschine sitze.« Sie stieg wütend ab. »Und nachher werdet ihr beide sehr viel langsamer fahren, Christos, Cassidy. Haben wir uns verstanden?«

»Ja, Joyce.« Chris und ich zogen gleichzeitig die Köpfe ein. Sich mit Joyce anzulegen war unklug, außerdem wollte sie nur das Beste für uns.

»Super, da bin ich auch dafür«, meldete sich nun Gwen wieder zu Wort. »Übrigens: Was heißt Mutasamo-kuto-kamliva?«, fragte sie.

»Mtazamo kutoka mlima«, verbesserte ich amüsiert und übersetzte dann: »Blick vom Berg.«

»Und po-ha?«, fragte Gwen Chris. »Das hast du vorher gerufen.«

»Poa heißt cool«, sagte er.

»Also eigentlich gut«, korrigierte ich ihn, »aber im Prinzip cool.«

»Eben«, murrte Chris.

Gwen lachte. »Ganz schön po-ha hier.«

Chris, ich und sogar Joyce, die nun vor uns stand, lächelten.

»Eindeutig«, stimmte ich Gwen zu. Der Blick von hier oben kam mir immer unendlich vor. Unendliche Weiten. Unendliche Möglichkeiten.

»Was ist das alles?«, fragte sie neugierig und schwang sich ebenfalls vom Quad, um an die Kante der Aussichtsplattform zu treten.

Chris war sofort an ihrer Seite.

Ich ebenso, während Joyce' Telefon klingelte.

»Ich muss da ran«, rief sie, schon in den Hintergrund tretend. »Chris, Cass, schaut bitte, dass Gwen nicht runterfällt.«

»Jaja«, murmelte ich bestätigend.

Chris beantwortete währenddessen schon Gwens Frage:

»Die drei Inseln, die wir von hier aus sehen können, gehören neben Mermaid Island, wo wir uns gerade befinden, zum privaten Archipel unserer Familie.«

»Mermaid Island, ein schöner Name.«

»Ja, nicht?« In mir kämpften widersprüchliche Gefühle. Sollte ich das so stehen lassen oder mehr dazu sagen? Jetzt da wir sowieso schon hier waren.

»Und das ist hier welcher Ozean?«, durchbrach Gwen meine Gedanken.

»Also ... unser Archipel gehört zu Sansibar und die Inselgruppe von Sansibar ist Teil des Landes Tansania, das am Indischen Ozean liegt und ein Teil von Afrika ist«, erklärte ich.

Gwen nickte begreifend. »Ich fühle mich wie in einer Komödie. Ich warte nur darauf, dass ich die Augen aufschlage, in meinem Bett bin und die Kamera zoomt raus, bis man mein Schlafshirt sehen kann, auf dem steht: My best friend lives on Mermaid Island and all I got was this lousy T-Shirt.«

Chris lachte laut los.

Schmunzelnd wandte ich meinen Blick keine Sekunde vom Panorama ab. Die Mittagssonne ließ auf den einzelnen Inseln Lichtpunkte tanzen, verursacht durch Reflexionen auf dem Glas und Stahl verschiedener Gebäude.

»Nein, ehrlich, das hier ist überwältigend. Wie die Marina Bay Waterfront im Herzen von Singapur, nur viel mehr poha!« Vor Staunen stand Gwens Mund sperrangelweit offen. »Die sieht bei Google Earth ähnlich aus.«

Chris grinste. »Poa. Das hier ist allerdings *der shit.* Was du von hier aus siehst, sind Veracity Island, Oblivion Island und Tangle Island. Und ein paar unwichtige Nebeninseln.«

»Klingt ja abgefahren.«

Ich lächelte. Gwens begeisterte Reaktion ließ mich den Enthüllungen, die vielleicht noch kommen würden, gelassener entgegensehen. Und plötzlich war es, als würde auch ich den Ausblick vom Mtazamo kutoka mlima noch mal zum ersten Mal genießen. Ein unbeschreibliches Gefühl, fast wie Herzflattern und weiche Knie. Fast, als würde ich mich neu in die Umgebung verlieben.

»Veracity Island ist der einzelne grüne Punkt links hinten«, steuerte nun auch ich wieder etwas bei. »Die komplett bebaute Insel mit den kuppelartig geschwungenen, gläsernen Fronten.« Mum baute seit fast einem Jahrzehnt daran und Chris und ich spekulierten genauso lange darüber, was genau sie da eigentlich baute. Ein Weltraumteleskop? Eine Laserwaffe wie aus Star Wars? Ein riesiges Rutschenparadies? Wohl kaum, aber bei Mum wusste man nie ...

»Sieht nach brandmoderner Architektonik aus«, kommentierte Gwen.

»Das ist das Krasse«, meinte Chris. »Und fast ein bisschen surreal, wenn man nach einem Schuljahr in Europa hier ankommt und das unberührte Paradies sieht, das Mum mit Hightech vollstopft.«

»Na-na«, machte Joyce lautstark von hinten, ohne ihr leises Telefonat zu unterbrechen, wie immer hundert Prozent multitaskingfähig.

Ich lachte. »Oblivion Island ist die Insel mit den Palmen inmitten der unzähligen kleinen Nebeninseln«, fuhr ich mit meiner Erklärung fort.

»Ist das auf Oblivion Island wirklich ein riesiger Fels, aus dem ein Gesicht geschlagen wurde?«, fragte Gwen prompt.

»Jep«, bestätigte Chris. »In dem Felsen ist das technische Headquarter von ...«

»… Mums Unternehmen«, unterbrach ich ihn, nicht dass er noch aus Reflex ›der Mermaid Mafia‹ sagte. Genau deshalb war unser Abstecher so rebellisch. Natürlich neben der Gefahr, dass Gwen deshalb jeden Moment Kuriere in Mermaid-Gestalt sehen könnte, auch wenn das bisher ausgeblieben war.

Meine beste Freundin blickte gespannt zwischen uns hin und her. »In dem Fels? Das ist ja wie ein Bunker. Und all diese futuristischen …«, sie unterbrach sich selbst. »Sag mal, Cass, was macht deine Mum noch mal beruflich?«

»Nun … sie ist …«, stotterte ich überrumpelt. Auf die Frage hätte ich vorbereitet sein müssen.

»In der Sicherheitsbranche«, kommentierte Joyce von hinten. »Sie leitet ein globales Unternehmen, das sich auf Sicherheit und Transport spezialisiert hat, und sie selbst gilt als eines der größten Technikgenies der Welt.«

»Äh … ja.« Ich atmete dankbar aus. Joyce' Worten nach klang Mum irgendwie ziemlich beeindruckend. »Genau.«

»Oha.«

Das fand wohl auch Gwen.

»Okay, ich bin ernsthaft beeindruckt. Das muss ja lukrativ sein«, rutschte es ihr raus. »Ich meine … Ich dachte, ihr hättet eine Insel und schon das war heftig, aber ihr besitzt … den halben Indischen Ozean.«

Chris lachte trocken.

»Das alles ist schon ewig im Familienbesitz«, versuchte ich die Sache herunterzuspielen. »Und Mum liebt es ausgefallen.«

»Eindeutig.« Gwen grinste. »Das kenne ich von meinem Dad.«

»Nun, Mum *ist* auch ein bisschen … ausgefallen«, merkte Chris vorsichtig an.

»Oh?«, machte meine beste Freundin, deren Blick wieder

an den Inseln klebte. »Und das ist Tangle Island?«, fragte sie übergangslos und visierte mit dem Zeigefinger die letzte der großen Inseln an. Ein riesiges Gebäude mit Flachdach dominierte die Mitte der Insel. Dessen gläserne Fronten bestanden aus unzähligen quadratischen Einheiten, die zwei sich gegensätzlich imitierende Wellen bildeten – und damit in der Mitte einen großen Kreis formten.

»Genau«, bestätigte ich, indes ich mit meinen scharfen Augen nachdenklich die verlassenen Stufen betrachtete, die zum Haupteingang des Gebäudes hinaufführten. »Das ist Tangle Island.« Noch eine Insel, auf die Chris und ich bisher keinen Fuß hatten setzen dürfen. Allerdings auch sonst niemand, soweit ich wusste. Einzig Mum war jemals in diesem Gebäude gewesen – zumindest hatte ich das gehört. Nach Grams Tod, als sie die Rolle als Mermaid-Mafia-Oberhaupt übernommen hatte. Gut geschützt wurde dort einer der wichtigsten Schätze der Mermaids aufbewahrt. Was immer sich in dem Gebäude zur Verteidigung befand, Mum hatte es offenbar nur knapp daran vorbei und lebend wieder herausgeschafft.

Ich schauderte trotz der warmen Temperaturen. Vielleicht sollten wir das, was da im Inneren zur Abschreckung hauste, auf die rebellierenden Wasserwandler ansetzen. »Wollen wir weiter?« Plötzlich hatte ich es wieder eilig, zu unserem Familiensitz zu kommen und mich dort mit eigenen Augen zu versichern, dass es Mum gut ging. Mich um sie zu sorgen war … ungewohnt, aber durchaus willkommen. Am Ende blieb Blut eben doch dicker als Wasser.

Chris nickte.

Gwen konnte sich schwerer vom Ausblick losreißen. »Sag mal, warum gibt es eigentlich nirgends Bilder hiervon im

Web?« Sie schwenkte die Arme. »Ich meine, das ist wirklich, wie Chris sagte, der *shit.*« Ihre Augen leuchteten. »Die Verkörperung der Freiformung des Raums, der Inbegriff des futuristischen Minimalismus. Ein bisschen wie Salvador Dalí meets Zaha Hadid.«

»Äh, Gwen ...«, setzte ich an.

»Du stehst auf Zaha Hadid?«, fragte Chris verblüfft.

»Ja.« Gwen errötete und wandte ihren Blick endlich von den Inseln ab. »Na ja, auf ihre Architektur«, konkretisierte sie. »Ich meine, wer tut das nicht? Sie hat die außergewöhnlichsten Bauten weltweit konstruiert. Sie hat Baugeschichte ge...«

Oh mein Gott, jetzt ging es los.

»...schrieben, die Welt verändert, uns die architektonische Zukunft gebracht.« Gwen war seit einigen Monaten regelrecht von Architektur besessen. Aber so richtig. Gwen-like mit ganzem Herzen und jeder Zelle ihres genialen Verstandes; eben zwischen Genie und Wahnsinn.

Doch Chris wirkte nicht überfordert. Eher erfreut. Lächelnd sagte er: »Poa, ich bin ein großer Fan von ihr. Hab mich bei Zaha Hadid Architects für ein Praktikum beworben. Pflichtpraktika für den Lebenslauf gehören bei uns zur Collegevorbereitung.«

»Wirklich?«, fragte Gwen ehrfurchtsvoll.

Erstaunt musterte ich meinen Bruder.

»Ja, mit einigen Skizzen«, fügte er, unerwartet schüchtern, hinzu. »Ich hoffe die sind gut genug, bisher habe ich noch nichts gehört ...«

Architektur-Skizzen? Christos, der gerade seinen Abschluss auf einem Sporteliteinternat machte, fertigte Skizzen an, obwohl er Sport studieren wollte? Oder jetzt nicht mehr? »Seit wann interessierst du dich für Architektur?«, platzte es aus mir heraus. *Und woher kannst du das?*, dachte ich.

»Schon eine ganze Weile.« Er klang ein bisschen traurig, fast resigniert.

Ich hob die Augenbrauen. ›Weiß Mum auch davon?‹, lag mir auf der Zunge, doch er zog Gwen bereits wieder zum Quad. Das Thema war für ihn offenbar beendet. Seit wann hatte er so viele Geheimnisse? Neue Freunde, neue Interessen ...

»Mum möchte keinen Architekturtourismus auf Privatgelände«, erklärte er Gwen gerade. »Deshalb ist der Archipel durch Hightech-Satellitenabwehr gut geschützt und was Foto und Film betrifft, gibt es strenge Regeln für alle, die hier arbeiten. Und die Familie.«

Gwen nickte. »Wenn man in der Sicherheitsbranche tätig ist, ist das wohl ... möglich. Offensichtlich. Und bestimmt gut fürs Geschäft.« Wenn sie nur wüsste, wie recht sie hatte. »Ich meine, was für ein Wow-Effekt, dass sie es schafft, das vor der Welt geheim zu halten.«

Chris half ihr auf das Quad. »Nun ja ... Wie stehst du zur Architektur des zehnten Jahrhunderts vor Christus?«, fragte er sie.

»Wieso?«

»Weil«, er wackelte mit den Augenbrauen, »wir jetzt einen Ausflug in die Vergangenheit der Baukunst machen.«

Ich gluckste. Ich wusste genau, was er meinte.

»Wirklich?« Gwens Freude und Aufregung waren ihr anzusehen.

Amüsiert beobachtete ich die zwei, bis ich Joyce' grüblerischen Blick auffing, als auch wir uns wieder hintereinander auf unser Quad setzten. Diese Ferien würde Gwen Antworten verlangen. Und ich hatte keine Ahnung, wie das ausgehen würde. Ich war so dämlich gewesen. So verdammt blauäugig an die Sache herangegangen.

»Auf nach Mermaid Castle!«, riss mich Chris' Ausruf aus den trüben Gedanken.

»Ein Schloss? Ihr lebt in einem Schloss?«, hörte ich Gwen aufgeregt rufen, gleichzeitig setzten wir die Quads in Bewegung.

Ich lachte.

»Cass, warum hast du mir das nicht früher ...« Der immer stärker werdende Fahrtwind machte ihre Stimme selbst für mich unhörbar. Und das erste Mal in meinem Leben war ich froh darum, weil sie Fragen stellte, die ich ihr nicht beantworten konnte; nicht beantworten durfte. Ich hatte ihr eigentlich schon viel zu viel gezeigt: Dinge, die sie nie hätte sehen dürfen. Oh no. Wenn da nicht noch das dicke Ende kommen würde ...

Wortwörtlich und sprichwörtlich, denn auf Mermaid Castle warteten ja sowohl Mum als auch Gast No. 2 auf uns. Wie zauberhaft.

KAPITEL 11

SONNTAG, DER 3. JULI
MERMAID ISLAND/TANSANIA

Cassidy Dell'Aqua

Chris und ich lenkten die Quads über enge Erdpfade durch den Dschungel. Am Wegrand wuchsen zwischen Palmen, Farnen und wilden Gräsern die exotischsten Obstsorten: Lychie, Karambole, Banane, Ananas, Kokosnuss, Melone, Mango und viele mehr. Erst an einer, von Tante Mahana angelegten großen Orangenplantage, bogen wir links ab und beschleunigten, bevor uns die großzügig eingestellte Sprinkleranlage eine unfreiwillige Dusche bescheren konnte.

Danach fuhren wir ruhiger die endlos wirkende Auffahrt von Mermaid Castle entlang, immer bergauf. Wie meist bescherte mir dieses Stück der Strecke ein Gefühl von Ehrfurcht und die Härchen an meinen Armen richteten sich auf, denn am Ende des Weges erhob sich hochherrschaftlich auf einer Hügelkuppe unser Familiensitz.

Dieser war nur von einer Seite aus erreichbar. An den übrigen drei fiel der Fels schroff ab und bildete hinter Mermaid Castle einen geschlossenen Kegel, den Mahana, seit ich denken konnte, in etlichen Terrassen mit Gewürzen bepflanzte, weil sie darauf schwor, dass sie hier die allerbesten Aromen hervorbrachten.

»Eine Burg, kein Schloss, das ist ja großartig!«, erkannte Gwen, als wir kurz vor dem Torbogen, der in den ersten Innenhof führte, das Tempo weiter drosselten. »Sieht aus wie ein Bauwerk aus der altsüdarabischen Hochkultur.«

Und das war es. Über fünf Etagen schraubte sich der verwinkelte Bau mit kleinen, aufeinandergestapelt anmutenden Häusern und eckigen Türmen, die von einer Mauer umgrenzt wurden, gen Himmel. Eine Vielzahl an Fenstern, Bögen, Überdachungen und Ornamenten schufen ein exotisches Bild, das durch die Pflanzen, die sich über die Fassade rankten, verstärkt wurde.

»Könnte daran liegen, dass es ein Bauwerk aus der altsüdarabischen Hochkultur *ist*«, hörte ich Chris trocken sagen. Dann parkte er das Quad im Hof, neben zwei anderen, und fügte, als der Motor erstarb, hinzu: »Erbaut wurde Mermaid Castle zwar ab rund zwanzig vor Christus, aber ich denke, das zählt noch.«

Auch ich parkte.

Wir stiegen von den Quads.

»Das zählt.« Ehrfurchtsvoll ging Gwen zu den groben Steinen der Wand direkt vor uns und strich mit der flachen Hand über deren raue Oberfläche. »Ich kann gar nicht glauben, dass ich mitten in der Geschichte stehe, also in einem Stück Geschichte. Irgendwie.«

Ich lächelte. »Chris kann dir bestimmt noch mehr darüber erzählen«, ermunterte ich ihn und nahm meinen Helm ab.

Joyce gab mir stumm ihren, formte mit den Lippen ›Bis gleich‹ und verabschiedete sich mit einem Zwinkern, als sie durch eine unscheinbare Seitentür im Inneren der Burg verschwand.

Ich wandte mich wieder Chris und Gwen zu, um auch deren Helme einzusammeln, und erwischte die beiden, wie sie sich stumm anschmachteten. Halleluja. »Chris?«, fragte ich erheitert und streckte die Hand auffordernd nach seinem Helm aus.

»Hier.« Er reichte ihn mir, ohne Gwen aus den Augen zu lassen.

»Gwen?«

»Danke«, sagte sie, als sie mir auch ihren Helm reichte.

»Immer gern.« Ich hängte alle vier Helme an die dafür vorgesehene Stange.

»Also: Zwischen 1.000 und 700 vor Christus wurden im Jemen vier bedeutende Reiche gegründet «, begann Chris nun.

Interessiert lehnte ich mich an die Wand, um ihm zuzuhören. Ich war ja schon ein bisschen gespannt, was mein Bruder als Fremdenführer so draufhatte.

»Eines davon war Saba, das mit Ma'rib in der Antike die gleiche Hauptstadt hatte, wie der heutige Jemen«, führte er aus. »Daher stammen meine und Cass' Vorfahren.«

»Jap«, bekräftigte ich.

»Die Baukunst hier zeigt das Selbstverständnis jemenitischer Architektur, in dem Handwerker nur lokales Baumaterial verwendeten. Deshalb nutzten sie hauptsächlich Naturstein.« Wie zum Beweis klopfte er mit den Knöcheln gegen die Mauer neben mir.

Gwen nickte begeistert.

»Die oberen Stockwerke, wenn es in seltenen Fällen welche gab, bestanden aus gebranntem Ziegel, also Lehm«, ging Chris ins Detail.

»Wohn- und Verteidigungsbauten wurden so zu Bestandteilen der Umgebung und fügten sich farblich perfekt ins Gesamtbild«, warf Gwen ein.

»Genau«, stimmte Chris ihr grinsend zu. »Siedlungen entstanden deshalb an und um Felsen oder auf Hügeln wie hier.« Er zeigte nach oben, dann einmal in jede Richtung.

Schon klar.

Gwen verengte die Augen.

»Ja?«, hakte Chris ein. »Hast du eine Frage?«

»Ich habe nur gerade überlegt: Die Anlage von Zisternen hatte im Jemen über Jahrtausende Bedeutung. Habt ihr so was hier auch? Eine Zisterne? Das wäre mal cool.«

»Äh.« Chris geriet ins Stocken, während ich schlagartig ins Schwitzen geriet. Das hatte man von einer genialen besten Freundin: Sie war zu aufmerksam. »Ja, also ... Eine ähnliche Anlage findet sich tatsächlich in der Burg«, rang er sich schließlich durch, die Wahrheit Gwen-tauglich zu machen.

»Echt?«, fragte sie prompt enthusiastisch nach.

»Unecht. Komm jetzt, Gwen. Die Geschichtsstunde ist für heute vorbei. Chris reicht dir den Rest als PowerPoint nach.« Nicht.

»Geht auch Keynote?« Gwens Augen funkelten.

»Ha ha.« Ich nahm unsere Taschen von den Quads, hängte mir meine beiden um und reichte Gwen ihre. Dann zog ich sie von Chris weg, bevor sie ihn als Nächstes dazu bringen konnte, ihr eine Privatführung durch den unterirdischen Teil des Schlosses zu geben, in dem sie – ganz echt – nichts zu suchen hatte, solange Mums Entscheidung ausstand.

»Cass, ich kann selbstständig laufen«, protestierte sie nach einigen eiligen Schritten, folgte mir aber klaglos, als ich sie losließ.

»Na, umso besser«, sagte ich währenddessen, »sonst hätte ich dich womöglich tragen müssen.« Ich kicherte und wir betraten die Burg – mein Zuhause – durch die dunkelblaue Tür des Haupteingangs, die elektrisch vor uns aufglitt und glänzenden Marmorboden offenbarte.

»Ha ha«, machte Gwen links von mir und musterte fasziniert die weiße Decke, die über und über mit goldenen Ornamenten besetzt war.

»Eben, dabei wäre dir ja sicher Chris lieber«, stichelte ich.

Nur Sekunden später bogen wir in einen Säulengang ein.

»Cass!«, rief Gwen entrüstet und blieb stehen.

»Bin da«, sagte Chris zeitgleich, der überraschend zu uns aufschloss, »bei was wäre ich die erste Wahl?«

Er erschreckte mich damit so, dass ich in Gwen lief.

»Au!«

»Christos! Schleich dich nicht an.« Anklagend wedelte ich mit den Händen.

»Cass, sei nicht so schreckhaft«, gab er im gleichen Tonfall zurück, stand aber ganz cool da.

Argh. Ich seufzte, während wir unseren Weg nun zu dritt fortsetzten und immer mehr Säulen passierten. Als der Gang schließlich in einem weiteren, nach oben hin offenen Innenhof mündete, zog ich Gwen zu einem kunstvollen goldenen Gitter an der Wand.

Chris schlenderte uns hinterher.

»Aufzug«, erläuterte ich wortkarg, als sich das Gitter von allein zur Seite bewegte.

Gwen runzelte die Stirn. Ihr Blick war auf die Wand neben dem Aufzugschacht gerichtet. Es gab kein Bedienfeld.

»Der Anforderungssensor ist auf dem Boden.« Chris, der ebenfalls ihrem Blick gefolgt war, zeigte mit dem Daumen auf die Platte, auf der ich stand.

Gwen drehte staunend den Kopf. »Beeindruckend«, gab sie zu.

»Ja, Mum, ist eine echte Tüftlerin. Ständig hat sie neue Ideen. Und wir sind die armen Esel, die testen dürfen, was sie zusammengebastelt hat.«

»Mein Mitleid mit euch hält sich echt in Grenzen«, sagte Gwen.

Wir stiegen in den Aufzug, während ich lachte. »Dann mal ... zur Küche.«

Drei Sekunden später öffneten sich die Aufzugtüren im vierten oberirdischen Stockwerk mit Blick auf eine riesige weiße Wohnküche. Vor uns erstreckte sich unsere lang gezogene Marmorkücheninsel mit einem Kochfeld auf dem uns zugewandten Teil und einem goldenen Wasserhahn an der Spüle auf dem Teil, der in Richtung einer Tür zeigte, die zur Dachterrasse führte. Die moderne Küche mutete in einem mehr als 2.000 Jahre alten Bau fremd an, doch der Marmor und die goldenen Akzente schufen eine Verbindung zwischen den Stilen der Epochen.

Durch die Fenster fiel sanfter Lichtschein. Zusätzlich hingen fünf goldene Scheiben mit eingelassenen LEDs an fast durchsichtigen Aufhängungen von der Decke über der Kücheninsel. Die hatte ich ausgesucht. Denn obwohl Joyce vor einigen Jahren auf den Küchenumbau bestanden hatte, war es am Ende ein Gemeinschaftsprojekt der Familie geworden.

»Hi, ihr Lieben«, grüßte Joyce uns auch schon. Sie trug gerade eine Vase mit Blumen in hellem Rosa und zartem Violett zur Kücheninsel.

»Hi.«

»Hallo Joyce.«

»Jambo, die sind aber schön.«

Gwen inspizierte indes die glänzenden Schrankfronten, hinter denen der Kühlschrank samt Icemaker, das Gefrierfach und die Spülmaschine verborgen waren. Nur die beiden hochmodernen Backöfen waren zu sehen. »Was für eine gigantisch-geniale Küche!« An die Kücheninsel gelehnt drehte sie sich zu uns, um besser in den großen U-förmigen Raum blicken zu können, an dessen einem Ende wir standen. »Hier kann man bestimmt die aufwendigsten Gerichte kochen.«

»Nicht wahr, Joyce?« Chris schlenderte nach links, am langen weißen Esstisch mit den gedrechselten Beinen vorbei, bis nach hinten, um zur hellen Couchlandschaft mit dem flauschigen Teppich zu gelangen. Dort ließ er sich in einen der beiden Sessel, an der uns zugewandten Seite, plumpsen. »Cass und ich haben beim Einrichten geholfen. War ein ziemlich cooles Sommerferienprojekt, nicht, Cass?«

»Ja, war echt toll«, versicherte ich, als ich zu Gwen und Joyce trat.

»Glaub ich sofort.« Gwens Blick schweifte zum einzigen Bild an der Wand, neben dem Esstisch. »Und schau an: Chris, ich glaube, das hast du ausgesucht, oder?«

Auf einen Schlag war es still in der Küche.

Chris schwieg. Ich schluckte. Joyce räusperte sich.

Das Bild war schwarz-weiß und zeige das Porträt eines älteren Mannes, der mit der rechten Hand einen halb gefüllten Tumbler zum Mund führte und dabei lässig zwischen den Fingern eine Zigarette hielt. Seine Haare standen ihm verstrubbelt vom Kopf ab, verschmitzt blickte er nach rechts, als würde dort etwas ganz Besonderes auf ihn warten.

»Mum«, sagte ich leise. »Mum hat das ausgesucht. Darauf ist Dad zu sehen.« Hätten wir beim Aufhängen des Bildes schon gewusst, dass er kurze Zeit später nicht mehr da sein würde, hätten wir bestimmt noch mehr Stunden gemeinsam verbracht. Oder zumindest die Zeit mit ihm noch mehr wertgeschätzt.

»Oh nein. Das ... Das tut mir so leid, Cass.« Gwen legte

mir, über die Kücheninsel hinweg, eine Hand auf den Arm. »Das wusste ich nicht.«

»Woher auch«, murmelte Joyce.

Sie hatte recht. Dad sah auf dem Schwarz-Weiß-Foto anders aus als auf den meisten Familienfotos. Draufgängerischer. Vielleicht lag es an dem Glas, das sein halbes Gesicht verdeckte. Oder dem Blick. Ich schluckte. Wie musste es Mum gehen, wenn sie das Bild jeden Tag sah? Oder gewöhnte man sich daran?

»Wer hat Hunger?«, riss mich Joyce aus den Gedanken, indem sie abrupt das Thema wechselte. Brachte ja auch nichts, weiter in der Vergangenheit zu verweilen.

»Machst du deine berühmten Rainbow Grilled Cheese Sandwiches?«, fragte ich hoffnungsvoll.

»Aber ja! Apropos. Ich habe eben schnell bei eurer Mum vorbeigeschaut. Sie wird schon in ein paar Minuten zu uns stoßen. Ich hoffe, ihr freut euch.« Sie maß uns alle drei mit Blicken, als müsste sie sich versichern, dass wir uns angemessen benehmen würden.

»Also bitte«, murmelte Chris. »Versuchst du uns deshalb mit Wououh zu bestechen?«

Gwen runzelte fragend die Stirn.

»Vielleicht.« Joyce stieß sich von der Kücheninsel ab und begann, in den Schränken zu wühlen. Zuerst förderte sie einen Sandwichmaker zutage, dann folgten Brot, Käse, drei verschiedene kleine Gefäße und Butter.

Gwen und ich wichen zurück.

»Wenn wir dir helfen können, lass es uns bitte wissen«, warf meine beste Freundin ein, die alles neugierig verfolgte.

»Ha!«, rief Joyce. »Danke für das Angebot, du bist ein Goldschatz – aber zu Gast. Kommt nicht infrage, dass du hilfst.

Allerdings …«, sie wirbelte zu mir und musterte dann Chris, »habt ihr das gehört? Das ist gute Erziehung. So geht das! Ihr beide könnt euch ein gutes Beispiel an Gwens Manieren nehmen. Eine Scheibe abschneiden, sagt man das nicht so?«

»Ja, sollte man nur nicht zu wörtlich nehmen«, murmelte ich, als Joyce prompt mit einem Messer herumwedelte.

Gwen gluckste.

»Also ich hab mich bereits um die Koffer gekümmert«, protestierte Chris und ließ sich tiefer in seinen Sessel sinken. »Vom Flugzeug bis auf die Blue Bell.«

»Und ich mich um die Helme«, fühlte ich mich bemüßigt, jetzt auch meine Ehre zu retten. »Außerdem sind wir ja wohl nicht für unsere Erziehung zuständig.« Ich grinste frech.

Joyce lachte. »Akzeptiert, junge Dame. Jeder bekommt ein Sandwich und keiner muss helfen.« Sie entnahm einer Schublade einen Pinsel und mehrere Messer und Gabeln. Es klirrte, als sie alles auf die Kücheninsel legte. »Ich weiß doch, dass ihr lange unterwegs wart, kommt erst mal an«, sagte sie sanft an Gwen und mich gerichtet. Dann nickte sie in Richtung des Esstischs. »Stellt euer Handgepäck am besten beim Tisch ab, da ist es nicht im Weg. Und setzt euch, setzt euch. Jetzt wird gegessen, danach könnt ihr euch ums Auspacken kümmern.«

»Okay.« Erleichtert lächelte ich.

Wie angewiesen versauten Gwen und ich unsere Taschen neben den Stühlen und ließen uns am Tisch nieder.

»Wo-uh?«, fragte Gwen leise nach und wirkte zweifelnd. »Was hat Chris damit gemeint? Ist das wieder so ein Slangwort von hier? Und was sollen Rainbow Sandwiches sein?« Mit Adleraugen beobachtete sie Joyce, die gerade die Metallplatten des Sandwichmakers mithilfe des Pinselns großzügig mit Butter bestrich. Während diese warm wurden, belegte sie Toastscheiben mit Käse und noch mehr Käse, den sie mit drei verschiedenen Pulvern aus den Gefäßen bestreute. Inzwischen schmolz zischend die Butter und der Sandwichmaker war bereit für den ersten Toast.

»Es ist Cass' und mein Lieblingsessen; na ja, war es in Kindertagen«, beantwortete Chris von der Couchgarnitur aus Gwens Frage.

»Und seitdem hat sich nicht so viel geändert, mhm?« Gwens Tonfall enthielt eine nicht sehr subtile Spur von Ironie.

»Kann nichts Schlechtes dran erkennen«, entgegnete Chris selbstsicher.

Der Duft von geschmolzenem Käse durchzog die Luft und ich warf beschwichtigend ein: »Es wird dir schmecken.«

»Schmecken? Wir werden sie bekehren!«, tönte Chris. »Sie wird es lieben! Absolut lieben.«

Gwen rollte mit den Augen.

Es zischte und brutzelte.

»Übrigens heißt es Wououh«, korrigierte mein Bruder sie. »Sprich mir nach: Woooo-uh. Langes Woooo, kurzes abgehaktes Uh. Einatmen: Wooo. Ausatmen: uh.«

»Chris, du klingst wie ein Orang-uh-tan!«, rief eine helle Stimme.

Ich kicherte.

Chris warf mir einen bösen Blick zu.

Gwen schaute neugierig.

Da bog auch schon Shenaya vorne um die Ecke. Sie trug ihr Haar, einen feuerroten Mob, wie immer in einer kunstvollen Flechtfrisur hoch auf dem Kopf. Im Wasser, in ihrer Mermaid-Gestalt, war sie fast die geborene Arielle: Rotes Haar wogte in der Brandung, die Schuppen ihrer Schwanzflosse glitzerten – allerdings rosa-gelb – und sie bewegte die Flosse mit der Anmut einer Welle. »Hi, ich bin Shey«, begrüßte sie Gwen. »Und für die Dinger da gibt's auch einen zivilisierten Namen, falls dir das noch keiner gesagt hat, nämlich: Rainbow Grilled Cheese Sandwiches. Lass dir da von Chris nichts einreden. Die sind übrigens save die besten Sandwiches der ganzen Welt.«

»Save«, äffte Chris sie nach und setzte sich im Sessel auf.

»Sag ich doch.« Irritiert runzelte Shey die Stirn.

Gwen und ich brachen in schallendes Gelächter aus. Das war ja besser als jede Comedy Show. »Save klingt gut«, sagte Gwen dann.

»Ja, eben. Aber was du dir merken solltest«, fuhr Shey nonchalant an sie gerichtet fort und schenkte meiner besten Freundin ein herausforderndes Grinsen, »ist: Asante sana, wenn ihr hier schon beim Sprachunterricht seid.«

»Asante sana?«, wiederholte Gwen fragend.

»Jep.« Shey nickte zufrieden. »Und: Hab ich doch gern gemacht.«

»Äh.« Gwen sah mich Hilfe suchend an. »Was genau?«

»Dich gerettet«, soufflierte meine Cousine.

»Es heißt: Vielen Dank«, half ich Gwen grinsend aus. »Auf Swahili, das ist die Nationalsprache hier. Aus der stammen die meisten Begriffe.«

»Ahhh.« Meine beste Freundin lächelte erleichtert. »Swahili, po-ha.«

»Also ich geh jetzt«, verkündete Chris jäh und stand auf.

»Wohin? Es gibt Essen. Bitte setz dich«, rief Joyce.

»Du gehst die Triple M holen«, vermutete Shey.

»Triple M?« Gwens Brauen wanderten nach oben.

»Na, die M... Äh ...«, stotterte Shey und sah mich Hilfe suchend an.

»Shey, du kleines Plappermaul«, fuhr ich dazwischen. Ich hatte keine Ahnung, was ich sagen sollte, Mermaid-Mafia-Mum sicher nicht. »Sie meint natürlich Mum, den busy Momager«, plapperte nun ich wild drauflos. Waren da jetzt drei M drin gewesen?

Gwen lachte. »Gerade stell ich mir deine Mum wie Kris Jenner vor.«

»Also ... Ich geh nicht Mum holen, sondern eine Überraschung. Bin gleich wieder da, kein Stress, Joyce.« Chris verzog sich in Windeseile in Richtung Tresen, schnappte sich dort das erste fertige Sandwich und verschwand ruckzuck im Aufzug.

Weg war er.

»Äh.« Na, wenn die Überraschung nicht Liam hieß, verzichtete ich freiwillig auf mein Sandwich ... Schlagartig ballte sich Aufregung in meinem Bauch.

»Shenaya, hinsetzen! Sofort. Und wenn hier noch jemand im Gehen isst, gibt es für den Rest des Tages kalte Küche und Selfservice aus dem Kühlschrank«, drohte Joyce aufgebracht. Uiuiui.

Kommentarlos setzte meine Cousine sich zu Gwen und mir. Da der Sandwichmaker nun offensichtlich heiß war – und Joyce ebenfalls on fire sowie in ihrem Element –, hatten wir schnell, alle drei, Teller mit dampfenden Sandwiches vor uns stehen, aus denen der bunte Käse nur so rausquoll.

»Oh hey, die sehen ja wirklich wie ein Regenbogen aus!«, sagte Gwen zu Joyce. »Asante sana.«

»Gern.«

»Merci, Joyce.«

»Danke, allerliebste Lieblings-Joyce«, flötete Shey und brach ihr Sandwich in der Hälfte durch. Dann hob sie mit der linken Hand bei einem Sandwich den oberen Toast an, der prompt blaue, gelbe, rote und grüne Käsefäden zog, während der andere unversehrte Teil auf ihrem Teller einen perfekten Querschnitt des ganzen himmlisch-bunten Käsedilemmas zeigte, das sie nun erst mal ausgiebig fotografierte.

Klick. Tzzzz.

Klick. Tzzzz.

Die Kamera hatte ich vorher gar nicht bemerkt. War das ein neues Hobby? Wenn ja, ersetzte es hoffentlich die Streiche. »Isss dihh nooii?«, fragte ich mit vollem Mund. »Mmmm, sssmeckt sooo gut«, ließ ich Joyce wissen, die sich mit einem Glas Wasser zu uns an den Tisch gesellte und besänftigt lächelte. »Freut mich.«

»Ja, die Kamera hat Mum mir geschenkt, als sie mir gesagt hat, dass sie Mario heiratet.« Shey stellte irgendwas an der Kamera ein. »Hätte sie aber gar nicht müssen, ich find Mario eh klasse. Du ja auch, Cass, nicht?«

Ich verschluckte mich fast am flüssigen Käse.

Und schwieg. Dieses kleine Monster war viel zu klug. Shey knipste ungerührt weiter wild ihr Sandwich. *Klick. Tzzzz.*

Joyce verwickelte Gwen in ein Gespräch über die Umgebung.

Derweil bemühte ich mich nach Möglichkeit weiterhin, nicht zu ersticken. Deshalb bemerkte ich erst, als ein Stuhl geräuschvoll vorgezogen wurde, dass mein Bruder wieder da war. Noch immer nach Luft ringend blickte ich von meinem Teller mit tränenden Augen zu ihm auf. Und erstarrte wie vom Blitz getroffen.

Chris war nicht allein zurückgekehrt. Natürlich nicht, schließlich war er extra deshalb los. Hinter ihm stand, keinen Meter vom Tisch entfernt, ein verboten sexy aussehender Typ mit sportlichem Körperbau und aufrechter Haltung, der Selbstbewusstsein aus jeder Pore verströmte und mich genauso intensiv musterte, wie ich ihn mit offenem Käse-Sandwich-Mund.

Ich schluckte krampfhaft.

Endlich rutschte der letzte Rest aus meiner Kehle, in meinen Bauch und ich klappte den Mund zu, der seltsamerweise trotzdem wässrig blieb.

Wegen ihm.

Während mein Blick von seinem attraktiven Gesicht, mit den markanten dunklen Brauen und dem perfekt imperfekt gestylten kurzen, fast schwarzen Haar, bis zu seiner leicht gebräunten Haut über den dunklen ganz zum Typ passenden Kleidungsstil schweifte – uaaah, hallo Bad-Boy-Vibes –, beruhigten sich meine vom Schlucken tränenden Augen.

Auch meine anderen Sinne arbeiteten wieder. Eifrig. Fast übereifrig. Es war ein wundervolles und gleichzeitig erschreckendes Gefühl, dass sie in Gegenwart des Neulings plötzlich hypersensibel wurden. Immerhin brachte es mir eine Erkenntnis: Unser zweiter Gast roch definitiv nicht nach Ghul.

Was wohl dazu beitrug, dass er mich anzog wie ein Magnet.

Verdammt, sah er gut aus, von Kopf bis Fuß, besonders die über und über mit tiefschwarzen Symbolen tätowierten Finger.

Klick. Tzzzz, machte es, als Shey ein Foto aufnahm. Bestimmt hatte sie für die Ewigkeit festgehalten, wie ich unwiderlegbar den heißen Fremden anstarrte, der auf einer Skala von eins bis zehn mindestens eine zwölf war. Spontanentzündung.

Oh my. Oh my. Das war also …

»Hi, ich bin Liam.« Lässig lächelnd machte er einen Schritt auf den Tisch zu, entledigte sich seiner schwarzen Lederjacke und enthüllte damit ein schlichtes schwarzes Shirt sowie muskulöse Oberarme mit weiteren verschlungenen Tattoos. Sein Bizeps spannte sich auf jeder Seite an, als er das Kleidungsstück über die Lehne des freien Stuhls mir gegenüber hängte. Anschließend nahm er darauf Platz, während er mir direkt in die Augen sah. »Und du bist …?«

KAPITEL 12

SONNTAG, DER 3. JULI
MERMAID ISLAND/TANSANIA

Cassidy Dell'Aqua

Seine Augen waren tiefbraun, fast schwarz – wie Kaffee ohne alles. Augen, um sich darin zu verlieren und nie wieder aufzutauchen.

»Hi, ich bin Cassidy«, soufflierte Gwen leise von links.

Die Worte geisterten durch meinen Kopf, als müssten sie erst eine Achterbahnfahrt hinter sich bringen, um am Ziel anzukommen. Langsam schloss ich den Mund, öffnete ihn wieder und versuchte Buchstaben zu formen. Am besten zusammenhängende ...

»Du bist Cassidy?« Eindeutig gespielt überrascht musterte Liam Gwen. Seine Stimme war tief. Angenehm tief. Mit diesem ganz speziellen ... Ich konnte nicht sagen was. Aber ich spürte es. Spürte dieses gewisse Etwas überall in meinem Körper, obwohl ich es nicht spüren wollte. Schließlich war er der zweite Gast, der Partycrasher. Doch mein Name, von ihm ausgesprochen, hallte wohlig bis in meine Zehenspitzen in mir nach. Verflixt. Wie konnte das sein? Ich wollte ihn doch loswerden.

»Nein, ich ...«, setzte Gwen grinsend an.

»Also ich war mir fast sicher, du wärst Cassidy?« Amüsiert sah Liam zu mir, dann von Gwen zu Chris und zog in einer ironischen Geste seine dunkle Augenbraue ein Stück hoch.

Shey kicherte.

Chris runzelte übertrieben die Stirn. »Also, wenn ich mir das aussuchen darf …«

»Chris!« Röte stieg mir in die Wangen. Ich räusperte mich. »Bin ich auch. Das ist Gwen, meine beste Freundin. Den Rest hast du ja wahrscheinlich schon vorgestellt bekommen, oder *Liam*?« Ich zog seinen Namen in die Länge.

Breit grinsend nickte er völlig unbeeindruckt der Runde zu. »Hi, ihr alle.«

»Wir kennen uns schon«, bestätigte Joyce mit undeutbarem Unterton. »Liam, möchtest du auch ein Rainbow Grilled Cheese Sandwich?«, fragte sie dann geschäftig und war schon halb aufgestanden. »Chris, ein zweites?« Sie schien ihm den Sandwichklau von vorher bereits verziehen zu haben.

»Ne, ne, lass mal. Die beiden schaffen ihres doch eh nicht.« Damit griff Chris, schneller als ich schauen konnte, mit beiden Händen erst auf meinen und danach auf Gwens Teller und stibitze sich je eine Hälfte unserer Sandwiches. Die Hälfte von Gwens schob er sich direkt in den Mund. Die andere streckte er, in ihrer ganzen dampfenden fettigen Pracht, Liam entgegen, während Gwen und ich realisierten, was da gerade passierte – erneuter Mundraub – und laut »Hey!« schrien.

Gelassen nahm Liam meinem Bruder die erbeutete Sandwichhälfte ab und musterte sie kritisch von allen Seiten. Dann stellte er wieder Blickkontakt zu mir her – wurde das jetzt etwa eine permanente Angelegenheit? –, steckte sie sich komplett in den Mund und kaute genüsslich.

Dieser, dieser, dieser …

Nachdem er minimal gekaut und dann geschluckt hatte, fragte er mich leise, aber provokativ: »Wolltest du noch was sagen, Cassidy?«

»Ne«, sagte ich verschnupft. »Das gerade hat mir alles gesagt. Du bist offensichtlich nicht nur optisch ein wandelndes Klischee.«

»Auuttsch«, kommentierte Shey, die inzwischen auch aß.

»Ach ja?«, tat Liam meine Bemerkung einfach ab. So bemüht desinteressiert wie er tat, hatte sie ihn aber wohl doch getroffen.

»Was für ein Klischee denn?«, mischte sich mein Bruder interessiert ein.

»Na, der absolute Bad Boy«, murmelte Gwen.

»Stimmst das?«, fragte Liam. Plötzlich beobachtete er mich erneut ganz genau, prompt fühlte ich mich ein bisschen unwohl.

»Schon«, sagte ich unverbindlich. Zumindest wäre es unverbindlich gewesen, wenn ich dabei nicht so rau geklungen hätte.

»Was bin dann ich?«, fragte mein Bruder nachdenklich Gwen.

»Ein Surfer Boy?« Gwen ließ es wie eine Frage klingen, eine Spur unsicher.

»Sie wollen beide sagen: Sie finden euch heiß«, mischte sich Shey süffisant ein und stiftete damit ultimatives Chaos. Denn während Gwen und ich direkt vehement widersprachen, fanden die beiden Jungs Sheys Worte ganz toll und der Lärmpegel in der Küche eskalierte: Laute Stimmen, triumphierende Rufe, klirrende leere Teller, die Joyce zur Spülmaschine trug, und ein beständiges *Klick. Tzzzz* von Sheys Kamera, die das Ganze auch noch festhielt.

Deshalb hörte niemand, dass der Aufzug zurückgekommen war und eine hochgewachsene Gestalt mit majestätischer Haltung die Küche betrat und sich zur Kücheninsel begab. Niemand außer mir. Und ich hatte – leider – auch noch freie Sicht.

»Ahhhhhh!«, schrie ich. Meine Hände schnellten zu meiner Brust, in der mein Herz vom Schock wild pochte. War das Blut?

Über Mums strahlend weiße Bluse, unter dem schwarzen Jackett ihres Hosenanzugs, lief rote Flüssigkeit. Einzelne Spritzer saßen frisch und flüssig auf ihrem Revers und ihrem ganzen Kragen, mehrere hatte sie im Gesicht. Sie sah aus, als käme sie frisch von einem Mord. Dazu wirkte sie gehetzt, was ihr ein extrem unheimliches Aussehen verlieh.

Was war passiert?

Hatten die Matsya sie angegriffen?

Schlagartig war es mucksmäuschenstill. Alle sahen zu mir und dann in die Richtung, in die ich starrte. Stühle schabten über den Boden, als nicht nur ich aufsprang.

Joyce wirbelte als Letzte herum. »Eden, was zum …«, setzte sie an.

Doch Mum ließ sie nicht zu Wort kommen und bedeutete uns mit einem entschärfenden Wedeln ihrer rechten Hand innezuhalten, bevor wir zu ihr – oder weit von ihr weg, wer wusste das schon so genau – rennen konnten. »Ihr könnt euch alle wieder beruhigen. Ich habe heute noch niemanden gekillt, außer gerade die Stimmung.« Sie lachte. Es klang … eingerostet.

Keiner lachte mit ihr.

Nur Sheys Kamera klickte wieder. *Klick. Tzzz.*

Shey ignorierend ließ ich mich, verwirrt wie die anderen, zurück auf meinen Stuhl sinken.

Mum sah derweil stirnrunzelnd an sich herab. »Bitte entschuldigt, ich nahm an, ihr wärt noch beim Auspacken und kommt erst später runter. Na ja … immerhin funktioniert die Materialnachladung meiner neuen Erfindung jetzt, auch wenn es noch ein bisschen spritzt.« Sie grinste, was in Anbetracht ihrer Erscheinung irgendwie diabolisch wirkte. »Und die KI-Steuerung hat endlich genug Learning Lessons hinter sich, um ein sinnvolles Ergebnis zu kreieren, das ist doch auch was.« Ihr Lächeln erlosch, als ihr Blick auf Joyce' hochgezogene Augenbrauen und den ungläubigen Ausdruck in ihrem Gesicht fiel. »Ohhh, Joyce bitte entschuldige die Sauerei – auch im Büro. Hab ein Einsehen und ermorde mich erst, wenn ich mit der Materialkonsistenz der KDT ganz fertig bin. Sonst war all die Arbeit umsonst.« Mum lachte, als hätte sie den witzigsten Scherz auf Erden gemacht.

Einen, den offensichtlich nur sie verstand, genau wie ihr Gebrabbel.

Mein Herzschlag beruhigte sich langsam. Ich räusperte mich peinlich berührt. »Mum, würdest du bitte nicht so oft das Wort ›Mord‹ in den Mund nehmen. Wir haben Gäste«, erinnerte ich sie. Konnte eine Begrüßung eigentlich noch schlimmer werden? Diese zumindest nur, wenn Mum gleich noch begann, ihre weiße Bluse am Waschbecken zu säubern …

… was sie genau in dem Moment tat. Immerhin behielt sie ihr Jackett dabei an. Mit hochroten Wangen wagte ich, Gwen anzusehen.

Meine beste Freundin wirkte ziemlich eingeschüchtert und war sehr viel näher an meinen Bruder gerückt. Dessen Miene zeigte, wie genervt er war. Nur Shey und Liam wirkten gefasst.

»Ahhhh, richtig!« Mum kam nun, zu allem Übel, in Richtung des Esstischs, während das rote Zeug, mit Wasser vermischt, an ihr herunterlief. Es war wie in einem schlechten Horrorfilm, nur am helllichten Tag.

Eventuell sollte ich aber genau dafür dankbar sein, schoss es mir durch den Kopf. Wie viel befremdlicher wäre das im Dunkeln?

Einen Meter vom Tisch entfernt stoppte Mum und breitete die Arme weit aus. »Noch mehr Gäste, wie schön. Es wird Zeit euch offiziell in die Familie aufzunehmen; Zeit für die Dell'Aqua Declaration.« Sie sagte es einfach so, als spräche sie übers Wetter oder's Morden oder weiß der Geier was. Aber nicht über eine traditionelle Zeremonie, die mit zu den wichtigsten Riten unserer Spezies gehörte und unsere bestgehüteten Geheimnisse offenbarte.

Wie vom Donner gerührt saß ich da. Das emotionale Unwetter, in das ich seit Beginn dieser Sommerferien geraten war, machte mich langsam, aber sicher fertig. Trauer, Schadenfreude, Hoffnung, Schock ...

Doch selbst Joyce, Chris und Shey gaben keinen Mucks von sich.

»Ich erwarte euch in einer halben Stunde auf den Stufen der Entstehung«, verkündete meine Mum unbeeindruckt und ging mit einem seltsamen kleinen Winker ihrer rechten Hand wieder in Richtung Aufzug.

»Tante Eden!«, rief Shey ihr nach.

»Ja, Schatz?« Sie drehte sich um.

»Willst du dich davor nicht umziehen?«

»Doch, Schatz. Ich bin gerade auf dem Weg. Ich schaue mal, ob ich deiner Mutter eine ihrer weißen Tuniken klauen kann. Such du derweil bitte deinen Bruder und hol ihn – von welchem Marvel-Film auch immer – weg.«

Shey kicherte und nickte. »Mach ich, Tante Eden.«

Erst als sich die Türen schlossen, atmeten wir anderen aus. Was Mum gesagt hatte, warf Joyce, Chris und mich sichtlich aus der Bahn. Es passierte also wirklich, Gwen würde eingeweiht werden. Aber würden die Mermaid Challenges dann etwa stattfinden?!

Mir wurde schlagartig übel, als mir bewusst wurde, wie überheblich, wie hochmütig und größenwahnsinnig mein Plan gewesen war, mich durch sie aus der Verantwortung zu stehlen.

Meine Hände rutschten zu meinem Bauch nach unten, in dem sich Einsicht mit Angst und Adrenalin zu etwas formte, das mich von innen heraus aufzufressen drohte.

»Verträgst du den Käse nicht?«, fragte Gwen mich besorgt, weil wir immer aufeinander aufpassten. Wie ironisch das gerade jetzt war.

Hilfe suchend warf ich meinem Bruder einen verzweifelten Blick zu.

Chris wirkte aber genauso ratlos und erschrocken wie ich.

»Vielleicht hat sie eine Laktoseintoleranz entwickelt«, sagte Shey naseweis. »Man weiß ja nie, was man sich in Europa einfängt.«

Gwen und Liam lachten.

Ich versuchte mich an einer Grimasse. Wenn es doch nur das wäre.

KAPITEL 13

SONNTAG, DER 3. JULI
MERMAID ISLAND/TANSANIA
Cassidy Dell'Aqua

»Gwen, wie wär's mit einer Burgführung?« Ich wollte nur noch der Situation entkommen und das schnellstmöglich. *Weg-weg-weg*, war alles, was ich denken konnte. Mein Körper und Geist befanden sich im Fluchtmodus.

»Genau, Bewegung hilft sicher deiner Verdauung«, merkte Shey neunmalklug an.

Chris gluckste.

Ich seufzte laut. Ja, danke, nein. Meine Verdauung war nach Mord das zweitletzte Thema, über das ich vor allen hier reden wollte. Boden, tu dich auf. Warum hatte Mum unter dem Esstisch keine Falltür eingebaut? Das wäre mal innovativ – und vor allem gerade nützlich.

Gwen nahm alles viel gelassener, aber sie wusste ja auch nicht wirklich, um was es ging. »Okay«, sagte sie schlicht und stand auf.

Ich hätte sie vor Dankbarkeit umarmen können. Stattdessen erhob ich mich ebenfalls rasch. »Joyce, können wir das Handgepäck hierlassen, damit wir es nicht die ganze Zeit mit uns herumschleppen müssen?« Davon hatte ich jetzt echt genug.

»Klar«, Joyce wischte auf der Kücheninsel mit einem Geschirrtuch rum. »Mach gleich die große Tour, dann hat Gwen alles gesehen. Aber bitte seid in einer halben Stunde auf den Stufen der Entstehung, du hast Eden gehört.«

Ich nickte pflichtschuldig.

»Müssen wir uns davor auch noch umziehen?«, fragte Gwen.

»Äh.« Ich senkte den Blick. Warum trugen wir eigentlich nach wie vor Jogginganzüge? Ach, scheiß drauf, heutzutage konnte man alles im Jogger tun, es steckte ja nicht umsonst das Wort Anzug in Jogginganzug. »Nein«, beschloss ich.

»Gut, denn ich hab die perfekte Idee. Die Jungs können euer Handgepäck auf euer Zimmer bringen«, überlegte Joyce laut.

Chris murrte Unverständliches.

Liam nickte stumm.

Interessant.

»Chris!« Joyce' Stimme ließ keinen Widerspruch zu.

»Ja, okay«, gab er klein bei. »Wenn ich davor noch ein Wououh bekomme«, verhandelte er. »Siehst du diese Taschen. Die sind ganz schön groß und schwer. Da brauche ich Kraft. Liam auch. Ich weiß echt nicht, was da drin ist, aber ...«

»Jetzt willst du doch noch ein Sandwich?«, unterbrach Joyce ihn ungläubig. »Jetzt, da du etwas tun sollst und bald unten sein musst?«

Chris zuckte die Achseln und grinste bemüht unschuldig.

»Mhm.« Sie musterte ihn scharf. »Gut«, entschied sie, wie immer, wenn es um Chris und Essen ging. »Ich mach euch je noch eins.« Sie nickte zufrieden und ging in Richtung Kücheninsel. »Jetzt husch-husch«, rief sie dabei Gwen und mir zu. »Sonst ist die halbe Stunde gleich um.«

Schnell fasste ich die Hand meiner besten Freundin und zog sie von ihrem Stuhl hinter mir her, zur Tür neben der Kücheninsel, die auf die Terrasse führte.

»Darf ich mitkommen?«, rief Shey und stand, wenn ich das Schaben von Fußbeinen hinter uns richtig deutete, bereits auf.

»Nein!«, wehrten Gwen und ich unisono ab.

Wir kicherten, während ich den Türknauf packte und die ersten Sonnenstrahlen durch die Glaseinsätze im Türblatt über meine Haut glitten.

Klick. Tzzzz.

»Das macht der kleine Racker doch mit Absicht«, hörte ich Joyce murmeln, als ich die Tür aufzog und vor Gwen ins heiße Freie trat.

Dort schmückten orientalische Teppiche den Boden der Terrasse und bunt gemusterte Sitzkissen in Rot und Blau waren um kleine Messingtische drapiert. Kunstvoll geschnitztes Holz diente als Überdachung und bot zu den Seiten hin einen atemberaubenden Blick auf Mahanas Gewürzterrassen. Die vertraute Umgebung und Joyce' Worte – diese nebensächliche Kleinigkeit – fühlten sich so sehr nach zu Hause an, dass ich am liebsten weinen wollte.

Gwen sah sich bewundernd um. »Das ist so schön! Aber sag mal, Cass: Was war das da eben zwischen dir und Liam? Der hat dich ziemlich geflashed, oder? So, wie du reagiert hast?«

Ach, darüber wollte sie jetzt reden. Na, wer den ersten Stein warf ... »Aber sag mal, Gwen: Chris, der hat dich schon ziemlich geflashed, oder?«, äffte ich sie grinsend nach und hob dabei leicht das Kinn. »Gib's zu, den findest du ganz schön nice!«

Sie musterte mich einen Augenblick lang überrascht. »Schon, ja«, gab sie dann amüsiert und ganz ohne Reue zu. »Und wie steht's mit dir?« Sie ging bis zur Mitte der Terrasse und drehte sich dann zu mir um.

Als ich weiterhin schwieg, sagte sie nur neckend: »Cass, ich beginne, es dir gerade richtig übel zu nehmen, dass du mir all das bis jetzt vorenthalten hast.« Sie lächelte, kein bisschen böse.

Doch ich schluckte. »Na ja, wart erstmal ab. Noch sind die Ferien nicht zu Ende. Vielleicht denkst du dann anders.«

»Aber wieso denn?« Sie runzelte die Stirn und kam wieder zu mir.

Ich schürzte die Lippen und versuchte mich ihr zuliebe an einem Lächeln. »Hallo, du warst eben dabei. Mum ist ...« Ich suchte nach dem richtigen Wort. Aber alle, die mir in den Sinn kamen, waren erst für nach dem Ritual angemessen.

»Künstlerisch veranlagt?«, fragte Gwen schließlich und lachte laut los.

Ich sah sie ungläubig an. »Schön, dass du noch lachen kannst«, meinte ich trocken. »Wir werden sehen, wie lange.«

»Ach Cass. Klar hatte ich erst einen Schock – wir alle. Ich meine sie kam rein und sah nach irrer Serienmörderin aus, inklusive roter Spritzkunst all over. Was bitte entwickelt sie da? Eine Tomatensuppen-Abfüllanlage, als drittes Standbein? Aber du glaubst nicht, wie verkorkst meine Familie ist. Da ist deine ...«

»... ein Klacks?«, fragte ich nicht ganz ernst gemeint.

»Neee, deine hat schon einen gewaltigen Knall. Sorry. Aber ... das lässt sich nicht anders sagen. Der Punkt ist: Haben das nicht fast alle Familien? Ich meine, kennst du eine, die normal ist, ganz ohne Knacks?«

Ich dachte an unsere Klassenkameraden Titus, Cara, Sina und dann an Gwen, mich und Chris sowie an Shey und Okuza. »Okay, gutes Argument.«

»Ich glaube langsam, diese 08/15-Reihenhaus-Familien sind

eine Erfindung von Hollywood. Die Drehbuchschreiber trinken sich die Welt schön, bevor sie ihre Fantasie auf Papier festhalten.«

»Wow, wann bist du so desillusioniert worden?«, fragte ich erstaunt.

»Cass, ich glaube, das Wort, das du suchst, heißt: erwachsen. Und wir müssen wohl alle irgendwann erwachsen werden. Meinst du nicht, langsam ist es auch bei dir an der Zeit? Jetzt, nach der Trauer.«

Mein Herz setzte einen Schlag aus. *Nach der Trauer?* Wie meinte sie das? Oder okay, das wusste ich schon, nur war ich überrascht, dass Gwen ... Ach, ich hatte mir einfach eingebildet, meine Trauer besser vor ihr verborgen gehalten zu haben.

Anscheinend hatte ich darin auf ganzer Linie versagt.

Statt weiter darauf einzugehen, zog Gwen mich zum Glück mit sich über die Terrasse, bis zur anderen Seite. Dort öffnete sie neugierig eine zweite Tür, die dem Zugang aus der Küche ähnlich sah, und führte uns wieder ins Gebäudeinnere. Ganz eindeutig hatte sie die Führung übernommen – oder eher gekapert –, denn nun standen wir in einem der unzähligen Säulengänge der Burg und sie lehnte sich gegen eine Wand, als würde ihr die ganze Burg gehören.

Sei's drum.

»Erinnerst du dich noch an unser erstes richtiges Gespräch vor all den Jahren?«, fragte sie mich leise.

»Das über Bill Gates?«

»Neee, also auch, aber ich meine den anderen Teil«, sagte sie, während sie sich wieder von der Wand abstieß.

»Den über Freundschaft?«, murmelte ich, als wir nun ziellos den Gang entlangliefen.

»Ach Cass!« Frustriert blieb Gwen stehen und stemmte die Hände in die Seite. Dann reckte sie das schmale Kinn.

Ich blieb ebenfalls stehen.

Es war wie ein Déjà-vu.

»Den Part, in dem ich sagte: Wir dürfen auch verrückte Dinge tun, einfach weil wir es wollen. Und weil wir in einem Alter sind, in dem sie uns verziehen werden. So wie normalen Dreizehnjährigen.«

»Ich erinnere mich«, gab ich zu und bemerkte gleichzeitig, dass wir jetzt fast auf Höhe meines Zimmers waren, nur eine Etage darunter.

»Gut, denn dann hab ich Hoffnung, dass du dir das Folgende auch merken wirst: Trauer ist wichtig und richtig. Aber sie darf nicht dein Leben bestimmen. Stattdessen musst du darüber bestimmen, wie du mit ihr umgehst. Ich will, dass du dich wieder öffnest, Risiken eingehst, verrückte Dinge tust, einfach weil du willst.« Gwen legte mir die Hände auf die Schultern. »Einfach weil du lebst, verstehst du. Was wäre es für eine Verschwendung, das Leben an dir vorbeiziehen zu lassen«, sagte sie eindringlich. »Natürlich sind wir nicht mehr dreizehn. Und natürlich werden wir vermutlich nie normal sein. Aber scheiß auf normal. Scheiß aufs Verzeihen. Wir sind siebzehn, fast erwachsen – und die einzige Person, die uns verzeihen muss, sind wir. Wenn das nicht reicht, dann sage ich dir hier und jetzt: Ich verzeihe dir. Alles. Immer. Genau wie du mir. Denn wir haben immer uns, egal wie kaputt alles andere ist, verstehst du? Wir haben uns.«

»Ich …« Ich schluckte und erinnerte mich: ›Wir haben ja jetzt uns, oder?‹, hatte Gwen vor vier Jahren gefragt. ›Klar‹, hatte ich völlig überfordert gekrächzt. Weil ich Dinge gefühlt hatte, die ich damals nicht einmal benennen konnte. Jetzt wusste ich, dass es Zugehörigkeit war.

Unwillkürlich fühlte es sich so an, als hätte ich sie verraten. Mit meinem Schweigen über so vieles. Mit dieser Reise. Mit meiner Trauer und der Unfähigkeit, damit umzugehen. Mit meiner Feigheit vor den Challenges meiner Mum. Und der Tatsache, dass ich meine Probleme nicht allein auf die Reihe bekam. Dass ich Hilfe brauchte. Warum war ich nicht stärker? So stark wie Gwen mit ihrer Hymne auf das Leben!

Tränen traten mir in die Augen. »Gwen, ich muss dir was sagen, du …«

»Hier seid ihr!«, zerstörte Chris' laute Stimme den Moment. Hinter ihm tauchte Liam aus den Tiefen des Gangs auf.

Das war's mit dem Geständnis. Feige wie ich war, schwieg ich.

»Ihr seid ja nicht gerade weit gekommen«, brummte mein Bruder vorwurfsvoll in meine Richtung.

»Wir haben uns verquatscht«, ließ Gwen ihn spitz wissen. »Das passiert bei Mädels manchmal, weißt du?«

»Mhm«, machte Chris skeptisch. »Na, jedenfalls haben wir eure monströsen Taschen auf Cass' Zimmer getragen – wofür uns, nebenbei bemerkt, echter Dank gebührt – und sind jetzt auf dem Weg nach unten, zu den Stufen der Entstehung. Wollt ihr mitkommen? Ihr habt sowieso nicht mehr lang, bevor wir alle dort sein sollten.«

Neugierde trat in Gwens Blick. »Die Stufen der Entstehung, was bedeutet das eigentlich? Ist das eine Metapher?«

»Ja und nein«, sagte Chris und ging voraus, sodass sie ihm folgen musste, wenn sie ihm zuhören wollte, »hat dir Cass das nicht gesagt? Das ist eine Treppe im unterirdischen Teil des Schlosses.«

»Im unterirdischen Teil?« Gwen klang völlig fasziniert. Kein Wunder, jetzt da es wieder um Architektur ging. Sie folgte Chris auf dem Fuß.

Seufzend ging ich hinter den beiden her.

Liam schloss sich mir stumm an, als spürte er, dass in meinem Kopf gerade Chaos herrschte und es nicht der richtige Zeitpunkt für eine weitere Charme-Offensive war.

So liefen wir durch Mermaid Castle.

»Die Burg ist so gebaut, dass oben die allgemein zugänglichen Räume sind«, erläuterte Chris Gwen. Womit er nett umschrieb, dass es die für Menschen zugänglichen Bereiche waren. »Unter Wasser bildet die Raumflucht einen Kanal. Ein bisschen wie eine eigene Zisterne, darüber haben wir ja schon geredet. Über diesen Kanal verläuft eine Brücke, an deren einem Ende sich Stufen befinden: die Stufen der Entstehung.«

»Großartig!« Gwens Mund stand staunend offen. Dabei hatte sie die halb versunkenen Bereiche von Mermaid Castle, unser ureigenes Atlantis, noch gar nicht gesehen.

Was würde sie erst sagen, sollte sie jemals erfahren, dass sie der erste Mensch war, der auf den mehr als 2.000 Jahre alten Stufen der Entstehung Teil einer noch viel älteren Zeremonie werden würde? Obwohl Dad komplett ins Mafia-Geschäft eingebunden gewesen war, hatte er von unseren übernatürlichen Mermaid-Kräften und allem, was dazugehörte, nur das Nötigste gewusst. Wieso erlaubte Mum Gwen – und auch Liam – Einblicke in unsere Geheimnisse, in Mysterien, die die kühnsten Träume überstiegen?

KAPITEL 14

SONNTAG, DER 3. JULI
MERMAID ISLAND/TANSANIA

Cassidy Dell'Aqua

Ich haderte mit mir, während wir vier immer mehr Säulen passierten. Als der Gang in den ihr bekannten nach oben hin offenen Innenhof mündete, wandte Gwen sich automatisch dem goldenen Gitter an der Wand zu, hinter dem sich auch auf dieser Etage der Aufzug verbarg, und stellte sich auf den Anforderungssensor am Boden.

Nach mehreren Sekunden glitt das Metall von alleine zur Seite und enthüllte eine Kabine, die allerdings anders aussah als zuvor.

Gwen wirkte überrascht. Fragend schaute sie meinen Bruder an.

»Du hast wohl schon die neue Systemfreigabe«, merkte Chris an.

»Systemfreigabe?« Gwen sah noch verwirrter aus.

»Der unterirdische Bereich ist zugangsbeschränkt«, erklärte ich. »Es gibt zwei Kabinen, die automatisch je nach Freigabe vom System bereitgestellt werden. Mit der erweiterten Freigabe erreichst du alle Bereiche des Hauses, mit der eingeschränkten nur einige bestimmte. Der Sensor erkennt die Person und die dazu im System hinterlegten Daten machen den Rest. Oder na ja, Mums intelligente Haussteuerung.«

»Ihr habt also eine äh … hausinterne KI, so was wie Alexa?«

Mit einem Seitenblick auf Liam, sagte ich: »So ähnlich.«

»Abgefahren«, meinte Gwen.

Wir stiegen in den Aufzug ein.

»Zu den Stufen der Entstehung«, sagte Chris in die Stille.

Keine Sekunde später setzte sich der Aufzug in Bewegung.

»Die Sprachsteuerung funktioniert auch, wenn derjenige nicht den Aufzug angefordert hat?«, fragte nun Liam.

»Wenn das System die Stimme erkennt und eine Freigabe vorliegt, ja.«

»Wie Alexa«, feixte Gwen.

Ich zog stumm die Augenbrauen hoch.

»Besser als Alexa«, stellte Chris klar.

»Etwa mit Abhörfunktion?«

Ich grinste.

»Ne«, murmelte mein Bruder.

Schon öffneten sich die Aufzugtüren, dieses Mal mit Blick auf ein magisch wirkendes Stockwerk, das jedoch komplett ohne Magie erbaut worden war.

Das leise Glucksen von Wasser begleitete uns, als wir aus dem Aufzug auf die lange, breite Brücke traten, die an den meisten Stellen mit Moosen und Algen überzogen war. Das Geländer, direkt neben uns, bestand nur noch aus einzelnen Streben, die erahnen ließen, wie kunstvoll es einst ausgesehen hatte. Glitzernde Staubpartikel tanzten im leicht bläulich wirkenden Licht, das gedämpft durch die Milchglasdecke, den Boden der Etage über uns, drang. Sanfte Wellen des Ozeans, der unter der Brücke wogte, brandeten wie ein Beifallklatschen gegen steinerne Wellenbrecher an den Pfeilern.

Weitere Brücken standen auf hohen, starken Pfeilern in Sichtweite und überall an und zwischen diesen waren mehr Wellenbrecher. Die Bollwerke waren über Wasser kunstvoll geformt: Springende Delfine, singende Wale, ganze Fischschwärme, die in Bögen durch Wellen hüpften. Ihre echten Gegenstücke zogen unter Wasser Kreise.

Das umfassende Brückennetzwerk verband kleinere und größere bebaute Felsformationen, die sich unterirdisch über die komplette Fläche erstreckten, auf der Mermaid Castle erbaut worden war. Die Burg war die Spitze des Eisbergs und das hier unten war, obwohl inzwischen leer stehend und den Gezeiten anheimgefallen, das ursprüngliche Domizil der Mermaids. Und das war es bereits weit vor zwanzig vor Christus, vor dem Djinn-Mermaid-Friedensabkommen gewesen, nach dessen Unterzeichnung Mermaid Castle oberirdisch errichtet worden war. Davon zeugten unterirdisch Stufenbau, Säulen und Architrave.

Für den heutigen Betrachter mussten die unbewohnten Häuser auf den Felsen nach Tempelarchitektur aussehen. Alles strebte zur Vollkommenheit in Ordnung, Maß und Proportion. An den Fronten und Seiten waren Säulen und zwischen den Häusern Säulengänge zu sehen. Doch anders als bei klassisch griechischer Architektur, hatten die Häuser Kuppeldächer mit perfekten Rundungen und symbolhafte Spitzen, die in Türmchen mündeten. Es gab Häuser auf Pfeilern, die zu schweben schienen. Häuser auf Häusern. Und überall kleine Brücken, die oft auch nur zwei Gebäude verbanden. Eine sakrale Ruhe lag über allem, als verginge die Zeit hier unten langsamer, als unterläge das Leben weniger den weltlichen Einflüssen. Vermutlich war das auch so.

Ganz in die Betrachtung versunken, war ich gemeinsam mit den anderen näher an den Rand unserer Brücke getreten. Das Geräusch des Wassers, der Tanz des Lichts und die Magie des Vergangenen zogen mich in ihren Bann.

»Im *Kritias* beschreibt Platon Atlantis«, setzte Gwen leise an.

Alarmiert drehte ich mich zu ihr, wusste genau, worauf ihre Worte abzielten, und hatte ihr doch nichts zu entgegnen. Noch nicht.

»Die Hauptinsel, von ihm auch als ›Insel des Atlas‹ bezeichnet, war laut Platon reich an Bäumen, Pflanzen, Früchten und Tieren«, dozierte meine beste Freundin immer schneller als wäre der Korken aus der Flasche. »Er schreibt von Wassergräben und sprudelnden Quellen. Und dass die Ebenen äußerst fruchtbar gewesen seien ...«

»Atlantis ist ein mythisches Inselreich«, warf Chris ein, ohne Gwen anzusehen. »Verschollen.«

Ich hielt den Atem an.

»Vielleicht«, sagte Gwen langsam, fast behutsam. »Aber ... die Akropolis der Hauptstadt war anscheinend fünf Stadien breit und auf einen Berg gebaut, der zentral auf der Insel lag. Die ringförmigen Randbezirke der Stadt beherbergten von innen nach außen die Quartiere der Wächter, der Krieger und der Bürger. Alles war von einer Mauer umschlossen.«

Um Liams Mundwinkel spielte ein leichtes Lächeln, als er nun wohl die Parallele erkannte, auf die Gwen hinauswollte. »Tatsache ist, dass niemand jemals auch nur eine Tonscheibe gefunden hat, die auf Atlantis hinweisen würde«, überraschte er mich mit seiner Aussage.

»Genau«, schloss ich mich davon beflügelt an. »Ob es Atlantis wirklich gegeben hat, kann niemand mit völliger Sicherheit sagen.«

»Ist das so?« Gwen wirkte nachdenklich. »Atlantis war die prächtigste und mächtigste Stadt der Welt. Angeblich. Die Macht darüber, so ist es überliefert, hatte Poseidon seinem

Sohn Atlas übertragen. Dessen Nachfahren verfügten über einzigartige Kräfte, so Platon. Plus ein großes Heer! Mit dieser Streitmacht unterwarfen sie Europa bis Tyrrhenien und Nordafrika bis Ägypten.« Gwen sah mir nun direkt in die Augen.

»Äh.« Ein kalter Schauer lief mir über den Rücken. Ich schluckte.

»Der *Kritias* bricht an dieser Stelle ab«, gab Gwen zu. »Platon hat ihn nie vollendet. Aber ich frage mich doch, warum Atlantis das erste Mal schriftlich vor etwa 2.400 Jahren erwähnt wurde und danach nie wieder. Und ich weiß eines: Im Zentrum von Atlantis befand sich ein Tempel.« Stumm zeigte sie auf den links von uns auf zwei gebogenen Pfeilern thronenden Tempel, der in circa dreihundert Metern, von Wasser umgeben, den Fluten trotzte.

Okay, der machte ziemlich Eindruck. Und war schwer wegargumentierbar. Was sollte ich nur ...

»Das steht da alles drin?«, hörte ich plötzlich Sheys helle Stimme. »Da hat der alte Knacker aber echt ein gutes Gedächt...«

»Shenaya! Das ist wohl kaum die angebrachte Ausdrucksweise für eine wohlerzogene junge Dame!« Tante Mahana trat mit Shey und Okuza zu uns. Ihr langes weißblondes Haar wogte bei jeder ihrer aufgebrachten Bewegungen, doch ihre Augen glänzten freundlich, als sie sich mir zuwandte. »Cassidy, es ist schön, dich wieder zu sehen. Das Jahr war wirklich zu lang.« Sie umarmte mich kurzerhand.

Ich nickte langsam, als sie mich wieder freigab, noch ganz benommen von Gwens Worten und dem eindringlichen Gewürzgeruch, den Tante Mahana wie immer hinterließ.

»Das ist Gwen, meine beste Freundin«, hatte ich zumindest die Geistesgegenwart, Manieren zu zeigen.

»Jambo.« Gwen lächelte schüchtern.

»Jambo. Meine Mutter Mahana«, übernahm mein Cousin die Vorstellung. »Ich heiße Okuza.« Lässig grüßend hob er die Hand. Anders als Shey mit ihrem feuerroten Haar, das sie gerade von ihrer Kameralinse wegstrich, und Mahanas satt orangener Tunika hatte er für Mermen ungewöhnlich dunkles Haar, das er zu einem Manbun zusammengefasst trug, und war sportlich schwarz-in-schwarz gekleidet. Die herausstechenden Haarfarben hatten beide Geschwister ihrem menschlichen Dad zu verdanken. Und Okuza nun auch seine Größe, er überragte mich jetzt mindestens um einen Kopf.

»Wow, Okuza, du bist ganz schön gewachsen«, entwich es mir, als wäre ich seine achtzigjährige Großtante.

Er lachte. »Oder du geschrumpft, kleine Cassidy.«

Ich lachte mit ihm, die Retourkutsche hatte ich verdient.

Die anderen fielen in unser Lachen ein und das brach endlich die seltsame Stimmung, die Gwens Vortrag heraufbeschworen hatte.

Gerade rechtzeitig.

Mum kam von der anderen Seite der Brücke die Stufen der Entstehung herauf und hatte das Buch der Bücher in der Hand. Wie schon als Chris und ich alt genug waren, um Teil der Zeremonie zu sein, strahlten Mum und das Buch etwas Feierliches aus. Sie trug eine weiße Tunika, die mit Goldfäden durchwirkt war und ein bisschen wie eine zeremonielle Robe aussah.

Ich spürte, wie Gwen nach meiner Hand griff. »Was passiert denn jetzt?«, flüsterte sie mir zu.

»Wirst du gleich sehen, hab noch ein bisschen Geduld, ja?«, bat ich sie leise und drückte ihre Hand zur Beruhigung. »Ich bin immer an deiner Seite, gleich hier. Okay?«

Und eventuell würde ich ihre Hand auch einfach nicht mehr loslassen, weil ich jetzt doch ziemlich Schiss vor ihrer Reaktion hatte.

»Okay.« Sie nickte zaghaft.

Alles würde gut werden. Das musste es einfach.

»Bitte folgt mir und findet euch vor den Stufen der Entstehung ein. Dann können wir beginnen«, wies uns Mum zielstrebig an. Als sie mit dem goldenen Buch, das im Lichtschein funkelte, und ihrem Gewand, das Reflexionen zu allen Seiten aussandte, vor uns herlief, wirkte es fast spirituell.

So zog unsere kleine Prozession über die Brücke, bis wir acht Stufen hinabstiegen, uns umdrehten und uns im Halbkreis um ein goldenes Pult auf der ersten Stufe versammelten, hinter das sich Mum stellte. Stumm bewunderte ich das schimmernde Diadem in ihren hellen Haaren, das ich erst jetzt bemerkte. »Lasst uns nun, wie es Tradition ist, mit dem Ritual beginnen«, leitete sie mit tragender Stimme ein, »auf dass im zweiten Abschnitt dieser Zeremonie, Liam und Gwen Teil der Familie werden und die Dell'Aqua Declaration unterzeichnen.«

Ich merkte, wie sich Gwens Hand in meiner verspannte. »Cassidy, was …?«

Mein Magen verknotete sich fast unerträglich, trotzdem bat ich ruhig: »Vertrau mir.« Ohne meinen Blick von Mum abzuwenden, malte ich mit dem Daumen besänftigende Kreise auf Gwens Handrücken. Hätte man mich in diesem Augenblick gefragt, was ich mehr fürchtete – dass meine Mum Gwen zwang, die Declaration zu unterzeichnen, oder dass Gwen nach Unterzeichnung der Geheimhaltungserklärung, mit all dem Wissen, nicht mehr meine Freundin sein wollte – ich hätte es nicht sagen können.

»Vor langer, langer Zeit«, begann Mum nun und wirkte dabei fast ätherisch und so, als könnte sie kein Wässerchen trüben, »gab es einen großen Krieg, den viele Wesen Seite an Seite führten. Gegen einen mächtigen Feind, die Urwesen.«

Wassermassen stiegen hinter ihr auf und formten rechts und links der Brücke Ungeheuer und Krieger, Speere und prähistorische Waffen.

»Und obwohl es nur zwei Urwesen gab, nämlich das Urwesen des Landes und das Urwesen der See, waren sie die gefährlichsten Kreaturen, die die Welt kannte. Aus den Elementen geboren, von ihnen genährt und geformt, strebten sie danach, alles Leben, das sich auf der Erde entwickelt hatte, zu vernichten, um der Natur zurückzugeben, was der Natur seit jeher gehörte: der Planet.«

Wasser brach in Fontänen, spritzte, flirrte und glitzerte, als daraus geformte Krieger über der Brücke aufeinanderprallten, als Speere, Häupter und Körper durchschlugen; als Wasser gegen Wasser kämpfte.

»Während die Djinn und alle Geistwesen und Landwandler Krieg gegen das Urwesen des Landes führten, zogen die Mermaids und die Wasserwandler gegen das Urwesen der See in den Kampf.«

Gwen erstarrte überrascht.

Erbittert traf Wasser auf Wasser, troff hinter Mum auf die Brücke. Einzelne Tropfen spitzten bis zu uns. Licht brach sich darin und brachte die durchscheinende Flüssigkeit zum Glühen.

Die Szenerie wirkte derart lebendig, dass ich wahrscheinlich aus purem Reflex davor zurückgewichen wäre, hätte mich nicht Gwens eiskalte Hand in meiner daran erinnert, dass ich für sie stark sein musste.

»Die Djinn und ihre Verbündeten siegten nach einem erbitterten Kampf, der viele Verluste mit sich brachte. Das Urwesen des Landes zerfiel zu Staub. So entstanden die ersten Wüsten auf der Erde.«

So wurde es erzählt, von Generation zu Generation.

»Doch die Mermaids, Mermen und die Wasserwandler hatten das Urwesen der See nicht endgültig geschlagen, sondern nur schwer verwundet.«

Feuerrote Fische sprangen in Schwärmen aus den Fluten neben der Brücke und fielen wie getroffen hernieder, in den Ozean.

»Das Urwesen verschwand in den Tiefen der Weltmeere. Manche munkeln, es sei seinen Verletzungen erlegen. Manche vermuten, es wurde doch tödlich getroffen oder sei versteinert. Was Natur war, wurde wieder Natur. Sediment. Andere behaupteten, es über die Jahre ganz tief unten, in den düstersten Gräben gesichtet zu haben. Dass es lebt. Und dass die Gefahr, die von ihm ausgeht, nicht gebannt ist.«

Eine riesige monströse Welle stieg hinter Mum auf.

Das war neu.

Es machte mir nun wirklich Angst. Jetzt klammerte nicht nur Gwen sich an mir, sondern ich mich auch ein bisschen an ihr fest.

»Nach etlichen Jahrhunderten wäre es zweifelsohne allzu gewillt, unsere Welt dem Untergang zu weihen. Eine Welt, die sich seitdem stark gewandelt und weiterentwickelt hat: Menschen sind nun in der Überzahl, während wir übernatürlichen Spezies uns ins Verborgene zurückgezogen haben. Gut geschützt und mit strengen Regeln lenken wir die Geschicke der Gegenwart aus dem Hintergrund. Stärker entzweit als zu Zeiten unserer großen Kriege gegen die Urwesen.«

Gänsehaut überzog meine Unterarme.

»Doch ... Nur die Gegenwart kann die Zukunft retten.« Mum sagte es fast resigniert. »Nur eine starke Gemeinschaft kann den Fortbestand sichern, nur Einigkeit und Zuversicht werden die Welt befreien.«

Ich starrte sie an, wagte nicht zu den anderen zu sehen. Das hier war ganz klar mehr als die übliche Geschichte über die Großen Kriege, die uns Demut lehren sollte. Das hier war eine Botschaft. Auch wenn ich sie noch nicht ganz verstand.

»Wir stehen hier als Nachkommen einer der übernatürlichen Spezies der Welt.«

Gwen keuchte neben mir. Mum hatte das jetzt auch sehr direkt formuliert.

Ich umfasste ihre Hand fester.

»Wir stehen hier voller Stolz und blicken auf diese fast 9.000 Jahre alte Geschichte zurück. Eine Geschichte voller Wunder, die es uns – inzwischen durch strenge Geheimhaltung – ermöglichte, stets eine Zukunft vor Augen zu haben; für uns und diesen Planeten.« Sanft nickte Mum uns allen zu.

Wasser stob auf und malte komplizierte Muster in die Luft.

»Es ist Schicksal, dass Nachkommen der Mermaids in diesen Sommerferien Gäste mitgebracht haben. Zwei Gäste, denen wir unser Heim und Herz öffnen, auf dass sie auch für uns nur Güte und Gutes übrig haben.«

Sie schlug das goldene Buch auf und winkte Gwen und Liam zu sich.

»Geh«, flüsterte ich Gwen zu und gab ihr einen sanften Stoß mit der freien Hand, während ich ihr die andere entzog. »Du musst nur eine Geheimhaltungserklärung unterschreiben, das ist ein ganz normaler Anwaltswisch.«

»Oo-kee-y«, stotterte Gwen und stolperte nach vorne.

Mum hielt ihr mit einem Lächeln den goldenen Stift hin, mit dem ich auch schon weiter vorne im Buch unterschrieben hatte. Als Oberhaupt einer der einflussreichsten Mafiafamilien der Gegenwart sicherte sie sich selbstverständlich bei jedem ab – mit der Unterschrift verpflichtete man sich nicht nur zur Geheimhaltung nach Menschenrecht. Mum sicherte so auch ab, dass den Regeln der Übernatürlichen Genüge getan war.

Gwen unterschrieb, ungewohnt schweigsam und ganz untypisch, ohne sich auch nur einen Satz durchzulesen. Dann gab sie den Stift wie in Trance an Liam weiter, der ungerührt hinter ihr wartete.

Schwungvoll setzte er seinen Krakel auf die nächste Seite und trat zurück. Warum musste er die Geheimhaltung unterschreiben? Wenn ich richtiglag und er kein Mensch war ... Na ja, war auch das ein Novum und vielleicht wollte Mum sich lieber absichern, wie sie es ja auch bei uns tat – oder irgendwas war faul? Was plante sie überhaupt?

Ich würde jedenfalls doppelt aufmerksam bleiben, für Gwen und mich, und die Wahrheit schon noch herausfinden.

Meine beste Freundin kam nun wieder zu mir, ließ jedoch eindeutig einen Sicherheitsabstand zwischen uns. Was mich nervös machte.

»Möge der Ausgang der Ferien uns alle erfreuen«, schloss Mum vorne und klappte mit einem hörbaren Schnappen das goldene Buch zu.

Bunte Fische sprangen hinter ihr hoch und über die Brücke.

Als ich meine Aufmerksamkeit nach dem Naturschauspiel wieder Mum zuwenden wollte, war sie bereits verschwunden.

»Wir sehen uns beim Abendessen!«, verkündete da Chris, der Liam auf einmal eilig mit sich die Stufen hoch in Richtung Aufzug zog.

»Ich schaue besser mal nach Joyce und Mario und den Hochzeitsvorbereitungen«, meinte Mahana. »Kommt ihr hier klar?«, fragte sie mich mit Blick auf Gwen, die noch immer stumm zum goldenen Pult sah und wirkte, als könnte sie gar nicht glauben, was eben passiert war.

»Klar«, sagte ich und meinte eigentlich: ›Keine Ahnung! Woher soll ich das wissen?‹

»Gut. Und ihr?«, fragte meine Tante Shey und Okuza. »Kommt ihr mit mir nach oben oder bleibt ihr noch?«

»Ich will unbedingt mit Cass hier unten baden. Und Gwen will sicher unsere Schwänze sehen, oder?« Shey grinste breit.

Gwens Augen wurden größer. »Ist das ein Scher...« Sie brach ab und drehte sich verunsichert zu mir. »Also, meinte deine Mum das alles ernst oder ist das nur eine alte Sage? Und wie hat deine Mum das gemacht? Technisch? Die Fische, das Wasser ...«

»Na ja, das ist schon ...« Ich seufzte, biss mir überfordert auf die Unterlippe. Da hatte ich jahrelang darauf gewartet, Gwen all das zu erzählen und jetzt war es so chaotisch verlaufen. Und so plötzlich passiert. Aber es war nun mal ... »... die Wahrheit.«

Gwen blinzelte. »Die Wahrheit? Schwänze?«, echote sie ungläubig. »Ihr seid wirklich ... Mermaids?« Sie verstummte. »Mhm. Aber ich verstehe immer noch nicht: Wie hat sie ... Das kann doch nicht echt gewesen sein ...« Sie machte einige verzagte Schritte zur Seite.

»Ich bleibe auch hier«, besänftigte Okuza seine jetzt ziemlich beunruhigt blickende Mum. »Kümmere du dich um eure

Hochzeit. Wir machen das mit Gwen schon, nicht Cass?« Er sah mich auffordernd an.

»Absolut. Klar. Wir ... wir machen das«, stotterte ich pflichtschuldig – ohne auch nur die leiseste Ahnung zu haben, wie ich diese Situation retten konnte.

»Mhm«, machte Mahana zweifelnd. »Vielleicht solltet ihr wirklich schwimmen gehen, das wird es vermutlich am schnellsten erklären. Wenn was ist«, sie musterte Okuza streng, »ruf mich sofort an, hast du gehört?«

»Aber ja, Mum«, antwortet Shey für ihn, die bereits die Stufen der Entstehung hochstieg und dabei die Schlaufe ihrer Kameratasche abstreifte, um gleich ins Wasser springen zu können.

KAPITEL 15

SONNTAG, DER 3. JULI
MERMAID ISLAND/TANSANIA

Cassidy Dell'Aqua

Ich sah Okuza vorsichtig an. »Danke, dass du bleibst.«

Er lächelte. »Keine Ursache. Irgendjemand in dieser verrückten Familie muss dir ja zur Seite stehen.«

»Ist das so?«

»Nein, ich muss natürlich gar nichts. Aber ich will, wenn du mich lässt?«

Matt stand ich da, mit einer schlimmer werdenden Beklemmung, zunehmendem Herzrasen und einer wie zugeschnürten Kehle – und nickte. Nickte, als würde ein gottverdammtes Nicken die Situation retten. Aus heiterem Himmel brach alles, was ich zusammen mit Dads Tod hatte hinter mir lassen wollen, wieder über mich herein. Die Trübsal, die Verlustangst, die Hoffnungslosigkeit. Denn jetzt bestand ganz real die Möglichkeit, Gwen zu verlieren. Was, wenn sie einfach ging? Von Mermaid Island. Aus meinem Leben. Was, wenn sie mich nicht mehr als Freundin wollte, wenn sie mein wahres Wesen gesehen hatte?

Nein. Das würde ich nicht zulassen.

Mutig setzte ich Fuß vor Fuß, bis ich bei meiner besten Freundin angekommen war. Okuza folgte mir tonlos.

Gwen wirkte verloren. Ihr Gesicht zeigte ein Wechselbad der Gefühle: Schock, Sehnsucht, Wut und Traurigkeit. Ihr Blick ging geradewegs durch mich hindurch ins Nichts. Ganz langsam hob ich die linke Hand und legte sie ihr auf den Arm.

»Gwen, ist alles okay?«, stellte ich die blödeste Frage der Welt, denn wie konnte es das schon sein?

Ihr Blick schärfte sich. Hilflos sah sie mir in die Augen. »Sag du es mir, Cass. Ist alles okay zwischen uns? Wenn das alles stimmt ... Ich weiß nicht, was ich sagen soll, Cass.«

»Ich weiß es auch nicht, Gwen«, flüsterte ich unbeholfen. »Ich weiß, dass ich ... dich brauche. Und dass wir immer füreinander da sind. So, wie du es vorher gesagt hast. Ich weiß, dass ich noch ich bin. Du ...« Ich setzte neu an. »Dir all das zu verschweigen war nicht richtig, aber es war auch nicht allein meine Entscheidung. Es gibt Regeln ...«

»Die du hättest brechen können.«

»Die ich hätte brechen können«, stimmte ich leise zu und benetzte meine trockenen Lippen. »Doch zu welchem Preis? Und: Hättest du mir geglaubt? Glaubst du ... es denn jetzt?«

»Ich ...« Gwen streifte ungelenk meine Hand ab. Ihr Blick glitt zu Okuza, der neben mir stand. »Ich weiß nicht, ob das alles ein echt verquerer Traum ist und ich gerade noch im Jet, auf dem Weg hierher, tief und fest schlafe und mir das einbilde, oder ob es real ist.« Sie lachte hysterisch.

Verletzt trat ich einen Schritt zurück. Sie hatte alles Recht der Welt, sauer zu sein, trotzdem schmerzte es mich. Unschlüssig musterte ich sie. Ich wusste, ich hatte das verdient. Allerdings wusste ich nicht, wie ich es besser machen konnte. Es tat mir im Herzen weh, dass Gwen so verunsichert wirkte.

»Lass es uns dir zeigen«, schlug Okuza da besonnen vor. »Ich kann mir nicht vorstellen, wie es sein muss, diese für dich sicher ... fantastische ... Geschichte von Eden hören zu müssen und«, er machte eine allumschließende Handbewegung, »all das zu sehen, ohne es zu begreifen. Aber mir würde es vermutlich Angst machen. Große Angst. Ich würde vielleicht fliehen, bevor ich mir selbst die Chance gegeben hätte, es richtig zu verstehen. Bitte mach nicht diesen Fehler und … lass es uns dir zeigen«, wiederholte er. »Falls du Fragen hast, dann beantworten wir sie dir gerne. Cassidy natürlich ebenfalls. Und falls du danach gehen möchtest, dann verstehen wir das auch.« Er verstummte. »Nicht wahr, Cassidy?«

»Ja. Wir … klar. Natürlich verstehen wir das.« Nicht. Es waren die schwierigsten sieben Worte, die ich je ausgesprochen hatte. Noch schwieriger war es jedoch, das achte nicht auszusprechen, weil es die verdammte Lüge in den sieben davor entlarvt hätte.

In mir revoltierte alles. Ich wollte Gwen um jeden Preis behalten. Hier, bei mir. Ich wollte, dass sie wieder die Gwen von vor einigen Minuten wurde. Meine Gwen. Doch das würde sie nie wieder sein. Trotzdem musste ich fest daran glauben, dass sie immer noch *meine* Gwen war – wenn ich es jetzt nicht vermasselte.

Deshalb überließ ich Okuza die Führung.

Er dirigierte sie die Stufen der Entstehung hoch, auf die Brücke und bis zu dem Häufchen säuberlich zusammengelegter Kleidung samt Kamera, das Shey hinterlassen hatte.

Von meiner Cousine war weit und breit nichts zu sehen.

»Also … zieht ihr euch jetzt aus?«, fragte Gwen, mit Blick darauf und einem altbekannter Hauch Neugier in der Stimme, der mir Hoffnung gab.

Okuza grinste belustigt. »Nur, wenn du dich umdrehst.« Er zwinkerte ihr zu.

»Ist das sonst wie bei den Werwölfen in Twilight?«

Das klang schon wieder viel mehr nach der Gwen, die ich kannte.

Okuza lachte. »Den Vergleich lasse ich nur zu, wenn du mir sagst, dass du Team Jacob und nicht Team Edward bist.«

»Du kennst Twilight?«, fragte ich, für einen Moment vom eigentlichen Drama abgelenkt und ziemlich geschockt. »Und das, obwohl es nicht im Marvel-Universum spielt?«

»Hey, Shey hat mich gezwungen, alle Teile anzuschauen«, verteidigte Okuza sich sofort peinlich berührt. »Ich bin gezwungenermaßen Twilight-Experte.«

»Na klar«, murmelten Gwen und ich gleichzeitig.

Vorsichtig sahen wir uns an.

»Also ... Irgendwie bin ich tatsächlich froh, dass ihr nicht die Vampire seid«, sagte sie schließlich. »Die ernähren sich ja von Blut, also Menschen. Moment ... Ihr ernährt euch doch nicht etwa auch von ...?«

»Nein. Wir essen keine Menschen. Schon lange nicht mehr«, sagte Okuza trocken.

Gwen starrte ihn geschockt an.

»Tun wir definitiv nicht«, bekräftigte ich mit Nachdruck und einem Augenrollen gegenüber meinem Cousin. »Wir sind auch nicht auf Diät oder so. Wir sind schließlich keine Vampire und brauchen das.«

»Was essen Mermaids?«

»Das Gleiche wie Menschen.«

Gwen nickte und ich atmete tief durch. Erleichterung durchflutete mich. Es war an der Zeit für Erklärungen und sie würde zuhören. »Es ist so«, begann ich nervös. »Alles, was du über Mermaids und Mermen gehört hast, ist wahr. Zudem haben wir ein paar Talente, deshalb konnte Mum ihre Show abziehen. Die meisten von uns sind aber nicht so talentiert. Außerdem können wir unsere Verwandlung nicht steuern. Beim Kontakt mit sehr viel Wasser verwandeln wir uns einfach, inklusive Schuppen und Schwanzflosse – das volle Programm.«

»Deshalb dein Attest für den Schwimmunterricht!«

»Jaaa. Das haben wir alle.« Okuza lachte. »Sonst würde aus der Schwimmstunde eher eine Biologiestunde über seltene Arten werden. Apropos ...« Er machte sich an seiner Gürtelschnalle zu schaffen. Es klirrte.

Gwen schaute schnell weg.

Ich ignorierte ihn und fuhr fort: »Ein Becher voll Wasser macht uns nichts, genauso wenig wie wenn ich mir die Haare im Waschbecken wasche oder mich schnell abdusche. Aber sobald die Luft um meine Beine vollständig von Wasser verdrängt wird – wie etwa in einer Badewanne –, setzt die Verwandlung ein.«

Gwens Blick wanderte von meinem Gesicht zu meinen sehr menschlich wirkenden Beinen in meiner Jogginghose. Sie runzelte die Stirn.

Ich grinste. »In dem Moment, in dem meine Füße ins Wasser gleiten, beginnt die Verwandlung. Statt Beine und Zehen habe ich dann schneller eine Schwanzflosse, als du ›Jambo‹ sagen kannst. Rückgängig gemacht werden kann das nur, indem ich mich aus dem Wasser auf Land ziehe, also das Wasser um meine Beine wieder durch Luft ersetzt wird.«

»Du verarschst mich doch«, murmelte Gwen ungläubig. Immerhin wirkte sie von der Vorstellung fasziniert und nicht mehr fassungslos oder sauer.

»Kommt ihr jetzt auch mal rein oder wollt ihr gleich noch Pulte und 'ne Tafel aufbauen, um euer Theoriegebabbel in aller Breite fortzusetzen?«, erklang in dem Moment Sheys Stimme von unten. »Wir haben Sommerferien, Leute! Das bedeutet Spaß, kein ödes Lernen.«

Alle drei beugten wir uns über das Geländer der Brücke.

Shey trieb genau unter uns.

Bislang sah man nur den Ansatz ihrer schmalen Schultern und ihren Kopf, der genauso menschlich wirkte wie zuvor. Quietschfidel und äußerst vergnügt blinzelte sie zu uns hoch.

»Gwen, das ist eine Mermaidflosse«, sagte sie da. Ohne Vorwarnung tauchte sie unter, um mit einem gewaltigen Schlag ihre rosa-gelb glitzernde Schwanzflosse emporzurecken und Gwen sprachlos zu machen.

»Nun ...«, murmelte ich. »Da hast du die Praxis.«

»Ich werd dann auch mal reinspringen. Kommst du, Cass?«, fragte Okuza fröhlich.

»Ja, ähm. Gwen, willst du vielleicht mit rein? Schwimmen? Das Wasser hier ist schön warm und nicht sehr tief und solange du in unserer Nähe bleibst, sollte auch nichts passieren.«

»Ich ...« Gwen wirkte, als hätte sie Schwierigkeiten damit, sich zu entscheiden. Ihre Synapsen waren vermutlich noch damit beschäftigt, das gerade Gesehene zu verarbeiten. Dann blitzte etwas in ihren Augen auf und ich wusste, jetzt setzte sich wieder ihr steter Wunsch durch, sich neuen und ungewohnten Situationen auszusetzen. »Ja, ja, warum nicht. Ich muss *das* aus der Nähe sehen.«

»Cool, wollt ihr euch nun ...« Okuza vollführte mit dem Zeigefinger seiner rechten Hand eine kreisende Bewegung.

»Äh, ja klar.« Gwen drehte sich schnell um und ich tat es ihr gleich. Mit dem Rücken zu ihm schälten wir uns, genau wie mein Cousin, aus unseren Klamotten und legten sie zu Bündeln zusammen, wie Shey es vorgemacht hatte.

»Was dauert dann da oben so lange?«, rief sie von unten.

»Bin schon fertig, komme!«, antwortete Okuza.

Ein lautes Platschen zeigte, dass er hineingesprungen war.

»Ready?«, fragte ich nun Gwen, zu der ich mich drehte.

Überrascht stellte ich fest, dass sie einen schicken dunkelblauen Badeanzug trug, den musste sie vorausschauend im Flugzeug angezogen haben. Ich trug ... nichts. Was sie nicht weiter kommentierte. Stattdessen herrschte jetzt wieder ein stummes Verständnis zwischen uns, das ich am liebsten konservieren und in einem Einmachglas für die Ewigkeit aufbewahren wollte.

Durchatmend ergriff ich ihre Hand. »Auf drei springen wir«, kündigte ich an.

Gwen nickte.

»Eins – zwei – drei!«, zählte ich.

Wir sprangen.

Die Luft zog kühl an uns vorbei. Die Meter bis zum Wasser schienen endlos. In mir explodierte die Vorfreude auf die Verwandlung. Das Sehnen unter meiner Haut war zurück und zerriss mich fast, bevor meine Zehen den Ozean erreichten. Zentimeter für Zentimeter sank ich mit den Beinen voraus in die Fluten. Pures Glück durchfloss mich, als ich spürte, wie die Verwandlung einsetzte.

Aus zwei Beinen wurde eine Flosse.

Aus Haut wurden glänzende Schuppen.

Sie breiteten sich von meiner Schwanzflosse bis zu meinen Hüften aus und formten die Haut über meinen Brüsten zu einer Art Schuppen-BH um. Ohne Gwen loszulassen, bewegte ich begeistert meine azurblaue Flosse. Wasser strömte daran entlang, letzte Luftbläschen stiegen auf.

Ahhh, fühlte sich das gut an.

»Wow, du siehst ... toll aus!«, staunte Gwen neben mir ehrlich begeistert.

»Danke«, ich lächelte sie an. »Ich, äh.« Ich schluckte. »Ich freue mich wirklich riesig, dass das jetzt kein Geheimnis mehr zwischen uns ist«, gestand ich.

Sie nickte. »Und ab jetzt keine weiteren Geheimnisse mehr? Versprochen?«

»Äh ... Versprochen!«, bestätigte ich ihr impulsiv, obwohl mein Gewissen mich direkt unangenehm drückte, denn da war ja noch die Sache mit der Mafia. Statt etwas darüber zu sagen, erzählte ich Gwen: »Wir unterschreiben die Geheimhaltungserklärung direkt nach unserer ersten Wandlung. Manchmal sogar schon früher. Mum besteht darauf, weil es für unser Überleben wichtig ist.«

»Lebensnotwendig«, warf Okuza ein, der spritzend an mir vorbeipaddelte. »Aber dass du der Zeremonie beiwohnen durftest, ist etwas ganz Besonderes. Es mag dir wie eine epische Story mit Special Effects vorkommen, ist allerdings ein riesen Vertrauensbeweis.« Er spritzte vergnügt weiter mit Wasser.

»Okuza!« Genervt wedelte ich mit meiner freien Hand. »Geh, ärgere Shey.«

»Okay, okay, bin schon weg. Bei euch ist alles so weit wieder gut?«

»Ja«, antwortete Gwen bestimmt. »Ich bin des Vertrauens würdig.«

»Das freut mich.« Er lächelte. Und schon tauchte er ab und erst mehrere Meter weiter, neben seiner Schwester, wieder auf. Er flüsterte ihr etwas zu, das selbst für meine scharfen Ohren unhörbar war, und die beiden starteten sofort in ein Wettschwimmen.

»Weißt du was«, meinte Gwen prompt, »lass uns nachher weiter über all das reden. Ich habe eine Million Fragen: zu euch. Und den Urwesen. Und den Djinn. Ob es Vampire gibt? Und was mit Werwölfen ist? Aber das läuft uns ja nicht weg und ich finde wir haben uns jetzt wirklich ein bisschen Spaß verdient. Was meinst du?«

Mich hatte der Ozean ja längst in seinen Bann gezogen. Ich wollte einfach nur noch schwimmen-schwimmen-schwimmen, das hatte ich so lange nicht mehr getan. »Ich meine, das ist eine deiner besten Ideen!« Jede andere hätte mich jetzt vermutlich ausgequetscht, aber mit Gwen war alles mühelos.

»Hey, ich hab immer nur gute Ideen.«

»Selbstverständlich.« Ich grinste. »Genau wie ich. Warte kurz …« Schnell löste ich meine Hand aus ihrer und tauchte unter. Ganz im Wasser, mit nach oben gerecktem Gesicht, schob ich beide Arme nach hinten, ließ dabei den Kopf von rechts nach links kreisen, bis mein Haar um mich trieb und ich meinen Körper bis in jede Zelle fühlte.

Unterschiedlich warme Strömungen zogen über meine Haut. Auf meiner Zunge schmeckte ich Salz und meine Wimpern stießen auf Widerstand, als ich mehrmals im Wasser blinzelte. Jede Faser in mir jubilierte. Glücklich öffnete ich meinen Geist und rief eines der größeren Lebewesen in Gwens und meiner Umgebung zu uns.

Der Delfin gehorchte, ohne zu zögern.

Ich tauchte gerade wieder neben meiner besten Freundin auf, um zu sehen, wie sie ihm staunend entgegenblickte.

»Du kannst dich an ihm festhalten, er zieht dich neben mir her. Dann sind wir gleich schnell«, erklärte ich ihr lächelnd.

»Das … Wahnsinn. Wirklich?« Gwen wurde ganz still. Ich sah ihr an, dass sie gerade die Art Freude fühlte, die sich anfühlt, als würde einem das Herz überlaufen oder aus der Brust springen.

Ich konnte es ihr nachfühlen. Auf Mermaid Island war ich schon oft sprachlos angesichts der Wunder gewesen, die die

Natur einem hier schenkte. Von Dankbarkeit darüber wie sich aktuell alles gefügt hatte, erfüllt, ergriff ich Gwens Hand und legte sie auf die glatte graue Haut des Delfins, während ich ihm gleichzeitig mit meiner freien Hand über die Seite strich, bis er vergnügt quietschte und zwitscherte.

Gwen lachte. Es schien ihr zu gefallen. »Er hat dir wohl eine Menge zu erzählen.«

»Mhm«, machte ich. »Er freut sich einfach. Ich glaube, er mag dich. Leg deine zweite Hand auch auf seinen Rücken. Positionier sie so, dass du das Gefühl hast, dich gut festhalten zu können.«

»Okay.« Sie justierte ihre Hände. »So?«

»Ja. Ready?«

»Jep.«

»Prima.«

Wir schwammen los, bis hinaus in die Nähe von Okuza und Shenaya, die sich unter Wasser balgten und nur hin und wieder auftauchten, um uns zu winken.

Der Delfin klickte und pfiff.

»Ich glaube, er orientiert sich im Wasser«, meinte Gwen. »Ich meine, ich hätte irgendwo gelesen, er macht das mit Hilfe von Schall.«

»Stimmt«, bestätigte ich. »Das hast du richtig in Erinnerung. Sag mal: Macht es dir was aus, wenn ich einen superschnellen Bogen schwimme?«

»Nein, schwimm ruhig. Ich hab ja den Delfin an meiner Seite. Außerdem muss es für dich nach all der Zeit so aufregend sein, wieder frei im Meer schwimmen zu können, oder?«

Frei. »Das ist es.«

»Ich versteh das. Also: Los, los!«

Ausgelassen schlug ich mit meiner azurblauen Schwanzflosse aufs Wasser und katapultierte mich durch den Ozean. Kurz ließ ich mich von der Strömung treiben, dann schwamm ich gegen sie an. Über Wasser, unter Wasser. Ich tauchte und drehte mich. Nach rechts, nach links.

Was war das schön.

Schwerelos.

Erfrischend.

Und ruhig. So ruhig und friedlich …

Nach links, nach links, nach links …, hörte ich es plötzlich hektisch durchs Meer flüstern. Instinktiv drehte ich mich sofort nach links – doch da war nichts.

Irritiert tauchte ich auf, um nach Gwen Ausschau zu halten … und sah, wie der Delfin, an dem sie sich nach wie vor festhielt, nach links abdrehte und so schnell er konnte vor einem Bullenhai floh. Wie hatte mir der entgehen können?

Dessen weit aufgerissenes, riesiges Maul schnappte zu, verfehlte den Delfin und Gwen aber – wenn auch nur um Haaresbreite. Und der graugrünliche Räuber nahm die Verfolgung auf.

Jäh schäumten in mir all die zermürbenden Gefühle der letzten beiden Tage in einem einzigen auf: Angst um Gwen. Gnadenlos schoss sie durch meine Glieder und formte einen Gedanken, den ich hinaus ins Wasser, an den Hai schickte: *Das Mädchen ist tabu!*

Allerdings wirkten die Bewegungen des Hais unaufhaltsam, als der Koloss ganz auf sein Ziel fixiert durchs Wasser düste.

Instinktiv tauchte ich hinter ihm her, schickte ihm gedanklich noch eine Warnung: *Lass den Delfin und das Mädchen in Ruhe!*

Jetzt stand der Wille einer Mermaid, die den wichtigsten Menschen in ihrem Leben beschützen wollte, gegen den Jagdinstinkt eines der gefährlichsten Raubtiere der Ozeane. Und Bullenhaie jagten wie besessen ihre Beute. Ihr aggressiver Instinkt vereinnahmte alles – nein, ... fast alles: In dem Moment stoppte der Hai abrupt und riss den hässlichen Kopf herum.

Ich stoppte ebenso jäh, steuerte mit meiner Schwanzflosse dem Schwung meines Körpers entgegen und es kam mir vor, als riss es mich dabei fast entzwei. Schmerz explodierte in meinen Rippen und in meiner azurblauen Flosse. Mein Oberkörper klappte ungewollt nach vorne und Haare verschleierten mir für einen Moment die Sicht. Mist.

Böse zischte ich und stabilisierte meinen Körper unter enormem Kraftaufwand.

Der Hai beobachtete mich derweil argwöhnisch. Mein Manöver verschreckte ihn. Er wusste nicht, wie er mich einordnen sollte, das sah ich in seinem Blick. Er hatte wohl noch nie eine Mermaid getroffen und überlegte jetzt: War ich eine Bedrohung? Ein Snack?

Lästig oder lecker?

Auge in Auge trugen wir den Kampf darum aus, wer das gefährlichere Wesen im Ozean war. Es war ein Ringen um Dominanz, um Vorherrschaft. Mein Herz pochte wie wild. Und keiner gab nach.

Hellblau traf auf Tiefschwarz.

Mehrere Reihen spitzer Zähne wurden auf beiden Seiten gefletscht.

Wer würde siegen?

KAPITEL 16

SONNTAG, DER 3. JULI
MERMAID ISLAND/TANSANIA
Cassidy Dell'Aqua

Ich funkelte den Bullenhai an. Mein Herz schlug mir bis zum Hals. Adrenalin schoss durch meinen Körper und brachte ihn zum Vibrieren.

Die Pupillen des Räubers öffneten und schlossen sich gefährlich, während seine – meinen vom Aufbau so ähnlichen – Augen mich immer wieder neu fokussierten. Es fühlte sich an, als wollte er mich durchleuchten.

Äußerlich unbewegt, hielt ich der Musterung stand. Zeigte nur weiter die Zähne. *Da, du Mistkerl! Du willst kämpfen, dann lass uns kämpfen!*

Nach einer Ewigkeit, die vermutlich nur mehrere Wimpernschläge gedauert hatte, wurde der Ausdruck in den beiden schwarzen Kohlegruben vor mir milder. Ich konnte es nicht genau erklären, aber das Feuer verglomm, die Raserei des Tieres legte sich. Der Hai kapitulierte. Er blinzelte mehrmals, wirkte verwirrt.

Zum Glück waren Bullenhaie Einzelgänger.

Ich hob leicht das Kinn, meine Nasenlöcher weiteten sich vor Erleichterung und der darauf folgenden Genugtuung, die schlagartig jede meiner Zellen flutete. Doch der Raubfisch war ein Wolf im Schafspelz, man durfte ihn auf keinen Fall unterschätzen. Noch war er nicht weg.

Als ich wütend schnaubte, zogen Blubberblasen an meinem Gesicht vorbei. Sie stiegen in einem fröhlichen Tanz zur Wasseroberfläche auf und siehe da: Der Hai drehte tatsächlich bei.

Ich ließ ihn nicht aus den Augen. Bullenhaie waren besonders gerne in flachem Wasser unterwegs und ich wollte nicht, dass er sich weiter in Gwens und meiner Nähe aufhielt.

Konzentriert horchte ich deshalb auf seine fließenden Bewegungen im Wasser. Erst nachdem ich sicher war, dass er wirklich den Weg zurück in den offenen Ozean angetreten hatte, tauchte ich auf und eilte mit schnellen Flossenschlägen zu Gwen und dem Delfin.

Die beiden drückten sich nahe einem der beiden großen Brückenpfeiler in den Schatten, als wollten sie mit ihm verschmelzen und unsichtbar werden, und sahen mir entgegen.

Schon während ich auf sie zuschwamm, musterte ich beide prüfend, um mich zu versichern, dass sie okay waren. Noch immer atmete ich schwer. Angst, Schreck, Erschütterung und Zuneigung mischten sich in mir. Aber sie waren okay, ihnen war nichts passiert.

Trotzdem wummerte mein Herz und in meinem Kopf spielten sich schreckliche Szenen voller Blut und Schmerz ab. Alles, was hätte passieren können. Verdammter Mist, das war knapp gewesen. Zu knapp.

Der Schock darüber, der sich auch ganz deutlich auf Gwens Gesicht abzeichnete, steckte mir noch in den Knochen.

»Ich hab ›Nach links, nach links, nach links …‹ gedacht. Und dann ist der Delfin nach links geschwommen«, brabbelte sie mir, mit vor Furcht geweiteten Augen, entgegen. »Oh mein Gott, oh mein Gott, oh mein Gott.« Sie brach ab. »Zum Glück ist der Hai weg.«

Ich kam bei ihr an und legte stumm eine Hand auf ihre. »Ich hab dich gehört, du hast es gerufen.«

»Nein, gedacht.«

»Okay.« Ich wollte jetzt nicht streiten. »Viel wichtiger ist doch, dass ich es gehört habe, den Hai abwehren konnte und dass der Delfin euch in Sicherheit gebracht hat.«

»Was, wenn er es nicht getan hätte?« Sie sah mich Hilfe suchend an. »Was, wenn der Hai uns ...«

»Hat er aber nicht, okay«, fiel ich ihr ins Wort und drückte sie mit meiner freien Hand kurz an mich. »Du bist mit dem Schreck davongekommen, das ist alles, was zählt«, beschwor ich sie, als ich ihr wieder in die Augen sah, und strich mit den Fingern beruhigend über die vom Wasser schon leicht runzelige Haut ihrer Schulter.

Gwen atmete tief durch.

Und ich tat es ihr nach.

»Gwen, ich muss dich aus tiefstem Herzen um Entschuldigung bitten«, sagte ich dann leise. »Das hätte nicht passieren dürfen. Ich hätte besser auf dich aufpassen müssen, hätte es besser wissen müssen, statt einfach davonzuschwimmen.«

Einen Herzschlag lang reagierte sie nicht und ich bereitete mich innerlich auf das Unvermeidliche vor. Dann sah sie mich verwirrt an. »Cass, der Hai hat entschieden, mich anzugreifen. Oder den Delfin. Uns beide. Er war der Aggressor, nicht du, okay.«

»Aggressor?« Ich schenkte ihr ein kleines belustigtes Lächeln. »Hast du das Wort auch irgendwo gelesen?«

»Bestimmt.« Sie schien zufrieden damit, mich so schnell aufgemuntert zu haben. Auf ihren Lippen lag ebenfalls der Hauch eines Lächelns. »Vielleicht in einem Buch für politisch korrekte Bezeichnungen.«

»Oder Kriegsführung?« Ich wurde ernst. »Ich verspreche dir, so was kommt nicht mehr vor.« *Kannst du das überhaupt versprechen?*, fragte eine Stimme in mir. »Wirst du mir verzeihen?«, fragte ich Gwen laut.

»Natürlich verzeihe ich dir. Hauptsächlich, weil es nichts zu verzeihen gibt.« Kopfschüttelnd sah sie mich an. »Kennst du das Wort ›Unglück‹ und das Wort ›Unfall‹? Falls nein, kann ich dir da ein wunderbares Buch empfehlen, da kannst du beide nachschlagen, inklusive Bedeutung. Es nennt sich Wörterbuch.«

Ich grinste matt. Es schien ihr gut zu gehen, wenn ihre spitze Zunge flotte Sprüche brachte. »Wir sollten aus dem Wasser, du bist schon ganz aufgelöst.«

»Tja, du wohl auch, wenn auch nicht vom Wasser«, murmelte Gwen. Dann sagte sie lauter: »Ja, das wäre gut. Wie kommen wir wieder auf die Brücke?«

»Es gibt eine Leiter.« Ich löste mich von ihr, schwamm voraus und bedeutete dem Delfin mit einer Handbewegung, mir zu folgen.

Er paddelte mit den Flossen, quiekte und trieb dann, mit Gwen, neben mir her.

Meine beste Freundin seufzte plötzlich. »Wie hast du das vorher gemeint? ›Ich verspreche dir, es kommt nicht mehr vor.‹ Willst du mich jetzt vierundzwanzig Stunden täglich begleiten?«

Ja, das fragte ich mich auch.

Schweigend wies ich den Delfin an, in einem Bogen, an einem scharfkantigen Säulenstumpf vorbei, die restlichen Meter bis zur Leiter zurückzulegen. Danach hatte ich den Mut, Gwen anzusehen.

Sie verengte bereits frustriert die Augen. »Cass, ich sag es dir noch mal, in der Hoffnung, dass es dann in deinen Dickschädel geht: Du warst es nicht, die mich angegriffen hat.

Du hast mich gerettet. Das ist für mich alles, was zählt. Du musst endlich begreifen, dass du nicht die ganze Welt retten kannst, du bist nicht für alles verantwortlich. Auch nicht für mich. Du musst es nicht allen recht machen, denn das kannst du gar nicht. Nichts davon: Weder alle retten, noch es allen recht machen.« Sie holte tief Luft.

Ich sah sie kalt erwischt an. Schluckte.

»Das Leben birgt nun mal Risiken. Und ich bevorzuge es – und das ist ganz allein meine Entscheidung –, mich gewissen Risiken auszusetzen, statt in Watte gepackt ein risikoloses, langweiliges Leben zu führen. Ich dachte, du hältst mich für klug, dann sei doch bitte so nett und überdenke, dass ich eigene Entscheidungen treffe – eventuell nicht unter Einbezug aller Umstände, da ich offensichtlich einiges nicht weiß –, aber doch unter Kalkulation möglicher Risiken. Meine Güte!« Sie löste eine Hand vom Delfin und warf sie aufgebracht in die Luft.

Der Delfin klackte.

Wir waren bei der Leiter angekommen.

Ich starrte Gwen an. »Kalkulation möglicher Risiken?«, echote ich schwach. In meinem Kopf rumorte es, als hätte Gwen mir eine Bratpfanne über selbigen gezogen. Was sie sagte war ... erschreckend erwachsen.

»Ja.«

»Komm, steig da hoch.« Ich half ihr, die steifen Hände vom Delfinrücken auf die Sprossen der Leiter zu legen.

Sichtlich k.o. hielt sie sich fest und zog sich mit großer Anstrengung die ersten Stufen nach oben. Wasser rann an ihrem schmalen Körper hinunter und aus ihrem Haar und Badeanzug. Sie atmete schwer. »Klar hättest du bei mir sein können«, keuchte sie. »Aber Okuza und Shey ebenfalls. Und die sehe ich hier auch nirgendwo. Die machen sich darüber im Moment keine Gedanken und das ist genau richtig so.«

Na, die beiden würden sich bestimmt Vorwürfe machen, wenn sie später von dem Fast-Unglück erfuhren.

Ich wandte den Kopf um, konnte meinen Cousin und meine Cousine aber auch nirgends entdecken. Sie waren inzwischen sicher so weit in den unterirdischen Bereich geschwommen, dass sie uns gar nicht mehr sahen und hörten. Aber sie konnten auf sich selbst aufpassen und brauchten mich nicht so sehr wie Gwen.

Ahhh, nein Cass, mahnte ich mich gedanklich. *So darfst du nicht denken.* Jeder war für sich selbst verantwortlich, auch Gwen. Sie hatte offensichtlich recht und mich durchschaut, bevor ich das selbst geschafft hatte. Wäre ich nicht bereits die erste Vorsitzende von Gwens Fanclub, würde ich jetzt offiziell einen gründen. Und eventuell ein Buch aus ihren klugen Zitaten basteln. Ich bewunderte, was sie über eigene Entscheidungen sagte, konnte mich aber noch nicht ganz von meinen alten Gewohnheiten lösen.

»Und mal ehrlich«, fuhr sie gerade, auf der letzten Stufe stehend, fort, »vielleicht hätte der Hai uns zu dritt trotzdem angegriffen. Klar, hätte ich gar nicht erst ins Wasser gehen können, um dem nicht zu begegnen. Aber ich sehe nicht ein, wie irgendwer hätte voraussehen können, dass ein Hai mich zum Abendessen verspeisen will.« Damit kletterte sie von der Leiter auf die Brücke.

Ich stieß mich nun auch aus dem Wasser ab, ergriff die erste Sprosse und zog mich so weit ich konnte nach oben. Ächzend – und damit eindeutig außer Form – hielt ich mich mit den Armen fest, umklammerte Sprosse für Sprosse, bis Schuppen wieder Haut wurden und meine Flosse zwei Beine enthüllte. Man, war das mühsam, warum hatte Mum dafür eigentlich bisher keine bessere Lösung entwickelt?

Nach der Verwandlung fast trocken, stellte ich meine Beine auf eine der unteren Sprossen über Wasser und folgte Gwen nun sehr viel schneller nach oben.

»Aus Angst grundsätzlich nichts zu tun, führt auch zu nichts«, redete sie dabei weiter auf mich ein.

Der Redeschwall war definitiv ihre Weise, um mit dem erschütternden Erlebnis umzugehen. Sie hatte schon immer einen Hang zum Plappern gehabt.

»Wusstest du, dass jedes Jahr weltweit rund neun Millionen Menschen an Herzkrankheiten sterben?«, fragte sie, als ich neben ihr stand. »Es ist die häufigste Todesursache.«

»Äh.« Ich beugte mich über das Brückengeländer und pfiff dem Delfin zum Abschied. Der pustete sorglos Wasser aus seinem Blasloch und war im nächsten Moment in den blauen Tiefen verschwunden.

Delfin müsste man sein.

»Danach der blöde Krebs«, fuhr Gwen mit klappernden Zähnen fort.

»Mhm?«, machte ich abgelenkt. Schnell sah ich mich nach unseren Kleidern um. Das war so Gwen, wer sonst würde in dieser Situation ein Ranking der häufigsten Todesursachen unterhaltsam finden? Wortlos zog ich sie mit mir, über die Brücke, zu unseren Sachen.

Salzwasser klebte an ihr. Pitschnass zitterte sie weiter vor sich hin, während sie mit klammen Händen versuchte, sich ihre Sachen überzuziehen. Das klappte eher mittelmäßig, was ihr ein frustriertes Stirnrunzeln entlockte.

Mein Körper hatte im Gegensatz dazu jedes Molekül des Ozeans absorbiert und ich schlüpfte behände in meinen Jogginganzug. Dabei wurde mir klar, dass Gwen in Zukunft ein Badetuch brauchte, wie ein Mensch eben. Der sie ja war.

Ich seufzte über mich selbst.

»Bin gleich so weit«, missdeutete Gwen meinen Laut als Ungeduld.

»Lass dir Zeit«, stellte ich richtig und erklärte schon mal: »Wir laufen jetzt zum Aufzug und fahren dann nach oben. Mein Zimmer ist wie ein kleines Apartment eingerichtet, es hat ein angrenzendes Bad, da können wir beide eine schöne warme Dusche nehmen, bevor wir zum Abendessen zu Joyce in die Küche gehen.«

Prompt knurrte Gwens Bauch. Sie errötete.

Ich grinste. »Überleben ist eine anstrengende Sache.«

»Apropos«, sagte sie, als wir nun zum Aufzug gingen, »auf Platz Nummer drei des schaurigen Trios bietet die Liste der weltweit häufigsten Todesursachen Leberleiden; also, dass die Leute sich in den Tod saufen. Da ist doch so ein Tod durch Hai vorzuziehen und klingt nach deutlich mehr Spaß, als seine Sorgen in Alkohol zu ertränken und sich selbst gleich mit, findest du nicht?«

»Nun ... Ja.« Dagegen ließ sich schwer argumentieren.

KAPITEL 17

SONNTAG, DER 3. JULI
MERMAID ISLAND/TANSANIA

Cassidy Dell'Aqua

Eine Spur klebriges Meerwasser im Aufzug und dem Gang hinterlassend, kamen Gwen und ich schließlich in meinem Zimmer an. Und stolperten dort über unsere vier Koffer und unser Handgepäck, das mein Bruderherz und sexy Liam direkt hinter der Tür, mitten im Weg, platziert hatten.

Typisch Jungs.

»Au-au-au«, stieß ich aus, als Schmerz von meinen Zehenspitzen in mein Bein ausstrahlte. Halb hüpfend, halb humpelnd versuchte ich dem Bermudadreieck an Kanten, Hartschalen und Rollen zu entfliehen.

Giggelnd, als sich nun die restliche Anspannung löste, schaute Gwen mir dabei zu. Sie war offensichtlich glimpflicher davongekommen. »Go, Cass, go!«, feuerte sie mich übermütig an.

Es klang so lustig, dass auch ich lachen musste, gleichzeitig trat ich mit dem lädierten Fuß auf und Tränen schossen mir in die Augen. Verdammt, tat das weh. Ich stöhnte-lachte-weinte und ließ mich schließlich aufs Bett fallen, das sich herrlich weich unter mir anfühlte.

Und jetzt ein Schläfchen ....

Gwen klatschte munter in die Hände.

Oder auch nicht ...

»Los, Cass. Lass uns die Koffer aus dem Weg räumen. Und dann will ich unbedingt duschen! Und essen! Ich verhungere. Literally. Ich glaub, ich könnte die Ernte eines ganzen Feldes verputzen.«

»Solange du nicht mich verputzt«, murmelte ich mit geschlossenen Augen. Mein Verstand driftete bereits weg, ins wunderbar friedliche Land der Träume ...

Da klatschte es direkt vor meiner Nase und mein Körper kam intuitiv in die Senkrechte. Ich riss die Augen auf.

Gwens Gesicht war keine fünf Zentimeter von meinem entfernt. Sie hatte sich über mich gebeugt. »Du kannst nachher schlafen. Erst duschen, dann essen, dann schlafen«, bestimmte sie hartnäckig die Reihenfolge.

»Jawohl, Mum.« Ich gähnte.

»Und jetzt hilf mir mit den Koffern!«

Den Schlaf wegblinzelnd, stand ich auf – immerhin taten meine Zehen nicht mehr so sehr weh – und schob, gemeinsam mit meiner besten Freundin, unsere Koffer an die rechte, freie Zimmerseite, die weder vom großen Himmelbett vereinnahmt wurde, noch von den bodentiefen Fenstern und langen Vorhängen auf der gegenüberliegenden Seite.

»Das reicht so«, bestimmte Gwen.

Wir machten uns nicht die Mühe, die Koffer ernsthaft auszupacken, dafür waren wir beide viel zu kaputt.

»Hauptsache, wir können sie aufmachen«, argumentierte ich.

Gesagt, getan.

Kurz darauf verschwand Gwen mit einigen Duschutensilien im angrenzenden Bad. Nur Sekunden später hörte ich das Geräusch von fließendem Wasser.

Meine Gedanken schweiften ab und verfingen sich in der Erinnerung an tiefbraune Augen und einen durchdringenden

Blick. Was Liam und Chris wohl gerade machten? Ob wir sie gleich beim Essen in der Küche treffen würden?

Mein erster Eindruck von Liam basierte fast nur auf optischen Reizen – okay und seiner Schlagfertigkeit –, aber ich konnte mich nicht dagegen erwehren, ihn anziehend zu finden. Was er wohl über mich dachte? Attraktivität war ja subjektiv. Aber vielleicht hatte es Anzeichen gegeben, ob er mich auch ... Oh, es konnte doch nicht sein, dass ich jetzt mögliche nonverbale Kommunikation analysierte! Nein-nein-nein.

Als Gwen absolut schief ›Single Ladies‹ von Beyoncé zu singen begann und mich damit ablenkte, lächelte ich. Mit ihr als bester Freundin war Abwechslung vorprogrammiert und man konnte eine ganze Menge Spaß haben.

Eilig lief ich zu meiner großen Tasche, die immer noch vorne im Zimmer stand, und zog mein Handy heraus, um den Song aus meiner Playlist auszuwählen und laut abzuspielen.

»All the single ladies«, sangen Gwen und Beyoncé nun in einem schiefen Duett.

»Now put your hands up«, stimmte ich bei der nächsten Zeile mit ein und lachte direkt, weil es so furchtbar klang und gleichzeitig so schön war.

Furchtbar-schön.

Herz-tut-vor-Freude-weh-schön-furchtbar.

Innehaltend, ließ ich das Lied weiterlaufen und lauschte lächelnd Gwen und Beyoncé, die zusammen – im Vergleich zu unserer Dreiersession, die wohl unter ›schlimmer geht immer‹ zu verzeichnen blieb – einen mittelmäßig schiefen und damit doch ziemlich guten Job machten.

Als meine beste Freundin in Rekordgeschwindigkeit, noch immer singend, aus dem Bad tanzte, sprang ich auf und machte mich ebenfalls für die Dusche bereit.

Das heiße Wasser war Balsam für meine verkrampften Muskeln. Ich pflegte meine Haare und wusch dabei die letzten Reste des Schrecks und der Anstrengungen der Reise von meinem Körper. Die Lethargie wich der Vorfreude auf Joyce' Köstlichkeiten – gut, und auf ein Wiedersehen mit Liam. Jetzt fühlte ich mich bereit, ihm und den anderen beim Abendessen gegenüberzutreten.

In ein Handtuch gewickelt trat ich an meinen Koffer und angelte mir daraus eine schwarze Jeans mit Rissen und eine weiße Seidenbluse. Dazu klaubte ich ein paar Chanel-Schlappen, einen hellen Samt-Bustier und irgendein Höschen und schmiss alles hinter mich auf die weiße Tagesdecke des großen Doppelbetts.

Kurz darauf fertig angezogen, aber mit noch nassen Haaren, wandte ich mich Gwen zu, die gerade auf der anderen Seite des Bettes sang: »Now put your hands up, oh, oh, oh.« Jap, Gweoncé gabs in Dauerschleife.

Gwens locker fallendes gelbes Kleid mit den hellrosa Blumen passte perfekt zur allgemeinen Stimmung. Ich lachte wieder.

»Bereit fürs Abendessen?«, fragte ich dann und stoppte, nachdem ich mein Handy eingesammelt hatte, die Musik.

»Gleeeichhh«, rief sie und brach unmittelbar in Hast aus. Ihre rechte Hand hielt plötzlich eine Bürste, mit der sie sich durchs Haar fuhr, ihre linke angelte nach einem Schuh am Boden und sie versuchte, diesen gleichzeitig überzustreifen und sich ihr Haar zu bürsten. Gwens Körper verrenkte sich fast artistisch, als der eine Fuß nach oben ging, der andere alleiniges Standbein wurde und ihre Hände spiegelverkehrt agierten.

Plötzlich schwankte sie ... stabilisierte sich aber direkt wieder. Dann, nach ein paar letzten Handgriffen, war es wirklich Zeit fürs Abendessen.

»Das reicht jetzt!«, scheuchte ich sie, während ich mein Handy einsteckte – natürlich ausschließlich von meinem Hunger getrieben –, aus dem Zimmer, den Gang entlang, zum Aufzug und damit geradewegs in die Küche.

Als Gwen und ich aus dem Aufzug in den vorderen Bereich der offenen Wohnküche traten, hörte ich meine Mum sagen: »Es ist Tradition, dass die Mermaid Games stattfinden.«

Schon hatte ich keinen Hunger mehr. Gar keinen.

Mum stand unweit von uns neben der Kücheninsel, noch immer in ihrer zeremoniellen Kleidung, und wirkte seltsam offiziell. Kurz wandte sie sich nickend Gwen und mir zu. Die Goldfäden im Stoff sandten dabei, wie schon zuvor, Reflexionen zu allen Seiten aus und verliehen Mums Erscheinung einen überirdischen Hauch.

Als ob sie den zusätzlich brauchte.

Was – zum Aquarius – plante sie?

»Ah, jetzt sind alle da. Sehr gut. Kommt näher.« Sie winkte Gwen und mich zu sich.

Stumm machten wir ein paar weitere Schritte in den Raum hinein. Ich schaute in die Runde. Chris und Liam fläzten hinten auf einem der hellen Sofas. Sie hatten beide Controller in den Händen und wohl bis eben gezockt. Mahana saß im Sessel an der Kopfseite, Mario stand angespannt hinter ihr. Shey und Okuza saßen, mit dem Rücken zur Wand, am Küchentisch. Sie hatten sich ebenfalls umgezogen. Und Joyce stand bei uns an der Kücheninsel.

Als hätte sie eine Entscheidung getroffen, nickte Mum langsam. Dann sagte sie schleppend: »Traditionen muss man pflegen, damit sie nicht in Vergessenheit geraten und ihr wisst inzwischen alle, wie wichtig mir Traditionen sind. Diese Sommerferien sind wir ein kleinerer Kreis hier auf der Insel, deshalb werde ich die Tradition der Mermaid Games ein bisschen anpassen, aber ihr dürft euch trotzdem auf vier spannende Challenges freuen. Für Chris und Cassidy ist es schließlich ein besonderes Jahr.«

Dass Liam sich im selben Raum aufhielt wie ich, nahm ich nur noch am Rande wahr. Ich klebte an Mums Lippen, hoffte, dass sie nicht sagen würde, was ich längst ahnte …

»Für dieses Jahr habe ich mir etwas ganz Besonderes ausgedacht. Anders als in den letzten Jahren werdet ihr die Aufgaben nicht allein bewältigen müssen, sondern in Zweierteams.« Sie sah sich begeistert um. »Ist das nicht was?«

Ich sah nur versteinerte Gesichter – von Chris, Shey, Okuza und Mahana. Und fragende Gesichter – von Liam, Gwen und Mario. *Welcome to the Family.*

»Die Teams werden superausgeglichen sein«, schwärmte Mum, scheinbar ungerührt, dass keiner etwas sagte. »Und mit drei Teams insgesamt werden wir dieses Jahr zur Abwechslung ganz überschaubare Mermaid Games haben.«

Super ausgeglichen? Ganz überschaubar? Wow, wie schlimm würde es werden, wenn Mum in Jugendsprache verfiel, um uns das neue Konzept schmackhaft zu machen? Oder eher, wie ich wusste: Es zu verharmlosen.

»Cassidy und Liam gegen Gwendolyn und Christos gegen Shenaya und Okuza. Gewonnen hat das Team, das die meisten Aufgaben richtig gelöst hat, also am Ende die meisten Punkte bekommt. Ist ja selbsterklärend, oder?«

Cassidy und Liam, hallte es in meinen Ohren wider. War ja klar, das war also von Anfang an der Plan gewesen – oder interpretierte ich da zu viel rein? So oder so setzte jetzt ein leichtes Kribbeln in meinem Bauch ein und ich warf Liam einen verstohlenen Blick zu. Dabei ertappte ich ihn, wie er mich ebenfalls ansah.

»Für jede richtig gelöste Aufgabe gibt es einen Punkt. Die letzte gibt wie immer doppelte Punktzahl. Habt ihr noch Fragen?« Wieder sah Mum sich erwartungsvoll um.

Ich hatte Fragen. Fragen wie: ›Ist das dein fucking Ernst?‹ Doch stattdessen starrte ich Mum nun so intensiv an, dass ich meinte, mein Blick müsste Löcher in sie brennen. Was er natürlich nicht tat. Doch der Blick genügte mir auch, um zu wissen, dass sie heute nur noch ihre harte Seite zeigen würde. Dass keine Frage, keine Bitte und kein Betteln sie von dem abbringen würden, was sie geplant hatte.

Selbst Shey war klug genug, ihren Mund zu halten, obwohl ihre, Okuzas und Chris' Augen alles andere als Begeisterung zeigten.

»Morgen früh, acht Uhr, am Anleger. Die Blue Bell bringt euch nach Veracity Island zur ersten Challenge«, schloss Mum und trat an Gwen und mir vorbei, in den Aufzug, den wir gerade erst verlassen hatten.

Die Aufzugtüren schlossen sich.

Ich war erstarrt.

Mahana wirkte überrascht.

Stille füllte die Küche.

Absolute Stille.

Die anhielt, selbst als wir uns alle an den Esstisch setzten, selbst als Joyce das Abendessen brachte und Gwens und Liams verwunderte Blicke immer eindringlicher wurden. Und selbst als wir alle aßen, in bedrückender, Unheil verkündender Stille, vielleicht Köstlichkeiten, vielleicht Pappe – ich wusste es nicht; ich wusste gar nichts mehr.

KAPITEL 18

MONTAG, DER 4. JULI
VERACITY ISLAND/TANSANIA

Cassidy Dell'Aqua

»Ich will Antworten. Jetzt, sofort«, forderte Gwen leise, aber eindringlich, mit in die Hüfte gestemmten Händen. Die typische Gwen-Pose und Gwen-Bockigkeit. Für beides hatten wir jetzt keinen Nerv und keine Zeit.

Seite an Seite standen wir auf dem Oberdeck der Blue Bell und hatten uns für den Tag gerüstet. Ich mit Jeans-Hotpants, Sneakers, weißem Shirt und meiner Sonnenbrille. Gwen mit sehr viel Sonnencreme und einem fließenden, bunten Kleid, unter dem sie ebenfalls Sneakers verbarg und einem derart ausladenden Hut, dass ich mich unwillkürlich fragte, wie der in ihren Koffer gepasst hatte. Von dem Outfit abbringen lassen hatte sie sich vorher aber auch nicht.

Es war exakt acht Uhr dreißig und die Blue Bell hatte Mermaid Island fast umrundet, um Kurs auf Veracity Island zu nehmen. Die erste der vier von Mum angekündigten Challenges stand unmittelbar bevor. Die Zeit für ein ausgiebiges Gespräch über alles wäre gestern Abend gewesen, als Gwen und ich nach einem stillen Abendessen in die Stille meines Zimmers gekommen waren. Und mir all die verfluchte Stille einen Knoten in der Zunge verursacht hatte. Zumindest war es mir so vorgekommen. Und dann beschäftigte mich noch die Sache mit Liam, dass wir ein Team bilden würden. Deshalb hatte ich alles auf sich beruhen lassen, denn Gwen hatte nicht gefragt.

Sie. Hatte. Nicht. Gefragt.

Genau genommen hatte sie gar nichts gesagt. Ich auch nicht.

Jetzt fühlte es sich für mich wie ein leichter Knacks in unserer Freundschaft an. Einer mehr. Aber ich wusste einfach nicht – auch jetzt nicht, immer noch nicht –, was ich ihr sagen sollte. Wo sollte ich anfangen? Wo enden?

Nun, da ich Gwen zwar alles offenbaren durfte, was mit meiner Spezies zu tun hatte, wurde die Sache nicht leichter; schließlich war das mit der Mafia auch noch ... äh ... kompliziert und mein Kopf war, zugegeben, leer. Einfach nur leer gefegt. Um zu verstehen, dass das denkbar schlecht war, brauchte man leider kein Superhirn. Da reichte der blöde leere Kopf.

»Was willst du wissen?«, fragte ich Gwen nichtsdestotrotz. Und konnte plötzlich verstehen, warum sich Chris gestern so schwergetan hatte, mir zu erklären, was Sache war.

Anspannung lag in der Luft.

Unweit von uns standen die anderen, alle in sommerlichen Sachen. Liam trug eine coole schwarze Cap und ebenfalls Sonnenbrille. Er sah sehr gut aus. Chris wirkte hingegen wie aus dem Bett gefallen. Seine sandfarbenen Haare standen in alle Richtungen ab und er schaute ebenso mürrisch wie Okuza, der an seinem Sportoutfit zupfte. Shey hatte natürlich ihre neue Kamera dabei. Sie blickte gebannt auf den grünen Punkt, der nun am Horizont auftauchte. Veracity Island. Bald würden wir wissen, was Mum dort seit fast einem Jahrzehnt baute. Ich hoffte nur, es war keine Waffe.

»Die Blue Bell nimmt nun direkt Kurs auf Veracity Island«, verkündete Marios Stimme aus den Lautsprechern der Jacht das Offensichtliche.

»Was ist das für eine Tradition, diese Mermaid Games?«, fragte Gwen. »Warum seht ihr alle so aus, als würden wir geradewegs in unser Verderben laufen? So schlimm kann es doch nicht werden, oder? Ich meine, sie ist eure Mum und es sind ... Spiele, oder? Aufgaben, die sie sich überlegt, Herausforderungen; außerdem wirkt sie ganz aufgeregt.« Gwen blickte zu meiner Mum rüber.

Ich tat es ihr gleich.

Mum lächelte nicht nur vergnügt, sie wirkte regelrecht beschwingt. Du lieber Herrgott. Seit Dads Tod hatte sie nicht mehr gelächelt, zumindest nicht in meiner Gegenwart.

Ich bekam Gänsehaut.

Derweil kamen wir Veracity Island immer näher.

»Nun«, ich schluckte, »die Challenges sind nicht einfach irgendwelche Spiele, es sind Prüfungen«, erklärte ich Gwen. »Bis jetzt haben wir jede Sommerferien trainiert, um ... unsere übernatürlichen Fähigkeiten gezielt einsetzen zu können. Das fällt manchen leichter und manchen schwerer. Damit wir uns auch wirklich anstrengen – und aus Tradition – wurden wir danach in Challenges geprüft.« Ich verstummte.

»Oh! Und?«

Ich seufzte. Biss mir auf die Unterlippe. »Es ist so, dass Chris und ich dieses Jahr die letzten Prüfungen vor uns haben sollten. Und ... dabei geht es neben unseren Mermaid-Kräften um Wahrnehmung, Aufmerksamkeit, Schnelligkeit und so was«, ich stockte, »Okuza hat das alles eigentlich schon hinter sich. Shey ist noch gar nicht so weit. Egal.« Ich wedelte wegwerfend mit der Hand. »Der Punkt ist: Wir sind Mermaids und Mermen, du und Liam, ihr seid das nicht. Deshalb dachte ich, dass die Challenges ausfallen. Wir sind wohl alle etwas besorgt, was es zu bedeuten hat, dass sie es nicht tun und sie auch nicht wie sonst alle auf Mermaid Island stattfinden. Und äh … in Form gemischter Teams …«

»Du wolltest dich drücken?«, sagte Gwen mir auf den Kopf zu.

Das war von alledem bei ihr hängen geblieben? »Na ja, ja, nein, keine Ahnung. Wir wollten mit euch die Sommerferien verbringen. Ich mit dir. Und Chris … Ich weiß nicht, egal.«

»Du sagst ziemlich oft das Wort ›egal‹, wenn du eigentlich sagen willst: Ich weiß nicht, was ich da rede«, bemerkte Gwen mit hochgezogenen Augenbrauen.

»Jedenfalls …« Ich hob meine Stimme. »… wäre es ein netter Nebeneffekt gewesen, wenn die Games nicht stattfinden. Du musst wissen …« Ich stockte wieder und straffte mich dann. »Die Challenges meiner Mum sind *kein* Spiel. Das ist bitterer Ernst. Sie sollen uns an unsere körperlichen und psychischen Grenzen bringen. Um sie zu bestehen, brauchen wir normalerweise jedes Fitzelchen Konzentration. Etwas, das mir seit Dads Tod abhandengekommen ist.« Ich schluckte.

Gwen sah mich an, als wäre ich verrückt.

Ich. Verrückt.

»Ich glaub dir kein Wort«, sagte sie.

»Was?« Nachdem sie meine Schwanzflosse gesehen hatte – und das akzeptiert hatte –, glaubte sie mir jetzt kein Wort?

»Ich glaube dir schon, was deine Motive betrifft«, relativierte sie, »aber ich glaube nicht, dass die Challenges so schlimm sind. Vielleicht solltest du sie als willkommene Herausforderung sehen, hast du das schon mal so betrachtet? Vielleicht holen dich vier Aufgaben, auf die du dich konzentrieren musst, aus deinem Schneckenhaus und tun dir gut? Denn etwas ist dir definitiv in den letzten Monaten abhandengekommen, Cassidy, deine Sozialkompetenz.«

Ich starrte sie mit offenem Mund an. Gwen wies mich ja oft in meine Schranken, aber das konnte ich nicht mal so eben schlucken. Ich sollte aus meinem Schneckenhaus heraus und Sozialkompetenz entwickeln?

Mein Herz zog sich schmerzhaft zusammen. Ich war ... gekränkt, irgendwie ... vor den Kopf gestoßen, von dem, was sie sagte, obwohl ich ihre direkte Art kannte und schätzte. Hatte sie recht? Vielleicht war es ganz gut, dass sie mit Chris ein Team bildete. Vielleicht hatten wir in den letzten Tagen zu viel aufeinandergesessen. Der schmerzende Klumpen, aka mein Herz, in meiner Brust brannte unwillkürlich. Gott, tat der Gedanke weh. Aber wie hieß es so schön, wer wirklich liebte, lernte loszulassen, auch wenn es niemand wollte.

»Schaut, da!«, hörte ich Shey aufgeregt übers Deck rufen. »Sieht sie nicht krank geil aus?«

Ich blinzelte. Sah von Gwen weg und richtete meinen Blick nach vorne. Dort lag direkt vor uns, genau wie Chris am Aussichtspunkt beschrieben hatte, fast surreal wirkend die komplett bebaute Insel mit den geschwungenen, gläsernen Fronten. Wir waren fast angekommen. Aus der Nähe wirkte Veracity Island riesig und wir im Vergleich dazu winzig.

Ich seufzte.

Gwen machte staunend: »Ahhhh.«

»Wisst ihr, was das ist?«, fragt Mum laut.

»Hightech Architektonik«, brummte Okuza.

»Richtig«, rief Mum so begeistert, als hätte er gerade die Verwendung und Bedeutung des mystischen Stonehenge-Steinkreises in Südengland entschlüsselt.

»Bekommen wir jetzt vorab einen Punkt?«, fragte Shey naseweis.

»Natürlich nicht.« Chris schnitt ihr eine Grimasse.

Sie streckte ihm die Zunge raus. »Nur kein Neid, Chris.«

Mum ignorierte die Kabbelei der beiden. »Das ist Veracity Island. Die Insel der Wahrhaftigkeit. Komplett künstlich erbaut. Sie ist der Prototyp einer autarken Stadt, einer Arkologie. Das bedeutet: Eine aus einem einzigen zusammengehörigen Gebäudekomplex gestaltete Stadt, die in sich, unabhängig von der Außenwelt, funktioniert. Eine Einheit aus Architektur und Ökologie.«

Als just der Anker ausgeworfen wurde, ging ein Ruck durch die Blue Bell und die Jacht kam zu einem plötzlichen Stillstand. Kein Wind regte sich um uns, keine Vögel sangen. Nur das zarte Lecken der Wellen am Schiffsbug war zu hören und die salzige Luft kitzelte in meiner Nase.

»Kommt, schaut sie euch an«, sagte Mum in die Stille hinein.

»Paolo Soleri prägte den Begriff Arkologie«, murmelte Gwen neben mir.

»Wer soll das sein?«, fragte Shey naserümpfend.

»Ein italienischer Architekt. Starb 2013. Hatte aber bereits die Vision von Arkologien und schrieb ein sehr interessantes Buch dazu. Kann ich dir nur empfehlen«, antwortete Chris ihr.

Mum sah überrascht zu ihm. Sein Interesse an Architektur war wohl auch neu für sie. Wie gut wir einander doch kannten ...

»Kann ich euch ebenso empfehlen«, stimmte Gwen meinem Bruder zu. Alles andere hätte mich auch sehr verwundert. Ihre Wangen röteten sich leicht. »Es heißt: ›Arcology: City in the Image of Man‹ und ist von 1970, MIT Press. Ein richtiges Heiliger-Strohsack-ich-muss-weiterlesen-Ciao-Buch.«

»Ein Buch?«, fragte Shenaya zweifelnd.

»Jep. Steht aber leider nichts über die Kardashians oder Justin Bieber drin«, versetzte Chris im gleichen Tonfall. »Gibt auch nicht so viele Bilder wie in Serien.«

»Wären dann auch ganz schön viele Seiten bei 24 Bildern pro Sekunde«, warf Okuza trocken ein und fügte hinzu: »der klassischen Serienbildrate.«

»Ha ha. Und die Kardashians und Biebers sind ja auch so was von out«, murmelte meine Cousine. »Totale Oldies.«

»Und wer ist in?«, konnte ich mir nicht verkneifen zu fragen. Da ich Justin Bieber inzwischen ziemlich gerne hörte, war das in ihrem Alter wahrscheinlich ein No-Go. Älter als sie waren die Biebers und die Kardashians allemal.

»Harry Styles!«

Ich grinste, als Gwen die Augen verdrehte, weil sie vermutlich an meine Harry-Styles-Phase von vor zwei Jahren dachte, die sich von einem Mega-Fangirl-Angehimmel zu einem inzwischen erträglichen Fangirlen abgekühlt hatte. Aber Moment ... »Ist der nicht auch älter als du?«

»Ja, aber cool älter!«

Okay, da wurde augenscheinlich mit zweierlei Maß gemessen. Aber bei Harry Styles ließ ich das durchgehen, den mochte man wohl in jedem Alter.

Mum führte uns wieder zum Thema zurück: »In Arizona legte Soleri zudem den Grundstein für Arcosanti. Diese Arkologie ist bis heute nicht fertiggestellt und auch keine wirkliche, sie dient ihm jetzt als letzte Ruhestätte. Aber sie war eine der ersten überhaupt, was mich zum Hier und Heute bringt und zu der Frage: Worum geht es eigentlich?« Sie winkte uns, mit ihr zu kommen.

Nacheinander stiegen wir die Treppe hinunter ins Innere der Blue Bell, die bereits angedockt hatte. Aus der Tenderluke sah ich viel Grün. Es waren echte Pflanzen, die die durchlässige Struktur der Wände, bis zu einer Metalltür, zugewuchert hatten. Einzelne kleine weiße Blüten gaben dem einen frühlingshaften Look. Blaue Neonstreifen und einzelne Glaseinsätze ließen ein modernes Lichtspiel entstehen.

Staunend stieg ich mit den anderen von der Jacht, auf eine vorgelagerte, silberne Kante, die die ganze Arkologie umgab.

»Weltweit nimmt die Überbevölkerung zu, das ist kein Geheimnis«, nahm Mum ihren Faden wieder auf. »Auch Nutzflächen schrumpfen, im Kampf zwischen Wohnraum und Industrie. Und genau darum geht es bei der Arkologie: Selbstversorgung und Umweltneutralität. Die Themen für eine gesicherte Zukunft.«

»Klingt spannend«, murmelte Liam, der sich das erste Mal überhaupt zu Wort meldete.

Von seiner warmen Stimme abgelenkt, blieb ich weiterhin stehen. Und Chris lief fast in mich hinein, weil sich alle wieder in Bewegung gesetzt hatten, um Mum zu folgen. Alle außer mir.

»Hopalaaa«, sagte mein Bruder gedehnt und warf mir einen wissenden Blick zu.

Böse funkelte ich ihn an und verfluchte mein nur wegen Liams Stimme schneller schlagendes Herz. Was waren das nur für intensive Vibes zwischen uns?

Effektiv sorgte Mum für mehr Wachsamkeit, indem sie laut in die Hände klatschte.

Die silberne Tür öffnete sich daraufhin vollautomatisch und offenbarte im Inneren von Veracity Island ein, nach der ersten offenen Ebene, vertikales Design. Trotz all der sichtbaren Hightech-Bestandteile schien es im Einklang mit der

Natur konzipiert worden zu sein. Alle Formen waren organisch und intuitiv, die Ausstattung futuristisch, hell und minimalistisch.

»Echte Konzepte zur Umsetzung von Arkologien scheiterten bisher an vermessener Planung oder fehlender Finanzierung«, gab sie zu, als wir ins Innere traten. »Es gibt viele Ideen, etwa NOAH für New Orleans, Chrystal Island, das in Moskau gebaut werden sollte, aber 2013 endgültig verworfen wurde, oder Masdar City, das in Dubai auf sechs Quadratkilometern realisiert wird. Na ja, zumindest in einzelnen Teilen bereits realisiert wurde.«

Ich sah Gwen nicken.

»Eure Aufgabe ist es, eine Entscheidung über diese Arkologie zu treffen. Entscheidet weise: Funktioniert sie oder funktioniert sie nicht, was meint ihr?« Mum drehte sich zu uns. »Ist das hier ein gutes Konzept?«

Wir blieben stehen.

Alles wirkte verlassen, seltsam unwirklich.

Mum musterte uns eindringlich, einen nach dem anderen. »Ihr habt eine Stunde Zeit, um mir eine Antwort darauf zu geben. Bedenkt: Eure Antwort entscheidet auch darüber, ob ich diese Technologie an einen Interessenten verkaufen werde – oder nicht. Und ich werde genau das tun, was die Mehrheit der Teams empfiehlt. Die Konsequenzen dieser Entscheidung könnten aber maßgeblich über viele Leben bestimmen. Also seid ehrlich zu euch selbst: Ist das eine urbane Lösung für die Zukunft, die Lösung all unserer Probleme für den Klimawandel und vieles mehr – oder ein Traumschloss?« Sie wies mit ihrer rechten Hand auf die geschwungenen, gläsernen Fronten. Dann sagte sie: »Ich warte auf der Blue Bell auf eure Antworten.«

Stumm sahen wir ihr nach, als sie Veracity Island durch dieselbe Tür verließ, durch die wir nicht einmal Minuten zuvor hereingekommen waren. Und die sich nun geräuschlos hinter ihr schloss. Es fühlte sich ein bisschen an, als wäre die Falle zugeschnappt. Als würden wir festsitzen. Inmitten von ... ja, was genau?

Ich blickte mich neugierig um.

Wir befanden uns in der Mitte der unteren Ebene, auf der ein riesiger See mit dunkelblauem Wasser und unzähligen hellen Mini-Inseln angelegt worden war. Sandbänke? Die Wasseroberfläche war glatt und bewegungslos.

Nach und nach wagten wir uns alle vom Eingang weg und auf den See zu.

»Gwen, nicht!«, rief ich, als meine beste Freundin einen beherzten Schritt an den Rand des Sees machte und sich hinkniete, um hineinzufassen. Doch es war schon zu spät.

»Süßwasser«, sagte sie prustend und drehte sich mit einer von Wasser benetzten Hand am Mund zu uns um.

Ich starrte sie an.

Aber sie fiel nicht tot um und die Hölle brach auch nicht über uns herein.

Erleichtert seufzte ich auf.

»Interessant«, meinte Chris nur und trat neben sie, um das Wasser genauer zu betrachten. »Das Salz von außen liegt auch hier in der Luft. Deshalb hätte ich darauf gewettet, dass es Salzwasser ist, frisch aus dem Indischen Ozean. Andererseits hätte das für eine Arkologie keinen Sinn gemacht. Veracity Island braucht frisches Süßwasser für die Trinkwasserversorgung und den Anbau von Nutzpflanzen. Warum sollte man Platz mit Meerwasser verschwenden, wenn ein Meer drum rum ist.«

»Für die Optik?«, fragte Shey ungewohnt nachdenklich. »Es muss ja nicht alles eine Funktion haben?«

»Mhm. Dein kostbares Süßwasser würdest du doch aber nicht in einem See mit großer Oberfläche mitten in der Stadt sammeln. Da ist die Verunreinigung vorprogrammiert«, warf Liam scharfsinnig ein.

Kluger Gedanke!

»Ja, nie und nimmer«, stimmte Chris zu. Er wirkte alarmiert. »Hast recht.«

»Sehe ich auch so«, stimmte ich stirnrunzelnd zu.

»Irgendwie hab ich ein komisches Gefühl«, sagte Gwen plötzlich. Schwankend richtete sie sich auf.

Ich riss die Augen auf, streckte postwendend die Hand nach ihr aus.

Chris bewegte sich schneller. Sofort schloss er die Lücke zwischen sich und Gwen und stabilisierte sie mit beiden Händen an den Hüften. Ein besorgter Ausdruck flackerte über sein Gesicht.

»Niemand berührt mehr das Wasser!« Liams eindringliche Stimme hallte durch den riesigen Bau.

...and berührt mehr das Wasser!

...rührt mehr das Wasser!

...ehr das Wasser!

...s Wasser!

...asser!

...er!

Das Gruseln, das mich überkam, abschüttelnd, fragte ich meine beste Freundin. »Geht's? Willst du dich setzen?«

»Ja, schon«, murmelte Gwen.

Ich sah mich nach einer Gelegenheit um, doch da war nichts außer dem Boden.

Gwen, die das bemerkte, lächelte mir beruhigend zu. »Es geht bestimmt gleich wieder«, fügte sie fahrig hinzu. »Ich weiß auch nicht, was das war.« Sie wirkte abwesend.

»Das Wasser? Du musst vorsichtiger sein«, wies ich sie sanft zurecht.

»Komm, wir setzen uns kurz dort drüben auf den Boden und ruhen aus, dann sehen wir weiter«, ging Chris dazwischen. »Ihr anderen könnt inzwischen versuchen, die Aufgabe zu lösen. Wir sollten das vielleicht sowieso lieber in den Zweierteams angehen. Verschiedene Perspektiven und so.«

»Okay.« Liam nickte nach einem Blickwechsel mit Chris. »Aber ruft, wenn ihr Hilfe braucht.« Er schob kurz die Sonnenbrille hoch. Seine Augen schienen daraufhin für einen Moment zu glühen. Die tiefbraunen, fast schwarzen Iriden schimmerten auf einmal hell, wie flüssiges Karamell.

Wow. Das war … heiß. Ich wollte instinktiv unbedingt in Liams Nähe bleiben und herausfinden, was dieses Glühen zu bedeuten hatte. Fasziniert beobachtete ich weiter Liams Gesicht, in der Hoffnung, dass es noch mal passieren würde. Stattdessen verzog sich sein Mund zu einem Grinsen und ich realisierte, dass er mich beim Starren erwischt hatte. Damit war wohl Gleichstand, was das anbelangte.

Errötend wandte ich meinen Blick wieder zu Gwen, der der stumme Schlagabtausch zwischen Liam und mir nicht entgangen war. Sie zog eine Augenbraue hoch und machte eine Kopfbewegung, als wollte sie ›Geh nur, ich komm schon klar‹ sagen.

Ich nickte ihr und meinem Bruder zu. »Gut, verteilen wir uns ums Wasser. Vielleicht hat jemand eine Eingebung. Aber wir sollten beachten, dass die Arkologie riesig ist, das Wasser könnte eine Finte sein.«

»Mhm«, machte Okuza der, seit wir hier drin waren, sehr schweigsam war. »Shey und ich werden uns ein wenig weiter umsehen, es muss hier irgendwo eine Schaltzentrale geben, vielleicht verrät uns die etwas.« Er bedeutet Shey, ihm zu folgen. »Gehen wir.«

Schnell verschwanden die beiden in einem abzweigenden Gang.

Chris bugsierte derweil Gwen in Richtung einer der Wände, ließ sich mit dem Rücken daran hinuntergleiten und platzierte sie zwischen seinen Beinen, sodass ihr Oberkörper an ihm lehnte.

Die beiden sahen entzückend zusammen aus, wie ein Paar.

»Irgendwas stimmt hier nicht«, riss mich Liams tiefe Stimme aus den Gedanken. Er schaute sich misstrauisch um.

»Bei den Challenges meiner Mum stimmt immer irgendwas nicht«, murmelte ich mit gerunzelter Stirn, trotzdem machte mich seine Aussage nervös.

»Verkauft sie die Technologie wirklich, wenn wir uns dafür entscheiden? Sogar wenn sie ... keine Ahnung ... die Welt zerstören könnte?«

»Ja, denke schon«, antwortete ich ihm leise. »Na ja, solange sie nicht den kompletten Planeten in Schutt und Asche legt, nehme ich an. Das ist das Problem. Selbst wenn du die Mermaid Games mit heiler Haut überstehst, verfolgen sie dich weiterhin. Und dieses Jahr wird es besonders schlimm.«

»Warum?«, fragte er, während wir ein paar Schritte gingen.

»Jedes Jahr wird es schlimmer. Mum nennt das ›den Ernst des Lebens spüren‹. Es geht darum, Verantwortung zu übernehmen. Dieses Jahr sind es für Chris und mich die letzten Prüfungen – und damit die schwierigsten.« Ich wusste nicht, warum ich Liam das erzählte. Ich kannte ihn ja kaum. Trotzdem vertraute ich ihm so weit, dass ich es ihm erklären wollte. Da war dieses neue, warme Gefühl in meinem Bauch und es erschien mir ... richtig.

Bis er sagte: »Oder sie will einfach nicht die Verantwortung tragen. Vielleicht sammelt sie die schwierigen Probleme und lässt euch dann ran.«

Ich lachte. »Wohl kaum. Aber dieses Jahr ist vieles anders.«

»Ja?«

»Du und Gwen seid dabei.«

»Stimmt.« Er sah mich vorsichtig an. »Ist das gut oder schlecht?«

Ich hatte das Gefühl, dass die Frage weit mehr umfasste als die Challenges, aber vielleicht war das auch nur meine irrationale Sehnsucht nach ... Egal. Gleichwohl wählte ich meine Worte mit Bedacht. »Ich glaube gut. Zumindest hoffe ich das.« ... immerhin war – warum auch immer – zum ersten Mal ein Mensch bei den Challenges dabei: Gwen. Und jemand von einer anderen übernatürlichen Spezies: Liam. Ich sah ihn direkt an. Unwillkürlich verzogen sich meine Mundwinkel zu einem Lächeln. Da war etwas in mir – ein Impuls, der dazu führte, dass ich unbedingt wollte, dass er begriff, dass ich ihn nicht als Feind sah. Auch wenn ich noch nicht wusste, ob er das nicht doch war. Aber ihm jetzt auf die Pelle zu rücken und an ihm zu schnüffeln, wäre wohl doch etwas auffällig. Und echt abartig ...

»Und was noch?«

»Mhm?« Geistesabwesend sah ich aufs Wasser. Wann war Anziehung eigentlich zu Interesse an seinen Gefühlen geworden?

»Was ist noch anders?«, hakte er lächelnd nach.

Ahhh, das. Perfekt, um wieder zu sachlichen Themen zu kommen. »Bisher ging es hauptsächlich um Aufgaben speziell für Mermaids und Mermen. Aufgaben zu unseren besonderen … Fähigkeiten. Und nur ein bisschen darüber hinaus. Aber diese hier … Ich habe keine Ahnung. Vielleicht sollten wir das Wasser näher untersuchen? Vielleicht sind wir zufällig bereits auf der richtigen Fährte? Ich meine, wir suchen hier sozusagen den einen Baum, mitten im Wald, in einer Stunde.«

Liam sah sich um. »In einem riesigen Wald.«

»Ja und ich habe keine Ahnung von Arkologien«, gab ich zu, »aber aus dem, was Mum, Chris und Gwen gesagt haben, schließe ich, es geht um die Lösung aller Zukunftsprobleme. Also wohl die Klassiker: Unterbringung von Menschenmassen, Nahrungsproduktion, Wasser- und Energieversorgung, Kühlung oder was immer der Klimawandel für Herausforderungen mit sich bringt.«

Wir waren ein gutes Stück am Rand des Sees entlanggelaufen. Die Aussicht war aber, wie ich erstaunt feststellte, die gleiche geblieben. Die Inseln, das Wasser – es war mir unheimlich.

Ich hockte mich hin, um den See aus nur einigen Zentimetern Entfernung zu analysieren, als Liam mich an der Schulter zurückriss. »Das Wasser, natürlich!«

Erschrocken schaute ich zu ihm hoch.

Er hatte eine Hand gehoben, die andere lag schützend auf meiner Schulter und hielt mich vom Wasser fern. Die Ränder seiner Gestalt kamen mir diffus vor und diffundierten immer mehr.

Ich blinzelte aus der Fassung gebracht. »Was … machst du?«

»Oh mein Gott, die Fische im Wasser!«, hörte ich Gwen rufen.

Sofort zuckte mein Blick von Liam zum See.

Hunderte Fische trieben mit ihrem hellen Bauch nach oben auf der Oberfläche. Tote Fische, die das nun von innen heraus immer strahlendere Wasser enthüllte. Was ich für Inseln gehalten hatte, waren in Wirklichkeit unzählige Fischkadaver. Ganze tote Schwärme. Ein regelrechtes Massaker.

»Was ist das?«, flüsterte ich mit belegter Stimme. Auf meiner Zunge lag ein bitterer Geschmack und mein Magen zog sich schmerzhaft zusammen, während es in meinen Schläfen pochte, als müsste mein Kopf explodieren. Fische waren ja praktisch so was wie unsere entfernten Verwandten.

»Das liefert die Erklärung, was dieser See ist«, murmelte Liam seufzend. »Und die Antwort auf die Frage deiner Mutter.«

»Ich verstehe nicht ...«, krächzte ich. Angesichts all der toten Fische fühlte ich mich ohnmächtig. Ich konnte nichts mehr für sie tun. Was war hier passiert?

Leise Schritte näherten sich uns.

Chris trat in mein Blickfeld, Hand in Hand mit Gwen.

»Die Abwärme wird sie gekillt haben«, stellte er zähneknirschend an Liam gerichtet fest und kommentierte nicht, dass ich zusammengesunken zu Füßen seines besten Freundes kniete, dessen Hand mich jetzt stützte und vor dem Umfallen bewahrte.

Mein Magen krampfte sich schmerzhaft zusammen, ich konnte gerade noch so ein Würgen unterdrücken.

Liam drückte beruhigend meine Schulter und ließ mich dann erst behutsam los, nur um mir die Hand zu reichen.

Ohne den Blick vom See abwenden zu können, ergriff ich diese und erhob mich mühsam mit seiner Hilfe. Auch danach ließ er meine Finger nicht direkt los, sondern hielt sie einen weiteren Moment lang fest. Ich wusste nicht, was das zu bedeuten hatte, geschweige denn, wo mir der Kopf stand, doch die Berührung verlieh mir neue Kraft.

Und Zuversicht, was ihn betraf.

»Es ist ein Kühlbecken, das vermutlich im Regelbetrieb gleichzeitig Dekoelement und beheiztes Schwimmbad sein soll«, beantwortete er meine Frage. »Ich vermute allerdings, das hier will uns etwas mehr sagen, denn das passt zwar zum Süßwasser – damit klappt das besser –, aber schließlich hält man in einem Kühlbecken keine Fische. Was wir entdeckt haben, ist wohl sinnbildlich gemeint, ein Hinweis von Mum.«

»Seht ihr, wie tief der See ist? Das muss etliche Meter nach unten gehen. Veracity Island ist also nur der Teil über dem Wasser«, fügte Gwen leise hinzu. »Das Ganze ist ein Koloss. Eine Megacity, über und unter Wasser. Ich traue mich nicht, die Ausmaße abzuschätzen.«

»Das ist für unser Problem auch irrelevant. Wasseraufbereitung, Abwasseraufarbeitung, Müllverbrennung, Lebensmittelherstellung – na gut, das findet hier vielleicht noch nicht statt, aber wer weiß, was Mum alles simuliert hat«, dachte Chris laut, »und Elektrizität für das alles. Das produziert eine Menge Wärme. Mehr als der See kühlen kann.«

»Wärme, die von der Stadt auf den umliegenden Ozean ausstrahlt.« Liam klang ironisch.

»Und das Fazit für die Umwelt: Fische sterben aufgrund der erhöhten Wassertemperatur ringsum.« Chris sah bedeutsam Liam an.

Der zuckte die Achseln. »Ich nehme an, es gibt noch andere Kühlquellen, aber dem Hinweis folgend keine, die das wirklich in den Griff bekommen. Heißt, bei Betrieb, würde die Megacity den Ozean im unmittelbaren Umkreis wie ein

Tauchsieder abkochen und über einen längeren Zeitraum wohl kontinuierlich dazu beitragen, dass sich auch Tiefenbereiche schneller erwärmen.«

Langfristig würden alle Lebewesen im Wasser ringsum sterben. Bei der Existenz vieler Megacities beträfe das Problem alle Ozeane. Eine Katastrophe!

»Na ja, das ist nicht nur ein Fisch-Problem. Die Ozeane sind die wichtigste natürliche Kohlenstoffsenke«, sagte Gwen leise, die auf die Fische starrte. »Steigt die Wassertemperatur, sterben nicht nur Arten, die Luft erwärmt sich, Pole schmelzen, Klimakatastrophen nehmen zu. Unser Lebensraum schrumpft.«

Die Erde würde untergehen! Absterben! *Aus die Maus.* Langfristig tötete diese Arkologie alles. Sie war keine Lösung, sie war ein Todesstern.

Tränen traten in meine Augen. Ich kam mir vor wie in einem schlechten Film. Die Angst, die Ohnmacht, die Ungewissheit dieser Zukunftsversion beherrschten vollständig meinen Verstand. »Das heißt, eigentlich ist hier nur wichtig: Werden wir alle überleben oder nicht? Das sind furchtbare Fragen«, murmelte ich. »Und all diese Fische geben eine schreckliche Antwort.«

»Das kann ich nicht zulassen«, hörte ich Gwen vor sich hin murmeln. Im nächsten Moment riss sie sich von Chris los und stürmte – wie von Sinnen –geradewegs ins Wasser.

Was hatte sie denn vor? Die Fische waren tot und ich wusste nicht, inwieweit ins Wasser rennen helfen sollte.

Ohne nachzudenken, stürzte ich meiner besten Freundin nach, um sie aufzuhalten. Unangenehm warmes Wasser klatschte mir augenblicklich gegen die Knöchel und bohrte sich in Spritzern fast schmerzhaft in die bloße Haut über meinen Schuhen. Das Süßwasser durchdrang schnell den Stoff meiner Sneakers und machte die Schuhe mit jedem Schritt schwerer. Wie zwei Klötze hielten sie mich auf, während ich Gwen über den flachen Teil des Sees hinterher jagte. »Gwen!«, rief ich.

Doch sie hörte nicht, sondern stoppte nur, um einen der Fische vor ihr zu berühren. Fast zaghaft näherten sich ihre Fingerspitzen dem hellen Bauch.

»Gwen, nein!« Ich wusste einfach, dass das keine gute Idee war.

Hinter uns hörte ich das Rufen und Fluchen der Jungs.

Gwen berührte aber bereits den Fisch. Ihr Körper erschlaffte sofort, als wäre ein Schalter in ihr umgelegt worden.

Verzweifelt weiter rennend musste ich mit ansehen, wie innerhalb von einem Wimpernschlag ihre Knie nachgaben und ins Wasser rutschten. Ihr Kleid bauschte sich an der Oberfläche auf und ihr Kopf tauchte neben dem Fisch unter – während ihr riesiger Hut über der Stelle schwamm, an der sie untergegangen war. Gerade mal fünfzig Zentimeter war der See an dieser Stelle tief, zu gering, als dass bei mir im Rennen die Verwandlung eingesetzt hatte, aber tief genug, um in Gwens Zustand darin zu ertrinken.

Während ich noch einige Schritte brauchte, um bei ihr zu sein, zog plötzlich unter Wasser etwas Großes an mir vorbei.

»AHHH!« Panisch sprang ich zur Seite. Was war das?

Dann sah ich, wie Chris – voll verwandelt – neben Gwen aus dem Wasser brach und ihren Kopf aus dem See hob. Er drehte sie behutsam, versuchte das Wasser aus ihr herauszuschütteln und zog sie dann so schnell er konnte hinter sich her in Richtung Ufer.

Ich kämpfte mich noch bis zu ihrem im Wasser schwimmenden Hut vor, angelte danach und kam mit dem Teil bei ihnen an, als Chris bereits komplett nackt mit der Mund-zu-Mund-Beatmung startete.

Gwen lag blass und erschreckend leblos da.

Liam stand neben den beiden mit Chris' Kleidung in der Hand und hatte einen Gesichtsausdruck, der mich vermutlich erschreckt hätte, wäre ich nicht so sehr damit beschäftigt gewesen, mit meinen Gefühlen zu kämpfen. Seine Hände waren zu Fäusten geballt. Alles an ihm sandte irgendwie ... gefährliche und gleichzeitig besorgte Schwingungen aus.

Ich rutschte neben Gwen, legte den Hut auf dem Boden ab und nahm ihre Hand. »Gwen, atme. Bitte, Gwen.« Der Kloß in meiner Kehle ließ die Worte wackelig klingen. Ich machte trotzdem weiter. »Du hattest recht, okay. Du hast immer recht. Ich werde versuchen, in Zukunft offener zu sein. Ich ... Ich brauche dich. Ich brauche dich so sehr. Du kannst mich hier nicht alleine lassen, verdammt.« Ich holte zittrig Luft. »Gwen«, piepste ich. Tränen liefen mir die Wangen hinab.

Liam legte seine Hand wieder auf meine Schulter.

Gerade, als Chris sich erneut tief über Gwen beugen wollte, spuckte sie Wasser. Erst wenig, dann immer mehr. Ich ließ ihre Hand los und stützte sie. Chris schlüpfte derweil an ihrer Seite in seine Sachen. Dann kam sie keuchend zu sich. »Ich war tot, ich war tot, wie er! Ich ...« Sie blinzelte. Spuckte noch mal aus. »... bin doch nicht tot.«

»Wie? Wer?« Chris und ich starrten sie an wie einen Geist.

Liam war im Hintergrund mucksmäuschenstill.

»Der Fisch. Seit ich hier bin, kann ich mit Fischen reden. Ich schwör's.«

Stille.

»Äh.« Ich hatte keinen Schimmer, was ich darauf sagen sollte. Ob ich darauf eingehen oder es abtun sollte? Ob es mich beunruhigen sollte? Gwen war am Leben, sie war in Sicherheit. Das war jetzt das Wichtigste. Den anderen schien es ähnlich zu gehen.

Chris nahm nun ihre Hand in seine.

Und ich spürte die Wärme von Liams Hand ganz deutlich durch den dünnen Stoff meines Shirts. Jeder seiner Finger sandte ein sanftes Kribbeln durch mich. Ich mochte es. So sehr, dass ich gar nicht darüber nachdenken durfte.

»Ist hier was im Wasser oder so?«, murmelte Gwen übergangslos und desorientiert und lieferte damit eine mögliche Erklärung für ihr seltsames Verhalten. Eine andere fiel mir spontan auch nicht ein.

»Geht es dir sonst gut? Tut etwas weh?«, fragte ich sie vorsichtig, während Chris sie bat, sich auf einen seiner Finger zu fokussieren und damit vor ihrem Gesicht herumwedelte. Seit wann war mein Bruder denn Arzt?

»Mhm«, machte Gwen dementsprechend zerstreut. »Nee.«

»Warum bist du da rein?«, fragte Liam drängend und beugte sich halb über mich, um näher bei Gwen zu sein. »Was konntest du nicht zulassen?«

Angenehme Gänsehaut breitete sich in meinem Nacken aus.

»War so ein Impuls ... Ich ... Ich kann es nicht erklären. Ich war auf einmal fest davon überzeugt, dass ich dem Fisch helfen kann, wenn ich ihn nur schnell genug berühre. Ihn heilen kann, oder so.«

»Äh«, machte ich wieder, ratlos. *Denn ...*

»Offensichtlich hat das nicht geklappt. Wie auch, er war

tot«, murmelte Gwen niedergeschlagen und beendete damit laut meinen Gedankengang.

»Du scheinst unverletzt«, unterbrach mein Bruder sie. »Also ... soweit ich das beurteilen kann. Aber Gwen, bitte keine überraschenden ›Impulse‹ mehr. Ich hatte fast einen Herzinfarkt. Und wie soll ich ohne meine Teampartnerin die Challenges gewinnen?«, scherzte er, in dem Versuch die Stimmung aufzulockern.

Zumindest für Gwen funktionierte es, denn sie lächelte matt. »Keine *dummen* Impulse mehr«, versprach sie sofort. »Das wolltest du doch sagen.«

»Na ja«, murmelte er.

»Hoch und heilig versprochen«, beteuerte Gwen noch mal. »Das ist auch eigentlich nicht meine Art, ich weiß gar nicht, was in mich gefahren ist.«

»Stimmt, das ist nicht deine Art«, bestätigte ich und nickte Chris dankbar zu. Dann musterte ich meine beste Freundin nachdenklich.

»Oha, was ist denn hier los?«, hörte ich Okuza irgendwo neben uns fragen. Durch das Drama unbemerkt, waren er und Shey zurückgekommen.

Sie traten nun zu uns und ich spürte, wie Liams Hand von meiner Schulter glitt. Sofort vermisste ich die Berührung. Doch damit würde ich mich später auseinandersetzen, denn Shey sah aus, wie ich mich fühlte: Völlig verschreckt. Sie umklammerte den Riemen ihrer Kamera, der um ihren Hals baumelte, als hinge ihr Leben davon ab.

»Gwen hatte einen kleinen Unfall, aber es ist so weit alles paletti beziehungsweise wird es wieder«, kürzte ich die Erklärung ab.

»Was ist mit den Fischen?« Sheys Stimme brach. Am liebsten hätte ich sie in den Arm genommen, aber ich traute mir gerade selbst nicht, nachher brach ich dann noch mit ihr vor allen in Tränen aus.

»Die hat Tante Eden da reingeworfen, hab ich dir doch schon erklärt«, sagte Okuza mit harter Stimme. »Mach dir keine Sorgen, Shey«, fügte er sanfter hinzu. »Was mich aber eher interessiert«, sein aufmerksamer Blick scannte uns, »wie sind die so plötzlich aufgetaucht?«

Das erwischte mich kalt. Darüber hatte ich mir noch gar keine Gedanken gemacht, Gwens Manöver hatte mich vollständig abgelenkt. Aus dem Augenwinkel sah ich nun, wie Liam und Chris wieder Blicke austauschten – und mein Bruder leicht den Kopf schüttelte, als wollte er sagen ›Nein, tu das nicht‹. Aber was sollte Liam nicht tun?

KAPITEL 19

MONTAG, DER 4. JULI
VERACITY ISLAND/TANSANIA

Cassidy Dell'Aqua

»Das macht Hightech mit einem unberührten Paradies: es zerstören«, sagte Chris unversöhnlich zu Mum, als wir alle sechs nach draußen auf den silbernen Anleger traten, der Veracity Island umschloss. Dort wartete Mum schon vor der Blue Bell auf uns.

Veracity Island war eine Rettungskapsel, die mehr Leid als Nutzen brachte. Eine *Todesfalle*, wie ich sie in Gedanken taufte. Unsinniges Ding.

Mein Bruder war stinksauer und ich konnte es ihm nur zu gut nachempfinden, denn ich war es auch.

Wie wir wohl alle.

»Oder es retten«, entgegnete Mum, ohne eine Miene zu verziehen. Sie fragte nicht, warum meine Sneakers klatschnass waren oder warum Gwens fließendes, buntes Kleid nur so tropfte und Chris ihren Hut in der einen und ihre Hand in seiner anderen Hand hielt.

Ihr Blick zuckte nur kurz zu ihren verschränkten Händen, blieb aber völlig ausdruckslos. Ihre Gefühlslage war für mich schon immer ein Buch mit sieben Siegeln gewesen.

»Klar, wenn es nach den ersten fehlerhaften Versuchen, wie dem hier, noch etwas zu retten gibt. Wie viele Milliarden Dollar hast du in den Bau dieses übergroßen Metallsargs gesteckt?«, konterte Chris. Seine Sunny-Surfer-Boy-Fröhlichkeit war einer Härte gewichen, die ich nicht an ihm kannte und bei mir ein Gefühl verursachte, das ich auch nicht recht benennen konnte. Er klang ein bisschen wie Dad, der Mum stets Paroli geboten hatte.

Oh Gott ... Dad fehlte mir so. Doch in diesem Moment war mir auch Chris fremd wie nie. Und ich hasste es. Hasste, dass wir uns so entfremdet hatten.

»Du hättest mit dem Geld den Welthunger lindern können. Oder einen Diktator entmachten. Oder die Meinungsfreiheit stärken. Was weiß ich.« In krassem Gegensatz zu seinen Worten, war Chris' Gesicht eine emotionslose Maske. »Und was machst du?«, spuckte er Mum entgegen. »Technikexperimente, die den ganzen Ozean killen könnten. Uns alle.«

Das ließ mir einen Schauer über den Rücken laufen.

Shey schluckte laut.

Okuza zog seine Schwester beruhigend an sich.

»Herzlichen Glückwunsch zu einer weiteren deiner beschissenen Tüfteleien«, war alles, was Chris tonlos sagte.

Mum nickte langsam. Blinzelte, wirkte aber durch und durch beherrscht. »Nachdem das geklärt ist: Wie entscheidet ihr euch?«

»Drei Stimmen für nicht verkaufen«, antwortete Liam schneller, als irgendwer anders reagieren konnte. »Drei Stimmen für die Arkologie funktioniert nicht, wie sie soll.«

»Ist das so?« Mum musterte Okuza und Chris, Shey, Gwen und mich nacheinander.

Wir nickten.

»Wir sind uns einig«, bekräftigte ich und hätte am liebsten Liams Hand ergriffen, als Zeichen der Einheit.

»Schön.« Mum klang fast fröhlich. Aufgesetzt fröhlich. Und winkte uns, ihr an Bord zu folgen. »Sehr gut. Obwohl das hier keine Gruppenaufgabe war, freut es mich, dass ihr alle zum gleichen Ergebnis gekommen seid. Lasst uns ablegen.«

Chris und Gwen ließen sich als Erste von Mario an Bord helfen.

Ich sprang leichtfüßig auf die Blue Bell.

Liam folgte mir, Shey ebenso und Okuza bildete den Schluss.

Anschließend gingen wir auf Deck, solange der Anker gelichtet wurde, und sahen dann dabei zu, wie die Jacht von Veracity Island wegfuhr und Kurs auf Mermaid Island nahm.

Die Todesfalle hinter uns lassend, atmete ich tief durch.

Mum nutzte die Stille, um fortzufahren: »Wir haben auf Veracity Island noch keine Lösung für eine langfristig sinnvolle und ökologische Kühlung gefunden. Wie bei allen anderen Arkologien – obwohl im Gegensatz zu denen, bei uns sonst alles funktioniert.«

Keiner sagte etwas. Ich war mir ziemlich sicher, dass wir alle gerade an die toten Fische dachten. Die unzähligen toten Fische.

»Ich nehme an, ihr habt meinen subtilen Hinweis gefunden?« Mum seufzte.

Ich schnaubte. »Subtil?!« Meine Stimme peitschte durch die Luft.

»Wer von euch hat die Projektion der falschen Wasseroberfläche durchschaut und die Hochleistungsbeamer abgeschaltet?«, fragte Mum.

›Niemand‹, lag mir auf der Zunge.

»Die toten Fische sind einfach aufgetaucht«, offenbarte Shey nervös.

Alle anderen schwiegen. Keiner von uns war gerade in der Stimmung, sich mit Mum zu unterhalten.

»Einfach so ... Mhm?« Mum wirkte nicht überzeugt und warf Liam seltsam zielgerichtet einen mehr als neugierigen Seitenblick zu.

Ich war nach wie vor überrascht. In meinem Kopf türmten sich die Fragen: Wenn die Fische wirklich durch Wärme gestorben waren, wieso war Gwen bewusstlos geworden, als sie einen berührt hatte? Und wie hatte Liam, ohne sich von der Stelle zu bewegen, Beamer entdecken und abschalten können? Hatte man die doch gesehen, konnte er Telekinese? Aber das gab es genauso wenig wie Zaubersprüche. Vielleicht hatte er etwas ganz anderes gemacht, denn irgendetwas – da war ich mir absolut sicher – hatte er gemacht. Nur was?

Stirnrunzelnd lehnte ich mich zu ihm an die Reling und hielt meinen Kopf in den Fahrtwind der schneller werdenden Jacht. Ich hatte die ganze Rückfahrt nach Mermaid Island, um ihn zu fragen, doch meine Zunge verselbstständigte sich und so kam aus meinem Mund: »Was hast du auf der Insel gemacht?«

»Die Wahrhaftigkeit enthüllt.« Liam rückte seine coole schwarze Cap zurecht. »So heißt sie doch: Insel der Wahrhaftigkeit.« Verwirrt sah ich ihn an, doch das Einzige, was er noch sagte, war: »Deine Mutter ist ganz anders, als ich gedacht habe.«

Der Themenwechsel war skurril, doch ich ließ mich darauf ein. Vielleicht war er ja auch so unsicher und angespannt wie ich. »Was hast du denn gedacht?«, fragte ich nach.

»Weiß nicht.«

»Was hat dir denn mein Bruder über sie erzählt?«

»Dein Bruder?« Liam wirkte verwirrt.

Jetzt verstand ich gar nichts mehr. »Ja, wer denn sonst?«

»Niemand«, sagte er nach einigen Sekunden schleppend und schien in Gedanken plötzlich ganz weit weg zu sein.

Ich kniff die Augen zusammen, konnte seine Augen hinter der Sonnenbrille aber nicht erkennen. Doch bei genauerer Betrachtung wirkte er ... erschöpft. Fast so, als lehnte er sich nicht cool an die Reling, wie ich angenommen hatte, sondern als stützte er sich darauf ab, weil ihn etwas viel Kraft gekostet hatte. In meinem Kopf ratterte es, doch die Puzzleteile wollten keinen Sinn ergeben. War er doch ein Ghul und hatte eine Verbindung zu den toten Fischen aufgenommen? Konnten Ghule das?

Ich griff wirklich nach Strohhalmen, so abwegig war vermutlich allein der Gedanke.

»Können wir einfach hier stehen ... und durchatmen?«, fragte Liam da fast unhörbar.

»Natürlich«, sagte ich, bevor ich mir auf die Zunge beißen konnte, um mich zu bremsen, schließlich hatte ich doch Fragen. Einmal ausgesprochen konnte ich das Wort aber nicht mehr zurücknehmen, das ließ mein Stolz nicht zu. Deshalb verbrachten wir die Überfahrt nach Mermaid Island schweigend. Es war immerhin ein angenehmes Schweigen.

Ein Gedanken-nachhängen-Kopf-durchpusten-Schweigen.

Ein Frische-Meerluft-macht-alles-besser-Schweigen.

Unterbrochen wurde die Ruhe nur von gelegentlichem Gemurmel, wenn Gwen und Chris, die sich auf eine der eingebauten Bänke gesetzt hatten, miteinander sprachen. Einmal hörte ich Gwen trocken sagen: »Brandmoderne Architektonik hält eben auch nicht immer, was sie verspricht.«

Nach dem Einlaufen hatten es alle eilig, von Bord zu kommen.

Wortkarg verteilten wir uns auf zwei Quads und einen Geländewagen. Zu meiner Überraschung schwang sich Liam kommentarlos hinter mich und legte mir seine angenehm warmen Arme um den Bauch. Chris klemmte sich Gwen zwischen die Beine, als traute er ihr nicht zu, sich hinter ihm an ihm festzuhalten. Okuza und Shey stiegen in Mums schwarzen Geländewagen.

So verließen wir den Hafen und fuhren als Kolonne hoch, ins Hinterland, zu Mermaid Castle. Trotz aller Erschöpfung genoss ich die Fahrt in vollen Zügen. Liams Hände machten mich dabei ganz nervös. Gleichzeitig schien seine Nähe mir neue Energie zu verleihen und ich spürte richtig, wie gute Laune in mir aufkam.

Die Geschwindigkeit presste ihn so nah an mich, dass ich plötzlich seinen Duft in der Nase hatte. Der Geruch nach Ambra und Sandelholz mit einem Hauch Moschus hüllte mich förmlich ein. Reichhaltig, aber frisch. Er vermittelte mir Tiefe und gleichzeitig Leichtigkeit und zog mich umso stärker an, je länger ich mich auf ihn einließ. Liam war definitiv kein Ghul und kein Vampir! Aber das bedeutete ...

Er war ein Djinn? Das war unmöglich ... Ambra war die Ursubstanz des Meeres, Djinn rochen niemals danach, oder? Oder?!

Meine Hände wurden klamm.

Die Spannung in meinem Bauch steigerte sich zu einem aufgeregten Kribbeln, Liams Geruch und die Wärme seiner Haut zogen mich magnetisch an.

Schneller, als mir lieb war, endete die Fahrt und Liam schwang sich vom Quad, auf den staubigen Boden des Innenhofs. Ganz der Gentleman, auch wenn sein verwegenes Lächeln etwas anderes versprach, streckte er mir eine Hand entgegen, um mir herunterzuhelfen. Bedauernd blickte ich auf die Hand, die selbst beim Quadfahren nicht gewandert war – warum ich das nun bedauerte, war mir wirklich ein Rätsel –, und stieg ohne seine Hilfe ab. Noch mehr Körperkontakt war keine gute Idee ...

In einer Dann-eben-nicht-Geste hob er die Schultern, bevor er den Kopf zu einem stummen ›Ciao, man sieht sich!‹ neigte und zu Chris rüberschlenderte. Da wollte ich eigentlich auch hin, genauer gesagt zu Gwen. Doch dann würde es aussehen, als liefe ich Liam hinterher und das wollte ich auf keinen Fall. Ich fühlte mich aber direkt auch ein bisschen schuldig, weil ich bis eben an Liam gedacht und dabei Gwen total vergessen hatte.

Beschämt verstaute ich erst mal meinen Helm.

Nachdem das erledigt war, konnte mich nichts mehr von Gwen fernhalten. Die Lider auf Halbmast, stand sie erschöpft neben dem Quad und sah unglaublich müde aus.

»Dann bringen wir dich mal ins Bett«, neckte ich sie, als ich neben ihr ankam, und erntete ein halbes Lächeln.

Gemeinsam mit Chris stützte ich Gwen auf dem Weg in die Burg, zum Aufzug und von dort aus in mein Zimmer.

Im Hauptraum angekommen, verscheuchte ich meinen Bruder und steckte Gwen kurzerhand ins Bett. Duschen konnte sie auch später, wenn sie wieder bei Kräften war.

Auf ihrem Nachttisch platzierte ich eine große Flasche Wasser und steckte die flauschige Decke um Gwen fest. Zufrieden mit dem Ergebnis, pflückte ich mir dann die immer noch nassen Schuhe von den Füßen, schlüpfte in Flipflops, angelte mein Handy vom Nachttisch und trat den Weg in die Küche an. Nach all der Aufregung musste ich dringend etwas essen.

Zu meinem Glück stand Joyce schon vor dem vorgeheizten Sandwichmaker.

»Meine aller-allerliebste Joyce, machst du mir besonders schnell ein leckeres Grilled Cheese Sandwich?«, säuselte ich mit großem Augenaufschlag, den das Knurren meines Bauches etwas relativierte.

Joyce lachte. »Aber sicher, kommt gleich.« Schon hantierte sie mit den Zutaten. Es zischte und dampfte. Butter schmolz, genau wie Käse. Und der herrlichste Duft überhaupt ließ mich an der Kücheninsel verharren und Joyce beim Zubereiten meines Sandwiches zuschauen.

Mit dem Resultat auf dem Teller setzte ich mich neben Shey, die ich jetzt erst bemerkte, an den Esstisch.

»Alles okay bei dir?«, fragte ich sie, mit vollem Mund, weil ich den ersten Bissen nicht hatte abwarten können. Dementsprechend klang es eher wie: ›Allööös okhwaffh beiiwhh dürr?‹

Meine Cousine, die ebenfalls einen vollen Teller vor sich hatte, nickte abgekämpft. Trüb blickte sie auf die blinkende Anzeige ihrer Kamera.

Nachdem ich geschluckt hatte, beschloss ich, sie aufzumuntern: »Zeig doch mal ein paar der Fotos, die du gestern gemacht hast. Von den Rainbow Toasts und uns.« Vielleicht konnte ich sie so ein bisschen ablenken. Denn dass meine sonst so vorlaute Cousine jetzt so still war, fand ich schlimm.

Lustlos klickte sie sich durch die Aufnahmen, bis sie bei einer stoppte und sich ihre Miene aufhellte. Sie hielt sie mir unter die Nase. Ich rollte mit den Augen, während sie breit grinste.

»Natürlich musstest du das Foto auswählen.« Es war einer

der Schnappschüsse, auf denen ich Liam anschmachtete ... äh anstarrte. Eindeutig überrascht anstarrte.

»Hey, es zeigt echte Emotionen. Und das ist doch die höchste Kunst des Fotografierens: Emotionen einfangen. Hab ich zumindest irgendwo gelesen.« Shey klang wieder sehr besserwisserisch, war also wieder ganz die alte Shey. Na, bitte.

»Fang du nicht auch noch mit diesem Lesen an«, witzelte ich. »Sonst muss ich hier bald Leselisten zensieren.«

Shey lachte.

Joyce schenkte mir von der Kücheninsel aus ein breites Lächeln und zeigte mir ein *Daumen hoch.*

Mild zurücklächelnd, aß ich weiter mein Sandwich.

Shey klickte sich derweil durch Fotos. »Das ist auch gut!« Wieder hielt sie mir einen Schnappschuss von mir unter die Nase. Tatsächlich aß ich darauf halbwegs manierlich mein Sandwich und vollbrachte auch noch das Kunststück, zu lachen und irgendwie gut auszusehen. Es geschahen noch Wunder.

»Kannst du mir das droppen?«, fragte ich und zog während dem Essen mein iPhone raus, das ich entsperrte und auf den Tisch legte.

»Äh.« Shey sah mich seltsam an. »Das ist eine Kamera. Die kann nichts droppen, das können nur Apple-Geräte«, belehrte sie mich.

»Aha«, sagte ich mit vollem Mund, im siebten Käsehimmel. *Man, war das gut.* Nur langsam fokussierte ich mich wieder auf meine Cousine. »Das heißt, du kannst mir das nicht droppen?«, hakte ich nach.

»Ge-nau«, bestätigte Shey mir langsam, Silbe für Silbe und ließ mir einen Blick angedeihen, der von ›Dir sind gerade drei Köpfe gewachsen‹ bis zu ›Du hast aber auch echt gar keine

Ahnung‹ oder ›Hör mir doch mal zu‹ alles bedeuten konnte. »Ich kann es dir aber via Bluetooth schicken?«, bot sie seufzend an.

»Dann tu doch das, bis Apple Kameras entwickelt«, schmatzte ich scherzend mit mehreren Hundert Gramm Käse-Sandwich im Mund, dem letzten Rest meines Essens. Wen interessierte denn, ob es droppen oder bluetoothen hieß, was sie tat – solange sie es tat. Und mal ehrlich: War bluetoothen überhaupt ein Wort? Und wenn nicht: Gab es etwa noch einen dritten Begriff für den gleichen Vorgang? Wie bescheuert war das denn bitte?

»Okay.« Shey rümpfte sichtlich die Nase über meinen Sparwitz – oder meine Technikschwäche. »Nur damit du es weißt: Apple hat Kameras entwickelt.« Sie zeigte auf mein iPhone, auf dem gerade das Bild ankam.

»Papperlapapp«, wischte ich ihr Argument vom Tisch. »Ich meine solche.« Mit einem Wedeln meiner linken Hand verwies ich auf ihre Kamera. »Aber wie auch immer.« Mit dem Daumen der rechten Hand wischte ich auf dem Display meines Handys rum, öffnete Twitter und twitterte das stylische Foto mit mir und dem Rainbow Toast, garniert mit drei Rainbow-Smileys als Bildunterschrift. Wenn das nicht der Gipfel der hippen Kreativität war, wusste ich auch nicht.

Na ja, zumindest der Gipfel meiner heutigen Kreativität.

Zufrieden mit mir und damit, nach Urzeiten endlich mal wieder etwas getwittert zu haben, wollte ich gerade die App schließen, als bereits die ersten meiner Klassenkameraden mein Bild zu liken und kommentieren anfingen. Mhm. Mal sehen …

Likes your Tweet: @sina504 and @thisisTITUS

Retweets your Tweet: <3 @thisisTITUS

Ich wusste nicht genau, wie ich es finden sollte, dass Vielleicht-Vampir Titus gerade ein knallrotes Herz unter meinen Post gesetzt hatte. Sah irgendwie ein bisschen nach verdrehtem Blutstropfen aus – oder ging da meine Fantasie mit mir durch?

Likes your Tweet: @gwend01yn

Ach süß, Gwen war schon wieder wach.

»Cooles Foto!«, riss mich, aus heiterem Himmel, die Stimme meiner Mum aus der Grübelei.

Ich hob gerade rechtzeitig den Kopf, um sie »Wir sehen uns morgen früh. Selbe Uhrzeit, beim Anleger« sagen zu hören und zu sehen, wie sie auf die Terrasse neben der Küche verschwand.

Kopfschüttelnd schaute ich wieder aufs Handy.

Im nächsten Moment zeigte mir Twitter an, dass Mum meinen Post geliked hatte. Shey ebenso.

Likes your Tweet: @eden_dell'aqua

Likes your Tweet: @shey_ßeee

Okaaay.

Und dann ...

Likes your Tweet: @i_am_li_am

War das Liam? Mermaid-Island-Liam? Ja, welcher Liam denn sonst – er mochte meinen Tweet!

Follows you now: @i_am_li_am

... und er folgte mir! Hilfe, was passierte hier nur?

Kapitel 20

Montag, der 4. Juli
Mermaid Island/Tansania

Cassidy Dell'Aqua

Mit wild klopfendem Herzen, vollem Bauch und einem Kopf, in dem die Fragezeichen nur so kreisten, stieg ich eine Etage über der Küche aus dem Aufzug. Jede Bewegung, jeder Schritt, den ich den Gang hinunter in Richtung meines Zimmers machte, erfolgte gerade automatisch. Denn meine Gedanken waren noch immer mit den Benachrichtigungen auf Twitter beschäftigt. Also eigentlich mit Liam, Liam und noch mal Liam. Weil er dadurch irgendwie mein Bewusstsein infiltriert hatte – mit seinen Signalen, über die ich mir jetzt den Kopf zerbrach. Noch mehr als bisher.

Aber waren es überhaupt bewusste Signale oder interpretierte ich seine Gesten maximal über und damit etwas hinein, das gar nicht existierte? Was hatte es zu bedeuten, dass er mir auf Twitter folgte? Man folgte nur jemandem, für den man sich interessierte, platonisch oder eben, na ja, eventuell romantisch ... oder? ODER? Oder nicht ...

Ich seufzte leise über mich selbst, während meine Schritte fast unhörbar auf dem Marmorboden des Gangs widerhallten. Die weichen Sohlen meiner Flipflops waren toll, dafür wurden die Gedanken in meinem Kopf immer lauter.

Twitter – Liam.

Liam – Twitter.

???

Er schien mir nicht der romantische Typ zu sein. Wie Gwen

schon festgestellt hatte, machte er den Eindruck eines echten Bad Boys. Und das lag nicht nur an seinen heißen Tattoos und seinem selbstbewussten schwarzen Kleidungsstil, sondern auch daran, dass er abwechselnd mit provokativem Verhalten oder stoischem Schweigen glänzte. Und er hatte bisher nie gezögert, zu sagen, was er dachte, oder sich zu nehmen, was er wollte. Okay, Letzteres traf auch auf Chris zu, der zumindest den Sandwich-Raubzug der beiden von Gwens und meinem Teller eingefädelt hatte. Aber Liam umgab die verwegenere Aura. Dieser ganz spezielle Charme, der Gefahr, Abenteuer und eine aufregende Zeit versprach, während Chris mehr entspannte Sunny-Surfer-Boy-Vibes versprühte. Dass die beiden beste Freunde waren, überraschte mich noch immer. Vielleicht war es ein Fall von ›Gegensätze ziehen sich an‹. Oder einer der beiden war gar nicht so anders als der andere – nur: Wer glich dann eher wem?

Und was bedeutete das für mich?

Derart in Gedanken versunken, blickte ich auf und war für einen Moment davon überzeugt, es mir einzubilden und schon von ihm zu halluzinieren, als ich Liams Rückansicht weiter vorne im Gang um die Ecke verschwinden sah.

Ich blinzelte desorientiert, während sich mein Fokus von meinen wirren Gedanken löste und aufs Hier und Jetzt verschob. Als ich daraufhin deutlich sich entfernende Schritte hörte, blieb ich abrupt stehen.

Zum Ozean! Da vorne war wirklich Liam … gewesen.

Liam, der mir eventuell meine Fragen beantworten konnte, der aber gar nicht so eventuell auch mein Feind war – und der allein, ohne meinen Bruder, in der Nähe meines Zimmers herumschlich?

Warum?

Misstrauisch nahm ich die Verfolgung auf. Immerhin hatte ich die perfekten Schuhe fürs Anpirschen und traute Liam immer noch nicht. Mein Gwen-Beschützer-Radar – schließlich war sie gerade in meinem Zimmer – sprang mit Verzögerung an, doch ich konnte mir keinen sinnvollen Reim darauf machen, was er von ihr wollen sollte. Oder hatte er etwa mich gesucht?

Das ließ mein Herz kurz stolpern.

Instinktiv beschleunigte ich dann meine Schritte, es blieb schließlich immer noch die Möglichkeit, dass er herumspionierte. Und das Unwohlsein-Gefühl, das sich bei dem Gedanken in meinem Bauch meldete, zeigte mir, dass ich tief in mir ahnte, dass irgendwas mit Liam nicht stimmte. Gleichzeitig hoffte ich wirklich, dass er nicht der Böse war. Weil …

Ja, weil …

Ich verbot mir weitere Grübeleien zu dem Thema und konzentrierte mich voll und ganz auf die Verfolgung.

Atmen.

Laufen.

Noch schneller laufen.

Mehr atmen.

Fast im Sprint bog ich schließlich um die Ecke. Und erkannte Liam jetzt ganz deutlich vor mir. Er lief an einer der Säulen des schnurgeraden Ganges vorbei – mit einigem Vorsprung.

Okay, Taktikänderung.

»Liam, warte!«, haspelte ich halblaut im Gehen, weil ich nicht die ganze Burg zusammenschreien wollte und schon außer Puste war.

Er hörte mich und stoppte mitten in der Bewegung. Die

Sohlen seiner Sneakers quietschten, als er sich zu mir umdrehte, ganz Ecken und Kanten, all over Bad Boy.

Oh wow.

Doch ich hätte schwören können, dass für einen Wimpernschlag ein Ausdruck von Unsicherheit über seine markanten Züge flimmerte, bevor dieser einer gepflegten Scheißegal-Einstellung Platz machte. Er rüstete sich wohl für das Gespräch mit mir.

Ich schluckte.

Verdammt, war das verwirrend. Mein Kopf kam gar nicht mehr hinterher. Liam wirkte einerseits immer so furchtbar stark, andererseits hatte er gerade wahnsinnig verletzlich ausgesehen. Wenn das nicht meiner Einbildung entsprungen war ... Aber ich hatte das Gefühl, dass mein Gesicht die gleiche, chaotische Mischung an Emotionen widerspiegelte, bevor auch ich jetzt wieder meine üblichen Schutzmauern hochzog. Heftig atmend überwand ich die letzten Meter bis zu ihm und kam mit ein wenig Abstand vor ihm zum Stehen. »Hast du dich von der Challenge erholt?«

»Kann man so sagen.« Er nickte. »Und du?«

»Tja«, ich atmete tief ein und aus, »Was mich betrifft: Nichts, was frische Klamotten nicht beheben könnten. Aber na ja, die Fische ...«

»Richtig, die Fische würden das wohl anders sehen.«

Schweigen breitete sich zwischen uns aus, als wir beide an den schrecklichen Anblick zurückdachten.

Da standen wir nun, umringt von antiken Säulen und glänzendem Marmor, und versuchten beide genauso kalt und emotionslos zu wirken wie die Steinwüste um uns. Vielleicht war es besser so, aber vielleicht waren wir auch einfach nur feige. Wenn ich nur wüsste, was er ...

Zeit es herauszufinden.

»Was wolltest du bei meinem Zimmer?«, sprudelte es ungefiltert aus mir und ich wollte mir direkt mit der Hand gegen die Stirn schlagen. Minus hundert Diplomatiepunkte, Cass. Chris hatte wohl doch recht, ich musste definitiv daran arbeiten, verbal nicht immer mit der Tür ins Haus zu fallen. Da schenkten wir uns echt nicht viel. »Ich meine …«, ruderte ich schnell zurück, damit es nicht so harsch rüberkam, »ich war überrascht, dich im Gang zu sehen.«

Liam musterte mich. Sein Gesicht mit den dunklen Brauen war wie in Stein gemeißelt. Es wirkte, als wartete er ab, bis ich fertig war. Allerdings war ich fertig – mit der Erklärung, der Frage, den Nerven. Ach, wem wollte ich hier eigentlich was vormachen? Ich war nach nicht mal zwei ganzen Tagen Sommerferien bereits mit ziemlich vielem fertig, nur eben nicht mit ihm. Und das machte mich nervös. Vor allem jetzt, da seine tiefbraunen Augen jede meiner Bewegungen aufmerksam verfolgten.

Jedes Heben meiner Brust.

Jedes Befeuchten meiner Lippen.

Ich hatte das Gefühl, die Temperatur um uns stieg plötzlich an und mir war seltsam warm.

Nur um die zermürbende Stille zwischen uns zu brechen und ein bisschen der sich aufbauenden Spannung abzubauen, fügte ich wie eine Idiotin hinzu: »Alleine. Meine ich.«

Meine zwei Zusätze machten es direkt besser. Äh … schlimmer! Was hatte ich da jetzt wieder angedeutet? Das schrie ja nach Misstrauen. Verlegen murmelte ich: »Ich halte jetzt mal die Klappe.«

Daraufhin hob sich einer seiner Mundwinkel leicht und Liam schenkte mir eines dieser verruchten Grinsen, die eigentlich nur Typen in Filmen hatten. James Dean oder Chris Hemsworth oder wer immer auf der Sexiest-Man-Alive-Liste stand. Aber Liam hatte es auch. Grinste mich verrucht an und ahnte wahrscheinlich gar nicht, was das mit gewissen sehr empfindsamen Regionen meines Körpers machte, die ...

War das ein selbstzufriedenes Zucken seines Mundwinkels?

Wahrscheinlich ahnte er es also doch!

Jetzt, da ich genauer darüber nachdachte, hatte ich das Gefühl, der Partycrasher setzte sein oscarverdächtiges Grinsen wie eine Waffe gegen mich ein. Megawatt-Strahlkraft-Attacke und ich gab klein bei.

Dieser, dieser, dieser ...

Nicht mit mir!

Ruckartig trat ich einen Schritt zurück, während ich ein Gefühlslagen-Déjà-vu zu unserer ersten Begegnung hatte. Offensichtlich hatte Liam das Talent, mich so schnell auf die Palme zu bringen, wie sonst nur Chris es schaffte.

»Du siehst aus, als würde dir gleich Dampf aus den Ohren kommen«, bemerkte er just amüsiert.

»Pass nur auf, dass du dich dann nicht dran verbrennst«, fauchte ich zurück und funkelte ihn zornig an, in dem Versuch, ihn in Grund und Boden zu starren.

Leider funktionierte das nicht.

»Ja, Dampf ist ganz schön *heiß*, nicht wahr?«, fragte er stattdessen samtig-rau. Seine tiefe Stimme war voll von zweideutigen Untertönen, besonders beim Wort ›heiß‹, das mir durch und durch ging.

Überall kribbelte es nun in meinem verräterischen Körper und ich wollte am liebsten wieder einen Schritt auf ihn zugehen. *Argh!* »Um Erfolg bei Frauen zu haben, muss *Mann*«, jetzt betonte auch ich ein Wort, aber pikiert, »nicht manipulieren. Frauen wollen auf ehrliche Art erobert werden, von einem Mann mit Charakter und Rückgrat.« So, da hatte er es!

Und tatsächlich wischte meine patzige, aber ernst gemeinte, Aussage Liam das Grinsen vom Gesicht. »Ich dachte jeder Mann hat rein biologisch bereits bei Geburt ein Rückgrat?«, entgegnete er trocken und zog die Augenbrauen ironisch hoch.

»Vielleicht ist der eigentliche Punkt, dass es bei vielen bereits beim Denken aufhört«, parierte ich spitz. »Oder ihr Männer wollt manches einfach nicht verstehen.« Ich seufzte tief.

Liam lächelte jetzt, als amüsierte ihn unser Schlagabtausch. »Also, mal von der Grundsatzdiskussion abgesehen, die du gerade anstößt und die ich jetzt nicht mit dir führen will, noch mal zum Mitschreiben: Es ist also völlig okay, wenn du mich anschmachtest und als Bad Boy abstempelst, aber wenn ich dich nur anlächle, dann ist das Manipulation?«

»Äh.« So gesehen ... war das vielleicht ...

»Und du erzählst mir was über Integrität?«

»Das war kein unschuldiges Lächeln!«, warf ich, mich verteidigend, ein und hob anklagend den Zeigefinger, um meinen Punkt zu unterstreichen. »Das war ein absolut verruchtes Lächeln, du hattest Hintergedanken! Pläne! Ziele!«

»So so.«

»Gib's zu!«

»Was?«

»Na, die Hintergedanken!«

»Mhm.« Statt irgendwas zuzugeben, schenkte mir Liam wieder sein Megawatt-Lächeln, dem ich so schwer widerstehen konnte. Seelenvoll schaute er mich an und ich schluckte und schluckte und … verlor mich in seinen tiefbraunen, fast schwarzen Augen.

»Dein Lächeln ist eine Waffe«, purzelte es aus meinem Mund.

Liam lachte amüsiert und der Bann, in den er mich kurzzeitig geschlagen hatte, brach. »Ja?« Er grinste mich spitzbübisch an. »Geht es also eigentlich darum, dass du dich erobert fühlst?«

Ich atmete tief durch. »Als ob du das nicht genau wüsstest«, knirschte ich mit aufflammenden Wangen.

»Vielleicht.« Er neigte leicht den Kopf. Eindeutig neugierig. »Um das Thema abzuschließen: Ich glaube ja, wenn sich eine Frau einen … Wie hast du es genannt?« Er lachte wieder, diesmal ganz leise. »Einen verrucht lächelnden Typen … sucht, will sie genau das, was sie sieht. Bis sie mehr von ihm will. Was den – unveränderten – Bad Boy in Misskredit bringt und damit alle seiner … Gesinnung. Dabei gibt es nichts Verwerfliches an einem Lächeln.«

»Gesinnung? Ehrlich?«, zog ich ihn auf, weil Liams Beweisführung zwar sinnvoll klang, aber ich ihm auf keinen Fall zustimmen wollte. Das hätte sich zu sehr nach Kapitulation angefühlt. Und wir stritten ja. Wobei – worüber eigentlich noch mal?

»Ehrlich.« Er verzog leidgeprüft das Gesicht.

Die Grimasse war so lustig, dass ich nicht anders konnte, als auch zu grinsen und das Kriegsbeil vorerst zu begraben. »Wollen wir ein Stück gehen und uns ein bisschen unterhalten? Ernsthaft unterhalten?«, bot ich ihm an. Zugegeben, jetzt hatte ich Hintergedanken. Ich wollte ja noch immer herausfinden, was Liam allein in der Burg tat, wie er Mums Challenge gelöst hatte, ob er ein Djinn war – und so vieles mehr!

»Klar, warum nicht.« Er nickte und bedeutete mir, mit der Bewegung einer Hand, vorzugehen. »Deshalb war ich, ehrlich gesagt, auf dem Flur. Ich dachte, ich könnte dich vielleicht allein erwischen und wir hätten etwas Zeit, um uns zu unterhalten.«

»Alsooo …« … das nahm mir den Wind aus den Segeln.

»Was hast du denn gedacht, warum ich dort war? Komm schon, gib mir einen Vertrauensvorschuss, dein Bruder ist immerhin mein bester Freund.«

Ich seufzte. Nickte. Langsam ging ich an Liam vorbei und war mir sehr bewusst, dass uns dabei nur wenige Zentimeter an Luftlinie trennten. »Du und mein Bruder kennt euch aus dem Internat?«, begann ich diesmal vorsichtig und etwas diplomatischer.

Gemeinsam schlenderten wir den Gang entlang.

Liams Nähe war aufregend, aber eindeutig Gift für meine Konzentration. »Ja«, sagte er gerade, »in unserem ersten Internatsjahr am St. Olympic sind wir uns bei der ersten Vorstellungsrunde begegnet – zu der wir beide gemeinsam zu spät kamen. Der Kasten ist so groß, man konnte sich nur verlaufen.«

Ich lachte.

Liam stimmte mit ein.

Als wir uns beruhigt hatten, sagte er: »Chris und ich haben das ab da aber zusammen ziemlich gut hinbekommen. Wir kamen nicht mehr zu spät und na ja, haben uns angefreundet.«

»Verstehe. Bei Gwen und mir ist es ähnlich gelaufen. Ist nicht leicht am Anfang, das Internatsleben«, murmelte ich und dachte an Le Rovey.

Einige Schritte weiter endete der Gang und wir traten in

einen kleinen Innenhof mit kunstvollem Brunnen und einem weißem Marmor-Bänkchen. Genau hier hatte ich geplant, haltzumachen. Hierher verirrte sich kaum jemand. Es war halbwegs privat, aber nicht zu privat.

»Wollen wir uns setzen?«

»Jap.« Liam ließ sich, lässig lächelnd, an einem Ende der Bank nieder. »Ich hätte nie gedacht, mal auf Mermaid Castle diese Aussicht zu genießen.«

»Nicht?«, nahm ich den Faden sofort auf. Die Bank stand so, dass wir aus einer großen Fensterfront sehen konnten, die nachträglich eingebaut worden war. Von unserer erhöhten Position auf Mermaid Castle aus blickten wir durch Lücken zwischen den Blättern von vier riesigen Palmen, bis hinunter auf den Strand und das Meer. Es war ein wunderschöner Ausblick. Im Hintergrund plätscherte das Wasser des Brunnens und ich hoffte sehr, dass Liam noch mehr von sich preisgab, während ich mich ebenfalls möglichst cool auf die freie Seite der doch ziemlich schmalen Bank setzte. War die schon immer so schmal gewesen?

»Nein. Wo ich herkomme, sieht es etwas anders aus.«

»Oh.« Das war allerdings nicht ganz die Antwort, die ich mir erhofft hatte. »Und wo wäre das, wo du herkommst?«, hakte ich nach.

»Das frage ich mich auch manchmal.«

Ich schaute stirnrunzelnd zu ihm.

Er wirkte seltsam nachdenklich, nicht so als würde er mir absichtlich eine nichtssagende Antwort geben, sondern so als würde ihn das wirklich beschäftigen.

»Du stehst deiner Familie nicht sonderlich nahe, oder?«, wagte ich mich weiter vorzutasten.

»Nein. Vermutlich ist dein Bruder derjenige, der mir am

nächsten steht.« Er klang ernst. »Ich bin der Erbe meiner Familie, das ist ... nicht unbedingt eine einfache Position, aber das kennst du ja. Chris hat mir erzählt, dass das bei euch du bist. Dann weißt du, wie der Hase läuft. Pflichten. Verantwortung. All der Kram, der mit dem Schlüssel zum Reich kommt.« Er zwinkerte mir spielerisch zu, fuhr sich aber aufgewühlt mit den tätowierten Fingern durchs kurze dunkle Haar.

»Oh ja.« Schlagartig fühlte ich mich Liam emotional sehr nah. Ich überlegte kurz, wie viel ich dazu sagen sollte. Konnte. Wollte. Es war ein verzwicktes Thema. »Da kann ich ein Lied von singen. Ich verstehe dich also gut«, entschied ich mich für die risikolose Variante. Wahrscheinlich verstanden wir einander besser, als unsere besten Freunde uns verstanden; doch noch kannten wir uns nicht so gut. »Hast du viele Geschwister?«

»Soweit ich weiß, bin ich Einzelkind.«

Soweit er wusste? Halleluja, das war ja eine extrem zerrüttete Familie. Alles zusammengenommen, was er mir bisher erzählt hatte, klang er ziemlich einsam.

Unwillkürlich rückte ich näher zu ihm. Es war keine bewusste Entscheidung, mein Körper tat es einfach. Nachdem ich realisierte, was ich da tat, riss ich die Augen auf – doch da war es schon zu spät. Nur noch eine Handvoll Bank trennte uns. Mein Atem ging schneller.

Liam lächelte, eindeutig erfreut, dann platzierte er langsam eine Hand auf dem wenigen an freier Bank zwischen uns.

Ich starrte sofort auf seine verschlungenen Tattoos – konnte einfach nicht anders – und mir war, als würde seine Hand auf meinem Oberschenkel liegen. Zischend atmete ich aus.

Er grinste wissend. »Hast du noch weitere Fragen?«

»Die du nicht oder nur so beantworten wirst, wie es dir gefällt?«, neckte ich ihn und wusste nicht recht, welche meiner vielen Fragen ich als Nächstes stellen sollte.

»Das gehört zum Kennenlernen dazu, nicht wahr? Dass man nicht alles direkt schon weiß und erfährt, denn dann müsste man sich ja gar nicht mehr kennenlernen. Und das sollte man sowieso so lange wie möglich ... unvoreingenommen tun.«

»Mhm. Punkt für dich.« Er war tiefgründiger und vielschichtiger, als ich gedacht hatte. Und er brachte mich eindeutig mehr aus dem Konzept, als gut für mich war. Aber beantwortete das nicht irgendwie die Frage, ob Liam gut für mich war? Oh Mann! Ich beschloss, das Gespräch schnellstmöglich wieder in seichtere Gewässer zu lenken. »Was hat es mit deinen Tattoos auf sich?«

»Bad-Boy-Vibes?«

»Ja, klar!« Ich verdrehte die Augen und gab ihm mit dem Handrücken einen Klaps gegen den Oberarm – oder zumindest war das der Plan, denn Liam fing meine Hand blitzschnell ab und hielt sie für einen spannungsgeladenen Herzschlag in seinen beiden.

Prompt spielte mein Körper gänzlich verrückt. Das neuerliche Prickeln fing in den Zehen und Fingerspitzen an und bahnte sich den Weg schnurstracks durch alle Zellen. Liams Bizeps spannte sich an, bevor er meine Hand wieder freigab, doch das Prickeln blieb. »Ich denke, da ist etwas zwischen uns – und ich will rausfinden, was es ist.« Seine Stimme war noch tiefer als sonst.

Sie verdrehte mir völlig den Kopf und ich spürte, wie all meine Muskeln sich intuitiv zusammenzogen. Es waren so viele starke positive Empfindungen auf einmal, dass ich mich nur mit letzter Willenskraft räuspern konnte. »Du lässt mich wissen, wenn du herausgefunden hast, was es ist?«

Ich klang atemlos.

»Lässt sich einrichten, wenn das andersherum auch gilt?«, raunte er und erhob sich unvermittelt.

Das setzte mich unter Zugzwang, denn keine Antwort wäre auch eine. Fragte sich nur: Wollte ich wieder die risikolose Variante oder wollte ich Liam – und nahm dafür volles Risiko in Kauf?

»Cassidy?« Er lächelte mich fragend an.

»Okay«, stimmte ich aufgewühlt meinem Verderben oder der Erfüllung all meiner heimlichen Wünsche zu, aber war das nicht immer die Frage bei Bad Boys?

KAPITEL 21

DIENSTAG, DER 5. JULI
OBLIVION ISLAND/TANSANIA

Cassidy Dell'Aqua

»Du wirst dich totlachen, wenn ich es dir sage.« Ich umklammerte die Reling der Blue Bell und versuchte, die widersprüchlichen Gefühle in mir wegzuatmen. Einfach wegatmen, während ich aufs türkisblaue Meer hinausschaute, das bei unserer Überfahrt nach Oblivion Island an uns vorbeizog. *Und mich bloß nicht umdrehen*, ermahnte ich mich.

Meerluft ein. Meerluft aus.

Innere Ruhe ein. Nervosität aus.

Meerluft ein. Meerluft aus.

Gleichgültigkeit ein. Wohliges Kribbeln aus.

Meerluft ein. Meerluft ...

Shit. Es funktionierte nicht.

»Ach, was. Jetzt spuck's doch einfach aus«, unterbrach Gwen mein Mantra. Sie stupste mich mit der Schulter an. Vor einer Stunde war sie nach unserem gemeinsamen Schlafmarathon extrem fit aufgewacht und hatte mich, als sie aus der Dusche gekommen war, mit hochroten Wangen im Bett sitzend erwischt, wie ich mein Handy anstarrte. Seitdem ließ sie nicht locker. Erwachsen wie wir waren, hatten wir vorher nicht um mein Handy gerangelt, aber Gwens Neugier war ungebrochen; genau wie mein Schweigen dazu.

Der Grund: Liam hatte, nachdem auch ich ihm – nach unserem Tête-à-Tête – auf Twitter gefolgt war und mein Handy weggelegt hatte, weitere Bilder von mir geliked. Viele.

Alte Bilder. Sehr alte.

Er hatte sich – den Beweisen zufolge – durch mein ganzes Twitter-Profil gescrollt und war sich nicht zu schade gewesen, das offen zu zeigen. Genau wie, was ihm gefiel: Ich? Das sprach irgendwas tief in mir drin an. Etwas, das Schmetterlinge in meinem Bauch herumflattern ließ. Es imponierte mir, dass er einfach tat, was er wollte. Es hatte etwas ... Ehrliches an sich. Und es ließ mich anstelle der monatelangen Leere in mir Schönes fühlen. Das war besser als Schadenfreude oder Wut und Angst, selbst besser als Nachhausekommen, aber fast schon zu viel. Das Kribbeln in meinen Adern in seiner Nähe war mir fast zu intensiv. Vielleicht weil ich verlernt hatte, wie man mit Gefühlen umging.

Und was waren das überhaupt für Gefühle?

Sie ließen mich mehr wollen und gleichzeitig weniger. Dass Liam nur Meter hinter mir auf dem Deck stand, war zu nah und zu weit weg zugleich. Dass wir an diesem Morgen noch kein Wort gewechselt hatten, war mir recht und gleichzeitig auch nicht. Ich war ... völlig außer mir. Eine Ansammlung von gegensätzlichen Wünschen und Gedanken. Ich hatte mich heute früh sogar schon drei Mal umgezogen, während Gwen sich einfach ein frisches, senfgelbes Kleid übergestreift hatte. Und ich wusste nicht, wie ich mit dem Gefühlschaos in mir umgehen sollte. Mit den Gedanken, ob nun ein schwarzes oder ein beiges T-Shirt besser aussah – oder doch lieber die sleeke Seidenbluse in gebrochenem Weiß?

Dabei war das ja gar nicht das Wichtigste. Ich sollte mir keine Gedanken darüber machen, dass wir beide heute schwarz-in-schwarz mit Shorts und Shirt, Sneakers und Sonnenbrille zufällig im Partnerlook unterwegs waren, ohne uns abgesprochen zu haben. ›Wie aus einem *Man in Black*-Film‹, wie uns Shey vorher kichernd mitgeteilt hatte. Vielmehr sollte mich beschäftigen: War Liam Freund oder Feind? Nur dass sich diese Frage nicht länger wichtig anfühlte. Meine Gefühle spielten definitiv verrückt.

»Jetzt komm schon, Cass. Sag es mir! Es kann ja nicht so schlimm sein oder fängst du jetzt 'ne Telefonromanze mit Titus an? Nach dem Herz unter deinem Post?« Gwen lachte, ob der Absurdität.

Verstummte jedoch, als ich nichts darauf sagte, nur tief durchatmete.

»Nicht wirklich, oder?« Ihre Stimme schraubte sich in die Höhe. Fassungslosigkeit huschte über ihr Gesicht.

»Nein!« Normalerweise hätte ich jetzt gelacht, doch es war der Ausdruck, den ich aus dem Augenwinkel über Liams Züge huschen sah, der mich vereinnahmte. Liam, den ich plötzlich doch beobachtete, weil ich nicht anders konnte, weil mein Körper einfach so beschlossen hatte, sich leicht zu drehen. Zu ihm hin. Er wirkte … verletzt? Genervt? Auf jeden Fall nicht glücklich, über das was er mitgehört hatte. Das ging mir auf diese gute Art durch und durch. Gleichzeitig war ich peinlich berührt. Hitze stieg in meine Wangen und meine Hände verkrampften sich vor meinem Körper. »Könntest du bitte nicht das ganze Deck zusammenschreien?«, zischte ich Gwen zu.

Mit weit aufgerissenen Augen starrte sie mich an. »Komm mal runter. Du hast doch gesagt: ›Du wirst dich totlachen, wenn ich es dir sage.‹ Und ich dachte: ›Na, dann hat Cass ja kein Problem, wenn's peinlich wird, denn dann sind ja alle Zeugen direkt beseitigt.‹ Aber es scheint ein echtes Staatsgeheimnis zu sein.« Sie verstummte, wartete.

Meine beste Freundin konnte es offensichtlich nicht auf sich beruhen lassen. Sie hatte Blut geleckt und musste jetzt unbedingt wissen, was bei mir abging. Das Problem war nur: Ich wusste es selbst nicht genau. Nur, dass mich diese seltsame innere Unruhe fest im Griff hatte, obwohl ich ihr unbedingt entkommen wollte.

Als ich schwieg, verzog Gwen beleidigt den Mund. »Meine Güte, behalt es eben für dich.« Sie blickte nun demonstrativ zu Shey und Okuza, als wollte sie sich lieber zu den beiden gesellen, die ein gutes Stück weiter an der Reling standen und mit der Kamera meiner Cousine Fotos machten.

Klick. Tzzzz.

Klick. Tzzzz.

Mein schlechtes Gewissen meldete sich und ich wollte augenblicklich meine zickige Zurechtweisung zurücknehmen. Gwen konnte ja auch nichts für mein Gefühlschaos.

»Liam folgt mir auf Twitter«, flüsterte ich ihr nun doch zu und kam mir ziemlich blöd dabei vor. »Er hat Bilder von mir geliked, nachdem wir gestern Abend noch kurz … gesprochen haben. Auch alte.« Oh, Mann, ausgesprochen klang es einfach nur beschämend. Es war wohl schlimm um mich bestellt. Zuerst hatten sich meine Gefühle monatelang ins Nirwana verabschiedet – und jetzt, seit Beginn der Sommerferien, fühlte ich ständig irgendwas Ungewolltes mit einer Intensität, die ich gerne runterdrehen würde. Leider gab es keine Betriebsanleitung für die richtige Einstellung meiner Gefühlswelt. So was gab es nur für die wirklich wichtigen Dinge im Leben, wie Ikea-Kommoden und Ventilatoren.

Wobei, ganz ehrlich, als ich vor einigen Monaten gemeinsam mit Gwen so ein Ikea-Aufbewahrungsdings hatte zusammenbauen wollen, hatte uns selbst die Anleitung verlassen. Die war eindeutig nicht Nicht-Handwerkerinnen-geeignet gewesen!

Ich seufzte.

Ein süffisantes Lächeln stahl sich auf Gwens Lippen. Es wurde immer breiter, dann begann sie zu lachen. Erst leise, schließlich lauter. Sie war mir eindeutig nicht mehr böse, sondern amüsierte sich prächtig.

Erneut peinlich berührt, stupste ich sie an. »Gwen, hör auf«, flüsterte ich mit einem Augenrollen, weil es ja schon irgendwie lustig war. Und tragisch. Und, ach ja: PEINLICH.

»Ich glaub es nicht«, keuchte sie ganz außer Atem. »Ich glaub es einfach nicht. Du magst ihn wirklich, oder?« Erwartungsvoll sah sie mich an.

»Na ja«, murmelte ich kleinlaut und biss die Zähne fest zusammen.

Die Sekunden verstrichen.

Möwen kreisten über der Blue Bell. Ihre Schreie hallten wild durcheinander. Es klang, als ob sie mich auslachten. Verdammte Lachmöwen.

»In wenigen Minuten erreichen wir Oblivion Island«, dröhnte Marios Stimme aus den Lautsprechern der Jacht.

»Ich weiß nicht«, murmelte ich schließlich, an Gwen gewandt, während ich kurz die vielen kleinen Inseln betrachtete, zwischen denen wir uns durchmanövrierten, um Kurs auf die größte zu nehmen.

»Mhm.« Übertrieben fachmännisch musterte Gwen mich, als sie wieder meine Aufmerksamkeit hatte. »Frau Dell'Aqua, ich habe das Gefühl, ihr Herz wurde von einer fremden Macht eingenommen«, sagte sie, als würde sie eine ernste Krankheit diagnostizieren.

»Ne, das war wohl eher der ganze Körper«, gab ich trocken zurück. »Und die Schaltzentrale im Kopf scheint der Invasion auch zum Opfer gefallen zu sein. Etwaige Unannehmlichkeiten bittet das Servicepersonal zu entschuldigen.«

Gwen kicherte. »Akzeptiert.« Dann wurde sie ernst. »Aber ist doch schön, oder? Das Kribbeln und diese fantastische Energie?«

»Mhm«, machte ich dieses Mal, ziemlich unüberzeugt. »Kennste?«

»Jep, aber zurück zu dir«, bestimmte meine beste Freundin. »Ist es nicht allemal besser, sich auf etwas Neues einzulassen, als weiter der Vergangenheit nachzuhängen?«, fragte sie wie immer sehr direkt und kein bisschen meine zarte Psyche schonend. »Ich meine, du hast ja keine ... Eile. Lass es einfach zu und sieh, wohin es euch führt? Was dabei rauskommt?«

»Machst du das so?«, neckte ich sie und ließ mir, noch immer zweifelnd, ihre Worte durch den Kopf gehen. Aber egal, wie ich dazu stand, ein Gedanke drängte sich wie ein ›Error‹-Pop-up-Fenster in den Vordergrund: Hatte ich bei der Sache überhaupt eine Wahl?

»Ja, ich mache das so.« Gwen grinste. »Obwohl ich bezweifle, dass ich als Mensch die Richtige für deinen Bruder bin.« Ihr Grinsen verblasste. »Schau ihn dir an, er ist so ...« Sie drehte sich in die Richtung, von der ich wusste, dass Chris dort stand. »... göttlich.«

Ich folgte ihrem Blick. In Flipflops, Shorts, einem Over-Size-Shirt, das mal Dad gehört hatte, und mit perfekt gestylten, hochgegelten Haaren wirkte mein Bruder tatsächlich wie ein lässiger Superstar. Und das wusste er.

Er lächelte uns zu. Gwen zu, korrigierte ich mich.

Und ihr schmachtendes Lächeln katapultierte sein Ego vermutlich über die Grenzen des Orbits hinaus.

Trotzdem lächelte ich ebenfalls. Einfach, weil ich seit gestern verstand, was die beiden sein könnten. Zusammen. Für einander. Und ich mich für sie freute. Das mit Chris und Gwen konnte was werden. Nun mussten nur noch sie daran glauben. »Gwen, ich muss ja gestehen, ich wollte dich vor ihm warnen. Chris war bisher ein ziemlicher Frauenheld«, gab ich leise zu. »Aber ich glaube, als er dich zum ersten Mal gesehen hat, war es um ihn geschehen.«

»Meinst du wirklich?«, fragte Gwen hoffnungsvoll.

»Ja, schon. Sonst würde ich es nicht sagen.« Wenn ich mir aktuell einer Sache sicher war, dann dieser. »Gib euch eine Chance. Zumindest den Sommer lang.«

»Oblivion Island ist das Hightech-Headquarter der Mermaids«, unterbrach in dem Moment meine Mum unser Gespräch, nun da sie in einem strahlend weißen Hosenanzug zu uns sechs aufs Oberdeck trat. Ihre durchdringende Stimme brachte alle dazu, schweigend die vor der Blue Bell aufragende riesige Insel mit dem Fußballfeld-großen grauen Fels anzustarren, der kunstvoll zu einem zum Himmel blickenden Gesicht bearbeitet worden war. Das eher schmale Kinn ragte bis in den Ozean, von der breiten Stirn aus zog sich die Insel noch ein gutes Stück über und über mit Palmen begrünt bis zu einem kleinen hellen Strand, der zum Meer hin abfiel.

Nur durch schmale Wasserkorridore getrennt lag das Headquarter inmitten unzähliger kleiner Nebeninseln, die das umliegende Wasser wie willkürlich gesetzte Sommersprossen sprenkelten.

»Es gibt jede Menge Forschungslabore auf der Insel und auch einige Wohnungen für die Mitarbeiter dort. Shenaya, lass deshalb bitte deine Kamera auf der Blue Bell.«

»Echt?«, grummelte Shey, streifte aber folgsam den Riemen ihrer Kamera ab und hielt sie Mum hin, die sie in Empfang nahm und dann noch ernster wurde: »Haltet euch genau an meine Anweisungen, fasst nichts an, was nicht euch gehört, und achtet darauf, die Privatsphäre anderer zu respektieren. Sonnenbrillen lasst ihr bitte bei Mario, er hat einen Korb beim Ausstieg bereitgestellt – auch sonst alles, was ihr nicht braucht.«

»Klar, Mum«, antwortete Chris seufzend.

Dem fügte niemand etwas hinzu.

»Wenn wir hineingehen, wird Folgendes passieren«, fuhr sie fort. »Ihr werdet in euren Zweierteams in verschiedene Räume geführt. Je Team ein Raum. Dort werden euch einige meiner Mitarbeiter empfangen und euch weitere Anweisungen geben. Befolgt unbedingt, was sie sagen.«

»Und wenn nicht?«, maulte Shey.

Auf Mums Stirn entstand eine steile Falte. »Wenn nicht, ist es ein Experiment mit ungewissem Ausgang.«

»Du willst eines deiner Experimente an uns durchführen?!« Mein Puls stieg an, und ich bekam Magenschmerzen. Das klang ja sehr vertrauenerweckend, besonders da wir erst gestern erlebt hatten, wie toll manche ihrer Experimente funktionierten.

»Ihr gewinnt den Punkt nur, wenn ihr zulasst, was mit euch passiert«, wich Mum meiner Frage aus. »Es gilt, wieder eine Entscheidung zu treffen. Ihr werdet wissen, was ich meine, wenn es so weit ist. Diese Challenge ist ein Puzzle, das ihr nur gemeinsam lösen könnt. Jedes Team bekommt für zwei vollständige Teile, die es beisteuert, einen Teampunkt.«

»Für ein Teil einen halben?«, feilschte Shey.

»Shenaya!«, mahnte Okuza.

»Nein«, sagte Mum resolut.

»Und ... hat diese Aufgabe wieder einen Namen?«, fragte

Gwen neben mir. Sie wirkte voller Kampfgeist und das nach allem, was sie durchgemacht hatte. Bewunderung stieg in mir auf.

Mum fokussierte sich auf sie und etwas wie echtes Interesse flackerte in ihren Augen auf. »Ja, ich nenne sie: Die Gabe der Erinnerung.«

Plötzlich hatte ich das Gefühl, keine Luft mehr zu bekommen. Ich wollte mich nicht erinnern, egal an was. Ich tat gerade alles dafür, nach vorne zu blicken. Vergangenheit Vergangenheit sein zu lassen. Jetzt sollte ich mich irgendeinem Mind-Fuck unterziehen? Wieso? Was konnte mich diese Challenge schon lehren?

»Wir werden eure Vitalwerte kontrollieren und die Challenge abbrechen, wenn es bei jemandem wirklich größere Probleme geben sollte«, beschwichtigte Mum, die mein Unbehagen bemerkt hatte. »Seht es als Erfahrung und den Punkt für euer Team als Ansporn, euch darauf einzulassen.«

Ja, wieso sollte jemand, der halbwegs normal im Kopf war, das auch sonst tun? Mein Mund verzog sich von ganz allein zu einem höhnischen Grinsen. Meine Kehle schmerzte, als hätte ich all die Angst, die unter meiner Haut tobte, herausgebrüllt. »Hast du dabei nicht vergessen, dass wir neben dem Körper auch aus einem Geist bestehen – der nicht vergisst, ganz egal, was die Vitalwerte sagen?«, krächzte ich. Und was hatte sie jetzt eigentlich mit denen? Die waren ihr doch bisher immer ziemlich egal gewesen …

Mum musterte mich nur kühl. Mein Einwand war in ihren Augen garantiert ein Zeichen von Schwäche, oder sie hatte einfach keine Lust, ihre Launen zu rechtfertigen. »Und ich dachte nach diesem Hollywoodblockbuster, den sie vor einigen Jahren gedreht haben, würde keiner von eurer Generation jemals vergessen: Vergangenheit ist Zukunft.«

»Äh, Tante Eden? Der X-Men-Film heißt *Zukunft ist Vergangenheit*«, korrigierte Shey sie zaghaft. »Falls du den meinst ...« Ihre Stimme wurde leiser.

Mum seufzte. »Ja, doch. Na ja, den mit dem Kerl mit den Adamantium-Klingen.«

»*Wolverine*?« Mein Bruder starrte sie an, als sähe er sie zum ersten Mal.

»Denke schon«, meinte Mum. »Kein Wunder, dass alle immer die gleichen Fehler machen, wenn nicht mal Hollywood den richtigen Zusammenhang von Vergangenheit und Zukunft begreift.«

»Vielleicht hast du auch den Film nicht begriffen«, hörte ich Okuza leise murmeln, der als waschechter Marvel-Fan wohl von uns allen am tiefsten im Superheldenthema war.

Wie es wohl für ihn sein musste, dieses Jahr wieder bei den Challenges anzutreten, obwohl er doch schon damit durch gewesen war? Bisher hatte er sich nicht beklagt. Aber das war auch nicht Okuzas Art. Er war still, fürsorglich und passte ganz klar auf seine kleine Schwester auf. Was Mum hier veranstaltete, gefiel ihm wohl allerdings ganz und gar nicht. Vielleicht hielt er Shey und sich deshalb absichtlich am Rand. Oder wusste er mehr als wir anderen?

Mit zusammengekniffenen Augen musterte ich meinen Cousin. Warum war er dabei? Er und Shey, jedoch nicht die ganze andere Verwandtschaft, wie sonst?

KAPITEL 22

DIENSTAG, DER 5. JULI
OBLIVION ISLAND/TANSANIA

Cassidy Dell'Aqua

Ich bekam weiche Knie, als ich hinter Liam einen Raum betrat, der lauter Bildschirme anstelle von Wänden hatte. Darauf zeichneten Kurven Graphen. Es blinkte, piepte und Gleichungen gingen von bunten Wirbeln zu Formen über, die sich auffächerten und in Variablen und Zeichen wandelten, die ich nicht kannte. Bis sie wiederum zu Formen wurden, die Gleichungen ergaben.

Meine Atmung beschleunigte sich unwillkürlich, da sich die Geschwindigkeit meiner Umgebung darauf übertrug. Die Bildschirme mit all der Software waren mir fremd, genau wie all die Technik für mich schwer damit vereinbar blieb, dass wir noch Minuten zuvor durch ein tropisches Paradies mit einer Jacht gefahren waren. Na ja, bis wir an dem schlichten Betonsteg von Oblivion Island angelegt hatten, an dessen Ende sich – nicht mal zehn Meter von der Blue Bell entfernt – eine Art Tresortür im Felsgesicht geöffnet hatte und wir uns alle, immer Mum hinterher eilend, schneller als vermutet im Gebäude wiedergefunden hatten.

»Wird schon gut gehen«, murmelte Liam neben mir und beäugte kritisch die geschäftige Umgebung. Er senkte die Stimme: »Egal was passiert, vergiss nicht: Wenn alle Stricke reißen, sind wir immer noch zu zweit unterwegs.«

»Mhm?«

Er zwinkerte mir zu. »Und anders als Shey hat uns hier auch noch niemand als Agenten eines ultrageheimen Geheimdiensts enttarnt, die so schnell nichts aufhält.«

»Du meinst, die außerirdischen Superkiller sollten sich besser warm anziehen?«

»Auf jeden Fall, wenn die Men in Black kommen.«

Das brachte mich zum Grinsen. »Während du also gleich Dimensionen sprengst und ich vorbeisausende Aliens einkassiere, löschen wir einfach mit dem Blitzdings-Gerät die Erinnerungen von allen, die uns Böses wollen?«

»Exakt. Ich meine, dafür ist das Teil glaub ich nicht gedacht, aber wir sind die MiB, wir machen die Regeln.« Er schenkte mir einen verschwörerischen Blick. »Und während wir prügeln und witzeln, fassen wir alle Superkiller. Dann wird uns das mit dem Blitzdings-Gerät verziehen.«

»Aha. Ich denke ich überlasse dir das Prügeln und konzentriere mich aufs Witzeln und atemberaubend Aussehen, wie alle MiB-Agenten.« Ich verkniff mir ein Lachen. Aufmerksam beobachtete ich die bunten Wirbel, Formen, Kurven und Graphen, in der Hoffnung, dass mir etwas daran darüber Aufschluss geben würde, was Mum plante. Was wirklich gleich auf uns zukommen würde.

Zwei Mitarbeiter, eine blonde Frau und ein schwarzhaariger Mann, standen mit dem Rücken zu Liam und mir im vorderen Teil des lang gezogenen Raums. Ich sah nur ihre Hinterköpfe. Sie hatten sich durch unser Eintreten nicht stören lassen. Beide trugen weiße Kittel und schwarze Handschuhe und steuerten – wie ich nun erkannte – den immer schneller über die Bildschirme flimmernden Wahnsinn virtuell mit den Händen.

Hinter uns trippelte eine dritte Mitarbeiterin, die wie alle hier einen weißen Kittel trug. Mum hatte sie uns nach dem Betreten des Gebäudes zur Seite gestellt. Ihr honigblonder Dutt und die Stupsnase verliehen ihr ein fast niedliches, unschuldiges Aussehen. Und als ich nun den Kopf zu ihr umwandte, lächelte sie mich beruhigend an.

Ich lächelte angespannt zurück.

Es half für genau zwei Sekunden.

Dann schloss sich nämlich geräuschvoll die Schleusentür, durch die wir eben getreten waren, und der satte Laut jagte mir eine Gänsehaut über den ganzen Körper.

Erschrocken schaute ich zu Liam, der mir plötzlich als Einziger hier vertrauenswürdig vorkam. Okuza und Shey waren in einen Raum rechts von uns gebracht worden, Chris und Gwen hatten uns bereits davor verlassen.

Liam rückte prompt näher zu mir, bis sich unsere Arme fast berührten, das spürte ich, als hätte ich einen siebten Sinn nur für ihn. Als sein Handrücken keine Sekunde später tatsächlich sanft meinen entlangstrich und sich wärmende Funken auf meine Haut zu übertragen schienen, ahnte ich, dass er irgendwas Übernatürliches machte. Aus einem Impuls heraus blickte ich nach unten und es kam mir vor, als glommen die Schriftzeichen-Tattoos auf seinen Fingern. Er ballte stumm die Hände zu Fäusten.

Klack, klack, klack, hallte es jäh durch den Raum. Unsere Begleiterin tippte mit den Nägeln ihrer linken Hand auf das silberne, offensichtlich nicht wirklich analoge Klemmbrett in ihrer rechten.

Piep, piep, piep, machten die Bildschirme im Raum synchron.

Liam und ich standen erstarrt da.

»Sag mal ... Wann genau bekomme ich meine riesige

MiB-Space-Knarre?«, flüsterte ich ihm zu, um die beklemmende Spannung abzuschütteln. Ich war als Kind schon mal auf Oblivion Island gewesen, aber es kam mir wie in einem anderen Leben vor. Ach was, in einem anderen Zeitalter. Was war das hier alles, für was brauchte Mum das Hightech-Zeug?

»Erst wenn du dich als fähig erwiesen hast, Agentin C«, flüsterte Liam zurück.

»Und bis dahin?«, wollte ich wissen.

»Bis dahin verteidige ich dich. Wirst sehen, das wird ein Spaziergang.«

Wohl kaum, aber ich fühlte mich für einen Augenblick geborgen und meine Angst ließ etwas nach.

»Es geht los«, durchbrach die Stimme unserer Begleiterin mein Wohlgefühl. »Jetzt bitte meinen Anweisungen folgen und stillhalten, bis wir fertig sind.«

»Kommt nun der Versuchsaufbau?«, witzelte ich, obwohl mir die Knie schlotterten und das Herz in die Hose rutschte. Aber vielleicht half ja Galgenhumor.

»So in etwa«, meinte sie mit einem schmalen Lächeln.

Klack, klack und zwei helle Lichtkegel tauchten bestimmte Bereiche des Bodens in grelle Farben. Hellgrün und Rot. Auch um die Bereiche, in denen die beiden anderen Mitarbeiter standen, hatten sich leuchtende Linien gebildet. Grün bei der Frau, Rot beim Mann.

»Bitte stellt euch jeweils in den Kegel. Cassidy, du in den Grünen. Liam, du in den Roten.«

»So ein Zufall«, murmelte ich.

»Wie bitte?«, fragte die Mitarbeiterin und schaute von ihrem Klemmbrett-nicht-Klemmbrett auf.

»Nichts.« Leicht zittrig, aber gehorsam, stellte ich mich in den grünen Lichtkegel. Liam tat es mir beim roten gleich. Er wirkte jetzt auch etwas nervös.

»Danke. Ich werde euch nun an einige Messgeräte anschließen. Keine Sorge, es ist wie ein paar Pflaster aufzukleben.«

Wir nickten beide stumm und ließen sie um uns herumwuseln.

Zu ihrem gelegentlichen *Klack, klack, klack* und dem andauernden *Piep, piep, piep* kam bei mir nun, je länger das Prozedere dauerte, mein Herzschlag, der sich so sehr beschleunigt hatte, dass ich ihn in den Ohrmuscheln rauschen hören konnte: *Boom-Boom, Boom-Boom; Boom-Boom, Boom-Boom.* Es war mit den anderen Geräuschen zusammen der absolute Horror-Soundtrack. Ich wollte es nur noch hinter mich bringen.

Erleichtert beobachtete ich schließlich, wie unsere Begleiterin von hinten an Liam trat und mir noch mal beruhigend zunickte.

Ich nahm es als positives Zeichen, dass es jetzt losging ...

Bis ich eine silberne Pistole, gefüllt mit mehreren Kanülen, in ihrer Hand entdeckte, die sie in einer fließenden Bewegung an Liams Hals setzte. Und abdrückte.

»Liiiaaaammm!« Mein Mund dehnte sich bis an die Grenzen. Meine Augen brannten. Tausend Gefühle wüteten gleichzeitig in meiner Brust.

Die durchsichtige Flüssigkeit wurde sofort aus der Kanüle in seine Blutbahnen gepresst und dellte die Haut um die Einstichstelle herum aus.

Heiß strömte mein Atem in den Raum. Horror ließ mein Gesicht nach dem Schrei in einer Grimasse einfrieren, während mein Universum auf die Waffe in ihrer Hand und die

Spitze der Spritze schrumpfte, die sie gerade aus Liams erschlaffendem Hals zog, kurz bevor sein Kopf zur Seite kippte – und sie auf mich zukam.

Mein Fluchtreflex setzte ein. Ich wollte mich von all den Kabeln losreißen und wegrennen. Stattdessen spürte ich im gleichen Herzschlag etwas Kaltes an meinem Hals – und plötzlich war alles schwarz.

KAPITEL 23

DIENSTAG, DER 5. JULI
OBLIVION ISLAND/TANSANIA

Cassidy Dell'Aqua

Mein Kopf fühlte sich wie in Watte gepackt an. *Liam, Liam, Liam*, hallte darin wider. Und immer wieder: *Liam, Liam, Liam.* Es war ein stärker werdendes Echo, das mich langsam aus dem stumpfen Dahindriften holte. Denn etwas in mir, ein Instinkt, drängte darauf, dass ich dem Beachtung schenkte. Doch als ich mich darauf fokussieren wollte, entwischte mir der Grund für das Echo ein ums andere Mal.

»Erinnert euch!«, hörte ich eine Stimme, die mir bekannt vorkam.

Liams? Nein, eher nicht ...

»Konzentriert euch. Konzentriert euch auf euch.«

Auf mich? War das meine Mum?

Wie auf mich?

Die Stimme antwortete mir nicht mehr.

Sag mir wie, dachte ich verzweifelt. *Bitte sag mir, was hier los ist. Bin ich tot? Dachten Tote? Eher nicht, oder?*

Stille.

Da die Stimme wohl nicht mehr antworten würde – vielleicht hatte sie das auch nie, vielleicht war ich die Stimme –, blieb mir nichts anderes übrig, als weitere Antworten bei mir selbst zu suchen. Intuitiv öffnete ich mein Bewusstsein, wie ich es sonst nur tat, wenn ich unter Wasser schwamm.

Sofort überrollte mich eine Welle an Informationen. So schnell, so gewaltig, so energiegeladen und unaufhaltsam, dass alles ineinander überging und ich nichts mehr im Einzelnen wahrnahm. Bilder verschmolzen miteinander, bunt mischte sich zu Braun und alles Helle wurde nach und nach von Dunkel verschüttet. Emotionen prasselten auf mich ein; so viele, dass ich in der Masse nichts mehr fühlte. Es nicht konnte. Und dann war da irgendwann Ruhe. Als wäre der Fluss, der den Staudamm durchbrochen hatte, nun abgeflossen.

Nach einer kleinen Ewigkeit begann ich, mich durch die angeschwemmten Erinnerungen zu kämpfen. Durch undurchsichtiges Grau, Schlieren von Schwarz, hin zu farbenfrohen Bereichen, die mich anzogen wie eine Motte das Licht. Trotz meiner Bemühungen war alles verschwommen. Bilder. Namen. Orte. Gefühle. Wer war ich? Und wer war ich nicht? Wo war ich?

Waren das meine Erinnerungen?

Die Gegenwart verschwamm in unzählige Bruchstücke. Die Vergangenheit schien unmöglich greifbar, so viele vergangene Zeiten hatte ich durchlebt. Konnte das sein?

Ich suchte und suchte und suchte nach mir. Nach etwas, das mir vertraut vorkam, und fand am Ende eine Erinnerung. Oder fand sie mich?

Darin schwamm ich in den Weiten des Ozeans. Salzwasser drückte sachte, wie eine Umarmung, gegen meine Haut und die Schuppen meiner mächtigen Schwanzflosse, als ich mit kräftigen Bewegungen durchs Wasser pflügte. Zwei riesige Fischschwärme hielten rechter und linker Hand mit mir mit. Silber floss in eine Unzahl von Farben, die die Arten voneinander unterschieden.

Der Wille zu siegen kämpfte in mir mit der Angst vor den Konsequenzen einer Niederlage. Was würde geschehen, wenn wir heute nicht siegten?

Über meinem Kopf konnte ich die Aggressivität der Walhaie fühlen, die mit uns schwammen. Mein Brustkorb zog sich zusammen. Ohne in der Vorwärtsbewegung innezuhalten, schloss ich die Augen. Es war die letzte Sekunde des Zauderns. Die letzte, die ich mir erlauben konnte. Denn hinter mir zogen alle volljährigen Mermaids und Mermen, vor mir eine Armee an Wasserwandlern in den Krieg, um das in der Tiefe lauernde Urwesen zu vernichten, bevor es uns alle vernichten würde.

Meine Arme bewegten sich von allein, als der Hass auf die Bedrohung meiner Liebsten in Wellen aus mir strömte und alle um mich in den düsteren Strudel meiner Raserei zog – Tiere, Mermaids, Mermen und Wasserwandler. Ich verschmolz all ihre Interessen zu einer einzigen: dem gemeinsamen Feind; ließ all meine Energie durch den Ozean pulsieren, bis nichts mehr sonst zählte. Kein Hunger, keine Fressfeindschaft, kein anderer Instinkt. Ich war der Stärkste von allen. Als erster Merman überhaupt war ich sogar stärker als alle Mermaids. Doch selbst ich konnte das Urwesen nicht allein bezwingen. Das konnten wir nur gemeinsam schaffen.

Wild und heiß sprudelte das Wasser, als das Untier sich in einiger Entfernung aus den Tiefen nahe der Erdkruste erhob.

Es war riesig. Monströs.

Ohne zu zögern, schickte ich ihm eine Welle hochgiftiger Fische entgegen. Die Wasserwandler katapultierten giftige Schnecken und allerlei todbringendes Kleingetier in seine Richtung. Und mehrere Walschulen zogen enge Kreise auf der anderen Seite des Wesens, um es an Ort und Stelle zu halten. Zwischen den Fronten.

Doch schon der erste lethargische Gegenschlag des Urwesens machte mir klar, dass dies nicht nur kein ausgeglichener Kampf werden würde, sondern dass wir eigentlich bereits verloren hatten. Mit einer rasiermesserscharfen Fontäne aus siedend heißem Wasser trennte es in einem präzisen Schlag der kompletten ersten Reihe der Wasserwandlerarmee die Köpfe ab.

Grauen kroch in jede meiner Zellen, als das Blut aus rund hundert Körpern ins Wasser floss, rote Schlieren zog und rund hundert Köpfe mit Kiemen gen Wasseroberfläche trieben, während sie sich – von den Strömungen mitgerissen – drehten und drehten und drehten. Und die Schreie ihrer Liebsten durch die Ozeane hallten. So schrill und gequält und hoffnungslos.

Mir wurde kalt, furchtbar kalt.

Und ich hasste noch mehr.

Hasste mehr, als ein Merman hassen sollte. Mehr als ein Merman hassen konnte. Doch da war nichts anderes mehr als kalter, gewaltsamer Hass. Ich wusste intuitiv, dass das die mächtigste Waffe war, die ich besaß; die ich den anderen geben konnte. Unser Wille, befeuert durch unsere Emotionen, war das Einzige, was uns diesen Kampf bis zum bitteren Ende führen lassen würde. Und das mussten wir. Wir würden uns nicht kampflos dem Untergang dieser Zivilisation und unserer Spezies stellen.

Eilig ließ ich mich bis zum sandigen Boden sinken, beugte mein Knie und grub beide Hände in die feinen Sedimente. Dann leerte ich meinen Geist für einen tiefen Atemzug, bevor ich den Kopf anhob, auf all das Blut im Wasser schaute, den Blick auf die Verzweiflung der anderen richtete, auf die kopflosen Körper, die durch die Reihen trieben.

Der Hass, der wie ein Bumerang zurückkam, war überwältigend.

Da war plötzlich nur noch der Wille, das Wesen zu bezwingen, alles zu bezwingen, zu kontrollieren, zu richten. Denn ich konnte nicht glauben, was passierte. Das Entsetzen grub ein immer tieferes Loch in die Herzen all jener, die mit uns Widerstand leisteten. Wie Gift fraß es sich durch ihren Mut und lähmte ihren Kampfgeist. Und das konnte ich nicht zulassen.

Ich schickte erneut alles in mir, jedes Fitzelchen Kraft und Emotion, das ich hatte, hinaus.

Ermattet ließ ich mich danach vom Wasser erfassen, um kurz zu verweilen – nur kurz –, bevor auch ich an vorderster Front aktiv in den Krieg ziehen würde.

In dem Moment erklang ein lautes Summen im Ozean, das alles erstarren ließ. Es kribbelte unter meiner Haut und der Boden, auf dem eben noch meine Hände gelegen hatten, wurde durch eine Welle aufgewühlt.

Kurz verlor ich jegliche Sicht.

Nachdem sich die Sedimente wieder abgesetzt hatten, sah ich es golden glänzen und als ich die Hand ausstreckte und hinunter in den aufgewühlten Sandboden griff, hatte ich einen goldenen Speer mit drei Zacken in der Hand. Einen Dreizack. Als meine Finger sich – einer nach dem anderen – um den Griff des Speeres legten, durchfuhr mich eine unbändige Kraft, ein neues Bewusstsein. Ich konnte sie alle fühlen, jedes Wesen in allen fünf Ozeanen der Welt. Und ich konnte sie befehligen. Alle bis auf das Urwesen.

Von neuer Zuversicht erfüllt, richtete ich mich mit dem Dreizack in der rechten Hand auf und stürzte mich, unter dem Ruf nach sämtlichen Kreaturen in den Weltmeeren, auf den Feind ...

Die Erinnerung brach ab, wurde unscharf. Farben wurden wieder zu Schlieren von Schwarz, das in undurchsichtiges Grau ausuferte, bevor es endgültig verblasste.

»Das war gut. Okuza, Christos, ich danke euch«, hörte ich die Stimme von vorher. »Jetzt ihr, Cassidy und Liam! Zeigt uns, was passierte, als wir uns einst von Menschen beherrschen ließen.«

Und es war, als hätte ich nur darauf gewartet, denn dieses Mal stellte sich die Erinnerung direkt ein …

KAPITEL 24

DIENSTAG, DER 5. JULI
OBLIVION ISLAND/TANSANIA

Cassidy Dell'Aqua

Die Krone wog schwer auf meinem Kopf und drohte jeden Moment von meiner aus menschlichen Haaren und Palmfasern geflochtenen Perücke abzurutschen, die mit Bienenwachs auf meinem rasierten Kopf befestigt war. Die faustgroßen Bernsteine, Rubine und Diamanten, mit denen die Krone – ein Statussymbol, genau wie die Perücke – besetzt war, machten sie schwerer als irgendetwas, das jemand auf dem Kopf tragen sollte. Mich eingeschlossen.

Doch er wollte es so. Und wie immer machte ich, was er wollte. Wie immer hielt ich trotzdem das Kinn störrisch oben, weil Stolz das Einzige war, was er mir gelassen hatte.

Stolz und Liebe.

Selbst jetzt, während ich rannte wie nie zuvor, klammerte ich mich an diese beiden Gefühle. Unnachgiebig drückte die Krone meinen Kopf nach unten und Tränen traten mir in die Augen. Selbst während ich litt, strebte ich nach Stolz und Liebe. Obwohl die Liebe mich erst so verletzlich gemacht hatte. Ihm erst die Chance gegeben hatte, mich seit Jahren dazu zu bringen, ihm zu gehorchen. Doch wie entliebte man sich? Wie wurde man eine verbotene Liebe los, die einen schwach machte? Unter meinesgleichen und vor ihm. Einem Menschen.

Immer schneller hastete ich die endlosen Gänge des Palasts entlang und keuchte, als das Rennen anstrengend wurde.

Geradeaus.

Rechts, links.

Durch einen Vorhof.

Wieder rechts.

Ich ließ nicht nach.

Niemand bewachte oder verfolgte mich. Alle waren beim Segnungsfest vor den Palasttoren und feierten den hinterlistigen Menschen als Weisen – was waren sie verblendet. Alle waren dort, außer ihm selbst – und mir. Und der Liebe meines Lebens. Weshalb ich rannte, als wären sämtliche Palastwachen gleichzeitig hinter mir her, obwohl mich einzig meine hektischen Atemzüge begleiteten, die unnatürlich laut von den grob behauenen Wänden widerhallten. Es kam mir trotzdem so vor, als würden mich unzählige Augen beobachten, sich an meiner Verzweiflung ergötzen.

Wie hatte es nur so weit kommen können? Wann hatte ich die letzte der ungeschriebenen Grenzen überschritten? Und das nur für die Liebe, für den allerletzten Funken an Gutem in meiner Dunkelheit.

Vermutlich, als ich erkannt hatte, dass es keine Flucht vor unserem Schicksal gab. Es gab kein Entkommen, egal wohin ich floh. Es gab keine Erlösung. Und Richtiges war längst dem Falschen gewichen. Es gab keine guten und schlechten Entscheidungen mehr. Es gab eine Wahl, aber keinen Ausweg. Nur Schmerz.

Und mehr Schmerz.

Und noch mehr Schmerz, der mich erwartete, wenn ich mein Ziel erreichte. Deshalb hatte ich mich einst gefügt, in der trügerischen Hoffnung auf mehr Zeit. Deshalb rannte ich jetzt: In der irrsinnigen Hoffnung, doch einen Ausweg zu finden – für uns.

Gehetzt streifte ich mit meinen Sandalen mein bodenlanges Leinengewand zur Seite, das sich zwischen meinen Beinen verheddert hatte. Doch statt mir wieder mehr Spielraum zum Laufen zu geben, spürte ich, wie sich die zwei Bänder, mit denen es an meinen Schultern gehalten wurde, strafften und es sich immer enger um meinen Körper wickelte. Dabei zog es den Umhang mit, den bei dem milden Klima nur Adelige anlegten. Die normalen Leute wussten schon, warum sie das Teil nicht trugen.

Mein Atem beschleunigte sich wütend, als ich, ohne hinunterzuschauen, nach unten griff – damit die Krone mir nicht die bereits an meiner Kopfhaut ziepende Perücke abriss –, um mich aus dem Stoff zu befreien. Doch wie aus dem Klammergriff, mit dem König Salomon mich in der Hand hatte, ließ der leichte, aber strapazierfähige Stoff sich nicht so einfach abschütteln.

Mit jedem trotzigen, nun stolpernden Schritt hob sich jetzt auch noch das verrutschte, kragengroße Collier, das meinen Hals umschloss, und schlug mir gegen den Kehlkopf. Es gab mir das Gefühl, als würde Salomons Faust mich würgen, als kontrollierte er selbst meine Luftzufuhr. Ich schluckte, rang nach Luft.

Stolperte.

Röchelte kläglich.

Tränen verschleierten meine Sicht.

Nach nicht mal zwei weiteren Metern war ich fast bewegungsunfähig und kurz davor zu ersticken. Nichts von all dem Tand, den ich trug, war zum Rennen gemacht. Nichts von dem war ich. Ironischerweise spiegelte meine aktuelle Situation perfekt mein Leben in den letzten Jahren wider.

Ich war die Königin von Saba, die Königin des Jemens.

Und obwohl ich den Titel noch trug, obwohl mir das Land noch gehörte, fühlte es sich schon lange nicht mehr so an. Tief in mir wusste ich, dass ich nicht mehr würdig war, mich so zu nennen. In meinem Bestreben zu retten, hatte ich alles verloren. In meinem Bestreben zu richten, was nicht zu richten war, hatte ich alle verdammt. Ich hatte schmerzhaft erfahren, dass Liebe blind machte und einen Grausames erdulden ließ. Und dass Menschen die wahren Monster auf Erden waren.

Nicht die Djinn.

Oder vielleicht war auch ich es: das Monster.

Fast bewegungsunfähig, ließ ich meine Hand fahrig an der Wand entlanggleiten, in dem Versuch, mich trotz der Tränen, die meine Sicht verschleierten, voranzutasten.

Zu ihm.

Ihnen beiden.

Mein Herz schlug immer schneller.

Fast hatte ich es geschafft. Fast hatte ich mein Ziel erreicht. Der Schmerz in meinem Inneren explodierte, als meine Anspannung ihren Höhepunkt erreichte. Und plötzlich fragte ich mich, ob ich nicht vielleicht verdient hatte, was mich gleich hinter der Tür erwarten würde, zu der ich so dringend zu kommen suchte.

Weil ich einen Menschen ein Monster aus mir hatte machen lassen.

... als die hundert Karren voll Gold meinen Palast im Jemen verlassen hatten, um in Salomons Palast nach Israel gebracht zu werden.

... als ich tatenlos mit angesehen hatte, was die wiederholt hohen Tributzahlungen mein Volk gekostet hatten. Hunger. Tod. Leid. Verderben.

… als ich schließlich, weil ihm das nicht mehr gereicht hatte, mit ihm vor den Altar getreten war und den Menschen, den ich am meisten auf der Welt hasste, heiratete, um den Mann zu retten, den ich am meisten auf der Welt liebte. Als ich Salomon zum König über Israel und den Jemen gemacht hatte, während ich mein Volk, das ich ebenfalls liebte, verraten hatte.

Wie hatte es so weit kommen können? Wann war ich grausam geworden, während ich doch liebte, so sehr liebte. Den Falschen. Den gütigen Sahr, der von Salomon mit einem Bannring versklavt worden war, lange bevor wir uns kennengelernt hatten. Sahr, der Menschenfreundliche, der Sanftmütige. Der Königsmacher, dessen Liebe zu mir – genau wie meine Liebe zu ihm – die ganze Welt in Gefahr brachte, weil unsere Spezies verfeindet waren.

Deshalb hatte ich mich Salomon unterworfen. Um Sahr zu schützen, um unsere Liebe zu schützen; um unser Geheimnis vor der Welt zu verbergen. Aber ich hatte noch so viel mehr für Sahr getan. Und für mich. Für mich hatte ich das alles ebenfalls getan, auch wenn ich das erst jetzt begriff. Denn ich hatte nicht von ihm lassen können. Wann hatte ich vergessen, dass auch andere liebten. Verletzt wurden.

Gefühle und Gedanken wurden in mir zu einer unkontrollierten Mixtur, jetzt, da ich unter tränenfeuchten Wimpern die offene Tür direkt vor mir sah. Mit Intarsien verziert, die Meereslebewesen und Muscheln zeigte, führte sie in Richtung Meer. Hin zu meinem natürlichen Lebensraum, hin zu meinem Schicksal. Oh, welch Ironie.

Bitterkeit und Stolz ließen mich vor der geschlossenen Tür ein letztes Mal die Schultern straffen. Mit dem letzten bisschen an Willensstärke reckte ich mein Kinn und richtete notdürftig mein verheddertes Gewand. Was auch immer gleich passieren würde: Meine mentale Rüstung war an Ort und Stelle, ich würde Salomon nicht die Genugtuung verschaffen, ihm zu zeigen, dass er mich zerstört hatte.

Gefasst, wie ich dachte, drückte ich die Tür auf und ging hindurch.

Doch als ich mich auf der anderen Seite befand, auf einem aus dem Fels gehauenen Absatz an der rückwärtigen Wand des Palasts, kamen abrupt alle Emotionen in mir zum Stillstand.

Aus den Augenwinkeln sah ich einige Meter entfernt Salomon stehen, der bösartig grinste. Wachen sicherten ihn und einen Haufen kleinerer Steine, ganz als erwartete er, von mir angegriffen zu werden. Was lächerlich war. Denn ich konnte meinen Blick nicht mehr von dem mir nur allzu bekannten riesigen grauen Felsbrocken lösen, der sich vor Salomon auf einem hölzernen Gestänge befand und den gerade zwei Palastwachen mit großen Stöcken von dem Aufbau zu rollen versuchten – direkt ins offene Meer, das unter dem Felsvorsprung rauschte.

Das Gurgeln des tiefblauen Wassers zog mich in seinen Bann. Dort unten wogten die Wellen und die Gischt schlug gegen die Felsen, während hier oben der Staub in der Luft über dem monumentalen Felsbrocken einen wilden Tanz begann und sich daraus langsam ein flimmerndes Bild formte.

Es war eine Erinnerung, die eindeutig die Handschrift meines Geliebten trug, Sahrs Handschrift. Sahr, der von Salomon in dem Felsen eingeschlossen worden war, ganz wie er es mir immer wieder angedroht hatte.

Darin, die Lichtbrechung zu beeinflussten, war Sahr schon immer gut gewesen. Eine Fähigkeit, die die Menschen beeindruckte, weil sie ihnen magisch vorkam. Leider war es eine der wenigen Djinn-Kräfte, die er besaß. Sahr war zwar ein Marid-Djinn, aber nicht mit allen Kräften gesegnet – wie es sich hingegen bei Abbadon und Iblis andeutete. Sonst hätte er Israel niederbrennen können und wäre nicht in einen Steinbrocken gesperrt worden. Alles wäre anders. Doch wir konnten nun mal nicht beeinflussen, mit welchen Talenten wir geboren wurden. Genauso wenig, in wen wir uns verliebten.

Hier an Land waren Sahr und ich leider mehr oder weniger machtlos. Und ohne Unterstützung, was uns unsere Liebe unmöglich machte, wie Salomon genau wusste. Niemand würde uns helfen.

So stand ich da und durchlebte kummervoll, was Sahr mit letzter Kraft wohl in der Hoffnung in die Luft zeichnete, dass ich es sehen würde. Die Erinnerung an das erste Mal, als wir uns geküsst hatten, nachdem wir es uns so lange Zeit verwehrt hatten; dagegen angekämpft hatten, weil wir Erzfeinde waren und unsere Liebe verboten. Doch mit den Jahren waren wir gierig geworden, hatten Hunderte gestohlene Augenblicke erlebt, reines Glück empfunden – es bereut, aber es nie gelassen.

Das Bild in der Luft flackerte, weil die Wachen fortwährend Druck auf den Stein ausübten. Die Ränder der Erinnerung zerfaserten. Sie verschwammen, als die Staubpartikel auseinanderstoben, aber in meinen Gedanken wurde das Bild nun lebendiger.

Die Szene war so präsent, dass ich die Augen schloss. Geschmack, Geruch und Gefühle von diesem Tag prasselten auf mich ein. Ich erinnerte mich an jedes Detail, obwohl es schon etliche Jahre her war …

Sahrs Lippen schmiegten sich an meine. Warm und weich

strichen sie daran entlang. Er schmeckte herb. Unglaublich gut. Süchtig machend gut.

Nach Sahr und nach Geborgenheit.

Nach Leidenschaft und nach Hoffnung.

Ich stellte das Denken ein und fühlte nur noch, während wir uns den Atem teilten und unsere Körper miteinander verschmolzen. Als wir uns ineinander verloren und aus zwei eins wurde, indes etwas erblühte, das mächtiger war als wir beide: Liebe.

Sahrs Atem auf meinen Lippen war alles für mich. Sein Geschmack wie ein Rausch. Sein rauchiger Geruch ließ mich fast alles vergessen. Der kurze Ausflug in die Vergangenheit nahm mir für mehrere Herzschläge die Sorgen des Hier und Jetzt. Sogar fast den Schmerz, den ich völlig unvorbereitet spürte, als ein faustgroßer Stein mit voller Wucht meinen Körper traf und mich einen Schritt nach hinten taumeln ließ, während ich die Augen aufriss und zusammengekrümmt den Werfer anstarrte: Salomon.

Natürlich.

»Du hast doch nicht gedacht, ich würde ihn ungestraft davonkommen lassen? Ihn verschonen?« Salomon machte ein Handzeichen. Vier Wachen eilten den anderen zu Hilfe und stießen gegen den Felsen, bis der sich bewegte.

Rollte …

Taumelnd wankte ich vor, zu langsam, zu spät, zum leeren Gestänge, zum Abgrund, in den mein Ehemann den Stein mit Sahr hatte versenken lassen … Ein lautes Platschen erklang und Fontänen stoben in die Höhe, als der Stein unten auf dem Wasser aufprallte. Das schreckliche Geräusch hallte noch immer in meinen Ohren nach, als mich der nächste spitze Stein an der Schläfe traf.

Schmerz explodierte in meinem Kopf.

Doch die Qualen in meinem Herzen waren schlimmer. Gebrochen und blutend hatte ich keine Kraft mehr, meine stolze Haltung aufrechtzuerhalten. Die Krone zerrte an meiner geflochtenen Perücke.

Mit einem Ruck rissen die Bienenwachskleckse und schickten eine Feuerspur über meine Kopfhaut, als die malträtierten Stellen brannten. Das Gebilde rutschte scheppernd zu Boden und ich empfand nichts als Erleichterung. Immer mehr von Salomon geworfene Steine trafen mich nun an den Armen, den Beinen und schließlich wieder seitlich am Kopf.

Blut lief mir ins Auge. Gänsehaut schickte mich direkt in die kalte Welt ohne Sahr und in dieser Millisekunde, in der ich vor Trauer gelähmt zögerte, ihm hinterherzuspringen, packten mich Salomons Wachen. Sie fixierten meine Hände und schleiften mich zu ihm. Wo waren sie plötzlich hergekommen?

»Du hast doch nicht gedacht, ich würde dich entkommen lassen?«, fragte Salomon lachend und machte eine scheuchende Handbewegung.

Es klirrte.

Einer seiner Speichellecker hatte die Krone aufgesammelt.

»Ich habe jetzt alles von dir, was ich wollte. Du bist mir sehr nützlich gewesen, genau wie Sahr, aber ich lasse mir von euch keine Hörner aufsetzen«, zischte Salomon. Sein feistes Gesicht lief rot an. »Wenn ich nur daran denke, wie ihr hinter meinem Rücken gelacht haben müsst. Wir ihr euren Spaß hattet, während ihr mich hintergangen habt. Das kann ich nicht dulden!«

Ich war für so vieles in meinem Leben dankbar, aber nichts davon hatte mit ihm zu tun.

»Vielleicht werde ich dich verschonen. Aber nur, wenn du jetzt ehrlich bist. Wo sind sie? Wo hast du die beiden versteckt? Sag es mir!« Salomon nahm drohend einen großen Stein von einem seiner Männer entgegen.

Er wollte mir Angst machen. Aber ich kannte meinen Weg, mein Schicksal. Das Ende von allem, um den neuen Anfang zu schützen. Ich hatte es seit heute Morgen gewusst.

»Sag mir, wo sie sind, dann werde ich gnädig sein«, drängte Salomon.

Ein sarkastisches Lachen stieg halb hustend in mir auf. Mein Ehemann hatte in seinem ganzen Leben keine Gnade gekannt. Und jetzt, da er nicht nur von Sahr und mir wusste, sondern auch unser allergrößtes Geheimnis kannte, bot er mir Gnade an? Dass ich nicht lachte. Es war mir egal, was mit mir geschah. Weil es eben zwei unglaublich gute Gründe gab, um Sahr stillschweigend in den Tod zu folgen. Ich hatte immer die beschützt, die ich liebte – weit über alle Grenzen hinaus –, und das würde ich bis zum letzten Atemzug tun.

Wie hatte Salomon überhaupt all die Jahre glauben können, er wäre der Vater meiner beiden geliebten Söhne, die ich während unserer Ehe geboren hatte? Auch wenn er jetzt Bescheid wusste, würde er sich nie die Blöße geben, öffentlich einzugestehen, dass ich ihm Hörner aufgesetzt hatte, ihn lächerlich gemacht hatte. Und das war gut. Denn niemals durfte bewiesen werden, dass zwei Mischlinge unserer Spezies existierten. Sonst würden Djinn und Mermaids danach trachten, zu vernichten, was nicht in ihr Weltbild passte. Abbadon und Iblis, Sahrs und meine Söhne, die die Welt eines Tages revolutionieren sollten.

»Fahr zur Hölle!«, spuckte ich Salomon unter Schmerz,

mit einem dunkelroten Schwall Blut, entgegen und sah voller Zufriedenheit, wie er wütend den Stein anhob. Ich hatte die beiden im Trubel der Feierlichkeit weggebracht und sicher versteckt, während Sahr Salomon abgelenkt hatte, damit er sie nie finden würde. Bis zu dem Tag, an dem sie bereit sein würden, Salomon zu vernichten – und mit ihm alle Menschen, die wahren Monster auf der Erde. Da war ich mir ganz sicher, besonders als Salomon den Stein nun auf meinen Kopf niedersausen ließ.

KAPITEL 25

DIENSTAG, DER 5. JULI
OBLIVION ISLAND/TANSANIA

Cassidy Dell'Aqua

»Jetzt bricht die düstere Zeit des Untergangs an und zieht sich von den Griechen bis zu den Römern, Abbadon leistet ganze Arbeit«, hörte ich dumpf die Stimme von vorher murmeln. »An der Stelle lassen wir es für heute gut sein.«

Die Stimme meiner Mum?

Keuchend atmete ich aus. Nur langsam wurde ich mir wieder bewusst, wer ich war – Cassidy Dell'Aqua – und dass das gerade ...

Ja, was war das denn bitte gewesen?

In meiner Wahrnehmung schälte sich der Raum mit all den Bildschirmen statt Wänden aus dem Nebel meiner Gedanken und wurde wieder zu meiner Realität. Ich stand immer noch im grünen Lichtkegel. Na ja, hing eher vornübergebeugt darin. Aber ...

Liam!

Mein Blick zuckte zu ihm. Das Kribbeln zwischen uns, das ich schon vorher gespürt hatte, hatte sich zu etwas Tieferem entwickelt: zu einer Verbindung. Zu einem inneren Bedürfnis, einem Band, das unsere Leben zu verknüpfen schien. Spürte er das auch?

Liam stand angespannt im roten Lichtkegel. Er hatte die Hände zu Fäusten geballt, seine Augen waren weit geöffnet. Er sah unversehrt aus, fixierte mich aber derart intensiv, dass ich mich nicht zu blinzeln traute, bis ich es musste.

Wir blinzelten schließlich gleichzeitig und da wusste ich, dass er es auch spürte.

Langsam nickte er mir zu.

Ich nickte noch langsamer zurück, völlig verwirrt von dem, was gerade geschehen war. Mit der Königin. Mit dem Merman. Mein Herz klopfte viel zu schnell in meiner Brust und mir war gleichzeitig kalt und warm. Es war mir alles so echt vorgekommen. War das wirklich passiert? Wenn ja, musste es mehr als ...

»Wir sind dann hier fertig. Ich werde euch die Elektroden abnehmen, das könnte ein bisschen wehtun«, warnte uns die honigblonde Mitarbeiterin im weißen Kittel, derer ich mir erst jetzt wieder bewusst wurde.

Ich starrte sie an, wollte laut lachen. Wir waren dann fertig? Es würde ein bisschen wehtun? Kein Problem, das war vermutlich nichts gegen den Schmerz der Königin von Saba, den ich eben empfunden hatte und der immer noch dumpf in meiner Brust nachhallte. Weshalb ich mich im wahrsten Sinne des Wortes fertig fühlte. Der Schock über das Erlebte saß mir tief in den Knochen.

Dreißig, vierzig weitere Sekunden lang konnte ich überhaupt nicht sprechen und ließ sie ruhig die Elektroden von mir abziehen, während ich die zwei anderen Mitarbeiter beobachtete, die unverändert mit dem Rücken zu Liam und mir standen; deren Handbewegungen aber immer langsamer wurden. Erst nach einiger Zeit, als die Mitarbeiterin im weißen Kittel von mir zu Liam trat, realisierte ich, dass Tränen heiß und nass meine Wangen hinabrannen und ich viel zu schnell atmete, weil verspätet Panik in mir aufstieg.

Nachdem auch Liam von den Elektroden befreit war, schüttelte er sofort unwirsch die Hände der Mitarbeiterin ab und trat zu mir, so nah, dass er schützend den Arm um mich legen konnte. Meine Tränen waren mir plötzlich peinlich. Liam fokussierte sich aber gar nicht weiter darauf, stattdessen zuckten seine Augen wild hin und her und ich hatte das Gefühl, dass seine Umrisse wieder verschwammen.

Hatten der Mann und die Frau an den Bildschirmen das alles gesteuert? Uns gesteuert?

Ich wollte danach fragen, aber ich konnte nicht.

Liam war da nicht so zimperlich. Fast knurrend fragte er: »Was zum Teufel habt ihr uns gespritzt?« Seine Oberlippe zuckte zurück, seine Zähne bleckten sich und ich sah, wie Angst über die Züge der Mitarbeiterin bei uns huschte, während sie sofort einen Schritt nach hinten machte und die Hände beschwichtigend hob.

»Ein Proteinmolekül, Opsin. Und einen chemischen Stimulator, um die Erinnerung leichter zugänglich zu machen«, haspelte sie. »Nichts davon ist schädlich.«

Liam wirkte trotzdem erschüttert. »Was war das für ein Experiment?« Seine Stimme peitschte durch den Raum. Scharf und fordernd. Es lag die Selbstsicherheit von jemandem darin, der es gewohnt war, dass ihm gehorcht wurde.

Mein Körper schob sich unwillkürlich näher an seinen, suchte Schutz. Die Art, wie seine Hand hauchzart und beruhigend über meinen Rücken strich, stand ganz im Gegensatz zu der Aggression, die er gegenüber der Mitarbeiterin ausstrahlte, zu der sich nun die anderen beiden gesellten.

»Neurowissenschaft. Die Methode heißt Optogenetik«, sagte der Mann und machte mutig einen Schritt nach vorne, auf Liam und mich zu. »Nerven werden dabei mithilfe eines Lasers stimuliert. Der große Vorteil ist, dass es berührungs- und verletzungslos eingesetzt werden kann und natürlich selektiv. Licht kann sich zudem sehr schnell bewegen und eine große Anzahl von Neuronen in Echtzeit miteinander kommunizieren lassen.«

»Damit das funktioniert, müssen aber gewisse Hirnareale bereits aktiv sein«, übernahm die zweite Frau nun das Sprechen. »Wir müssen also wissen, wo die Erinnerung sitzt – dabei greift der Stimulator, den Eden entwickelt hat. Das Proteinmolekül hilft dann beim Einsetzen des Lasers, es reagiert, wenn Licht darauf trifft.«

Das klang zwar alles irre, aber schon nicht mehr so furchterregend. Es war erklärbare Wissenschaft. Mein Herzschlag beruhigte sich etwas.

»Sie haben Bereiche in unserem Hirn stimuliert?«, fragte Liam nach.

»Ja.«

Jetzt, da meine Aufregung sich legte, wollte auch ich es verstehen. »Also ... Sie sind Neurowissenschaftler und haben ein Muster aus Laserpunkten projiziert, das irgendwie mithilfe von zwei Substanzen eine ... Erinnerung in uns zum Leben erweckt hat?«, fasste ich zaghaft zusammen.

»Na ja, eher andersrum. Aber ja. Mit Laserpunkten, die von Computeralgorithmen gesteuert werden.«

»Aha.« Liam wirkte nicht überzeugt. »Und woher soll die Erinnerung kommen? Wenn sie den gleichen Film gesehen haben wie ich, endet alles in Tod und Verderben. Vor mehreren Tausend Jahren. Und meine jungen Wangenknochen kamen dabei nicht so richtig zur Geltung.« Sein Sarkasmus war unüberhörbar. Er sprach aus, was ich ebenfalls dachte: Das können unmöglich meine Erinnerungen gewesen sein.

Ich grinste zwanghaft, weil alles auf die leichte Schulter

zu nehmen viel einfacher war, als sich mit dem eben Gesehenen auseinanderzusetzen.

»Nun, sie steckt in eurer übernatürlichen DNA.« Der Mann sah uns bedeutsam an. »Sie wird vererbt, wie euer Bauplan, wenn ihr so wollt.«

»Also ich will hier nur noch raus«, murmelte Liam. »Cassidy?«

»Ja.« Ich nickte. »Ich habe auch genug gehört.« Was auch immer die drei uns noch erzählen konnten, ich musste das eben Gehörte erst mal verdauen. Herausfinden, was das für mich oder vielleicht sogar für uns bedeutete. Welche übernatürliche DNA dann Liam besitzen ...

»Bitte folgt mir«, sagte die honigblonde Mitarbeiterin eine Spur zu schnell und zu erleichtert und führte uns eilig durch die Schleuse, aus dem Raum, den Gang hinunter und über weitere Gänge zurück, zum Vorraum des Headquarters. Ganz, als rechnete sie jeden Moment doch noch mit einem Angriff von Liam.

Wie von selbst hatten sich im Laufen seine und meine Hand gefunden. Es war ein Aneinander-Festhalten, zumindest von meiner Seite aus. Ein Im-Schock-vereint-Sein und ein Gemeinsam-einsam-die-nächsten-Minuten-Durchstehen.

»Der Vorteil von Ultrafast-Lasern besteht darin, dass sie einzelne Neuronen selektiv anregen können, der komplexe Effekt nennt sich dann Multiphotonen-Anregung«, erläuterte Mum gerade den anderen vier, die zwar auch ziemlich erledigt beim Eingang um sie herumstanden, aber keinesfalls so erschüttert wie Liam und ich wirkten.

Hatten sie das eben nicht gesehen? Mussten sie doch oder, schließlich war ich auch in Okuzas und Chris Erinnerung eingetaucht?

»War das … War das alles wahr?«, unterbrach ich Mum in ihren Schilderungen und stellte die Frage, die mir, seit Liam und ich den Versuchsraum verlassen hatten, auf der Seele brannte.

Mum drehte sich zu uns, genau wie die anderen. Ich spürte ihre Blicke auf unseren verschränkten Händen.

Stille trat ein.

»Ja«, entgegnete Mum schließlich mit undeutbarer Miene.

Gwen sah traurig aus. »Bei mir hat es nicht funktioniert.«

»Sei froh«, sagte ich tonlos. Eine verfluchte Geisterbeschwörung war das hier!

Liam drückte meine Hand.

»Bei mir war es irgendwie auch nur ganz blass«, maulte Shey.

»Noch, meine Liebe«, sagte Mum geheimnisvoll. »Okuza, Christos, Cassidy und Liam haben uns heute an den Erinnerungen ihrer Vorfahren teilhaben lassen. Damit hat bei unserem optogenetischen Experiment ein Team einen Punkt erhalten und der aktuelle Zwischenstand liegt bei zwei Punkten für Cassidy und Liam sowie je einen Punkt für Gwendolyn und Christos und für Shenaya und Okuza«, zog sie ein Zwischenfazit.

»Aber … Ist es denn überhaupt möglich, dass ich diese Erinnerungen hätte sehen können?«, fragte Gwen. »Als äh … Mensch. Mir scheint in unserem Team konnte nur Chris was sehen, oder? Liam scheint ja auch nicht äh … so wie ich zu sein. Damit ist die Punktevergabe doch ein wenig unfair?«

Mann, war Gwen scharfsinnig!

»Ja. Und nein. Und nein«, entgegnete Mum kurz angebunden. »Drei Fragen, drei einfache Antworten. Bitte keine weiteren Fragen dazu.«

Gwen runzelte irritiert die Stirn.

Okuza musterte interessiert Liam.

»Ich hab eine andere Frage: Wo ist die Krone jetzt?«, wollte Shey von Mum wissen. »Die hab ich gesehen und diese Steine sahen echt krass aus!«

»In einem Tresor«, erwiderte Mum zur allgemeinen Verblüffung.

»Vielleicht darfst du sie mal halten, wenn du lieb bist«, foppte Gwen, die über Mums Antwort nicht allzu böse zu sein schien.

»Wirklich, Tante Eden?« Shey setzte einen Dackelblick auf.

»Mal sehen, jetzt fahrt ihr erst mal zurück, nach Mermaid Island und ruht euch aus. Ich habe hier noch zu tun. Morgen starten wir erst zur Mittagszeit.«

Dann war Mum weg.

»Du guckst auch wieder nur auf den materiellen Shit«, brummte Okuza seine Schwester an.

»Cass doch bestimmt auch«, verteidigte sich Shey, die wie fast alle hier meine Vorliebe für Glitzerndes kannte.

»Tja, so sind die Frauen«, brummte Chris. »Deshalb haben sie auch immer tonnenschwere Koffer.«

»Hey!«, riefen Gwen und ich unisono, weil das ja nun auch nicht stimmte. Na ja, nicht universal.

»Chris, nimm dir bitte ein Beispiel an Liam«, wies ich ihn zurecht. »Der weiß, wann man schweigt.«

»Ach ja. Also fast immer?«, fragte Chris spitz, dem wohl die gleiche Laus wie Okuza über die Leber gelaufen war. Mir ja auch. Und Liam. Trotzdem hatten wir uns im Griff. Na ja, zumindest die meiste Zeit, wenn ich an Liams kurzen Ausraster von eben dachte. Ich seufzte.

Liam räusperte sich, als wüsste er nur zu gut, was mir

durch den Kopf ging. Irgendwie sagte das mehr als alle Gesten und schönen Worte.

Ich drückte seine Hand.

Chris wackelte prompt, fast schon wieder vergnügt, mit den Augenbrauen. Mein Bruder war schlimmer als Kai aus der Kiste.

Gwen knuffte ihn in den Arm. »Komm jetzt!« Sie zog ihn mit sich zur Eingangstür.

Wir anderen vier folgten den beiden mit etwas Abstand.

Was für ein verrückter Tag. Und am Ende waren wieder alle sauer auf Mer-Momager. Es war also alles wie immer.

Wieder an Bord der Blue Bell gab uns Mario unsere Habseligkeiten zurück und wir Teams verteilten uns auf dem Oberdeck, während die Jacht auch schon in See stach, um uns nach Mermaid Island zu bringen.

Liam stellte sich direkt neben mich.

Gemeinsam schauten wir auf das ruhige Meer um Oblivion Island und die vielen kleinen Inseln ringsum. Gelb. Grün. Fröhlich unberührt. Normal. Alles wirkte wie bei unserer Ankunft vor wenigen Stunden. Selbst die verdammten Lachmöwen kreisten wieder über der Jacht. Doch fühlte sich der Blick auf all das nun seltsam für mich an. Die Möwenschreie klangen hohl in meinen Ohren; ich fühlte mich distanziert.

»Ich versuche zu verstehen, was gerade passiert ist«, murmelte ich schließlich, »warum Mum das gemacht hat. Was sie gemacht hat?«

»Ist das nicht offensichtlich?« Liam klang fast gelangweilt. Wieder ganz der düstere Bad Boy lehnte er lässig neben mir und rückte seine Sonnenbrille zurecht. Doch das leichte Zittern seiner Hände, verriet mir, dass es ihm nicht halb so egal war, wie er tat. Dass die harte Schale etwas verbarg, das es weiterhin zu entdecken wert war. Genau wie meine Intuition mir schon seit unserem ersten Aufeinandertreffen sagte. Wäre da nur nicht … die Erinnerung der Königin von Saba, die an mir nagte.

»Ist es das, offensichtlich?« Wenn er das fand, gab es eigentlich nur eine Erklärung. »Woher kommst du?«, entwich es mir mit einem Zischen, als ich die Erkenntnis endlich zuließ. Ich packte ihn, von innerer Unruhe getrieben, fester als ich sollte, an den Oberarmen.

»Kenia«, flüsterte er, fast betreten und wehrte sich nicht.

»Kenia«, wiederholte ich wütend, während ich ihn losließ und die roten Handabdrücke auf seinem Bizeps betrachtete. Sie würden gleich wieder verschwinden und es tat mir nicht leid. In diesem Augenblick empfand ich nur noch Verachtung für ihn – und für mich. »Was für ein Zufall«, fauchte ich.

»Wohl eher nicht«, murmelte Liam trocken und beobachtete mich.

»Du bist ein Djinn!«

Er hatte von Anfang an Bescheid gewusst! Was er war, was ich war. Und jetzt, jetzt wusste ich es auch und es zerriss mich innerlich. Kenia war die Heimat des einzigen Clans, der es je geschafft hatte, ein Urwesen zur Strecke zu bringen. Ein Clan, der mit den Mermaids seit jeher verfeindet war. Ein Marid-Djinn-Clan, von dem jedes Wandlerkind gehört hatte, weil er der mächtigste der Welt war. Und Liam war der Erbe …

»Weiß Mum das?!«

»Klar.«

Wollte Mum mich etwa mit dem Feind verkuppeln? Einen Pakt mit den Djinn schließen und so das Problem mit unserem rebellierenden Unterhändler lösen? Ein Djinn auf Mermaid Island! Es hatte Anzeichen gegeben, aber ich hatte sie bis jetzt ignoriert, hatte es einfach nicht für ernsthaft möglich erachtet. War Mum wahnsinnig?

»Weiß Chris es?«

»Ja.«

Selbstverständlich. Das war der Grund für sein Gestotter gewesen. Und ich hatte geschlussfolgert, er wäre eventuell in Liam verliebt.

Ein verletztes Lachen perlte aus mir. Das bittere Gefühl, nicht nur von meiner Mum verraten worden zu sein, sondern auch von Christos, war niederschmetternd. Bisher hatte ich mich immer auf meinen Bruder verlassen können. Und nun das. Enttäuschung und Hilflosigkeit verknoteten sich in meinem Magen und schürten das unbändige Verlangen in mir, etwas zu zerstören, egal was. Ich fühlte mich zutiefst verraten.

»Also war ich die ganze Zeit die Einzige, die nichts davon wusste?«

Ich wartete Liams Antwort gar nicht erst ab. Mit voller Kraft trat ich gegen die hölzerne Bank neben uns. Holz splitterte. Das Geräusch wurde vom Aufschlagen einer größeren Welle am Bug geschluckt. Der Groschen hätte eigentlich viel eher fallen müssen. Ich konnte mir das nur damit erklären, dass ich nach dem Erwachen aus den albtraumhaften Erinnerungen unter Schock gestanden und es deshalb nicht direkt verstanden hatte.

»Na ja.«

Ich trat noch mal zu. Liam hielt mich nicht auf.

»Wie hast du das mit den Fischen gemacht?«

»Ich kann die Lichtbrechung beeinflussen. Wie Sahr, wenn's um meine unmittelbare Umgebung geht ... und darüber hinaus durch Verwandlung. Ein bisschen Rauch – eine fast unsichtbare Winzigkeit, eine geschickte Djinn-Teilverwandlung und Dehnung –, schon war die Projektion, die deine Mutter technisch drübergelegt hatte, im Eimer. Evolution schlägt Technik.«

Ich wollte auch was schlagen.

Richtig heftig.

Nicht nur treten.

»Cassidy.« Liam sagte meinen Namen ganz sanft. Irgendwie machte es das aber noch schlimmer. Sein Verständnis für meine Wut, dass er überhaupt noch da war. Sollte er nicht – keine Ahnung – der irre lachende Schurke sein, der episch davonstiefelte, während alles um ihn herum lichterloh in Flammen aufging und er die Welt abzog? Waren Djinn nicht so? Und wäre das jetzt nicht der passende Moment?

Ich schwankte, weil es mir einfach alles zu viel wurde. Ja, wir kannten uns erst seit Kurzem und vervollständigten unsere Sätze noch nicht gegenseitig, aber da war etwas zwischen uns. Doch nun, da ich wusste, wer Liam wirklich war, fühlte sich dieses Etwas wie Verrat an. Warum musste der Erste, dem ich nach Dads Tod mein Herz wieder ein bisschen geöffnet hatte und weiter hatte öffnen wollen, ein Djinn sein? Selbst wenn die Erinnerung der Königin gezeigt hatte, dass Feinde nicht Feinde sein mussten, sondern auch Liebende sein konnten, musste man doch nur einen Blick auf das tragische Ergebnis ihrer Beziehung werfen, um zu wissen, dass das eine ganz schlechte Idee war.

Besonders, als Liam leise sagte: »Ich bin nicht *so* ein Djinn.«

»Ach, was für ein Djinn bist du denn?«

»Ein guter.«

»Ein guter? Das gibt's?«, fragte ich ironisch, während die Blue Bell ihre Geschwindigkeit verringerte und Kurs auf den Anleger von Mermaid Island nahm.

»Find es doch heraus, Cassidy.«

Das hatte ich schon mal gehört – von meinem Bruder. Die beiden waren wohl ziemlich beste Freunde: Ein Merman und ein Djinn, wie hatte das nur passieren können?

KAPITEL 26

MITTWOCH, DER 6. JULI
MERMAID ISLAND/TANSANIA

Cassidy Dell'Aqua

An Liam zu denken war …

Glückseligkeit und Schmerz.

Notwendigkeit und Gleichgewicht verlieren.

… mit jedem Atemzug.

Gedanken an Liam waren wie eine Wunde, die juckte. Auf meinen Gefühlen für ihn hatte sich eine Kruste gebildet, an der ich unbedingt kratzen wollte, es aber gleichzeitig nicht wollte, weil ich wusste, dass ich nicht durfte, nicht sollte – und es eigentlich auch gar nicht wirklich wollte. Weil es besser für mich war, alles verheilen zu lassen, statt alles wieder aufzureißen.

Alles wieder zuzulassen.

All die Gefühle für jemanden.

Alles wieder zerbrechen zu sehen wie bei Dad.

Allem voran mich.

Ich wollte nicht tiefer verletzt werden, wollte nicht die Kontrolle verlieren. Über mich. An Liam. Doch wen interessierte schon, was ich wollte? Offensichtlich nicht mal meinen eigenen Körper.

Mein Herz siegte über meinen Verstand oder eher der Wahnsinn über den Selbstschutz und ich musste …

»Cassidy, bist du endlich fertig? Ich hab Hunger!«

… mit meiner besten Freundin zum Frühstück. Gwen, bei der ich Rat gesucht hatte und die es spannend fand, dass

Liam ein Djinn war. Und sich, O-Ton: ›Ein bisschen an Romeo und Julia erinnert fühlte, deren Familien ja auch verfeindet waren.‹ Nur, dass Romeo und Julia A) nicht mit dem Feind angebandelt hatten, während alle anderen wussten, dass sie verdammt noch mal mit dem Feind anbandelten, und B) die Capulets und Montagues keine Gestaltwandlerspezies waren, die als einflussreichste Mafiafamilien der Gegenwart die Geschicke der Erde beeinflussten, was dem Ganzen bei Liam und mir einen etwas explosiveren Touch gab – but no pressure –, und ich es C) nicht sehr erquicklich fand, dass Romeo und Julia am Ende beide Selbstmord begingen.

Ne, auf diese völlig verdrehte romantische Geste konnte ich gut verzichten. Wie konnte jemand das überhaupt romantisch finden? Vor allem, weil die beiden doch superjung gewesen waren und deren Romanze irgendwie auch nur drei bis vier Tage gelaufen war. Jedenfalls bewies das in meinen Augen nur, dass es absolut gar keine gute Idee war, wenn Erzfeinde sich aufeinander einließen. Wann war das bitte jemals gut gegangen? Und wie war ich eigentlich Liam so nahegekommen, um mich jetzt an ihm zu verbrennen? Vielleicht war das der Punkt: Gefühle waren nicht logisch – und führten einen direkt ins Verderben …

»Cassidy?«

»Gleich«, antwortete ich Gwen genervt, dann fuhr ich mir schwungvoll ein letztes Mal mit der Bürste durch mein langes Haar. Erst, als auch die letzte blonde Strähne seidig auf meine Schulter fiel, legte ich die Bürste auf den Waschtischrand ab. Kritisch überprüfte ich im großen Spiegel darüber noch mal mein Aussehen. Makelloser Teint, weißes Tanktop, Blazer und Shorts in Mintgrün. Ich wackelte mit den Zehen in den weißen Flipflops. Ja, das war okay, das würde so gehen. Natürlich hatte ich das nur für mich überprüft. Das hatte nichts damit zu tun, dass wir auf Chris und Liam treffen könnten, rein gar nichts.

»Kommmeee!«, rief ich und schnitt mir selbst eine Grimasse. Augenrollend – weil nicht mal ich den Bullshit glaubte, den ich mir einzureden versuchte – riss ich die Tür auf und ...

... stieß prompt fast mit Gwen zusammen.

»Kannst du nicht aufpassen?«, grummelte meine beste Freundin. Durch die aufgeregten Handbewegungen, die ihre Worte begleiteten, bauschte sich ihr wadenlanges Rüschenkleid. »Weißt du eigentlich, wie lange ich mir hier schon die Beine in den Bauch stehe?« Ihr Gesicht verzog sich vor rechtschaffener Empörung.

Ich konnte nicht anders, ich grinste. »Kannst du nicht sagen, dass du Hunger hast, bevor du nicht mehr du bist?« Ihre Reaktion war so vertraut. Fast wohltuend. Ein Stückchen Normalität inmitten des Chaos.

»Ha ha.« Sie zeigte mir wenig begeistert den Vogel. »Aber, wenn du da drin ein Snickers versteckst, sag's mir lieber gleich!«

»Äh ...« Ich lachte. »Bedaure.« Kein Stück. Obwohl, vielleicht doch? »Nein.«

»Dann jetzt avanti, avanti.« Gwen klatschte zackig in die Hände. »Nur falls du es noch nicht wusstest: Ich hab Hunger!«

»Wusste ich«, sagte ich trocken und machte schnell ein paar Schritte zur Zimmertür hin.

Gwen folgte mir.

»Oder hätte ich lieber sagen sollen: Neee echt, duuu hast Hunger?«, neckte ich sie. »Hätte ich ja gar nicht vermutet, bei deiner prallen Laune.« Vorsichtig tastete ich hinter mir bereits nach dem Griff der Tür, um meinen Fluchtweg zu planen – jetzt da ich den sprichwörtlichen Tiger reizte.

»Nur, weil du mich verhungern lässt!« Prompt kam ein Zierkissen geflogen, das sich Gwen im Laufen geschnappt hatte.

Doch damit hatte ich gerechnet.

Ich riss die Tür auf und duckte mich unter dem fliegenden Kissen, das auf den Gang hinaus segelte, weg. »So nicht, Madame. So nicht!«, rief ich lachend, sprang anschließend über das Kissen am Boden und flüchtete den Gang hinunter, in Richtung Aufzug. Ich blickte nicht zurück, das trappelnde Geräusch von Gwens schnellen Schritten zeigte mir auch so, dass sie mir folgte.

Genau in dem Moment, in dem sie bei mir ankam, öffnete sich das goldene Gitter vor mir.

In einhellig lächelnder Stille betraten wir die Aufzugkabine.

Innen sagte Gwen selbstbewusst: »Bitte zur Küche.«

Natürlich sagte sie ›Bitte‹. Nicht wie alle anderen einfach nur ›zur Küche‹ oder ›Küche‹. Nein, Gwen war selbst zum Aufzug höflich. Bei der Feststellung schienen meine Lippen ein Eigenleben zu entwickeln, als sie sich deshalb zu einem immer breiteren Lächeln verzogen. Dann fing ich Gwens Blick auf.

Sie schmunzelte.

Der Aufzug setzte sich in Bewegung.

Und wir brachen plötzlich in ein Lachen voller Fröhlichkeit, Einigkeit und blindem Verständnis aus. Denn das hier waren noch immer wir, egal was passierte. Zwei, die gemeinsam Sinn ergaben – und daran würde kein Unsinn dieser Welt etwas ändern. Manchmal kam es mir gar so vor, als könnten Gwen und ich alles – was auch immer um uns herum passierte – für eine Weile vergessen, wenn wir nur zusammen waren.

Noch immer giggelnd tappten wir in die Küche, wo uns Joyce, die mit einem großen Topf und mehreren Kellen hantierend hinter der weißen Kücheninsel stand, erwartete.

»Na, haben die Damen so spät am Vormittag auch noch den Weg in die Küche gefunden?«, zog sie uns auf.

Gwen und ich schlenderten gut gelaunt bis zu ihr.

»Sicher«, sagte Gwen derweil unbeeindruckt. »Wir wären auch schon früher gekommen, wenn Cass nicht so ewig im Bad gebraucht hätte. Ehrlich, Joyce, ich war kurz davor, die Möbel anzuknabbern.«

»Ja ja. Gib ruhig mir die Schuld.« Vielleicht sollte ich das mit Yin und Yang noch mal überdenken, gleich nachdem sich der Boden aufgetan und mich vor Joyce unübersehbar fragendem Blick gerettet hatte.

Zum Glück beließ sie es bei dem Blick und erwiderte, an Gwen gerichtet: »Kluger Schachzug, es nicht zu tun. Das meiste hier hat Dekaden auf dem Buckel, da weiß man nie, was schlimmer ist: Die Holzwürmer oder die Splitter, die man sich möglicherweise einfängt. Ab und an gibt's auch noch Termitenbefall, aber Insekten sollen ja immerhin nahrhaft und eine hochwertige Eiweißquelle sein.«

»Äh«, machte ich blinzelnd.

Joyce seufzte theatralisch. »Gebackene Banane?«, fragte sie dann und angelte aus der sprudelnden Flüssigkeit in dem Topf vor ihr mit einem Löffelsieb mehrere von einer goldbraunen Kruste überzogene Stückchen, die sie auf einen Teller gab. »Mit Honig?«

»Oh jaaa!« Gwens Gesicht erhellte sich. »Wie das duftet!«

»Viel besser als Holzwürmer, Splitter und Insekten, was?«, feixte ich. »Für mich bitte auch eine Portion«, bat ich Joyce, die Gwen inzwischen schon einen gut gefüllten Teller aushändigte.

»Aber gerne doch.« Joyce griff nach einem frischen Teller.

Gwen wandte sich dem Esstisch zu. »Bin da drüben, wenn du mich suchst.«

Ich nickte grinsend. So groß war die Küche jetzt auch nicht.

Joyce hielt mir meine Portion hin. »Eigentlich waren die fürs Mittagessen gedacht«, kommentierte sie gedankenverloren. »Ich wollte noch Reis und Fisch dazu kochen. Aber wenn ihr sie jetzt alle wegfuttert, muss ich mir wohl was anderes einfallen lassen.«

Sie schnappte sich ein Kochbuch von der Anrichte und setzte sich zu Gwen an den Esstisch. Ich gesellte mich mit meinem Teller ebenfalls zu den beiden.

Stille trat ein, als Gwen und ich die Bananen in uns reinschaufelten und Joyce, statt das Buch aufzuschlagen, nachdenklich das Bild von Dad betrachtete, das unverändert an der Wand hing.

»Ich hatte heute Nacht einen echt komischen Traum«, murmelte Gwen schließlich, nachdem sie in Blitzgeschwindigkeit die letzte Banane verschlungen hatte. »Ich meine, sonst träume ich nie … Aber das hat sich so real angefühlt.«

Beunruhigt blickte ich von meinem Teller auf. Vielleicht hatte das chemische Zeug, das sie uns auf Oblivion Island gespritzt hatten, bei ihr doch irgendwas ausgelöst, nur später?

»Waff haffstt du denn geträumnhhd?« Ich war noch nicht mal halb durch mit meiner Portion und hatte mir gerade eine neue Banane in den Mund geschoben.

Gwen zuckte ratlos die Achseln. »Ganz genau weiß ich es nicht mehr. Ich hab das Gefühl, je länger ich wach bin, desto stärker verblasst die Erinnerung. Aber … Der Traum hat sich immer wieder wiederholt, das weiß ich noch genau. Es war dunkel. Ich hielt mit beiden Händen eine Art großen Topf, der mit leuchtendem Wasser gefüllt war. Darin schwamm ein kleiner Fisch. Die Luft schmeckte nach Salz. Und ich stand bis zu den Hüften im Meer. Wellen schlugen mir bis zur Brust.« Sie verstummte. »Oh weh, das klingt echt verrückt.« Hilfe suchend blickte sie Joyce an.

»Vielleicht ein bisschen«, beschwichtigte Joyce sie, während ich weiter auf meiner Banane herumkaute, um endlich einen freien Rachen zu bekommen, »aber Träume müssen ja nicht realistisch sein. Meistens versucht unser Unterbewusstsein, damit irgendetwas zu verarbeiten oder es verknüpft Gedanken, die uns beschäftigen, miteinander, weil unser Hirn Zusammenhängendes viel besser einordnen und ablegen kann. Es ist ein bisschen, als würdest du verschiedene Unterlagen auf deinem Schreibtisch erst sortieren, damit du sie dann viel schneller den richtigen Schubladen zuordnen kannst. Simsalabim, die Tischplatte ist frei und der Vorgang abgeschlossen.«

»Mhm«, machte Gwen.

»Simsalabim?«, feixte ich, nun mit leerem Mund.

»Hat bei deinem Bruder immer funktioniert, als er klein war«, sagte Joyce grinsend. »Simsalabim. Na ja, und dass er sich nach dem Aufräumen etwas zu essen wünschen durfte.«

»Das glaub ich gern.« Ich lachte und spießte die nächste Banane auf. »Lass mich raten: Rainbow Grilled Cheese Sandwiches. Sag nicht, deshalb gab es die schon immer so oft?«

»Nun …« Joyce bekam rote Wangen.

»Jetzt beginne ich zu bereuen, dass ich immer aufgeräumt habe, ohne bestochen werden zu müssen. Hätte ich das mal eher gewusst …«

»… hätte ich zwei Simsalabim-Monster geschaffen.« Sie lachte. »Und wir hätten womöglich nur noch Cheese Sandwiches gegessen, dann hätte mein Erziehungstrick irgendwann nicht mehr funktioniert.«

»Der Fisch bat mich ständig, ihn vor dem Meer zu retten«, unterbrach Gwen unser Gefrotzel gedankenverloren. »Er versprach mir dafür, alle vor einer Sintflut zu bewahren. Und solange er klein war, war das kein Problem. Ich hielt einfach den Topf. Ganz fest. Doch er wuchs und wuchs und wurde immer schwerer. Irgendwann war er zu groß für den Topf. Obwohl das fast schon ein Kessel war, aus Gusseisen, verziert mit weißen Sternbildern.«

»Und dann?«, fragte Joyce interessiert.

»Konnte ich den Topf nicht mehr halten und er ist ins Meer geplumpst, mit dem Fisch. Ich war furchtbar erschrocken und hab ihn sofort aufgehoben. Aber der Fisch war schon weg; ist einfach weggeschwommen, nehme ich an. Ich hab ihn gesucht, doch es war dunkel und ich konnte ihn nicht wiederfinden.« Gwen schüttelte sich, als wollte sie damit die letzten Reste des Traumes gleich mit abschütteln. »Ich hoffe, wir werden heute von keinem Tsunami weggespült.«

Joyce und ich starrten sie an.

Hallo, Grusel-Zone.

»Äh … Nein, bestimmt nicht«, versicherte ich Gwen schnell und steckte mir das bereits vorher aufgespießte Stück gebackene Banane in den Mund. Der Geschmack des cremigen Honigs vertrieb ihre schon irgendwie unheimlichen Worte.

»Also Gwen, ich bin keine Expertin«, meinte Joyce nach

einigen Sekunden, »aber ich denke, dein Unterbewusstsein will dir mit diesem Traum sagen, dass du sehr an etwas hängst, dass du gehen lassen willst. Und dass du es nicht aufgeben solltest. Gibt es so was?«

»Vielleicht ... ich weiß nicht.« Röte überzog plötzlich Gwens Wangen.

Ging es um Chris? War er der Fisch? Ich grinste breit. Ohhh, wenn er wüsste, das würde ihm gar nicht gefallen. Mein Bruder, ein kleines Fischchen in einem Topf. Ich hustete einmal belustigt.

Joyce war aber noch nicht fertig: »Womöglich bedeutet der Traum aber auch genau das Gegenteil: dass du etwas gehen lassen solltest, das du nicht gehen lassen willst?«

Jetzt konnte ich mich nicht mehr zurückhalten. »Danke, Joyce, für deine Nichthilfe. Diese küchenpsychologische Auslegung sagt ja alles und nichts.« Ich prustete los.

»Nicht so frech, Cassidy Dell'Aqua. Sonst bekommst du keinen Nachtisch!«

Ich verstummte abrupt. »Es gibt Nachtisch?«, fragte ich mit leuchtenden Augen.

»Für dich nicht.« Gwen grinste siegessicher.

»Da hast du es gehört«, sagte Joyce.

»Gwen, du kannst mir doch nicht einfach so in den Rücken fallen«, stöhnte ich. Schon wieder.

»Tja, freudige Meldung: Ist sie nicht, es hätte sowieso keinen Nachtisch gegeben.«

Als Gwen und ich Joyce daraufhin verblüfft anstarrten, gluckste sie zufrieden, bevor sie sich erhob, um wieder zu ihrem Topf auf dem Herd zu marschieren, weil die Jungs gerade in die Küche schlappten. Beide grüßten Joyce mit Küsschen rechts, Küsschen links auf die Wange. Die Schleimer.

»Ihr Süßen«, gurrte sie.

Ich rollte mit den Augen, anschließend aß ich stumm die Reste meiner Bananenportion auf, während ich es vermied, zu Liam zu schauen. Stattdessen lauschte ich gemeinsam mit Gwen, wie Chris Joyce etwas von der Quadfahrt erzählte, die er und Liam heute schon gemacht hatten. Quer über die Insel, bis zur Grotte mit dem kleinen Wasserfall.

Gerade als ich fertig mit Essen war, kamen die beiden mit Tellern voll gebackener Bananen und Honig zum Tisch, jeder eine Tasse in der freien Hand. Wie selbstverständlich schob Chris das Kochbuch beiseite und setzte sich neben Gwen – und Liam sich neben mich. Das verkomplizierte das Ignorieren ein wenig.

Schlagartig fiel mir das Atmen schwer und hundert Ameisen schienen gleichzeitig unter meiner Haut entlangzulaufen. In verschiedene Richtungen. Man, war das verwirrend.

»Hey Gwen, Schwesterherz«, grüßte Chris.

»Hi«, brummte Liam.

Seinen durchdringenden Blick konnte ich geradezu auf meiner Haut spüren. Ich wollte etwas sagen, zu gestern ... Warum ich ...

»Hi«, murmelte ich stattdessen, blickte auf und sah, wie etwas in seinen Augen erlosch. Das versetzte meinem Herz einen Knacks, der noch größer wurde, als er seine gesamte Aufmerksamkeit seinem Teller widmete und nicht mehr aufsah. Dabei war es doch das, was ich wollte, oder? Oder zumindest, was ich wollen sollte ...

»Hallo Chris, hi Liam«, flötete Gwen, deren Stimmung genau wie meine eine Hundertachtziggradwende genommen zu haben schien – nur in die entgegengesetzte Richtung. »Was habt ihr da in den Tassen?«

»Kaffee, willst du?«, bot Chris ihr sofort an und manövrierte bereits seine Tasse über den Tisch.

Uh, waren die beiden goldig.

Heimlich beobachtete ich nun doch Liam dabei, wie er einen Schluck von seinem Kaffee nahm. Den er mir nicht angeboten hatte. Eventuell weil ich nicht gefragt hatte. Eventuell auch wegen allem, was gestern und eben war. Oder weil er nicht wollte. Was besser so war.

Was eindeutig besser so war.

Warum noch gleich war das besser?

Ach ja, weil wir sonst frühzeitig sterben würden, wie Sahr und die Königin von Saba. Oder Romeo und Julia.

»Lecker, da ist Zucker drin!«, stellte Gwen bei Chris' Kaffee fest. »So mag ich ihn am liebsten«, seufzte sie, im siebten Kaffeehimmel.

»Echt, du auch?«, fragte Chris, der gerade eine Banane aufspießte. Die beiden waren echt zuckersüß, Karies-erzeugendsüß, wie sie so eifrig miteinander flirteten.

Tief in mir tat mir plötzlich irgendetwas weh. Mein Bauch, meine Seele, mein Herz – vielleicht alles. Nicht, weil ich mich nicht für die beiden freute. Nein, das tat ich wirklich. Sondern weil ich mir insgeheim etwas Ähnliches für mich selbst wünschte – Mums wohlkalkulierten Plänen für meine Zukunft zum Trotz.

Geräuschvoll schabten die Stuhlbeine von Liams Stuhl über den Boden. Ich spürte mehr, als dass ich sah, wie er aufstand. Während ich ihm nun mit meinem Blick bis zur Kücheninsel folgte, fiel mir seine angespannte Hand auf, mit der er die Tasse so fest umklammerte, dass ich meinte, sie müsste jeden Moment bersten.

Seine Fingerknöchel traten stark hervor und es klirrte, als

er die Tasse neben der Kaffeemaschine absetzte. Einen Augenblick lang wirkte er seltsam verloren.

»Lass mich da mal ran«, sagte Joyce, als er die Hightech-Maschine nur anstarrte. »Noch einen schwarzen Kaffee?«

»Ja, danke, Joyce«, hörte ich Liam hölzern murmeln.

»Ignorier ihn vormittags am besten«, rief Chris ihr zu. »Vor dem dritten Kaffee ist er nicht ganz er selbst.«

»Na, da schlägt dann wohl die Technik die Evolution«, murmelte ich.

Gwen lachte.

Ich meinte, Liams Mundwinkel zucken zu sehen. Es bescherte mir ein ganz warmes Gefühl an all den Stellen, die eben noch wehgetan hatten.

»Hey!«, protestierte Chris im Namen seines Freundes.

»Selber hey«, gab ich pikiert zurück, denn Liam konnte ja selber sprechen ... wenn er wollte.

Als Liam sich keine Minute später wieder neben mich setzte, berührten sich unsere Oberschenkel fast, so nahe rückte er.

Bewusst oder unbewusst?

Ich wagte nicht, ihn anzusehen, aber ich wusste genau: Ich hatte wirklich ein Problem. Denn mein Herz klopfte immer schneller und auch Liams Atem beschleunigte sich. Was war das nur zwischen uns? Kurz schloss ich die Augen, meine Hände verkrampften sich unter dem Tisch.

»Treffen in zwanzig Minuten am Spielfeld der Macht«, katapultierte mich die Stimme meiner Mum zurück in die Küche.

Blitzartig riss ich die Augen auf und wandte mich in Richtung Aufzug. Dort stand sie zusammen mit Tante Mahana. Mum trug ein himmelblaues Kostüm und war sichtlich in

Eile. Mahana, wie immer die Ruhe selbst, hatte einen leuchtend roten Kaftan an. Die beiden waren wie Tag und Nacht.

»Weck Shenaya und Okuza, falls sie immer noch schlafen. Manchmal denke ich ja, unsere Kinder wollen ihr ganzes Leben verschlafen«, wies Mum Mahana an, wobei sie zielgerichtet zur Kaffeemaschine marschierte und sich eine Tasse aus dem Regal darüber nahm. Die Hightech-Maschine dampfte und gurgelte, als Mum sie bediente. »Die nächste Challenge wartet nicht!«

Das hatte auch keiner angenommen, aber dass es jetzt schon wieder so weit war ... Angst stieg in rasender Schnelle in mir auf.

Da spürte ich, wie eine mir nur allzu bekannte warme Hand beruhigend über meine Fingerknöchel strich. Schlagartig konnte ich wieder leichter atmen. Für einen Herzschlag fühlte ich mich sogar fast frei. Konnte das zwischen Liam und mir wirklich falsch sein? War es falsch, sich in den Erzfeind zu verlieben, wenn dieser auf der gleichen Seite stand?

KAPITEL 27

MITTWOCH, DER 6. JULI
MERMAID ISLAND/TANSANIA
Cassidy Dell'Aqua

»Gwen, jetzt mach schneller!«

»Ja, ja, ich komm ja schon. Darf ich dich daran erinnern, dass du vorhin ewig gebraucht hast. E. W. I. G. Und ich auf dich gewartet habe, ja?«, drang es dumpf durch die Badezimmertür. »Fast ohne Murren, wie ich betonen möchte.«

Ja, klar. Nur mit Meckern und Kissenwurf.

»Da darf ich das doch auch erwarten, oder?«

»Ja-haaa, verstanden«, rief ich laut, weil ich keine Diskussion wollte und zog mir den Blazer von den Schultern. Meine Hose hatte ich schon zu einer Sportshorts gewechselt. Das Tanktop ließ ich an. »Aber du musst dich jetzt nicht extra schick machen. Schlüpf in einen Bikini oder Badeanzug und dann komm sofort da raus. Unten erwartet uns ein Hightech-Trainingsraum. Dort trainieren alle jungen Mermaids und Mermen. Okay, die älteren auch manchmal. Jedenfalls gibt's da keinen Catwalk.«

Die Tür schwang auf.

Gwen trug nun ebenfalls weiße Flipflops, dazu einen braunen Badeanzug, der perfekt den Farbton ihrer Haare spiegelte. Sie hatte ein weißes Umhängetuch um ihre Hüften drapiert und auf dem im Nacken zu einem perfekten Knoten geschlungenen Haar thronte ihr überdimensionierter Hut. Vervollständigt wurde der Look durch eine riesige Sonnenbrille, die auf ihrer schmalen Nase saß. Abgesehen von der Frisur sah sie aus wie Anna Wintour auf Sehen-und-gesehen-werden-Tour dort Wo-die-Schönen-und-Reichen-Sommerurlaub-machten. Fehlte nur noch eine eilfertige Assistentin und das ›Täschchen des Tages‹.

»Äh, meinst du nicht, dass das alles ein bisschen zu viel ist?«, fragte ich, nachdem ich meinen vor Staunen geöffneten Mund wieder unter Kontrolle hatte. Langsam zeigte ich mit Zeigefinger und Daumen einen Mini-Abstand.

»Nö«, erwiderte Gwen naserümpfend über meine Geste und schritt elegant an mir vorbei zur Zimmertür. Dort drehte sie sich um und posierte. »Worauf wartest du noch? Kommst du jetzt endlich?«

Sprachlos starrte ich sie an. »Heißer Walk, aber für dich gibt es heute definitiv kein Foto, Gwendolyn!«

»Aber vielleicht eine Rose?« Gwen lachte. »Nur Spaß! Ich will viel lieber einen Punkt für mein Team.«

Daraufhin hetzten wir beide – inklusive Aufzugfahrt – durch die Burg, um nicht zu spät zum Spielfeld der Macht zu kommen. Im letzten Gang schlossen sich uns Shey und Okuza an. Mein Cousin wirkte fast schon zu munter, indes Shey – dieses Mal wieder ohne ihre Kamera – sich verstohlen den Schlaf aus den Augen rieb und mehrmals blinzelte. Hätte ich wetten müssen, hätte ich darauf gesetzt, dass die Shorts und das knappe Shirt mit Regenbögen, Einhörnern und großen roten Lutschern ihr Schlafanzug war. Wobei es neben Gwens Aufzug wie ein Fashion-Statement von Moschino wirkte.

»Dieses Mal wird das sicher eine Kleinigkeit, einen Punkt zu machen«, tönte Okuza nach ein paar Metern, ganz untypisch großspurig.

»Meinst du?«, fragte ich ihn überrascht. Ich für meinen Teil hatte gehörigen Respekt vor dem, was kommen würde.

Was die Challenges betraf, konnte man meiner Mum nicht über den Weg trauen.

»Klar, was soll im Trainingsraum schon passieren?«, fragte er.

So gesehen ... »Tja, Gwen ist auch fest entschlossen, einen Punkt für ihr Team zu holen. Und ihr wisst doch, wie es heißt: Wenn zwei sich streiten, freut sich der Dritte!«

»Und damit meinst du dein Team, was?« Shey grinste. Offenbar war sie jetzt, da es um Punkte ging, wach.

»Na warte!«, murmelte Gwen so leise, dass nur ich es hören konnte, und pikste mich mit dem Finger in die Seite.

»Au!«, rief ich.

»Was?« Aufgeschreckt sah Okuza sich nach allen Seiten um.

»Nichts«, seufzte ich und ging weiter. »Alles gut. Hab nur ... Muskelkater.« Und eine kindische beste Freundin.

»Muskelkater?« Seine Augenbrauen trafen sich fast in der Mitte. »Von was?«

»Äh.«

Shey giggelte.

Gut, das war vielleicht nicht die beste aller Ausreden gewesen. Warum hatte ich überhaupt geflunkert?

An der unscheinbaren Doppeltür des Trainingsraums angekommen, atmete ich tief durch, während Okuza auf den elektrischen Öffner an der Wand drückte.

Surrend entriegelte sich die Tür für uns.

Gefolgt von Gwen betrat ich hinter Okuza und Shey das Spielfeld der Macht. Chris, Liam, Mum sowie Mahana, waren schon da. Während Chris und Liam vor dem letzten der drei großen Becken standen, die die Mitte der Schwimmhalle bildeten, hatten sich Mum und Mahana auf die mittigste der zwölf Tribünen gesetzt, die rechts und links in der Halle von den Wänden aus, zu den Becken hin, abfielen. Immer zwei zu jeder Beckenseite. Von ihrer Tribüne aus hatten sie die perfekte Sicht aufs Geschehen.

»Hat was von einer Lehmbruck-Planung«, murmelte Gwen neben mir, »silberne Bänke auf modernem grauem Beton, Neonlicht, das jeden Zentimeter ausleuchtet, und die exakt rechteckigen, mit klarem Wasser gefüllten Becken. Das verleiht der zeitgenössischen Architektur einen regelrecht futuristischen Hauch.«

»Ja, die Planung stammt von einem deutschen Architekten«, stimmte Chris ihr laut zu, dessen gute Ohren sie gehört hatten. Wahrscheinlich waren all seine Sinne auf Gwen fokussiert, wenn sie einen Raum betrat. So, wie es mir ungewollt mit Liam ging.

Sie lächelte ihn bewundernd an, als wir zu den beiden traten.

»Schicke Hut-Sonnenbrillen-Combo«, schob mein Bruder nun mit zuckenden Mundwinkeln hinterher. Und wurde damit von hundert auf null: vom aufmerksamen Typ zum Blödmann.

Gwen lief vor Scham rot an.

»Ihr Lieben«, machte sich Mum bemerkbar. »Schön, dass alle da sind, dann können wir beginnen. Die Punkteverteilung ist wie bei der letzten Aufgabe. Bitte legt alles ab, was ihr nicht im Wasser verlieren wollt. Gwen, eventuell den Hut und die Sonnenbrille.« Mum legte den Kopf schief. »Und das Tuch?«

Gwen wurde immer röter. Ihr Gesicht hatte jetzt die Farbe einer überreifen Tomate.

Ich seufzte tonlos. Irgendwo in meinem Hinterkopf begrub

ich den ›Ich hab es dir doch gesagt‹-Kommentar, den Gwen jetzt absolut nicht gebrauchen konnte, und flüsterte ihr stattdessen zu: »Weißt du, was Anna Wintour auf die Frage geantwortet hat, warum sie ständig eine Sonnenbrille trägt? ›Weil sie verhindert, dass die Leute wissen, was man gerade denkt.‹ Wie wär's, wenn du jetzt denkst: Ihr habt doch alle keine Ahnung von Mode.«

Gwen lächelte mich dankbar an.

Ich zwinkerte zurück.

»Bitte stellt euch, nachdem ihr abgelegt habt, was ihr ablegen wollt, im Team an die Becken. Immer ein Team pro Becken.« Wir taten, wie uns geheißen wurde, solange Mum uns weiter die Challenge erklärte: »Eure Aufgabe ist es, von einem Beckenrand zum gegenüberliegenden zu kommen.«

»Easy Job.« Mein Bruder klang zuversichtlich. Er und Gwen hatten sich ans mittlere Becken gestellt.

Shey und Okuza waren beim ersten Becken, das dem Eingang am nächsten war, stehen geblieben.

Und Liam und ich hatten das letzte Becken gewählt.

In allen dreien schwammen Fische. Es waren eher kleine, allerdings wusste ich von früheren Trainings, dass die Helligkeit des Wassers an der Oberfläche täuschte und die Becken sehr tief waren.

»Für die dritte Aufgabe gilt: Kein Drum-rum-Gehen, keine Tricks, kein Schummeln«, fuhr Mum fort. »Ihr könnt gemeinsam oder nacheinander ins Wasser gehen. Die Strategie ist ganz euch überlassen. Ihr habt den Punkt, wenn nicht mehr oder weniger als ins Wasser geht auch wieder aus dem Wasser kommt. Damit meine ich nicht Kleidung oder Accessoires, sondern euch: jede Haarsträhne muss unversehrt bleiben. Liam und Cass, ihr fangt an, dann Gwen und Christos. Und

Okuza und Shey, ihr macht den Abschluss. Ich bin gespannt, wie ihr die Aufgabe löst. Bonne chance!«

Also mir kam das hier ja eher spanisch vor, weil es viel zu ruhig und einfach wirkte, für eine von Mums Challenges, aber ihr Französisch tat's auch. »Viel Glück!«, rief ich den anderen zu. Ohne auf ihre Erwiderungen zu warten, drehte ich mich zu Liam und ...

Schon kribbelte es wieder unter meiner Haut. Langsam glaubte ich ja, verliebt zu sein war wie Insektenbefall: Schmetterlinge im Bauch, Hummeln im Herzen und Ameisen einfach überall – und alle machten, was sie wollten. Himmel, war das anstrengend. Und aufregend. Und ...

HATTE ICH DA VERLIEBTSEIN GEDACHT?

Mit großen Augen starrte ich Liam an. Liam starrte zurück, als wäre er bei etwas ertappt worden.

Um uns nichts als Stille. Alle warteten, dass wir begannen.

Liam räusperte sich. »Soll ich als Erster ... Also, ins Wasser ... Ich meine, da rüber. Die Aufgabe ... Du weißt schon«, stotterte er und ballte die Hände zu Fäusten.

Ich schluckte. Wollte ganz unbedingt etwas Cooles sagen. Etwas Unverfängliches. Das war doch sonst nicht so schwer. Allerdings hingen meine Gedanken gerade alle noch in Dauerschleife bei *Verliebtsein* fest. *Verliebtsein. Verliebtsein. Verdammt!* Statt mich auf die dritte Aufgabe zu konzentrieren, legte das Feuerwerk an Endorphinen meine Synapsen lahm. Ich fluchte stumm, dann riss ich mich zusammen. »Zeig mal, was du draufhast!«, brachte ich tatsächlich halbwegs cool raus und konnte mich nur knapp davon abhalten, im Anschluss ein Freudentänzchen am Beckenrand zu vollführen, denn das hätte all die abgerungene Coolness ja direkt wieder zunichtegemacht.

Liam nickte nur, jetzt auch wieder ganz der harte Kerl.

Dann zog er sein Shirt aus. Einfach so. Schwupp, aus.

Und ich sah ...

Bauchmuskeln.

Definierte Bauchmuskeln und sonnengebräunte Haut, war alles, was ich denken konnte. Liam war extrem durchtrainiert. Seine muskulösen Oberarme wirkten wie gemeißelt.

Ich zog hörbar die Luft ein.

Shey pfiff anerkennend.

Liam schenkte mir ein verschmitztes Lächeln, bevor er sich lässig die Schlappen von den Füßen trat und nach zwei schnellen Schritten über den Beckenrand stieg.

Elegant surfte er in einem Strudel aus Rauch, anstelle seiner Füße – ganz Djinn-like – übers Wasser. Den rechten Arm hatte er dabei nach vorne gestreckt, den linken nach hinten. Offenbar steuerte er damit und hielt so sein Gleichgewicht.

»Wow!«, hörte ich Gwen sagen.

In Gedanken stimmte ich ihr zu. Es sah mega cool aus! Und ich hatte zwar von Liam bereits von den Fähigkeiten der Djinn, sich – auch partiell – in Rauch zu verwandeln, gehört, aber die Demonstration jetzt übertraf meine wildeste Vorstellung seiner Kräfte. Das hier war so viel beeindruckender, als was er bei der ersten Challenge gemacht hatte.

Tja, die Katze war damit aus dem Sack oder besser der Djinn aus der Wunderlampe. Denn bisher hatte ja keiner außer Christos, Mum, Gwen und mir gewusst, dass Liam ein Djinn war.

Die Rauchsäule stieg immer höher hinauf, je länger er surfte. Unten wühlte sie bereits das Wasser auf.

Ein Fisch sprang durch die Luft.

Dann noch einer.

»Go, Bro!«, rief Chris lachend und feuerte Liam auf den letzten Metern an, da der schon fast am anderen Beckenende angekommen war. Völlig mühelos, ohne Zwischenfälle und in einem Affenzahn, mit dem wohl keiner von uns anderen mithalten würde.

Ich konnte nur den Kopf schütteln. Das war krass. Krass angeberisch. Aber auch krass cool. Einfach krass. Das musste ich ihm lassen.

Als Liam sich, nun wieder mit festem Boden unter den Füßen, neben einem Haufen gefalteter Handtücher scherzhaft verbeugte, klatschten alle Beifall. Sogar Mum, die beeindruckt nickte. Das T-Shirt hatte der Angeber wohl nur ausgezogen, um mich zu verunsichern. Und obwohl er das selbstredend in keinster Weise geschafft hatte, war seine Darbietung ziemlich unschlagbar. Meine sowieso schon weichen Knie wurden noch ein bisschen weicher, nun da ich realisierte, dass ich dran war.

»Sei unsichtbar wie eine Gewitterwolke, denk strategisch wie ein Mafia-CEO ...«, hörte ich Mum sagen.

Gwen kicherte. Sie wusste ja nicht, wie ernst Mum das meinte.

»... und gerissen, wie eine wahre Mermaid. Ich nenne diese Aufgabe übrigens: business as usual.«

Ich nickte nur. Schon klar, es ging darum, etwas heil durchs Wasser zu bringen. Come on Mum, eine klare Mermaid-Mafia-Challenge. Nur was würde mich im Wasser erwarten? Auf keinen Fall würde es bei uns allen so kurz und schmerzlos werden wie bei Liam. Und anders als er konnte ich nicht einfach drüberfliegen. Konzentration war angesagt. Ich musste mich jetzt darauf fokussieren, ebenfalls unbeschadet von A nach B zu kommen. Von Beckenrand zu Beckenrand. Von hier zu Liam. Mein Herz schlug schneller. Verdammt. Ich konnte mir gerade absolut keine Ablenkung erlauben.

Ohne groß weiter darüber nachzudenken, sprang ich ins Wasser. Wohltuend kühl und still empfing es mich. Die Wandlung setzte augenblicklich ein.

Stoff riss.

Ich spürte, wie Schuppen meine Haut überzogen. Wie meine Beine zur Flosse wurden und dann ... war ich frei. Es war herrlich. Mit einem behäbigen Schlag meiner Schwanzflosse schwelgte ich im Gefühl des mühelosen Dahingleitens unter Wasser.

Bis ich sie in der Tiefe sah: Muränen. Es waren Riesen-Deltamuränen, die ihre fast ausgewachsenen und damit nahezu vier Meter langen hässlichen Körper vom Meeresgrund unter dem Schwimmbecken zu mir emporschlängelten. Da ihnen die Kiemendeckel fehlten, hatten sie frappierende Ähnlichkeit mit Schlangen. Ich hasste Muränen. Angetrieben von dem Wunsch, mit den Biestern keine Bekanntschaft zu schließen, schwamm ich, so schnell ich konnte.

Doch das nahmen auch die Muränen zum Zeichen, richtig Gas zu geben. Ich sah, wie ihre Schatten unter mir vorbeiglitten, als planten sie, mir den Weg abzuschneiden, und wusste nicht, was mich mehr erschreckte: Sie hier zu sehen oder festzustellen, dass die Dinger einen Plan hatten – nämlich mich zu ... Ja, was? Ich wollte es gar nicht so genau wissen.

Keuchend legte ich einen U-Turn hin, als die erste Muräne nach oben stieß und mit geöffnetem Maul genau an der Stelle vorbeizog, an der gerade noch mein Kopf gewesen war. Die bräunlich graue, unbeschuppte Oberseite mit dem zusammengedrückten Kopf, den kleinen Augen und dem großen Maul, das bis hinter die Augen reichte, wirkte bösartig, als sie zu mir herumfuhr.

Uns trennten maximal zwei Meter und ich schluckte schwer, während die Panik mich zu lähmen drohte. Das konnte ich jetzt überhaupt nicht gebrauchen. Mühsam leerte ich meinen Geist und versuchte, Ruhe zu bewahren, obwohl eine zweite Muräne nun ebenfalls auf mich zusteuerte.

Ihr Schwanz peitschte auf.

Geht weg!, herrschte ich beide in Gedanken an. *Das hier ist nicht euer übliches Gebiet. Geht weg!*

Leider gingen sie nirgendwo hin. Stattdessen zischte es plötzlich hinter mir und ich sah die helle Unterseite von Muräne Nummer drei, deren lang gestreckter Körper an mir vorbeiglitt. Auch andere Fische tummelten sich nun, ganz untypisch in einem Ring, hinter den Muränen, um mich als wären sie sensationslüsterne Zuschauer eines Boxkampfes. Oder die Muränen nur die Vorhut.

Mit klopfendem Herzen nutzte ich kleinste Bewegungen meiner Arme, um mich von der Strömung etwas zur Seite treiben zu lassen, von wo aus ich mir die größte Chance zur Flucht versprach. Mutig stieß ich mich im Wasser ab und katapultierte mich, mit dem Schlag meiner Flosse mehrere Meter nach vorne – durch eine Lücke zwischen den Muränen vor mir – direkt hinein in einen Fischschwarm.

Die Fische begannen sofort zuzubeißen.

Ihre Bisse glichen Nadelstichen, die zu Hunderten meinen Körper malträtierten.

Horror machte sich in mir breit, noch nie war ich im Meer gebissen worden. Wild schlug ich mit den Armen um mich, Fische stoben in alle Richtungen. Ich schwamm, ich floh, ich schlug und fluchte. Die Fische wurden immer größer. Und ich sah nun auch wieder die bedrohlichen Schatten, die unter mir am Grund entlangzogen. Das konnte nur eins bedeuten: Die Muränen würden gleich erneut angreifen.

Keinen Moment in meinen Bemühungen nachlassend, kämpfte ich mich Meter für Meter durch Wasser und Fische und versuchte die Bisse auszublenden. Aus den Augenwinkeln sah ich bereits die zwei Reihen scharfer kleiner Zähne, die nach vorne hin größer wurden, im Maul einer Muräne, die mich schon fast eingeholt hatte.

Scheiße-scheiße-scheiße.

Wo kam die denn jetzt her?

Direkt aus der Hölle?

Mein Hals war wie zugeschnürt, mein Herz raste – nie zuvor hatte ich Todesangst empfunden. Doch jetzt, voller Beklemmung, stachelte sie mich an, nicht aufzugeben. Ich bleckte die Zähne, zeigte der Muräne meine zweite messerscharfe Reihe hinter der ersten und setzte gleichzeitig meinen Sirenengesang ein. Es war ein altes Lied, das von Generation zu Generation weitergegeben wurde und das ich nun zum ersten Mal in meinem Leben mit der Absicht anstimmte, Fische einzulullen. Eine verzweifelte Maßnahme.

»Dell'Aqua, Dell'Aqua,
Ozeanas se kama.
Dell'Aqua u as asor,
Ma-ji tje qiess,
amor e prospera.«

In unsere Sprache übersetzt bedeutete es so viel wie:

Wasser begeistert,
Wasser fließt
und Liebe gedeiht.

Ich glaubte an die Worte, fühlte sie, wie nichts in diesem Moment, doch ich wusste, dass ich nicht alle Laute richtig betont hatte und es mir unmöglich war, die Fische damit einzulullen. Gehetzt wich ich der hervorschnellenden Muräne aus, schlängelte mich an einem Zitteraal vorbei und katapultierte mich schließlich mit meiner Flosse zwei Meter vorwärts. Jetzt sah ich immerhin schon den rettenden Beckenrand, den ich unbedingt erreichen wollte.

Mir war ganz schummrig vom Fischeabwehren, im Wasser Wenden, Schwimmen, Singen und Achtgeben. Und mir blieb nur noch ein Trumpf. Ich griff auf das letzte Mittel zurück, das ich hatte. Eines, das ich nie aktiv hatte einsetzen wollen, aber genauso erlernt hatte wie das uralte Lied.

Mit purer Willenskraft konzentrierte ich zwischen meinen Fingern, auf meinen Handtellern, Wasser, während ich mühsam mit meiner Schwanzflosse weiter Kurs auf den Beckenrand hielt.

Es funktionierte! Auf so engen Raum gedrängt, entstand in dem komprimierten Wasser eine unheimliche Energie, weil all die Moleküle wieder zurück, in ihre ursprüngliche Position springen wollten. Der unglückliche Nebeneffekt war, dass ich nun nicht länger die immer aggressiver werdenden Fische mit meinen Händen abwehren konnte.

Nur noch kurz durchhalten, sagte ich mir.

Genau an dem Punkt, an dem ich dem Druck der Moleküle nicht mehr standhalten konnte, warf ich die explosive Ladung von mir und schleuderte mit der Druckwelle, die entstand, die Fische weg. Sie zischten durchs Wasser, flogen hoch hinaus in die Luft. Pfeilschnell glitt ich durch die Schneise, die entstand, ans andere Beckenende.

Mit letzter Kraft schwang ich mich über den Rand auf die

Fliesen der Schwimmhalle und wollte schon jubilieren, nicht gefressen worden zu sein, als ich unter halb gesenkten Lidern sah, wie ein kleiner Fisch ins Wasser zurücksprang – mit einer nassen, weißblonden Haarsträhne im Maul. Eilig mit den Flossen wackelnd verschwand er in den Tiefen des Ozeans. Ich hatte mich zwar gerettet, aber den Punkt der Challenge verloren.

Schwer atmend lag ich in voller Länge, mit dem Bauch nach unten, am Beckenrand und versuchte wieder zu Atem zu kommen.

Aus heiterem Himmel fiel ein sanftes Gewicht auf meinen Rücken.

Ich zuckte zusammen und stützte mich sofort auf meinen Ellenbogen ab, um den Kopf zu drehen.

Ein gelbes Handtuch lag auf mir und Liam stand neben dem Handtuchhaufen und lächelte mich an.

Doch irgendwas war seltsam. Sein Lächeln wirkte entrückt. Mein Blick wanderte tiefer. Er trug immer noch lediglich seine Shorts, was seine sexy Brustmuskeln besonders betonte und die dunklere Spur Haare, die wie ein Pfeil in seiner Hose ... *Hose!!!*

»Ahhhhhhh!« Schlagartig wurde mir klar, dass ich splitterfasernackt dalag. In Menschengestalt nackt. Nackt-nackt. Bis auf das Handtuch auf mir. Ich riss das Ding von meinem Rücken und zappelte und zuppelte im Aufstehen so lange daran herum, bis alles bedeckt war. Erst dann wandte ich mich mürrisch den anderen zu.

In der Senkrechten schien auch mein Gehirn wieder normal zu funktionieren, denn jetzt dämmerte mir auch, weshalb mich Liam so merkwürdig ansah. Nicht seltsam, nicht enttäuscht, sondern schmachtend. Ach du liebes bisschen.

Mum hüstelte amüsiert. »Nun, ich habe noch nie einen Djinn gesehen, der Sirenengesang verfällt. Und auch noch einem derart schlechten, dass es sogar die Fische kaltlässt. Aber wie ... nett. Nun, jedenfalls ist das trotzdem kein Punkt für Team Li-Cas.«

Peinlich berührt starrte ich sie an. »Mum!«

»Sagt man das nicht so? Bei eurem neumodischen Geschippe. Wie Brangelina und Co.?«

»OH. EM. GEEE«, murmelte Shey derart herablassend und laut, dass wir es alle hörten.

Ich verdrehte die Augen, musste aber grinsen.

»Wie auch immer ...« Damit wandte Mum sich Chris und Gwen zu. Gwen, die als Mensch eigentlich viel anfälliger sein sollte, aber meinem Gesang überhaupt nicht verfallen war. Zum Glück! Gott, wer würde das auch, außer offensichtlich Liam ... »Nun zu euch Hübschen, jetzt seid ihr dran. Macht es besser!«, rief Mum Gwen und Christos zu, während Liam plötzlich ganz nah bei mir stand.

»Hast du mich erschreckt!«, flüsterte ich.

»Du riechst so gut«, flüsterte er zurück.

»Was?« Ich riss die Augen auf, wich zurück und sah gerade noch, wie Gwen näher an den Beckenrand trat – und reinsprang.

Platsch!

Sofort kreisten immer mehr Fische um die Stelle, an der sie verschwunden war.

Ich hielt den Atem an, schob Liam, der noch näher rückte, mit der Hand weg und hatte nur Augen für das Wasser.

Eine Sekunde später tauchte Gwen prustend auf und lachte glücklich, als die Fische sie vorsichtig anstupsten und sich dann mit ihr in Bewegung setzen, als sie losschwamm.

Es war völlig unwirklich. So friedlich. So harmonisch

So lange, bis die ersten Fische auch sie bissen. Gwen keuchte auf.

Chris sprang sofort hinterher.

Er verwandelte sich in Rekordgeschwindigkeit, kaum dass ihn das Wasser umgab. Aber die Fische griffen nun auch ihn an, unbeeindruckt, dass er seine breite Schwanzflosse, ohne zu zögern, wie einen Fächer statt zum Schwimmen zum Abwehren nutzte. Mit den Armen hielt er sich kraulend über Wasser und verharrte an Gwens Seite, die ihre Arme schon nach kurzer Zeit um seinen Hals legte, weil sie vom Schwimmen erschöpft war.

Es stand fast schon auf Chris' Stirn geschrieben, dass er verschiedene Taktiken abwog, während Gwen und er im Wasser trieben. Zig Emotionen zogen über sein Gesicht und kanalisierten sich zu Wut, als es immer mehr Fische wurden und Gwen sich nur panisch und steif wie ein Brett enger an ihm festklammerte wie an einem Rettungsring.

Fassungslos verfolgte ich das Geschehen.

Mum wartete seelenruhig ab.

Chris' Miene wurde immer hoffnungsloser und ich war kurz davor, zu den beiden zu springen.

Selbst Liam schien sich aus den Nachwirkungen meines Sirenensongs befreit zu haben, da er jetzt auch – statt mich – das Becken beobachtete.

Dann tauchte Chris mit Gwen plötzlich unter.

Eine Sekunde verstrich.

Noch eine.

Noch eine.

Unvermittelt schoss eine Fontäne aus Wasser in die Höhe, stieg bis zur Decke und brach dann krachend in sich zusammen. Überallhin stoben glitzernde Tröpfchen, die wie feinster Nieselregen über einem Großteil der Schwimmhalle niedergingen.

Danach war die Wasseroberfläche im mittleren Becken spiegelglatt, während das erste und das letzte über die Umrandung trat und Liam, ich, Shey und Okuza schnell zurückwichen, weg von dem daraus hervorschwemmenden Wasser.

Aus sicherer Entfernung starrte ich auf das zweite Becken.

Keine Fische, kein Chris, keine Gwen.

Eine weitere Sekunde verstrich, dann tauchte mein Bruder lautstark am Beckenrand auf, den Hinterkopf zu Liam und mir gedreht. Seine Haare waren bis in die Spitzen strahlend weiß und da er sich nun wandte, sah ich ihn im Profil. Als sein Blick den von Mum traf, erdolchte er sie förmlich damit, während sie ihn – wie wir alle – wie eine Erscheinung anstarrte. Es waren aber nicht nur seine Haare, die alarmierend hell waren, auch Chris' Ausstrahlung hatte sich gewandelt.

»Ein Aquarius«, hörte ich Liam ungläubig murmeln.

Chris ignorierte ihn – uns – vollkommen. Vorsichtig hob er mit seinen Armen den schlaffen Körper meiner besten Freundin auf die Fliesen.

Gwen! Mein Herz setzte für einen Schlag aus. Ich konnte mich nicht rühren. Fühlte mich wie versteinert.

Chris stemmte sich derweil neben Gwen halb aus dem Wasser und beugte sich über sie. Im nächsten Wimpernschlag küsste er sie mit einer Selbstverständlichkeit, die ...

Nein, er beatmete sie. *Scheiße.*

»Man sagt: Mermaids und Mermen finden die wahre Liebe nur einmal.« Mahanas leise Worte füllten die angespannte Stille, in der nur Chris' schweres Atmen zu hören war.

Wenn das stimmte, wollte ich noch weniger darüber nachdenken, was mit Gwen … Und Liam …

Jäh spuckte Gwen Wasser, hustete mehrmals rau und schlug die Augen auf. Sie atmete mühsam ein und aus, bis sich ihre Atemzüge beruhigten. Dann keuchte sie: »Ganz schön gefährlich bei euch.«

Ich seufzte erleichtert auf. Solange sie noch scherzen konnte, war alles halb so schlimm.

»Ich finde, du solltest ein Buch über die Gefahren des Ertrinkens schreiben, das scheint euch Menschen ja alle naselang zu passieren«, warf Shey brüsk ein.

Ich sah meine Cousine in ihrem Einhorn-Lolli-Outfit verdutzt an, bis ich bemerkte, wie blass ihr Gesicht war und begriff, dass sie nur versuchte, Gwen den Schreck zu nehmen. Auf ihre Art.

»Das wäre bestimmt interessanter als dieser Architekturschinken, den Chris mir empfohlen hat«, fuhr sie fort.

Ich gluckste.

»Ich auch«, murmelte Gwen indes fast erbost.

»Hä?«, machte Shey.

»Ich hab dir den auch empfohlen, der ist gut«, krächzte Gwen.

»Wie auch immer«, winkte meine Cousine hoheitsvoll ab.

Als Nächstes klirrte es metallisch und mein innerer Glitzer-Radar lenkte meine Aufmerksamkeit auf den goldenen Dreizack, den Chris gerade aus dem Wasser zog.

Ich blinzelte.

Das Ding war immer noch da.

Ja, hol mich doch der Hai! Äh … lieber nicht.

»Ein echter Aquarius mit Dreizack, was sagt man dazu.« Mum starrte Chris von der Tribüne aus an. Ich wusste, dass sie seit Langem vermutete, dass unser Blut langsam verwässerte, weil es über die Jahrhunderte zu oft mit dem der Menschen vermischt worden war. Generation für Generation wurden weniger Mermaids geboren, die Anzahl an Menschen nahm überhand. Marios Verbindung mit Mahana würde noch mehr Menschenblut einbringen, aber Dad war auch menschlich gewesen. Und Chris war nun ... unglaublich stark! Ein Aquarius. Das bewies einmal mehr, dass Mum durchaus mal falschlag.

»Tu nicht so überrascht!« Wie aufs Stichwort explodierte mein Bruder. Der Dreizack in seiner Hand zeigte anklagend auf Mum und kalter Zorn spiegelte sich auf seinem Gesicht.

Mahana rutschte erschrocken zur Seite.

»Du wusstest bereits, dass etwas Derartiges passieren könnte, nicht?«, gellte seine Stimme durch die Halle. »Okuza und ich haben beide Aquarius-Gene in uns, nicht wahr? Deshalb konnten wir die Erinnerung teilen.« Er fixierte sie abwehrend.

Es tat weh, ihn so zu sehen.

»Das ist wohl so.« Mum nickte und hielt seinem Blick stand. »Erinnerungen sind immer dann am stärksten, wenn mehrere sie in sich tragen; und uns aktuell auch nur zugänglich, wenn mindestens zwei sich gleichzeitig erinnern. Deshalb suchen wir nach Überschneidungen, die die Intensität ...«

»Du suchst nach etwas ganz anderem, gib es doch zu«, unterbrach Chris sie brüsk und zeigte mit dem Dreizack sauer aufs Wasser. »War das hier wirklich nötig?«

»Manchmal brauchen die Dinge einen Anstoß.«

»Ach, so nennt sich das. Anstoß, ja? Du hast Gwens Leben aufs Spiel gesetzt, sie wäre beinahe gestorben! Weil du gehofft hast, dass das hier passiert. Das Mindeste, was du ihr schuldest, ist eine Entschuldigung.«

»Gwen wusste, worauf sie sich einlässt«, gab Mum barsch zurück.

Ich keuchte auf.

Okuza räusperte sich scharf.

Chris knirschte hörbar mit den Zähnen. »Nein, wusste sie nicht«, sagte er dann leise. »Das weiß niemand von uns. Glaubst du ernsthaft, wir wären hier, wenn der Werbetext dafür ›werden sie zum Trigger oder zum Fischfutter‹ gelautet hätte? Und deshalb ist die Aufgabe jetzt beendet. Die Fische werden nicht wiederkommen. Dafür habe ich gesorgt.« Sein Ton duldete keinen Widerspruch.

»Okay«, sagte Mum zu meiner Überraschung, mit einem leichten Lächeln. »Kein Punkt für niemanden, dafür einen freien Nachmittag für alle. Wir sehen uns um Punkt achtzehn Uhr dreißig zum Abendessen im großen Saal. Viel Spaß bis dahin!«, wünschte sie uns, als sie sich fließend erhob und durch die Tür hinausrauschte. Bei Gwen entschuldigte sie sich nicht.

Entgeistert sah ich ihr nach, bis die Tür hinter ihr zufiel. Was zum Teufel war nur falsch mit ihr? Spaß war sicher das Letzte, was wir alle gerade im Sinn hatten. Vergessen – das war vielleicht etwas, das zumindest ich mir wünschte. Aber Spaß? Was zum Teufel?!

KAPITEL 28

MITTWOCH, DER 6. JULI
MERMAID ISLAND/TANSANIA

Cassidy Dell'Aqua

»Ich glaube, die Sache ist die: Eltern wollen uns immer beschützten. Vor allem. Und entweder sie schaffen es oder sie versagen monumental darin«, sagte Liam. Nun wieder vollständig bekleidet, sah er sich in der jetzt leeren Schwimmhalle um.

»Dann gibt es noch Möglichkeit drei: Sie beschützen uns nicht, sie benutzen uns.« Ich seufzte.

»Ja, das ...«, begann er.

»... haben wohl unsere Eltern voll drauf«, beendete ich seinen Satz und schnitt eine Grimasse, während ich erst in einen, dann den anderen Flipflop schlüpfte und anschließend die Ersatzkleidung – einen Bikini und eine grüne Tunika –, die mir Tante Mahana vor einigen Minuten gegeben hatte, zurechtzupfte. Die war eindeutig für Shey gedacht gewesen, so eng wie die saß.

Er holte tief Luft. »Genug davon, wegen vorhin ...«

Ich zog die Augenbrauen hoch. Nachdem Chris die Aufgabe für beendet erklärt hatte und Mum hinausgerauscht war, hatte mein Bruder, nur mit einem Handtuch bekleidet, schneller Reißaus genommen, als ich ›Mermaid‹ hätte sagen können – an der Hand die noch wackelige Gwen. Shey und Okuza waren mit Mahana gegangen und Liam und ich ... waren allein zurückgeblieben. Irgendwie verloren – und doch nicht ganz, schließlich waren wir zu zweit.

Nun stupste Liam mich an: »Können wir reden? Über uns, meine ich.«

Ich starrte ihn an. *Uns.* Darauf lief es immer dann hinaus, wenn ich es am wenigsten erwartete. Die Gefühle in mir waren … schwierig einzuordnen. Einerseits war da diese aufblubbernde Hoffnung, die alles in mir mit einer verrückten Vorfreude erfüllte und alles in meiner Umgebung bunter werden ließ. Selbst diese vermaledeite Schwimmhalle. Und alles mit einer Intensität belegte, die ich nie zuvor empfunden hatte. Anderseits war da diese diffuse Angst, die immer im Hintergrund lauerte. Und alles in mir wartete darauf, dass sich die böse Vorahnung, die von ihr ausging, bewahrheitete und etwas wahrhaft Schreckliches passieren würde, wenn Liam und ich …

Während meine Gedanken rasten, schwieg ich und merkte erst gar nicht, dass er inzwischen peinlich berührt aussah. Sofort schämte ich mich, weil ich nicht so mutig war wie er. Es musste schwer gewesen sein, das zu fragen, nachdem er gerade meinem Gesang erlegen war, wofür er ja gar nichts konnte. Wollte er etwa darüber reden?

»Ich muss an die Luft, hast du Lust mitzukommen? Dann können wir reden, wenn du möchtest«, bot ich seufzend an. Ein Spaziergang irgendwo außerhalb der Burg würde uns beiden guttun. Frische Luft und Bewegung waren genau das, was wir jetzt brauchten; genau wie die Möglichkeit, uns zu unterhalten, ohne uns anschauen zu müssen. Denn ich konnte auf keinen Fall länger hier stehen, so nah bei ihm. Eventuell tat ich sonst noch etwas, das ich später bereute.

»Passt für mich«, stimmte Liam zu. Der Schatten, der sich auf sein Gesicht gelegt hatte, verblasste.

Erleichtert nickte ich.

Gemeinsam verließen wir die Schwimmhalle und liefen Seite an Seite zum Aufzug. Stumm fuhren wir damit nach oben, bis ins Erdgeschoss. Dort hallten unsere Schritte auf dem glatt polierten Marmor wider. Erst unregelmäßig, dann immer mehr im Takt. Seine laut, meine leise. Unsere Körper spiegelten die Bewegung des andern und verfielen in einen natürlichen Rhythmus, der mich wahrscheinlich beunruhigen sollte. Aber das tat er nicht. Es gab nicht viele andere, mit denen ich schweigen konnte.

Eigentlich nur Gwen.

Und jetzt auch Liam.

Liam, der mich verwirrte. Obwohl ... nicht er verwirrte mich, sondern vielmehr meine Gefühle für ihn. Sie verwirrten mich so sehr, weil ich dagegen ankämpfte. Weil Konvention gegen Emotion stand. Von jeher war mir eingebläut worden, dass Djinn und Mermaids Erzfeinde waren. Doch ich war es leid, vor Liam zu flüchten und allein zu sein. Am Ende, das hatte die heutige Challenge ja glasklar gezeigt, waren da nur noch er und ich. Keine anderen. Niemand. Nicht mal Gwen, die jetzt zu Chris gehörte. Am Ende war es also meine Entscheidung.

Für oder gegen ihn.

Grübelnd bog ich um die Ecke, Liam dicht neben mir. Sein Duft nach Sandelholz und Ambra streifte mich und erfüllte mein Innerstes mit Entzücken und ganz tief drinnen überraschender Zufriedenheit.

Das Wohlgefühl hielt an, als wir nach draußen traten und ich ihn wortlos zu den Quads lotste. Schnell schnappte ich mir zwei Helme von der Stange und gab ihm einen.

Grinsend schwang ich mich auf den von uns nächsten Quad, Liam stieg kommentarlos hinter mir auf.

Das Grinsen verging mir allerdings, als sich seine starken Arme um mich schlangen und mich dicht an ihn zogen. Sehr dicht. Plötzlich war da eine Intimität zwischen uns, die alles in mir zum Klingen brachte. Ganz von allein sank mein Kopf samt Helm nach hinten, an seine breite Brust, und mein Körper schmiegte sich an seinen, ohne dass ich etwas dagegen hätte tun können. Ich war machtlos. Es fühlte sich aufregend und schön zugleich an. Wir atmeten stumm in völligem Einklang. Vorsichtig, wartend. Und ich dachte: Verliebt zu sein ist wie fallen und fliegen, im selben Augenblick.

So verharrten wir für einen Moment, gefangen in unserer eigenen kleinen Welt, bis Liam rau sagte: »Fahr los, Cassidy. Das hier ist nicht der richtige Ort. Wir sollten ... das woanders klären.«

Was ist der richtige Ort?, wollte ich fragen. *Und wofür genau? Was ist das hier, Liam?* Stattdessen antwortete der Zweifel in meinem Kopf: *Für nichts, er ist der Feind.*

Aufgewühlt ließ ich den Motor des Quads an und parkte ruckartig rückwärts aus, bevor ich Gas gab.

Je schneller das Quad wurde, desto kühler blies mir der Fahrtwind ins Gesicht. Die nächste Weggabelung nahm ich fast auf zwei der vier Räder. Mein Gerase war verrückt, doch fühlte es sich befreiend an.

Liam protestierte nicht. Er ließ seine Hände die ganze Zeit an Ort und Stelle. Auf mir. Die Wärme seines Körpers drang durch die dünne Tunika und als ich weiter beschleunigte, spürte ich auch seinen starken Herzschlag an meinem Rücken.

Ich war ohne Ziel drauflosgefahren, hatte einfach irgendwo anhalten wollen, vielleicht auf einer von Mahanas Gewürzterrassen. Aber nun, geborgen ins Liams Umarmung, spürte ich ein Urvertrauen in ihn. Er ließ mich unbeeindruckt wie eine Irre über die Insel rasen, vermutlich, weil er merkte, wie sehr ich das gerade brauchte. Und aus seinem Vertrauen in mich schöpfte ich meinerseits dieses neue Vertrauen in ihn. Plötzlich wusste ich, wohin ich fahren wollte.

In weitem Bogen steuerte ich das Quad auf einen kleinen Pass, der eher einem Pfad als einem Weg glich und sich in Serpentinen über die Hänge rechterhand hinter Mermaid Castle zog. Deutlich langsamer und besonnener als zuvor lenkte ich das Quad nun immer höher hinauf. Schließlich erreichten wir den höchsten Punkt.

Auf der einen Seite lockte der Ausblick aufs klare Meer, auf der anderen sah man in den Talkessel auf unzählige Muskatnussbäume hinab, die sich den trockenen Boden der sonnigen Lage mit Nelken teilten. Die süßlichen Duftnoten der Blumen mischten sich mit Liams frischem Duft und ich hatte das unbeschreibliche Gefühl, dass sich die Seele der Insel mit seiner verband und meine berührte.

Eine Böe streifte uns und verstärkte den Duft.

Es war ... seltsam und erfüllend zugleich. Als wären wir alle miteinander im Einklang.

Innerlich zur Ruhe gekommen ließ ich das Quad langsam ausrollen, bog noch einmal links ab und kam mit Liam bei einem meiner Lieblingsplätze auf Mermaid Island an, den ich aber nur selten besuchte.

Rechts und links vor uns stürzten rauschende Wasserfälle in eine Schlucht, weit in der Ferne sah man schemenhaft Mermaid Castle aufragen. Das Zentrum des Vergessens nannte meine Familie diesen Ort. Und es war schon etwas dran. Der Ort war wie gemacht dafür, um auf dem kleinen Plateau, auf dem ich das Quad zum Stillstand brachte, zu verweilen und die glitzernden Wassermassen zu beobachten, während man Liebeskummer, Wut oder Trauer mit sich selbst auszumachen versuchte.

»Nachdem mein Dad an einem Herzinfarkt gestorben ist, saß ich tagelang hier oben«, flüsterte ich aus einem Impuls heraus.

»Das tut mir leid«, murmelte Liam, der mich immer noch in seine Stärke hüllte. Behutsam legte er sein Kinn auf meinen Kopf.

»Ist noch nicht so lange her, weißt du«, hörte ich mich selbst sagen, als die Erinnerung wieder hochkam. »Und es war so unvorhersehbar.« Meine Stimme brach.

»Und traurig«, fügte Liam leise an.

»Ja«, stimmte ich zu, mich räuspernd und überrascht, dass ich ihm das alles erzählte. Einfach so. Ich seufzte, gleichzeitig löste ich die Hände vom Lenker des Quads und legte sie über Liams, die immer noch auf meinem Bauch ruhten. »Von einem Moment auf den anderen war er einfach weg. Den einen Abend haben wir noch gemeinsam Monopoly gespielt und Schoko-Bananeneis gegessen ...«

»Und dann?«

»Dann hatte er am nächsten Tag einen Herzinfarkt. Mum hat ihn sofort mit unserem Helikopter nach Unguja ins nächste Krankenhaus fliegen lassen, aber ...« Ich schluckte. »Es war zu spät.«

Wir schwiegen.

»Das tut mir wirklich sehr leid. Dein Dad klingt toll«, sagte Liam leise. »Du musst ihn sehr geliebt haben.«

»Ja.« Meine Augen brannten verräterisch und ich senkte meinen Blick auf die weiße Gischt der Wasserfälle, dorthin, wo sie an der Kante schäumten, kurz bevor sie in die Tiefe stürzten.

»Denk dran: Deine Erinnerungen kann dir niemand nehmen, und auch wenn sie ihn nicht wieder lebendig machen, gehören sie doch für immer dir ... ein Teil von ihm ist immer bei dir.« Er spreizte seine Finger. Von ganz allein rutschten meine in die Lücken dazwischen, und als er seine Hände leicht anhob und meine dadurch gleich mit, verflochten sich unsere Finger. Wir hielten Händchen, aus heiterem Himmel. Doch es war mehr als das ...

»Meinst du?«, fragte ich nachdenklich, weil ich es so noch gar nie gesehen hatte.

»Mh-mh, ja«, machte Liam. Ich spürte an meinem Kopf, wie sein Kehlkopf vibrierte und er leicht nickte. Ein Schauer lief mir über den Rücken. »Er hat dir etwas hinterlassen, an dem du dich festhalten kannst, meinst du nicht?«

Mein Mund öffnete sich, aber es lag keine Spannung auf meinen Lippen. Mein Herz pumpte unglaublich schnell. Ich erkannte die Wahrheit in seinen Worten, fühlte sie bis in die Finger- und Fußspitzen. Am stärksten im Kopf und im Brustbereich. »Ja, kann schon sein. Wie ist denn dein Dad?«, fragte ich, um von mir abzulenken und meine Gefühlte wieder unter Kontrolle zu bringen.

Liam atmete erst mal tief durch, dann sagte er: »Ich spreche nicht sehr oft über ihn. Oder oft mit ihm. Er ist eigentlich ein cooler Dad, aber auch ziemlich egozentrisch und auf seine skrupellosen Mafiageschäfte fixiert.«

»Oh«, machte ich. »Tut mir sehr leid.«

»Danke, aber ...«

»Aber?«

»Eigentlich ist das alles nicht der Grund, warum wir nicht

mehr groß miteinander reden. Daran bin ich selbst schuld.« Er sank ein bisschen nach vorne, in sich zusammen. Stützte sich auf mich.

Vertraute mir.

Mir war, als würden sich unsere Herzen küssen. Meines blutete jedenfalls für ihn.

»Wie das?«, fragte ich vorsichtig und drückte bekräftigend seine Hände. »Das kann ich mir gar nicht vorstellen.«

Er hob den Kopf. Richtete sich wieder auf. Ich wusste, dass er in die Ferne blickte. Vielleicht dorthin, wo sich die Schlucht zu einer Spalte verengte, die in einer Sackgasse endete. »Er hat mir nie verraten, wer meine Mum ist. Aus dem Grund weigere ich mich, mit ihm zu reden. Ich hatte diese verrückte Vorstellung, ihn dadurch zwingen zu können, mir von ihr zu erzählen.«

»Du versuchst ihn zu erpressen und er hat es dir bis heute nicht gesagt«, sprach ich das Offensichtliche aus.

»Ja.«

»Wie lange geht das schon so?«

Liam seufzte. »Drei Jahre.«

»Das ist ziemlich lang.«

»Ich wollte es ziemlich dringend wissen. Ich *will* es ziemlich dringend wissen.«

»Das kann ich verstehen.«

Plötzlich waren wir uns sehr nah und die Feindschaft zwischen unseren Spezies war gänzlich vergessen. Unwichtig geworden. Nicht mehr als eine Randnotiz. Denn ich vertraute auch ihm.

»Das erste Mal, dass er wieder mit mir gesprochen hat, war, um mich zu bitten, Chris' Einladung zu folgen«, brach Liam die Stille.

Ich drehte mich perplex zu ihm um. »Er wusste davon?«

»Ich hab es ihm erzählt ... Irgendwie.«

»Mhm. Irgendwie. Und warum wollte er, dass du ihr folgst?«

Liam musterte mich, als überlegte er nun, ob er mir trauen konnte. Das verletzte mich. War es dafür nicht ein bisschen zu spät? »Er will ein Bündnis. Deshalb bin ich hier. Um herauszufinden, ob das im Bereich des Möglichen liegt.«

»Aus welchem Grund möchte er ein Bündnis mit uns Mermaids? Was habt ihr Djinn davon? Wenn sich unsere Familien zusammenschließen, werden beide Seiten Kompromisse eingehen müssen, das geht niemals gut. Dein Dad scheint mir nicht weniger egozentrisch zu sein als meine Mum.«

»Es geht um das Urwesen.«

»Was soll damit sein?« Ich kannte natürlich die Geschichten über das Urwesen – dass es die größte Bedrohung überhaupt darstellte; nicht nur für alle übernatürlichen Spezies, sondern für die ganze Welt – und das Tamtam, das Mum darum machte. Aber war sie wirklich davon überzeugt, dass das Urwesen irgendwo in der Tiefe lauerte? Die Zeremonie zu Ferienbeginn hatte es angedeutet. Trotzdem wusste ich nicht, ob ich daran glauben sollte. Denn gesehen hatte ich, auf meinen Streifzügen durchs Meer, nie auch nur einen Hinweis auf das Monster. Falls es noch irgendwo war, falls es wirklich existierte, wartete es wohl tatsächlich auf den richtigen Augenblick, um sich zu zeigen.

»Woher wissen wir überhaupt, dass das Urwesen noch existiert?« Mum sandte zwar jedes Mal, wenn ein neues Gerücht über das Urwesen die Runde machte, ein ganzes Heer an Mermaids, Mermen und Wasserwandlern zu der Stelle, wo man es gesehen haben wollte. Doch stets kamen sie mit leeren Händen zurück.

»Nun, deine Mum lässt sich nicht leicht Angst machen. Sie ist klug und ohne triftigen Grund würde sie sich nie auf ein Bündnis mit Djinn einlassen, das ist nichts Einseitiges.«

»Ich weiß.«

»Hast du deine Mum je ängstlich gesehen?«

Ich überlegte. »Nein. Höchstens nervös. Und das tatsächlich meist dann, wenn Urwesen-Gerüchte die Runde gemacht haben«, gab ich zu. *Oder wenn uns unser stärkster Verbündeter in den Rücken fällt*, ergänzte ich gedanklich. Und konnte mich nicht des Gefühls erwehren, dass sich da Puzzleteile zusammenfügten.

»Das ist der Punkt. Es sind nicht nur Gerüchte. Es gab Angriffe, Augenzeugenberichte. Das Urwesen ist erwacht.« Liam klang überzeugt.

»Aber das ist doch nicht ...« Überrascht riss ich die Augen auf.

»... möglich?«, beendete er meinen Satz. »Doch. Wir ahnen es schon länger. Seit circa einem halben Jahr erhärtet sich der Verdacht.«

»Aber warum taucht es jetzt auf?«

»Mein Vater glaubt, dass der Klimawandel es durch die Erwärmung der Meere aus seinem 5500-jährigen Schlaf in der Tiefe gerissen hat.«

»Der Klimawandel?«

»Ja, der menschengemachte Klimawandel.«

»Und der Gedanke kommt ihm erst jetzt? Hätte ihm das nicht früher einfallen können, dann hätten wir eher etwas dagegen tun können?«

»Mhm. Was denn? Die immer größer werdende Zahl an

Menschen bringt die Umwelt an die Belastungsgrenze. Das wissen wir alle. Neue Technologien helfen – und wir investieren seit jeher. Aber wir sind Gestaltwandler, keine Technikexperten, von deiner Mutter mal abgesehen. Außerdem sind wir wenige und es gibt viel zu viele Menschen, die allein durch ihre Anzahl jede Anstrengung torpedieren. Es müsste schon ein Wunder her. Doch wenn niemand den Quantensprung entwickelt, wird das Raumschiff ihn nie machen, du verstehst, was ich meine?« Er verstummte, runzelte die Stirn. »Also was willst du stattdessen tun? Alle Menschen ausrotten, alles Leben, das die Umwelt belastet; also genau das, was das Urwesen will?«

»Nein!« Ich sah ihn entgeistert an.

»Was dann? Tsunamiwellen überspülen das Land, der Ozean lässt Schiffe verschwinden, die anschließend nicht einmal ihr mehr orten könnt. Sogar die Schmugglerrouten deiner Mum wurden angegriffen.«

»Nun …« Ich runzelte besorgt die Stirn. Liam hatte recht, zusammengenommen klang das alles sehr verdächtig. Doch war es nicht viel wahrscheinlicher, dass die Wasserwandler hinter alldem steckten? Blind in ihrem Fanatismus, ganz genau wie Chris es mir erzählt hatte? Allerdings schien Mum überzeugt zu sein, dass das Urwesen eine Bedrohung darstellte. Und Liam hatte gesagt, dass sich sein Vater nun ein Bündnis mit den Mermaids vorstellen konnte. Womöglich war das Ganze von Anfang an Mums Plan gewesen! Vielleicht versuchte sie mit allen Mitteln – auch Liams Teilnahme an den Challenges – einen mächtigen Verbündeten zu gewinnen. Und wie gelang so etwas leichter, als wenn man einen gemeinsamen Feind aus dem Hut zauberte? Es war wie eine Seite aus dem Hollywood-Superschurkenhandbuch. Aber würde Liams Vater dem einfach so auf den Leim gehen? Was sollte ich glauben? Und vor allem: Sollte ich Liam von meinem Verdacht erzählen?

»Jetzt haben wir viel geredet, aber wieder nicht über uns«, brummte er und unterbrach damit mein Gedankenkarussell.

Von dem Themenwechsel überrascht, rutschte mir raus: »Ehrlich gesagt will ich gar nicht über uns reden.«

Die Stille, die folgte, wog schwer.

Bevor ich wusste, wie mir geschah, entzog Liam mir abrupt seine Hände und rutschte vom Quad. Mit geballten Fäusten ragte er im nächsten Augenblick vor mir auf. Seine Wangenknochen traten hervor, als er die Zähne zusammenbiss.

Oh-oh.

»Du willst nicht reden? Gut, ich will reden: Immer wenn ich dich ansehe, will ich dich …«

Ich blinzelte. »Ähm.« Mein Mund stand offen. *Sag was, Cassidy. Sag was, das seine Aussage weniger brisant …* »Ich …«, stammelte ich und lief sicher knallrot an. »Wollen wie in äh …?«, fragte ich dann nach und schloss sofort, peinlich berührt, den Mund. Oh, was faselte ich da?

»Ja, wie in ›äh‹, wenn ›äh‹ für küssen steht, Cassidy.« Er sah mich ernst an. Seine Augen blitzten, ein harter Zug lag um seinen Mund.

»Okayyy«, sagte ich heiser und völlig überfordert, weil meine Hormone offensichtlich beschlossen hatten, dass seine Direktheit echt heiß war – und verrückt spielten. *Oh mein Gott, oh mein Gott, oh mein Gott*, hallte es in meinem Kopf wider. Das Trommeln meines viel zu schnellen und viel zu lauten Pulses war ohrenbetäubend.

»Schön.« Liam grinste, verboten gut aussehend.

Ich benetzte meine trockenen Lippen und wartete atemlos darauf, was jetzt passieren würde.

Doch es passierte gar nichts.

Die Stille dehnte sich aus, die Spannung wurde unerträglich.

»Nachdem wir das geklärt haben, brauche ich dringend eine Abkühlung.« *Verdammter Mund.* »Äh.« Ich riss meine Hand zu meinen Lippen, mein Gehirn kam einfach nicht mehr hinterher.

»Oder wir widmen uns direkt hier jetzt all deinen ›Ähs‹? Cassidy?« Liam kam näher. Er stand jetzt so nah wie irgend möglich am Quad – und an mir.

Oh du liebes bisschen, er machte keine Scherze. Nein-nein-nein. Blitzartig lehnte ich mich auf dem Quad zurück, als könnten mich dreißig Zentimeter Luftlinie vor ihm retten.

Liam lachte prompt los.

Tief und männlich und wunderbar.

Mir schoss heiß noch mehr Blut in die Wangen. Jetzt glich ich sicher einer Warnampel. Und heiliger Ozean, war es plötzlich warm geworden! Ich sehnte mich am ganzen Körper nach ihm, schlimmer konnte es gar nicht …

Er zog sein Oberteil aus.

Wieder. Oh shit.

Und ich hatte freie Sicht auf seine definierten Brustmuskeln und die verheißungsvolle Spur dunkler Haare, die wie ein Pfeil in seiner ….

Schnell wandte ich den Blick von seiner Hose ab und hörte, wie Liam noch lauter lachte. Recht hatte er.

Kapitel 29

Mittwoch, der 6. Juli
Mermaid Island/Tansania

Cassidy Dell'Aqua

»Hast du inzwischen herausgefunden, was das für dich zwischen uns ist?«, fragte ich Liam, um mir Zeit zu erkaufen. Mein Puls flatterte prompt, so sehr sehnte ich seine Antwort herbei – die richtige – und fürchtete mich gleichzeitig davor, denn es könnte ja auch die falsche sein.

»Ja, ja ich denke, das habe ich. Und du?« Er schenkte mir sein strahlendes Megawatt-Lächeln. Das gleiche wie letztes Mal, als wir alleine gewesen waren. Uns beide hatte es wohl ganz schön erwischt. Doch dieses Mal erwiderte ich es.

Erst vorsichtig, dann immer breiter.

Ich konnte gar nicht anders. Sein Lächeln war ansteckend.

Die Luft zwischen uns knisterte und lud sich stetig weiter auf, während mein Körper nur noch das eine wollte – sich schamlos vorbeugen und mit meinen Händen über jeden Zentimeter von seinem fahren – aber mein Hirn und Herz mich weiterhin eindringlich vor ihm warnten.

Doch Liam lächelte alles weg. Fast alles.

Jene Kraft, die mich zu ihm hinzog, schien jeden inneren Widerstand zwecklos zu machen. Allerdings lag es nicht in meiner Natur, mich widerstandslos zu ergeben. Auch nicht seinem anbetungswürdigen Oberkörper. Meine Zerrissenheit in seiner Gegenwart ließ mich mich selbst gar nicht wiedererkennen. »Du setzt wieder dein verruchtes Lächeln ein! Und deine Muskeln! Um deine Hintergedanken durchzusetzen!«, beschwerte ich mich halbherzig.

»So so.« Er grinste.

»Gib's zu!« Ich klang eher neckisch als anschuldigend … kein Wunder, denn ich hatte das Gefühl, innerlich lichterloh in Flammen zu stehen.

»Na gut.« Liam blinzelte erheitert. Mittlerweile kannte ich ihn aber gut genug, um zu merken, dass die Leichtigkeit jetzt aufgesetzt war und er genauso angespannt darauf wartete, dass ich einen Schritt machte.

Den nächsten.

Schritt um Schritt, wie bei einer Tanzfolge. Es war Teamwork, ging nur, wenn beide aufeinander vertrauten und die Figuren gemeinsam aufbauten. Der Gedanke wirkte leider kein bisschen beruhigend auf mich. Genauso wenig wie, dass alle drängenden Fragen, die mich beim letzten Mal davon abgehalten hatten, mich fallen zu lassen, nun geklärt waren.

Ich wusste nun, warum Liam wirklich auf Mermaid Castle war: um ein mögliches Bündnis zwischen Mermaids und Djinn zu besiegeln; wusste, wie er Mums Challenge gelöst hatte: mit seinen unglaublichen Djinn-Kräften. Und das Entscheidende: Ich wusste, dass er ein Djinn war, der Erbe des mächtigen Marid-Mafia-Clans aus Kenia. Der Feind. Und es war mir egal.

»Wir haben so viele Gemeinsamkeiten«, flüsterte er, ganz als könnte er auch mich lesen. »Ist das nicht eine gute Basis für …?« Er stockte.

Ich zog fragend die Augenbrauen hoch und atmete tief durch.

Doch er schüttelte schon im nächsten Herzschlag nur lächelnd den Kopf. »Wie denkst du darüber?«, hakte er feinfühlig nach.

Ich runzelte die Stirn. »Meinst du mit Gemeinsamkeiten das Übernatürliche? Unser Mafiaerbe? Die festgeschriebene Zukunft?«, bemühte ich mich, klar zu denken, während mir das Herz in der Brust wummerte. Schließlich waren es genau diese Gemeinsamkeiten, die für mich das größte Hindernis darstellten. Absurd, aber dadurch nicht weniger real.

»Ja. Aber noch viel mehr. Zum Beispiel die Liebe zur Geschwindigkeit. Du liebst es, mit dem Quad über die Insel zu brettern, weil du dich dabei frei fühlst, ich fahre am liebsten mit dem Motorrad durch die Chalbi Wüste. Weit und breit nur Dünen, Sand und Kargland und hinter mir die Staubspur, die beweist, wo ich eben noch war.«

»Keine erdrückenden Regeln. Keine Eltern.« Ich lächelte unwillkürlich, als ich mir Liam auf einem Bike vorstellte, wie er durch die Wüste heizte. Auf einem schwarzen Bike, was sonst. »Das ist Freiheit.«

Er nickte, hob scherzhaft den Zeigefinger. »Oder deine vehemente Beherztheit, wenn es um Gwen geht. Du würdest alles für sie tun und ich würde alles für die tun, die mir am Herzen liegen. Dein Bruder … du.« Seine Stimme senkte sich zu einem intimen Flüstern. Seine tiefbraunen Augen fixierten meine hellblauen und da war plötzlich eine noch viel intensivere Spannung zwischen uns.

Hitze drang mir aus allen Poren und meine gesamte Wahrnehmung verengte sich auf Liam und mich. Meine Ersatzkleidung, der Bikini und die grüne Tunika von Shey, waren mir plötzlich viel-viel-viel zu eng. Sie waren keine Rüstung mehr, sondern ein Käfig. Und der Drang, vom Quad aufzustehen und beides abzustreifen, wurde übermächtig. Doch dann würde Liam mich nackt sehen. Von vorne.

Wo dachte ich hin?

Wollte ich das etwa?

Mein Körper wäre seinen aufmerksamen dunklen Augen ausgeliefert. Und ich hatte mich noch nie ... Vor einem Jungen ... Ich ... Ich schluckte und war geschockt, dass ich überhaupt darüber nachdachte.

Mit geröteten Wangen wandte ich den Blick von Liams geweiteten Pupillen ab und blickte auf die glitzernden Wassermassen des Zentrums des Vergessens. Nur, dass ich mich jetzt nicht mehr nach Vergessen sehnte. Sondern nach etwas ganz anderem. Ich wollte neue Erinnerungen schaffen. Mit Liam.

Eine Böe brachte den süßen Duft der Nelken zurück – und Liams köstlichen Geruch nach Ambra und Sandelholz.

Automatisch wanderte mein Blick wieder zu ihm. Seine stolze Haltung wirkte stark. »Ich mag es, dass wir uns auf Augenhöhe unterhalten können«, gestand ich leise. Bisher waren Jungs, meiner Erfahrung nach, eher Blödmänner wie Titus. Aber Liam war ganz anders. Viel souveräner. »Ich mag deinen Humor, ich mag deine Intelligenz. Aber ...«

»Aber?«, fragte er rau.

»Aber es gibt jede Menge *aber*, das weißt du genau.«

»Weiß ich das?« Sein Gesichtsausdruck wurde gequält.

Ich seufzte beklommen.

»Was, wenn es die für mich nicht gibt?«, fragte er. »Und was, wenn du deine einfach vergisst, nur für den Moment? Für mich?«

Sein Vorschlag war verlockend, bloß: Konnte ich das? Meine Zweifel vergessen? Versunken in die Betrachtung seiner markanten Züge erhob ich mich – ohne darüber nachzudenken – langsam auf dem Quad.

Ich schwang den einen Fuß zum anderen und rutschte anschließend auf den Boden. Dabei verrutschte einer meiner Flipflops, doch ich konnte den Schuh gerade noch so mit den Zehen halten und mich mit einer Hand seitlich am Quad stabilisieren.

»Ufff.« Ein wackliges Lachen entkam mir.

Liam schloss sofort die Mini-Lücke zwischen uns und gab mir mit seinen Armen weiteren Halt. »Hab dich.«

Ja ... Also ... Das ...

Nach einigen erstarrten Sekunden zog er mich stumm noch näher an sich und wir versanken in der Nähe des anderen. Zur Begierde gesellte sich eine ganz neue Intimität. Ein Teil von mir fand das wunderbar, alles kribbelte und summte unter Liams Berührung, als erwachten die Stellen, an denen er mich jetzt berührte, das erste Mal richtig zum Leben. Genau wie meine Finger auf der nackten Haut seines Rückens. Doch inmitten all dieser überwältigenden Gefühle blieb ein leiser Zweifel. Wie konnte ich alles vergessen, was uns trennte? Die jahrhundertelange Feindschaft unserer Spezies? Was sollte ich nur tun?

»Lass die Zweifel hinter dir«, murmelte Liam dicht an meinem Ohr. Seine Hände strichen an meinen Seiten entlang, erkundeten ganz behutsam meinen Körper und hinterließen pochende, warme Spuren, die Leidenschaft in mir weckten – und das Bedürfnis nach mehr. Viel mehr.

Mein Atem ging schneller, genau wie Liams, und weitere verwirrende Gefühle und Gedanken stiegen in mir auf: Ich wollte ihm nah sein, ich sollte ihn aber von mir stoßen. Ich wollte am liebsten den ganzen Tag so eng umschlungen hier mit ihm verbringen, gleichzeitig sollte ich mich losreißen, mich umdrehen und weglaufen, so weit mich meine Beine trugen.

Ich tat nichts davon.

Die Situation überforderte mich und Liams Nähe betörte mich. Alles an ihm und mit ihm war schön; wäre da nur nicht die Angst davor, was passieren würde, wenn die Blase um uns platzte. Wenn es eben nicht nur um heimlich gemeinsam verbrachte Zeit gehen würde, wenn ...

Liam beugte seinen Kopf zu mir und strich mir mit den Lippen über einen Punkt hinter meinem rechten Ohr.

Mein Denken setzte aus, mein Herz begann zu rasen und ich seufzte leise.

Zufrieden brummend wiederholte er die Bewegung und ich spürte, wie sein kurzes Haar mich sanft am Ohr streifte.

Unsere Körper waren jetzt so nah beieinander, dass ich die Reaktion seines Körpers überdeutlich spüren konnte. Trotzdem gab es da kein Drängen, nur Zärtlichkeit. Und viele kleine Küsse, die Liam nun hauchzart auf meine Halsbeuge regnen ließ, was heiß-kalte Schauer durch meinen Körper jagte.

Bis in meine Zehenspitzen fühlte ich seine sanften Berührungen und jeder neue Kuss, so wenig und gleichzeitig so viel, machte mich ganz verrückt. Ein neu erwachtes Sehnen pulsierte zwischen meinen Beinen; wollte gestillt werden – durch Liam, nur durch Liam. Doch die Zweifel fraßen sich unerbittlich weiter in mein Herz.

Als er nun den Kopf hob und seine Lippen in Richtung meiner Lippen bewegte, wurde meine Unsicherheit schlagartig überlebensgroß.

Ich erstarrte, war kurz wie paralysiert, als die Panik in

mir überhandnahm und all die begehrlichen Gefühle auslöschte.

Im letzten Moment drehte ich ruckartig den Kopf weg. Und erst, als ich nicht mehr auf den nächsten Kuss – oder irgendeinen Kuss – von Liam fixiert war, realisierte ich, was da eben geschehen war.

Oh weh, was hatte ich getan?

Ich hatte unseren ersten richtigen Kuss – Lippen auf Lippen – abgeblockt. Mein Brustkorb hob sich vor hektischen Atemzügen, während ich krampfhaft nicht zu Liam hinsah, der mich ja noch immer umarmte.

Gedanken schossen wie wild gewordene Pistolenkugeln durch meinen Kopf. Ja, wir fanden uns definitiv sehr anziehend, hatten uns nun schon besser kennengelernt und eine Beziehung mit ihm, meine erste Beziehung, hätte sich jetzt unter normalen Umständen anbahnen können. Eben mit diesem möglichen Kuss. Aber – und wieder kam dieses Aber, das mich ständig heimsuchte – wir waren nicht normal und die Umstände waren es schon gar nicht. Wir gehörten verfeindeten Spezies an ... Erzfeinden, seit Tausenden von Jahren. Schon eine Allianz wäre außergewöhnlich, eine Beziehung könnte alles zerstören. Nein ... es konnte niemals ein ›Wir‹ geben. Es sollte keine Küsse geben.

Beunruhigt blickte ich ihm nun doch ins Gesicht – und fand dort zu meiner Verwunderung ein beruhigendes Lächeln. Er war mir nicht böse.

Er war mir nicht böse?

»Manche Dinge sind es wert, drauf zu warten.« Behutsam löste er sich von mir. »Jetzt brauche ich aber wirklich eine Abkühlung!«

KAPITEL 30

MITTWOCH, DER 6. JULI
MERMAID ISLAND/TANSANIA

Cassidy Dell'Aqua

Liam und ich waren die Ersten, die um Punkt achtzehn Uhr dreißig den großen Saal betraten, um – wie Mum angeordnet hatte – zum Abendessen zu erscheinen. Es war einer der wenigen unterirdischen Räume, die regelmäßig benutzt und deshalb renoviert worden waren.

»Jambo!«, begrüßte Joyce uns, dafür hielt sie kurz inne. Ihr konzentrierter Blick galt aber weiterhin der langen, bereits gedeckten Tafel in der Mitte des Raums, an deren Gestaltung sie letzte Hand anlegte.

»Jambo, Joyce.« Liam trat näher an den Tisch.

»Das sieht großartig aus«, lobte ich. Vom weißen, bestimmt frisch gestärkten Tischtuch über die dunkelblauen Stoffservietten und die glänzend polierten Muscheln mit Perlmutt als Dekoration hatte Joyce alles aufeinander abgestimmt. Es war perfekt.

»Danke, Cassidy.« Sie schien ebenfalls zufrieden zu sein. »Freut mich, dass es dir gefällt.« Langsam ging sie auf Abstand zum Tisch. »Ja, ist okay. Kann so bleiben.« Bestätigend nickte sie.

»Oookay«, ich lachte, weil das so typisch Joyce war: sich selbst nur nicht zu sehr loben, das könnte ja Freude bereiten, »ist ein echtes Understatement, Joyce. Wirklich. Ich bin sicher, du hast dich mal wieder selbst übertroffen. Ich meine, das hier ist die Deko, aber das Essen nachher – komm schon!

Mir läuft jetzt schon das Wasser im Mund zusammen, wenn ich nur dran denke. Und ich habe echt Hunger. Bitte sag mir, dass du dir etwas Besonderes hast einfallen lassen?«

»Ja, meine Liebe, natürlich habe ich. Wie immer. Aber Understatements sind nicht zu verachtende Stilmittel der Höflichkeit, merk dir das. Die Engländer sind ganz versessen darauf. Die Adeligen, meine ich.«

»Das Königshaus, meinst du.« Ich grinste.

Versonnen sah Joyce mich an. »Ja, das Königshaus. Da können wir uns noch ein paar Manieren abschauen.«

»Nun, uns Djinn könntest du jedenfalls Nachhilfe in allen Stilmitteln der Höflichkeit geben. Wir sind darin definitiv schlecht und Dad liebt eher das Overstatement«, warf Liam ein. »Er hält sich für Gottes Geschenk an die Menschheit.«

»Gilt das nicht für alle Männer jeder Spezies?«, fragte ich, während Joyce sagte: »Oh weh, hat Kalid immer noch den ganzen goldenen Firlefanz?«

Liam ignorierte vorerst Joyce und grinste mich an. »Nein, ich bin der lebende Beweis. Außerdem ...«

»Wohl kaum«, brummte ich.

»... bin ich sicher, dass manche Männer unserer Spezies sich direkt für Götter halten. Und ja«, nun zwinkerte er Joyce zu, »Dad liegt der teure Plunder echt am Herzen«, endete er, an sie gewandt.

»Oje, na, solange ich den nicht abstauben muss«, meinte sie zweifelnd. »Aber sagt, wie war euer Nachmittag?«

»Gut, wir waren schwimmen.« Liam musterte plötzlich hoch konzentriert die handgefrästen weiß lackierten Paneele aus Holz, die alle Wände des Saals auskleideten, dann schwenkte sein Blick zum hellen Parkettboden ... und über den Tisch, bis zu mir. »Schönes Kleid übrigens«, sagte er.

»Danke.« Ich nickte belustigt. Das weiße Maxikleid, in das ich nach dem Duschen geschlüpft war, hatte Spaghettiträger und an einer Seite einen langen Schlitz, unter dem immer wieder die bloße Haut meines Beins hervorblitzte. Es war wie gemacht für den Sommer, ein Abendessen wie dieses – oder, um Liam verrückt zu machen. Neckend sagte ich zu Liam: »Du siehst aber auch nicht schlecht aus.«

Er hatte sich für eine dunkle Anzughose mit einem silbernen Kettengürtel entschieden und diese mit einem weißen Hemd kombiniert – ohne dessen abgerissene Ärmel. Sein Outfit war irgendwas zwischen ›Ist das Kunst oder kann das weg‹, an ihm sah es aber fürchterlich sexy aus. Kraftvoll. Cool. Nicht, dass ich ihm das sagen würde.

»War das jetzt ein Understatement?«, fragte er prompt, grinsend.

»Cassidy lernte schon immer schnell«, meinte Joyce trocken. »Bei deinem Dad hab ich da aber weniger Hoffnung.«

»Ne, Hoffnung ist nichts, was man bei ihm haben sollte und auch nicht sein Ding. Eiskalte Vorteile und brandheiße Verdammnis schon eher«, murmelte Liam, den Blick unverwandt weiterhin auf mich gerichtet, »solange ihm beides nutzt.«

»Wie erquicklich«, flüsterte ich. Laut sagte ich: »Joyce, wir waren am Zentrum des Vergessens.«

»Oh?« Ihre Augenbrauen wanderten nach oben.

»Ja, Mums Challenges sind dieses Jahr echt hart.« Ich dachte dabei nicht an die körperlichen Gefahren, sondern an den Kuss zwischen der Königin und Sahr. An den Sirenengesang. Und die Fahrt mit dem Quad. Die Nähe zu Liam.

Ich sah in seinen Augen, dass er genauso daran dachte. Er schluckte, sein Kehlkopf hüpfte.

»Jedenfalls hatten wir an den Wasserfällen Spaß«, plapperte ich. »Ich weiß jetzt, dass Djinn problemlos mit uns unter Wasser mithalten können. Liam kann sich beliebig materialisieren oder nicht – muss also gar nicht unter Wasser atmen, das ist perfekt – wusstest du das?«

»Ja.« Joyce klang amüsiert.

»›Ich würde so gerne reinspringen, weiß aber nicht, ob das für dich geht‹, hat sie mich gefragt.« Liam grinste. »Dabei war ich bereits mehr oder weniger dabei reinzuspringen.«

Richtig. Aber musste er das Joyce erzählen?

Am liebsten hätte ich ihm die Zunge rausgestreckt.

Joyce lachte nur.

Na, Hauptsache, die beiden fanden sich lustig. »Wo bleiben denn die anderen?«, versuchte ich, das Thema zu wechseln. Außerdem wunderte ich mich langsam wirklich darüber. Mum kam chronisch zu spät – eigentlich grundsätzlich wann sie wollte – aber alle anderen ... Gwen war mir weder, als ich mich nach der Rückfahrt mit Liam auf meinem Zimmer geduscht und umgezogen hatte, noch auf dem Weg hierher begegnet. Und ich hatte auch nichts von Chris und dem Rest gehört. Ein bisschen irritierte mich das schon. Was sie wohl den Nachmittag über gemacht hatten? Shey hatte bestimmt fotografiert ...

»Ah, da kommen sie«, sagte Joyce. »Ich verabschiede mich kurz in die Küche. Jambo! Bitte setzt euch, ja«, wies sie Gwen, Chris, Shey, Okuza, Mahana und Mario an, die gerade zur Tür reinkamen.

»Po-ha! Die Decke ist ja der Wahnsinn«, hörte ich Gwen sagen. Sie trug ein wunderschönes smaragdgrünes Kleid, das wir vor Jahren zusammen in einem kleinen Laden nahe Le Rovey gekauft hatten.

»So toll, Joyce, echt. Das Gedeck sieht aus wie bei den ganzen Social-Media-Mums auf Pinterest. Darf ich das fotografieren?«, fragte Shey und zückte bereits ihre Kamera.

»Ich nehme an, Pinterest ist was Gutes?«, fragte Joyce irritiert.

Shey nickte.

»Dann klar, gerne, Schätzchen.«

Während Joyce nun endlich hinauseilte und meine Cousine zu uns an den Tisch trat, knipste sie bereits wild drauflos.

Klick. Tzzzz.

Ich blickte – wie Gwen – zur Decke des Saals. Dort hing ein beeindruckender alter Kronleuchter mit insgesamt acht Armen und kristallenen Perlenschnüren. Die dicken Kerzen spendeten gedämpftes Licht, doch es war die Decke des Raums, die Gwens Aufmerksamkeit erregt hatte, weil sie aus Wasser zu bestehen schien. Eine dicke Glasscheibe trennte den Saal von einer kleinen Grotte darüber, doch Strömungen und Sonnenstrahlen von oben ließen Reflexionen und ein wechselndes Lichtspiel auf dem Wasser entstehen, das sich auf die weißen Wände des Saals übertrug. Es war ein toller Anblick. Einer, der mir so vertraut war, dass ich ihn nur dank Gwen wieder für etwas Besonderes hielt.

»Setzen wir uns«, sagte Mahana.

Wir taten wie geheißen. Die Familie meiner Tante belegte die eine Tischhälfte, Gwen, ich und die Jungs ließen uns an der anderen nieder, wobei ich schnell den Platz neben meiner besten Freundin ergatterte.

Die Stimmung war allgemein gelöst.

»Alles gut bei dir?«, flüsterte ich Gwen zu.

»Jaaa.« Sie hatte leuchtende Augen.

Ich lächelte erleichtert. Gwen wirkte munter und wohlauf.

»Bei dir auch?«, fragte sie.

»Ja, schon.« Ich grinste. »Hat Chris den Dreizack jetzt über seinem Bett hängen? Ich sehe ihn hier gar nirgends.«

»Zum Essen brauch ich ihn offensichtlich nicht«, hörte ich meinen Bruder sauertöpfisch murmeln.

Uh? Als mein Blick auf seine ernste Miene fiel und auf sein unverändert weißes Haar, verflog meine gute Laune.

Passend erschien Mum in der Tür und setzte sich, nach einigen Schritten, stumm ans Tischende. Sie war in Gedanken versunken und die Gespräche ringsum plätscherten weiter dahin, bis Joyce, fröhlich wie immer, wieder auftauchte und damit begann, das Essen zu servieren.

Als Erstes gab es eine würzige Kartoffel-Mango-Suppe.

»Die kann man meist in den Straßen von Stone Town als Street Food ergattern«, ließ ich Gwen wissen.

Dazu gab es wahlweise Beef Tatar oder Rindercarpaccio für uns Mermaids und Mermen, also rohes Fleisch in Form einer manierlichen Vorspeise für eine reibungsfreie Wandlung und Zellregeneration. Als Suppen-Toppings standen kleine kandierte Mango- und Zitronenstückchen oder Chili zur Auswahl – für ungeübte Geschmacksknospen eine echte Herausforderung.

Gwen hustete nach dem ersten Löffel.

»Was? Mildern dir die zwei Esslöffel Atta- und Kichererbsenmehl, die Joyce in ihren Hexenkessel rührt, die Schärfe der Suppe nicht genug ab?«, fragte Shey grinsend.

»Doch, doch. Prima«, keuchte Gwen mit hochrotem Kopf.

Ich zog ihr die noch volle Schüssel unterm Löffel weg und vertauschte sie mit meiner leeren.

»Da hilft nicht mal der Liter Wasser, den ich in den Kessel kippen durfte«, murmelte derweil Okuza und machte klar, wie er und Shey den Nachmittag verbracht hatten: bei Joyce in der Küche.

Mario lachte nur und schwenkte dabei seine ausgekratzte Suppenschüssel. »Das beweist, dass Mermen auch nicht alles besser können als Menschenmänner«, feixte er.

»Gut, dass ich erkannt habe, dass du ein ganz Scharfer bist«, scherzte Mahana.

Sie küssten sich über den Tisch hinweg. Es war echt putzig.

Shey machte Würggeräusche.

»Hast du dich an deiner Suppe verschluckt?«, fragte Chris sie trocken.

»Ne, ne. Prima«, äffte Shey Gwen nach.

Die lachte.

Ich auch, denn die Familien-Frotzelei war so herrlich normal.

In dem Moment kam Joyce wieder, mit einem Tablett voll Köstlichkeiten. Ich erspähte Katlesi, kleine Kartoffel-Hackfleisch-Bällchen, die ihren besonderen Geschmack einer Gewürzmischung aus Kurkuma, Kreuzkümmel, Koriander, Limetten und Knoblauch verdankten. Dazu gab es Chapati, dünne Fladenbrote, die auf Sansibar eigentlich zu jeder Mahlzeit gereicht wurden. Egal ob zum Frühstück, dann eben mit Schwarztee, mittags mit Eintopf oder zum Abendessen; die ursprünglich aus Indien stammenden Fladen passten perfekt. Mit Öl in einer Pfanne ausgebacken waren sie genauso gut, wie die Fähigkeiten der Köchin oder des Kochs. Also – in Joyce' Fall – exzellent!

Ich nahm mir direkt mehrere.

Die anderen schlugen ebenfalls zu.

Außerdem brachte Joyce Reis, der nie fehlen durfte. In einem Topf, aus dem es dampfte, duftete das zugehörige Mchuzi wa kamba: Shrimp-Soße mit Kokosmilch, die mit Zimt, Ingwer und Nelken versetzt leicht süßlich schmeckte. In einer anderen Schale roch ich Ndizi na nyama, einen Eintopf mit grünen Bananen, in den Hühnerbrühe mit Rindfleischwürfeln, Bananen, reife Tomaten und Kokosmilch gehörten.

»Morgen früh um acht Uhr in der Eingangshalle«, sagte Mum plötzlich und ließ ihre Serviette auf ihren halb vollen Teller fallen.

Ruckartig stand sie auf, mit einer Hand hielt sie sich ihr Handy ans Ohr. »Wie, der Transport ist nicht angekommen?«, zischte sie hinein. »Ja, stell ihn durch.« Sie ging zur Tür. »Tepes, bitte beruhige dich ... Fürst! Wenn ich doch sage, dass ...« Weg war sie.

Verwundert sahen wir ihr nach.

»Soll ich ihr nachgehen?«, fragte ich besorgt. Mit Mum stimmte doch etwas nicht. Und Fürst Tepes, wie Titus' Dad?!

»Lass nur, Liebes. Ich mach das.« Mahana erhob sich seufzend.

Unangenehme Stille legte sich über den Tisch.

Da kam Joyce mit Maandazi, kleine in Fett ausgebackene Krapfen. »Mit Chai«, betonte sie, die seltsame Stimmung ignorierend.

Sofort waren Chris' Finger zur Stelle.

Geübt wehrte Joyce sie mit einem Klaps ab, ohne dass das vollgepackte Tablett auch nur in Schieflage geriet. »Na-na, wer wird denn da nicht warten können, bis ich es abgestellt habe, sodass sich alle nehmen können.«

»Genau, benimm dich«, schimpfte ich. Die Swahili-Krapfen waren nicht nur Chris' Favoriten, sondern in ganz Tansania ein beliebter Snack für zwischendurch oder eine bevorzugte Beilage zu allem. Oder ein Nachtisch, wie in unserem Fall.

Und ich mochte sie mindestens genauso gern wie er. Als die Reihe an mir war, nahm ich mir deshalb direkt zwei.

»Was, glaubt ihr, ist die letzte Challenge?«, brach Liam die mit Kaugeräuschen gefüllte Gesprächspause. Er hatte seinen Krapfen wohl inhaliert, so schnell waren nicht mal Chris und ich gewesen.

»Vielleicht etwas Technisches?«, überlegte Okuza.

»Die letzte Aufgabe gibt immer doppelte Punktzahl, also wird es nicht einfach sein«, warf Shey ein.

Bedrückte Stille füllte den Saal.

Uff, hatte ich viel gegessen. Eventuell ein bisschen zu viel.

Klick. Tzzzz.

Shey machte ein Krapfen-Foto von sich, dann richtete sie die Kamera auf den Tisch. »Wenn ihr eure erschrockenen Gesichter sehen könntet!«

Klick. Tzzzz.

»Shey«, sagte ich streng.

Klick. Tzzzz.

»Ja?«

»Lässt du das mit den Fotos bitte?«

»Okay. Für dich.«

»Danke.« Meine Güte. Nachzudenken, bevor sie etwas sagte oder tat, musste meine Cousine nach wie vor lernen.

Als sich kurz darauf alle erhoben, hakte ich mich bei Gwen unter und zog sie ein Stück von den anderen weg, die alle voraus zur Tür gingen.

Flüsternd erzählte ich ihr von meinem Fast-Kuss mit Liam bei den Wasserfällen. Es musste einfach raus. Irgendwie wollte ich keine Sekunde warten. So gut es ging und in kurzen Sätzen schilderte ich ihr alles – außer der Sache mit den Wasserwandlern, den Urwesen und dem Mafiakram. Gwen hatte genug an der Backe, da reichte es, wenn ich sie mit meiner Liam-Verwirrung konfrontierte. Weltuntergangsszenarien mussten nun nicht auch noch sein.

»Du klingst mächtig verliebt«, meinte sie und kicherte.

Ich stieß sie verschämt in die Seite. »Sag das doch bitte noch ein bisschen lauter.«

Wir folgten den anderen mit Abstand auf den Gang hinaus.

»Weißt du, vielleicht wäre das gar nicht so schlecht. Ich meine, wenn du das tun würdest: *Du* solltest ihm sagen, was du fühlst.« Sie zeigte auf Liams Rücken.

Ich zuckte unschlüssig mit den Achseln. »Ich weiß nicht. Es ist ... kompliziert.«

»Ist es das nicht immer?«

»Mhm. Und du? Wie lief's bei Chris und dir? Oder sollte ich fragen: Was lief bei Chris und dir?« Ich wackelte mit den Augenbrauen. »Nach der Challenge wart ihr plötzlich verschwunden und in unserem Zimmer bist du auch nicht aufgetaucht.«

Gwen wurde rot. »Nichts. Na ja, wir haben Netflix geguckt und gechillt. Ich war ja leider völlig fertig.«

»Mhm.« Ich hatte das Gefühl, dass Gwen sich unnötig Sorgen machte, als Mensch nicht gut genug für Chris zu sein.

»Das ist doch total anstrengend für ihn«, sagte sie just. »Ich sterbe gefühlt alle fünf Minuten, weil ich nicht mithalten kann. Shey hatte schon recht.«

»Gwen ...« Ich schwor mir, meiner kleinen Cousine, das nächste Mal, wenn ich sie sah, so was von in den Hintern zu treten – für all ihre unbedachten Äußerungen und das, was sie damit auslöste ...

»Und ich kann nicht mal sagen: Da kriegt er ja noch graue

Haare, denn die hat er ja schon – wegen mir«, murmelte Gwen sarkastisch.

Ich lachte. »Als Nächstes fallen sie dann aus.« Nachdem ich bemerkte, dass Gwen nicht mitlachte, wurde ich schnell wieder ernst. »Hey, jetzt mach mal halblang. Chris ist total verliebt in dich. Ganz offensichtlich. Und falls du meine Tante gehört hast: Wir Mermaids verlieben uns nicht alle naselang, das gilt auch für Mermen. Mahana hat das vielleicht ein bisschen melodramatisch formuliert, aber da ist schon was dran. Also hör auf, so einen Quatsch zu denken. Du gehörst dazu, Mermaid oder nicht, völlig egal!«

Und das war es wirklich, wie ich nach dem heutigen Tag begriff, völlig egal, welcher Spezies man angehörte. Was zählte, waren Liebe, Freundschaft und Freiheit. Punkt.

Vielleicht sollte ich ein verdammtes Buch darüber schreiben und es auf Gwens und Sheys Leselisten setzen.

KAPITEL 31

DONNERSTAG, DER 7. JULI
MERMAID ISLAND/TANSANIA

Cassidy Dell'Aqua

Am nächsten Morgen, als ich die Vorhänge in meinem Zimmer zur Seite zog, brannte die Sonne gleißend hell vom klaren Himmel. Die Glasscheibe war unter meiner platten Handfläche bereits heiß, es würde ein weiterer strahlend schöner Tag im Paradies werden.

Und wir waren mal wieder spät dran. Gwen und ich hatten wie immer bis zur letzten Minute geschlafen. Ich seufzte.

»Komm schon, Gwen!« Mit einem Ruck zog ich ihr die Decke weg. »Aufstehen, es ist kurz vor acht. Wir müssen echt in die Puschen kommen.«

Meine beste Freundin öffnete nicht mal die Lider, grummelte nur wenig begeistert im Halbschlaf irgendwas über meine Ansage.

War vielleicht besser, dass ich es nicht verstand.

Ich überlegte einen Augenblick lang, ob ich sie irgendwie für die letzte Challenge entschuldigen konnte. Doch mir fiel auf die Schnelle partout nichts ein – außer vielleicht abgehackte Gliedmaßen, aber das erschien mir doch ein bisschen zu radikal in der Umsetzung –, um ihre Abwesenheit vor Mum zu rechtfertigen.

»Gwendolyn Desna Madhāmā, du stehst jetzt auf«, sagte ich deshalb mit mehr Nachdruck, »oder ich muss den nassen Waschlappen holen! Und der sucht dich dann heim! Im Nacken. Ich mache keine Witze, es wird eklig!«

Sie öffnete schlagartig die Augen. »Uaaahh, da fürchte ich mich aber. Mehr hast du nicht drauf? Da warst du ja mit zehn kreativer. Ernsthaft Cass, du lässt nach.« Sie kicherte.

Ich verdrehte die Augen. Sollte sie doch mal – selbst noch im Halbschlaf – kreativ sein.

»Ich glaube, die Liebe macht dich weich. Zu einer richtigen Softie.« Sie grinste mich vom Bett aus an. »Du verlierst deinen Biss.«

»Steh jetzt auf oder ich zeig dir, wie weich sich ein Kissen in deinem Gesicht anfühlt. Wenn dir langsam die Luft ausbleibt und du ›Bitte nicht, Cass, bitte nicht, ich habe es nicht so gemeint‹ krächzt, verstellte ich meine Stimme und fuhr dann tief und bedrohlich fort, »während sich der Stoff gegen deine Nase und deinen offenen Mund drückt und Schmerzen einsetzen, weil deine Muskulatur nicht mehr mit genügend Blut versorgt wird; weil du immer heftiger nach Luft ringst – aber keine bekommst. Wie dir die Furcht den Nacken hochkriecht und pfeifende Atemgeräusche alles sind, was du hörst, weil da nur noch Watte in deinem Kopf ist. Und der schier unmögliche Gedanke, dem starken Hustenreiz, den du gerade verspürst, nicht nachzugeben, weil dann alles aus ist. Aus und vorbei.«

Gwen blinzelte. »Jaaa, das war schon besser. Bis zum Nacken hattest du mich, aber schon wieder den Nacken zu erwähnen, hat es echt unglaubwürdig gemacht. Hast du einen Nackenfetisch, Cass? Den solltest du behandeln lassen ...«

Ich schnaubte ungläubig, kurz davor, Ernst zu machen, vor allem weil sie sich immer noch nicht gerührt hatte.

»... wobei eine Therapie deiner detaillierten Gewaltgedanken auch nicht schaden könnte. Behalt das im Hinterkopf. Aber den Drohversuch lass ich dir durchgehen. Doch, doch, den erkenn ich an. Hab mich wohl geirrt: Du lässt doch nicht nach.« Immer noch kichernd sprang sie endlich voll Energie – woher nahm sie dir nur so plötzlich? – aus dem Bett.

Ich schüttelte den Kopf und seufzte noch mal, ließ das aber unkommentiert.

Eilig putzten wir uns die Zähne und schlüpften in praktische Sachen. Zur Sicherheit zog ich eine lange, aber dünne schwarze Hose an und ein graues langärmeliges Shirt, um für alles gerüstet zu sein. Lieber schwitzen, als bei irgendeiner körperlichen Aufgabe ungeschützt ins Verderben zu rennen. Hektisch band sich Gwen, die heute ebenfalls Hosen – wenn auch beige, weite Leinenhosen – trug, die Haare hoch.

Dann machten wir uns auf den Weg nach unten, stoppten kurz in der Küche, wo uns Joyce mit einem Lächeln je ein Glas Milch entgegenhielt, das wir hinunterstürzten. Und hinterher ein Körbchen mit den übrigen Krapfen von gestern reichte, von denen wir uns wieder je einen in den Mund stopften. Ich hätte in dem Moment schwören können, Joyce hatte überirdische Kräfte, ganz als hätte sie geahnt, dass wir kurz vor knapp noch bei ihr aufschlagen würden. Wobei es sich wahrscheinlich nicht um Hexenwerk handelte, unsere Gewohnheiten waren vermutlich einfach zu durchschaubar.

Halbwegs gestärkt und nicht im Mindesten bereit, aber zumindest was Gwen betraf hochmotiviert, gesellten wir uns so nur minimal später als acht zu den anderen in die Eingangshalle.

Dort herrschte eine bedrückte Stimmung.

Neben den restlichen Teams waren auch Mahana und Mario da. Trotz der Temperaturen hatten sich alle für praktische Outfits entschieden. Okuza sah schwarz-in-schwarz wie ein Einbrecher aus. Liam trug sogar eine schwarze Lederjacke. Und Shey reichte gerade mit herzerweichendem Blick ihrer Mum ihre Kamera.

Meine Mum ging mit ernster Miene reihum und band als Erstem Chris eine schwarze Augenbinde um, von denen sie mehrere – wohl für uns alle eine – in ihre Armbeuge geklemmt hatte.

Nachdem sie wenig später auch mir das komplett blickdichte Stück Stoff umgelegt hatte, wurde die Welt der für mich wichtigsten Dimension beraubt: des Sehens. Und die Sekunden zogen sich unendlich in die Länge.

Stumm wartete ich darauf, wie es jetzt weitergehen würde, während meine Ungeduld immer mehr zunahm.

Stumm ließ ich mich von Mums Händen und Stimme leiten. Meine Hände zitterten, mein Herz klopfte viel zu schnell und ich fühlte mich wie kurz vor einem Herzinfarkt. Mum so weit zu vertrauen war plötzlich eines der schwierigsten Dinge, die ich in letzter Zeit getan hatte.

Stumm stand ich die anschließende, holpernde Autofahrt durch, obwohl mein Magen ab der Hälfte der Strecke rebellierte.

Stumm wartete ich voll anhaltender Ungeduld, bis Marios Hände und Stimme mich vorsichtig über einen Steg und damit auf die Blue Bell geleiteten.

Und stumm stand ich auf dem schaukelnden Deck der Jacht, bereit die Überfahrt durchzustehen. Meine Gedanken kreisten dabei wie verrückt.

Wo wurden wir hingebracht?

Ich wollte am liebsten auf und ab gehen, wusste aber, dass das keine gute Idee war. Bei meinem Glück würde ich nur gegen etwas laufen. Nervös rieb ich die Hände, bis ich es merkte und mich zwang, es zu lassen. Ich hatte eine unruhige Nacht hinter mir, von der Gwen mich kurzzeitig abgelenkt hatte. Die düsteren Fetzen meines Traums hingen mir noch nach und drückten jetzt zusätzlich meine Stimmung, ohne dass ich genau sagen könnte, von was der Traum gehandelt hatte.

Vielleicht war es einfach die ganze Situation, die ihren Tribut forderte. Das Gefühlschaos wegen Liam, die vier Challenges und Mums wahre Absichten, Chris' Evolution zum Aquarius, die Bedrohung durch die abtrünnigen Matsya, die Gerüchte um das Urwesen, Dad ... Und die beängstigende Frage, ob die Mermaids sich im Disput mit den Matsya befanden oder ob das gefährlichste Wesen seit Anbeginn danach trachtete, die Welt in ihren Ursprungszustand zu versetzen – oder beides? Wenn an den Sichtungen des Urwesens etwas dran war, bekamen Mums Intrigen auf jeden Fall eine ganz neue Bedeutung.

Und wenn das hier – der Ausgang der Challenges – ein ultimativer Test war, um zu sehen, ob ein Bündnis zwischen Mermaids und Djinn funktionierte, lautete die Antwort bezogen auf Liam und mich zwar: Ja, wir konnten die Erzfeindschaft zwischen unseren Spezies überwinden, wir hatten uns verliebt und begriffen, dass es keine Rolle spielt, ob unsere Familien verfeindet waren. Dass es unsere Herzen nicht interessierte. Aber wir waren ein Sonderfall.

Die alles entscheidende Frage war doch vielmehr: Konnten alle Mermaids und Djinn nach Dekaden der Feindschaft ein Bündnis schließen, um die Welt zu retten; ohne sich gegenseitig in den Rücken zu fallen? Daran glaubte ich nämlich nicht.

Das Geräusch des sich lichtenden Ankers zeigte, dass wir ablegten.

Ich wollte am liebsten weinen. Oder jetzt doch mit Liam über meine Gedanken sprechen. Ich fühlte mich … überfordert. Das hätte ich mir viel früher eingestehen sollen, auch nach Dads Tod. Doch Mums Härte ließ mich selbst nach Stärke streben – einer Stärke, die ich ganz offensichtlich nicht immer in mir hatte. Es war unglaublich schwer, mir das jetzt, mit dem Rauschen des Meeres im Ohr, dem Salzgeruch in der Nase und der bedrückenden Einsamkeit, die die verbundenen Augen mit sich brachten, einzugestehen.

Mut schöpfte ich nur aus dem Gedanken, dass es wohl gerade die Einsamkeit war, die auch Liam zu schaffen machte. Seinem Vater war er egal und seine Mum kannte er nicht. Er besaß beeindruckende Fähigkeiten und war zweifellos gut ausgebildet worden und doch fehlte auch ihm etwas. Er war klug, zurückhaltend, sexy und doch … erschien er mir seit unserem ersten Gespräch über seine Familie einsam. Es war nicht leicht, immer im Verborgenen zu leben, die Wahrheit vor seinen engsten Freunden zu verstecken und den hohen Erwartungen der Familie gerecht zu werden.

Wir waren nicht länger die Götter, für die unsere Vorfahren einst gehalten wurden. Wir waren geheime Götter, wie Chris früher immer gescherzt hatte. Wir mochten mit besonderen Kräften gesegnet worden sein, doch die Geheimhaltung machte uns in einer von Menschen beherrschten Welt zu Freaks, Außenseitern. Und wir litten unter Selbstzweifeln, mieden bestimmte Situationen und Aktivitäten und gingen enge Beziehungen zu anderen nur dann ein, wenn wir sicher waren, von ihnen akzeptiert zu werden.

Die meiste Zeit über waren wir Einzelgänger und kannten nicht mal die Nachkommen der anderen übernatürlichen Spezies. Verschärft wurde die Situation dadurch, dass sich Mermaids und Djinn – die beiden mächtigsten Spezies – noch immer hassten und die anderen Übernatürlichen klaglos ihren beschissenen Regeln folgten.

Was für eine beschissene Welt.

»Das ist die letzte Challenge«, hörte ich Mum unmittelbar neben mir sagen. »Eine besondere. Nicht nur, weil diese Challenge wie immer doppelte Punktzahl einbringt, sondern auch weil euch, wenn ihr sie besteht, etwas Besonderes erwartet. Schafft ihr es bis zum Ende, dürft ihr jeder eine Frage stellen, die für euch wichtigste. Und sie wird euch beantwortet werden.«

Mir wurde klar, dass Mum vom sagenumwobenen Auge der Wahrheit sprach. Dem einzigen nicht verschwundenen Mermaid-Artefakt der Welt und gleichzeitig dem Speicher allen Mermaid-Wissens. Da ahnte ich plötzlich, wo wir anlegen würden: Auf Tangle Island.

»Die diesjährigen Mermaid Games enden auf Tangle Island«, bestätigte Mums nächster Satz meine Ahnung.

Tangle Island. Die am weitesten entfernte der drei großen Inseln des Mermaid-Archipels, auf die Chris und ich jetzt wohl doch einen Fuß setzen durften. Bisher war es uns verboten gewesen, auch Mum war ja bisher nur einmal dort gewesen. Ein Kloß bildete sich in meiner Kehle, als ich an das riesige Gebäude dachte, dessen gläserne Fronten zwei gegensätzliche Wellen bildeten, und das sich im Zentrum der Insel befand. Nichts Gutes lauerte dort.

Mit Schreck erinnerte ich mich an den Tag, an dem Gwen und ich auf Mermaid Island angekommen waren. Das war erst vier Tage her ... So viel war seitdem passiert, doch hätte ich mir nie träumen lassen, dass ich die verlassenen Stufen, die zum Haupteingang des Gebäudes hinaufführten und die ich mit Gwen, Chris und Joyce vom Aussichtspunkt aus betrachtet hatte, heute hinaufgehen würde, um herauszufinden, was – oder eher wer – im Inneren hauste, um das Auge der Wahrheit zu schützen. Und …

»Was passierte mit denen, die es nicht bis zum Ende schaffen?«

KAPITEL 32

DONNERSTAG, DER 7. JULI
TANGLE ISLAND/TANSANIA

Cassidy Dell'Aqua

Wir standen in einem düsteren Raum mit Wänden aus Metall, in den uns ein Aufzug ruckelnd und quietschend und wenig vertrauenerweckend nach oben gefahren hatte. Von überallher waren knarrende Geräusche zu hören, Wind zog durch irgendwelche Ritzen.

Jäh wünschte ich mir die Augenbinde zurück, einfach um noch Zeit zu haben. Zeit mit meinen Gedanken – für einen Plan.

Nur noch wir sechs und Mum waren übrig, die anderen waren auf der Blue Bell zurückgeblieben.

Ungewollte Unsicherheit erdrückte mich, weil ich das Gefühl hatte, dass die Situation nun vollends meiner Kontrolle entglitt. Nicht, dass ich je Kontrolle gehabt hätte, aber jetzt schienen mir die nächsten Minuten absolut unvorhersehbar. Dieser Raum machte mir Angst.

Unerwartet spürte ich, wie eine Hand meine umfasste. *Liam*, ich wusste es, noch bevor ich den Kopf zur Seite drehte.

Er lächelte mich an, wirkte aber ebenfalls angespannt.

»Ihr befindet euch im Labyrinth der Entscheidung. Das ist eine große Ehre«, begann Mum ihre wohl letzte Ansprache. »Alles hier ist eure Entscheidung. Doch seid gewarnt: Das Labyrinth folgt einer ganz besonderen Art von Transaktionssystem. Wenn ihr die richtige Leistung erbringt, setzt es einen Prozess in Gang und es gibt ein sichtbares ... Ergebnis.« Sie stockte. »Ihr werdet wissen, was es braucht – und ihr werdet sehen, was ihr zu geben bereit seid. Habt ihr Fragen?«

Ja: *WAS ZUM OZEAN TUN WIR HIER?!*

Alle schwiegen.

Ich auch. Panik brachte niemanden weiter.

Mum nickte zufrieden. »Gebt alles, denn am Ende werdet ihr alles bekommen. Doch solltet ihr scheitern, wird es euch nicht wohlbekommen. Viel Glück.« Sie trat zur Seite.

Während ich noch grübelte, was ihre kryptischen Worte bedeuten sollten, öffnete sich eine verborgene Tür mit einem hörbaren *Whooosh* so schnell, dass ich es erst realisierte, als Mum bereits hindurchgeschlüpft war und sich die Tür wieder hinter ihr geschlossen hatte.

Perplex starrte ich die Stelle an der Wand sekundenlang an. Dann drehte ich langsam, fast in Zeitlupe, meinen Kopf und ließ meinen Blick über die anderen wandern ...

Gwen klammerte sich ängstlich an Chris.

Shey sah den Tränen nahe aus.

Okuza und Liam betrachteten argwöhnisch den Raum. Beide strahlten eine erhöhte Aufmerksamkeit aus, die mich noch nervöser werden ließ. Besonders, da sich Liam von mir löste und seine Hand nun, glühend wie eine Taschenlampe, in die Höhe hielt, um die Umgebung zu erhellen.

Das war neu! Und beeindruckend. »Wie machst du das?«

»Ich manipuliere die Teilchen in der Luft, mit denen ich Hautkontakt habe. Das funktioniert ähnlich wie das, was ihr Mermaids im Wasser macht, wenn ihr Energiebälle formt. Nur erzeugen wir Djinn lieber Energiefelder oder Strom – also Licht.«

Für einige Herzschläge leuchtete er alles ab, nicht einen Winkel ließ er aus. »Nichts«, brummte er frustriert. »Hast du etwas entdeckt?«, fragte er Okuza.

»Nein.«

»Du? Irgendetwas?«, wandte mein Cousin sich an Chris.

»Ihr meint einen Anhaltspunkt, wie es jetzt weitergeht? Was passieren wird? Nein. Aber ich habe das ungute Gefühl, dass wir das bald erfahren werden.«

Er behielt recht: Quietschend öffnete sich eine weitere verborgene Tür und enthüllte einen Gang, der nach einigen Metern ins gähnende schwarze Nichts führte. Die Dunkelheit darin war so dicht, dass sie unwirklich schien. *LiamLiamLiamLiamLiam*, hallte es blechern daraus.

Liam machte einen Schritt darauf zu.

»Nein!« Zittern, Herzrasen, Atemnot. Impulsiv griff ich nach seiner Hand. »Du gehst da nicht hinein. Und schon gar nicht allein.« War er verrückt? Auf die Todeswunsch-Art verrückt?

LiamLiamLiamLiamLiam, hallte es immer lauter.

Liam drückte mir, wie schon öfter, beruhigend die Hand. »Ich muss, wenn wir alle hier herauskommen wollen. Es ist die letzte Aufgabe, Cassidy. Ich schaffe das schon.«

»Aber ich ...«, krächzte ich aus auf einmal total ausgedörrter Kehle. ›... hab mich in dich verliebt‹, dachte ich, mit absolut irrationalen Tränen in den Augen. »Ich hab ...«, setzte ich neu an, weil ich unbedingt wollte, dass er das wusste, bevor ... Bevor ...

»Ich weiß«, sagte Liam leise. »Ich hab mich auch in dich verliebt.«

»Du ...«, brachte ich unzusammenhängend hervor. »Wirklich?«

Er nickte lächelnd.

Wir sahen uns tief in die Augen.

Hellblau – Kaffeebraun.

»Du *musst* wiederkommen«, flüsterte ich rau.

»Werde ich.« Er beugte sich schnell vor und gab mir einen Kuss auf die Stirn, dann machte er sich von mir los. »Ich schaffe das«, wiederholte er. »So wie wir bisher alles geschafft haben.« Damit verschwand er im Gang, aus dem es immer noch gespenstisch *LiamLiamLiamLiamLiammmmmmmm* tönte.

Ich hechtete ihm nach ...

... und schlug mit voller Länge – Gesicht bis Zehen – gegen die Metalltür, die sich blitzschnell geschlossen hatte. Stechender Schmerz breitete sich sofort in meinem Körper aus.

»Ahhh«, stöhnte ich gepeinigt und krümmte mich, rückwärts stolpernd, zusammen.

Jemand fing mich auf. Mein Bruder, wie mir der Geruch zeigte.

»Atme, atme.« *Gwen.* Ihre kleine Hand strich mir über den Rücken.

Ich atmete, wie angewiesen, gegen den Schmerz, sah schemenhaft aus dem Augenwinkel, wie sich Okuza an mir vorbeischob und die Wand untersuchte, und wurde langsam wieder ruhiger.

Dann rumpelte es.

Etwas klatschte auf der anderen Seite gegen die Tür.

Weit entfernt hörte ich Liam fluchen.

»Liam!«, krächzte ich ängstlich und richtete mich auf.

Chris ließ mich nach einigen Herzschlägen los.

Plötzlich ging die Tür vor uns wieder auf.

Im Gang dahinter lag eine riesige, schwarz glänzende Krabbe mit hornigen Schuppen, deren rote Augen gerade erloschen, als sie in einer stinkenden Schwade ihr Leben aushauchte. Ihre zitternde Vorderlippe war etwas schräg und ließ sie im Tod seltsam grinsend aussehen.

Mich ergriff der pure Horror.

Shey kreischte ohrenbetäubend und Okuza wich sofort an ihre Seite zurück.

Ich konnte nur weiter die Krabbe anstarren. Eine Quernaht gliederte das Tier in einen vorderen und hinteren Teil, wobei beide von gefährlich aussehenden Antennen und Borsten überzogen waren. Auf zwei Scheren befanden sich alarmierend dicke Stacheln, eine Schere war abgerissen und lag seitlich von der Krabbe im Gang. Eklige gelbe Flüssigkeit lief daraus in eine Rille am Rand des Ganges und dadurch scheinbar ab, doch das war nicht das Schlimmste: An den glänzenden Schuppen klebte Blut.

»Liam!«, schrie ich wieder. Meine Stimme zitterte.

»Hier«, drang es dumpf aus der Dunkelheit dahinter, aus der Liam – mit staubiger Kleidung und einer Schramme im Gesicht, aber ansonsten äußerlich unversehrt – auftauchte.

Oh, dem Ozean sei Dank!

Wiedersehensfreude belebte jedes meiner Glieder und ich konnte es kaum abwarten, dass er bei mir ankam.

Hektisch stieg er über die Laufbeine der Krabbe, vermied dabei jeglichen Kontakt mit den Stachelreihen, die diese überzogen, und trat endlich aus dem Gang, zu uns.

Ich warf mich ihm ohne Vorwarnung in die Arme. »Du bist zurück. Und am Stück. Oh, zum Glück ... Zum Glück, bist du wieder da!« Tief sog ich seinen Duft ein.

»Ich hab es dir doch gesagt.« Er lehnte sich ganz nah zu

mir, sah mir dabei tief in die Augen und lächelte mich an, als wäre das alles, was zählte. Wir beide. Zusammen.

Das beflügelte mich so, dass mir ganz schwindelig und warm wurde, während die Anspannung meinen Körper verließ.

In meinem Kopf waren nur noch Liam und ich.

Und dass ich ihn wiederhatte.

Und dass wir uns immer noch nicht geküsst hatten.

Mutig beugte ich meinen Kopf zu seinem, immer näher und näher. Seine Haare streiften federleicht meine Stirn. Meine Lippen streiften federleicht seine. Dann folgte meine Zunge meinen Lippen und tauchte in seinen Mund. Er schmeckte nach Milch und Krapfen und Liam. Und er erwiderte den Kuss.

Zuerst genauso vorsichtig.

Bis vorsichtig zu heiß und innig wurde.

In mir blubberte so viel Fröhlichkeit, dass ich nicht verhindern konnte, breit zu lächeln. Deshalb löste ich meine Lippen nach einigen Augenblicken von seinen, aber verharrte mit meinem Mund nur Zentimeter vor seinem Gesicht. Ich spürte, wie Liam atmete. Schnell atmete. Spürte, wie er es kaum erwarten konnte, dass ich ihn weiter küsste. Und ich lächelte. Lächelte wie irre, weil das alles war, was ich mir wünschte. *Liam.*

Dann hielt er es wohl nicht mehr aus oder es ging ihm zu langsam, denn er überwand den Abstand zwischen uns und küsste mich erneut. Zuerst ganz zart, im nächsten Herzschlag wieder voller Leidenschaft.

Alles andere rückte in den Hintergrund.

Ich sah in seinen Augen meine eigenen Gefühle widergespiegelt. Tiefe Gefühle, die seine Worte von vorher bestätigten und die mir die Sicherheit gaben, die ich brauchte, um mich fallen zu lassen.

Wir küssten uns, bis Shey irgendetwas murmelte und Okuza ihr eine Zurechtweisung zuzischte. Erst dann hörte Liam auf und streichelte mir sanft übers Gesicht.

Hörbar ging irgendwo links von uns eine dritte Tür auf.

Ich löste mich widerstrebend von ihm.

Sofort griff er nach meiner Hand, wohl noch nicht bereit, den Körperkontakt aufzugeben, und drängte mich in die Richtung. »Komm!«

Stumm liefen alle uns nach, in den schmalen Gang. Kaum waren wir dort, ging die Tür zu dem großen runden Raum hinter uns zu und wir waren ausgeschlossen; jetzt blieb nur der Weg nach vorne.

»Ach du je«, murmelte Chris.

Ich folgte seinem Blick nach oben und bemerkte, dass wir draußen standen und über uns der strahlend blaue Himmel zu sehen war. Wie war das möglich?

»Könnte ein Vorteil sein, ich schau mir das mal an.« Liam ließ meine Hand los, seine Umrisse zerfaserten und er stieg über dem Gang in die Höhe, wurde größer und größer und immer durchsichtiger, bis er weit über uns aufragte.

Ich starrte mit offenem Mund zu ihm hoch. Was er alles konnte, nein, was Djinn alles konnten, war erschreckend und beeindruckend zugleich!

»Es ist ein riesiger Mechanismus«, grollte er von oben. »Ich sehe Gänge. Und konkave Wände. Wie ein mechanisches Labyrinth, rund um den Raum, aus dem wir gekommen sind. Es dreht sich, glaub ich. Und wenn die richtige Transaktion getätigt wird, geht es für uns weiter. Wir erreichen das nächste Level, den nächsten Gang, die nächste

Herausforderung; wie bei einem Computerspiel. Nur in echt.«

»Mit Transaktion meint er eigentlich Aktion«, murmelte Chris.

»Und was passiert, wenn wir etwas falsch machen und nicht das nächste Level erreichen? Bleiben wir dann für immer im selben Level stecken?«, flüsterte Shey angstvoll, »sind wir dann für immer hier gefangen?«

Kapitel 33

Donnerstag, der 7. Juli
Tangle Island/Tansania

Cassidy Dell'Aqua

»Du musst Realität von Virtualität unterscheiden, das sollten wir alle viel bewusster tun«, sagte Liam, als er wieder neben mir stand, zu Shey. »In der Realität gibt es immer einen Weg, um den Ausgang von etwas zu verändern, alles ist möglich, denn die Zukunft ist nicht vorherbestimmt; anders als in der Virtualität eines programmierten Spiels mit optionalen, aber bereits definierten Enden.« Er atmete schnell und wirkte ziemlich erschöpft.

Ich nahm seine Hand und drückte sie beruhigend. Das war irgendwie unser Ding geworden.

»Aber befinden wir uns nicht in einem Spiel?«, fragte Shey unsicher.

»Wir befinden uns in einer ephemeren Challenge«, knurrte Okuza.

»Was bedeutet das denn?«

»Dass das hier ein kurze Zeit bestehender, flüchtiger Zustand ist, der vorübergehen wird«, soufflierte Gwen. »Ohne bleibende Bedeutung«, fügte sie hinzu.

Das bezweifelte ich stark. Ich hatte aber absolut nichts dagegen, dass es rasch vorüberging. Ephem. Oder wie auch immer.

»Wir sollten weitergehen«, sagte ich deshalb. Die Sonne leuchtete jede Ecke des Ganges vor uns strahlend hell aus. Die salzige Luft hatte über die Jahre Rostflecken auf dem

Metall entstehen lassen, ansonsten war der Gang leer. Nirgends war etwas Gefährliches zu sehen.

Bedächtig liefen wir als Gruppe den Gang entlang.

»Geht's dir gut, Mann?«, fragte Chris leise Liam.

»Wär ich nicht so am Ende, könnte ich euch vielleicht ausfliegen.« Liam klang resigniert, als wäre unsere Situation seine Schuld. Das war auf so viele Arten falsch, dass ich am liebsten laut aufgeschrien hätte.

»Mum hat dich bewusst als Ersten in die Mangel genommen. Du hast getan, was du tun musstest«, entgegnete Chris, was ich dachte.

»Und mich verausgabt ...«, unterbrach Liam ihn.

»Ja, aber das war nicht deine Entscheidung, klar? Also lass es nicht an dich ran.«

»Genau, wir brauchen dein selbstbewusstes Ich«, schaltete ich mich ins Gespräch ein. Bittend blickte ich ihn an. »Ohne das – dich – werden wir es nicht schaffen.« Ich meinte es hundertzehn Prozent ernst. Bitter-bitter ernst.

Das wurde Liam wohl auch klar, denn er nickte stumm. »Okay«, sagte er. »Wir schaffen das, egal wie, zusammen.«

Plötzlich schrie Okuza vor uns auf und stürzte durch eine Luke im Boden, die sich unter ihm geöffnet hatte.

»Shey!« Geistesgegenwärtig packte ich meine Cousine von hinten an den Oberarmen, bevor sie ebenfalls in die Tiefe stürzen konnte. Ihr einer Fuß baumelte kurzzeitig halb über dem Loch.

Shey strampelte panisch, doch ich ließ sie nicht los.

»Scheiße!« Liam ließ *mich* nicht los und riss uns so beide zurück. »Passt auf!«

Die Klappe im Boden schloss sich so plötzlich wieder, wie sie sich geöffnet hatte.

Keuchend fielen wir als Knäuel aus Armen und Beinen nach hinten.

Chris und Gwen halfen zuerst Shey auf, die sich sofort in Gwens Arme flüchtete. »Alles wird gut, alles wird gut«, beschwichtigte Gwen sie.

Mein Bruder zog mich hoch. »Bei dir alles okay, Cass?«

»Ja, wird schon.« Das Herz schlug mir bis zum Hals, meine Knie waren butterweich. »Hilf mir mal mit Liam.« Gemeinsam bewegten wir daraufhin Liam, dem Chris, als er stand, kräftig auf die Schulter klopfte. »Danke, Mann.«

»Immer, weißt du doch.« Er schwankte.

Meine Cousine weinte leise. In mir kochte es. Panik, Hass und Wut wirbelten durcheinander. Jeden Moment rechnete ich mit einem neuen Schrecken, einem weiteren Verlust. Tief durchatmend starrte ich auf den Boden. Dort rumpelte es.

Dann war es ganz still.

Schaurig still.

Weiter vorne, am Ende des Gangs, öffnete sich ratternd eine Tür.

»Sollen wir ...«, setzte ich an.

»Lass uns warten«, bat Gwen. »Nur kurz, um zu sehen, ob ...« Sie stockte.

Shey schluchzte.

Ich nickte. »Natürlich.«

Liam nahm wieder meine Hand, Chris stellte sich wortlos vor Gwen und Shey. So harrten wir neben der Falltür aus und hofften, dass Okuza wieder auftauchen würde. Doch es war, wie ich es mir bereits gedacht hatte: Die Sekunden wurden zu Minuten und er blieb verschwunden.

»Du bist auch wieder rausgekommen«, murmelte Shey mit Blick auf Liam. »Warum bist du rausgekommen und er nicht?«, rief sie. Die Sorge in ihrem Blick und ihre zusammengesunkene Haltung nahmen dem Vorwurf in ihren Worten die Schärfe.

»Ich weiß es nicht, Shey. Vielleicht, weil es bei mir keine Falltür war. Aber ehrlich ... Ich hab keinen blassen Schimmer.« Liam drückte meine Hand. »Es tut mir leid, dass dein Bruder nicht wieder da ist. Wir ... treffen ihn bestimmt hinterher wieder.«

Hoffentlich, fügte ich in Gedanken hinzu.

»Versprochen?«, fragte Shey mit hoher Stimme. Tränen standen in ihren Augen.

»Shey, wir müssen jetzt weiter«, sagte ich bestimmend, weil ich Liam davor retten wollte, etwas zu versprechen, das er vielleicht gar nicht halten konnte. Mit meiner freien Hand griff ich nach ihrer kleinen und nickte Gwen und meinem Bruder zu, voranzugehen. Angespannt legten wir den Rest des Ganges zurück.

Schließlich traten wir alle durch die offene Tür, die dieses Mal nicht geradeaus, sondern nach links in einen zweiten langen Gang führte.

Schon nach den ersten paar Schritten hörte ich es: Das Rauschen, das immer weiter anschwoll ...

KAPITEL 34

DONNERSTAG, DER 7. JULI
TANGLE ISLAND/TANSANIA

Cassidy Dell'Aqua

»Das kommt von hinten, rennt!«, rief Chris, der das Rauschen wohl auch gehört hatte, über seine Schulter und sprintete mit Gwen an der Hand los.

Sofort gab ich Shey frei. »Los, los!«, trieb ich sie an und spitzte, während Liam und ich hinter ihr herhetzten, meine Ohren. Ich hörte meinen Herzschlag, das bedrohliche Rauschen und das Getrappel unserer schneller werdenden Schritte.

»Klingt wie ein Tsunami«, schrie Liam neben mir Chris zu.

»Hab mal gelesen … das ist Japanisch …. und bedeutet Hafenwelle … klingt idyllisch … Dabei haben die immer … krasse Zerstörungskraft … Und sind … mehrere hundert … Kilometer pro Stunde … schnell«, keuchte Gwen.

»Mehr laufen, weniger reden«, blaffte Chris und zog sie weiter.

Schwer atmend versuchten Liam und ich mitzuhalten.

Das verdammte Ende des Gangs war noch nicht mal in Sicht! Mein Stoffwechsel und meine Muskeln fühlten sich aber bereits an wie heiß gelaufen. Ganze Sturzbäche flossen mir unangenehm juckend über die klamme Haut, sogar bis zwischen Liams und meine verbundenen Hände und das war echt widerlich. Trotzdem ließ keiner von uns beiden los. Denn das Rauschen nahm weiter zu und wurde auf Furcht einflößende Art lauter und lauter. Es glich einem bösen Vorboten dessen, was binnen Sekunden über uns hereinbrechen würde.

Keuchend gaben wir fünf alles.

Meine Lunge brannte wie Feuer und meine Kehle schmerzte vom krampfhaften Ein- und Ausatmen. Bei jedem Bodenkontakt meiner Füße verhärteten sich meine steinharten Waden mehr. *Hätte ich doch mal ernsthaft Sport gemacht, gute Gene waren eben auch nicht alles.*

Plötzlich klang es, als würde das Rauschen innehalten.

Für einen winzigen Augenblick war nur unser jagender Atem zu hören, der von den Metallwänden des Ganges widerhallte.

Gänsehaut kroch mir über den Rücken. Ich drückte fest Liams Hand.

Wir blieben alle stehen. Es war nicht verabredet. Es geschah einfach.

Bis sich Wasser brach.

Ich erkannte es am Klang: Rauschen, Klatschen. Es war ohrenbetäubend. Bang drehte ich den Kopf.

Eine grüne, gigantische Welle kam auf uns zu.

»Oh Scheiße!« *Scheiße, Scheiße.*

»LAUFT!!!«, brüllte Chris.

Wir spurteten los. Gaben alles wie Usain Bolt bei Olympia. Und ich schwöre, wir liefen die ersten hundert Meter unter zehn Sekunden, einfach weil nichts mehr motivierte, über sämtliche körperliche Grenzen zu gehen, als den Tod im Nacken sitzen zu haben. Denn ich wusste – wir alle wussten jetzt –, dass irgendwas Widerliches auf uns zuraste.

Eine wahnsinnige Menge an seltsamer Flüssigkeit, die unter Umständen giftig sein konnte, schwemmte durch den Gang, durch den wir gekommen waren, und drohte uns mit ihrer schieren Kraft an die nächste Tür zu klatschen. Sie würde alles mit sich reißen, was sich ihr in den Weg stellte.

»Bleibt stehen!«, röchelte da Liam.

Ein scharfer Schmerz schoss durch meinen Arm, als er abrupt stehen blieb und mir dabei fast die Schulter ausrenkte, weil ich noch in der Vorwärtsbewegung war.

»Ahhh«, rief ich, stemmte aber sofort meine Füße in den Boden, um anzuhalten. Automatisch lösten sich meine Finger aus seiner Hand. Mein ganzer Arm brannte wie Feuer.

Die Welle kam unverändert rasend schnell näher.

Mein Puls hallte in meinen Ohren wider. »Was tust du da?«, schrie ich am Rande eines Nervenzusammenbruchs. Wollte er uns alle umbringen?

»Die Überlebenschancen sind größer«, er schnaufte atemlos. »Wenn wir nicht zu nah .... vor der Tür sind ... jetzt, da wir sie ... so oder so ... nicht mehr erreichen ... Bevor ...« Ein quietschender Ton entrang sich seiner Kehle. Er hustete.

Ich zuckte zusammen. Er sah überhaupt nicht gut aus. Wäre das Krabbenvieh nicht schon tot, ich würde es eigenhändig umbringen. Bang blickte ich zu Chris, Gwen und Shey, die einige Meter entfernt ebenfalls stehen geblieben waren.

Liam hatte recht, der Gang mit den hohen Metallwänden war wie eine Rutsche für das grüne Zeug. Und weil der Masse der Raum zum Ausweichen fehlte, würde die Welle erst von der nächsten Metalltür, am Ende des Gangs, abgebremst werden. Dort würde sie sich hoch auftürmen und uns zerquetschen, wenn wir zu nah davorstanden.

Vorausgesetzt wir würden die Berührung mit dem grünen Saft überleben – und den Eintritt in die Welle –, könnten wir der Wucht entgehen. Oder? Oder?

»Das ist ein scheiß Plan«, rief Chris, schwer atmend.

»Das ist der einzige Plan, den wir haben«, entgegnete Liam laut.

»Da hat er recht«, japste Gwen. »Deiner ist noch beschissener.«

»Liam, du zählst darauf, dass wir uns verwandeln, oder? Was wenn nicht?«

»Welle in fünf – vier«, zählte ich konzentriert.

»Wenn nicht, haben wir nichts zu verlieren.«

»Drei – zwei.« Ich schob Shey hinter mich – und den erschöpften Liam – und packte beide fest an den Händen.

Chris war so geistesgegenwärtig, Gwen hinter sich zu schieben und fest ihre Hand zu packen.

»Eins!«

Die Kraft der Welle packte uns und wirbelte uns wild herum. Wir wurden fast sofort hineingezogen, als uns der Sog mit sich riss. Mein Kopf und meine Schulter machten schmerzhafte Bekanntschaft mit dem harten Metallboden und einer Metallwand. Die Stellen pochten und Sheys sowie Liams Gewicht an meinen Händen riss mich fast entzwei; bis Liam sein Djinn-Ding machte und für mich nur noch hauchzart spürbar war und bei Shey und mir die Verwandlung einsetzte.

Ich fühlte, während mir Schuppen wuchsen und meine Beine sich zur Flosse verbanden, dass Chris mit Gwen irgendwo in der Nähe trieb. Dann war meine Verwandlung endlich abgeschlossen und ich setzte sofort meine Schwanzflosse ein, um Shey, Liam und mich zu stabilisieren.

Das grüne Zeug war also nicht giftig und bestand hauptsächlich aus Wasser, schoss es mir als Erstes durch den Kopf, als ich wieder halbwegs klar denken konnte. Deshalb hatten wir uns verwandelt. Was für ein Glück! Doch die Brühe war trüb. Ich sah fast meine Hand vor Augen nicht. Was mochte noch darin lauern?

Langsam zog ich sowohl Liam als auch Shey näher zu mir, anschließend sahen wir uns nach Gwen und Chris um.

Ich sah sie nirgends.

Gwen musste atmen!, kam es mir urplötzlich und mein Herz trommelte los, als ich sie erblickte. Meine beste Freundin trieb bewegungslos im Wasser, Chris hielt sie. Er sah furchtbar aus. Behutsam löste er eine Hand aus dem Griff und deutet nach oben. Er wollte zur Oberfläche, an die Luft. Na, klar.

Ich nickte, würde mitkommen. Mit einem Ziehen an den Händen bedeutete ich Liam und Shey, mir zu folgen, dann schwamm ich Chris mit kräftigen Flossenschlägen hinterher.

Während wir Meter um Meter aufstiegen, bekam ich stechende Kopfschmerzen und Chris sah auch immer angestrengter aus. Sein weißer Schopf wies mir leuchtend den Weg, bis die hellen Strähnen plötzlich nicht mehr nach oben wogten, sondern nach unten.

Ich wusste sofort, dass etwas nicht stimmte.

Einen Herzschlag später trieb sein Körper zu mir.

Schock raste durch mich. *Gwen!*

Ich zog wie eine Irre an Liams Djinn-Hand, in der Hoffnung, dass er verstand, dass er Chris festhalten sollte, damit meine Hand für Gwen frei blieb.

Ich empfand einen so intensiven Zorn, den ich dem grünen Wasser entgegenschleuderte; eine so ohnmächtige Wut, weil ich Gwen nicht sah – aber doch Liam und Shey nicht einfach loslassen konnte –, und ein so ohrenbetäubendes Hämmern im Kopf, dass ich nur noch hoffen konnte. Und lieben konnte. Und hassen konnte.

Ich bündelte all die starken Gefühle, dachte an Mums Wasserspiel, als Liam und Gwen die Geheimhaltungserklärung unterschrieben hatten, und versuchte unbeholfen, mit purer Willenskraft, einen Großteil des Wassers zurückzudrängen. Ganz als hätte ich ein Schleusentor, irgendwas, mit dem ich es zurückdrängen konnte – nach hinten, hinten, weit hinten –, einfach fort. Fort von uns.

Während ich mich darauf fokussierte, war es auf einmal, als hätte jemand dem Wasser den Stöpsel gezogen. Ein neuer Sog packte uns, Fliehkräfte zogen uns unbarmherzig mit sich. Zurück, nach unten, voneinander weg.

Ich schrie auf.

Schrie, schrie, schrie, bis Wasser meine raue Kehle füllte.

Und schrie, schrie, schrie noch lauter mit dem Geist, bis schwarze Flecken am Gesichtsfeldrand ankündigten, dass ich bald alles gegeben hatte, was in mir war.

Kurz darauf kamen wir hart auf dem Boden des Ganges auf und ein Großteil des Wassers klatschte auf uns herunter, gegen die Wände. Kräfte zerrten erneut aus allen Richtungen an uns, schmissen uns umher und ich versuchte mit meiner Flosse dagegenzusteuern. Am Zug an meiner Hand merkte ich, wie auch Shey das tat, doch dann zog sich das Wasser weiter zurück. Ich verlor, erschöpft wie ich war, den Kontakt zu Shey und Liam.

Urplötzlich saß ich allein auf dem Trockenen und die Rückverwandlung setzte ein. Meine Augen schlossen sich, bis ich Sekunden später wieder Füße hatte – und ein bisschen neue Stärke.

Ein klatschendes Geräusch, als ob Wasser unten in der Tiefe aufschlug, ließ mich eilig die Lider aufreißen. Aus verklebten Augenwinkeln sah ich, wie Shey nackt – aber mit

Entschlossenheit im Blick – zu Gwen eilte, die keinen Meter entfernt von ihr lag; mit flammend roten Haaren in ihrer beigen klatschnassen Leinenkleidung, auf einem leblos wirkenden nackten Chris.

Quietschend öffnete sich vorne die nächste Tür.

Ächzend und splitterfasernackt rappelte ich mich auf.

KAPITEL 35

DONNERSTAG, DER 7. JULI
TANGLE ISLAND/TANSANIA

Cassidy Dell'Aqua

»Gib mir deine Lederjacke«, drängte ich Liam, der sich neben mir erhob, mit hochroten Wangen und verdeckte dabei mit einer Hand alles untenrum und mit der anderen meine Brüste. Wenn ich nicht aus den Augenwinkeln Chris' schlaffen Körper gesehen hätte, wäre ich wohl vor Scham im Boden versunken. Doch dafür hatte ich jetzt keine Zeit. Von Sheys, Chris' und meinen Klamotten waren nur Fetzen übrig, einzelne Schuhe lagen herum, das half mir alles wenig. In meinem Kopf tobte die Angst, in meinem Herz war nichts als Chaos.

»Klar, Moment.« Eilig riss Liam sich die Jacke herunter und warf sie mir zu.

Reflexartig hob ich die Arme – nur eine Sekunde – von meinen intimen Stellen, um sie aufzufangen. Ich sah aber genau, wie Liams matte Augen bei dem Anblick kurz aufleuchteten.

»Was Schönes gesehen?«, krächzte ich.

»Ja, ich ... hatte aber nichts anderes erwartet.« Er lächelte müde.

»Gute Antwort.« Ebenso abgekämpft lächelte ich zurück und band mir seine Jacke wie ein Kleid um. Jetzt zahlte es sich aus, dass er im Zwiebellook zur Challenge gekommen war.

Nicht halb so schnell, wie ich es mir wünschte, wankte

ich nun auf Shey zu, die sich inzwischen über meinen Bruder und Gwen gebeugt hatte. Meine beste Freundin lag noch immer regungslos auf Chris' nackter Brust.

Ich hörte, wie Liam mir folgte und dass es hinter mir raschelte, während ich neben Gwen und Chris auf die Knie fiel und erleichtert feststellen konnte, dass beide atmeten – zwar sehr schwach, aber immerhin. Einen Moment später fiel Liams Langarmshirt neben mir zu Boden. Ich verstand sofort: Das konnte Chris sich um die Hüften binden.

Dankbar blicke ich zu Liam auf und sah, wie er gerade mit geschlossenen Augen der verschämt guckenden Shey ein T-Shirt hinhielt, das er wohl noch unter den langen Sachen getragen hatte. Jetzt war da nur noch sein nackter Oberkörper.

Meine Cousine zog sich das T-Shirt schnell über. An ihr wirkte es wie ein Minikleid, irgendwie süß, ließ sie aber zugleich sehr jung wirken.

Als Gwen sich zu regen begann, schauten wir alle zu ihr. Zuerst zuckten sanft ihre Finger über Chris' Haut, dann drehte sie leicht den Kopf und ihre ungewohnt rote Haarpracht schien sich binnen Sekunden immer intensiver rot zu verfärben. Was war das?

Ich schluckte und wartete ängstlich, was jetzt passieren würde. So etwas hatte ich noch nie gesehen – und noch nie davon gehört.

Endlich hob Gwen den Kopf, gleichzeitig begannen ihre Haare in einer unsichtbaren Brise zu wogen. Wie in Trance blickte sie auf Chris, mit einem seltsam leeren Ausdruck im Gesicht, der sich aber rasend schnell mit Emotionen füllte. Ich erkannte Überraschung, Angst und eine kämpferische Haltung, die so sehr Gwen war, dass etwas in mir sich entspannte, als sie ihr Gesicht dem meines Bruders näherte und ihn vorsichtig küsste.

Es war ein zärtlicher und inniger Kuss, so intim, dass ich fast wegschauen wollte, während ihre Lippen von seiner Oberlippe zur unteren wanderten und sie damit nicht nur ihre Zuneigung bewies, sondern ...

»Er sieht immer lebendiger aus«, flüsterte Shey.

... Chris auch irgendwie wieder eine gesunde Gesichtsfarbe einhauchte. Vielleicht konnte wahre Liebe einen ja wirklich von den Toten erwecken, na ja, fast, schließlich war Chris nicht tot gewesen.

Wie er in dem Moment eindrucksvoll bewies, da er sich aufrichtete, beide Hände an Gwens Wangen legte und den Kuss vertiefte, indes er ihr durchs Haar fuhr.

Jap, mein Bruderherz war definitiv sehr lebendig.

»Hier, du alter Lustmolch!« Liam schmiss lächelnd das Langarmshirt auf Chris' Schulter, das er unbemerkt aufgehoben haben musste.

Chris löste sich sofort von Gwen und rettete es geschickt davor, aufgrund seiner Bewegung wieder auf den nassen Boden zu fallen. Einen Augenblick lang musterte er es verwirrt, genau wie die Umgebung, dann fing er sich. »Scheiße, was ist passiert?«

»Keine Ahnung«, antworte Liam ihm. »Aber ihr steht besser mal auf. Die nächste Tür ist bereits geöffnet und wir wissen weder, wie lange das so bleibt, noch was dort lauert.«

Gwen erhob sich.

Chris band sich Liams Shirt um und ließ sich von ihm hochziehen.

»Alles klar?«, fragte ich an beide gerichtet, während auch

ich mich aufrappelte. Die Worte kamen mir falsch vor, zu wenig in Anbetracht der Situation, aber zu mehr war mein Gehirn nicht fähig.

»Ich bin nicht sicher ... Was ist mit meinen Haaren passiert?« Gwens Finger glitten durch die langen Spitzen, die sie sich vors Gesicht hielt, und ließ es mehr wie eine Frage klingen denn wie eine Feststellung.

Shey sah sie besorgt von der Seite an.

»Die stehen dir ganz hervorragend«, sagte Chris beruhigend.

»Hab ich jetzt auch irgendwelche Kräfte?«, fragte Gwen beklommen und sehr, sehr leise. Für sie musste das alles noch viel verwirrender sein als für uns.

»Ich weiß nicht. Fühlst du dich, als wäre etwas anders ...«, ich unterbrach mich, »also, außer das Offensichtliche.« Ich zeigte auf ihre Haare.

»Ich ... Ich weiß nicht ... Ich fühle mich schwach. Also, äh: Nein?« Ängstlich sah sie sich um.

»Klären wir das später«, bestimmte Liam. »Wir sollten weitergehen, damit das alles irgendwann ein Ende findet.« Er nahm meine Hand und ich griff instinktiv nach Sheys.

Zusammen gingen wir vor, Chris und Gwen folgten uns.

Der Gang führte geradeaus und dann wieder nach links, dort wurde er deutlich enger und große Steine machten die schmalen Durchgänge darin zu einem Hindernisparcours. Möwen kreischten und kreisten aufgeschreckt über den Steinen, sie schienen ihre Nester in und auf den Spitzen und abgestuften Gipfeln zu haben. Hier war wohl seit Jahren nichts passiert.

Es wirkte idyllisch.

Plötzlich hörte ich wieder das Rauschen, doch da war es

schon zu spät. Die nächste grüne Welle kam viel schneller als die letzte. Das Wasser erfasste mich, verwandelte mich und ich wurde mit Shey und Liam im reißenden Sog den Gang hinunter auf die Steine zugespült.

Das konnte nicht wahr sein.

Wieder wurden wir unkontrolliert umhergewirbelt.

Wild navigierte ich mit meiner Schwanzflosse, genau wie Shey, um eben nicht gegen die Steine gedrückt zu werden und löste mich dann von ihr und Liam, um unter Wasser zu Gwen und Chris zu schwimmen.

Denn mein Bruder, der Gwen von hinten umarmte, trieb bewegungslos im Wasser, während er sich ebenfalls, verspätet, verwandelte. Jäh kam Bewegung in ihn und seine Flosse schlug immer schneller und schneller. Ich merkte, wie er kämpfte.

Meine Lunge ächzte, alles tat mir weh, als ich versuchte die beiden schneller zu erreichen, ohne selbst gegen die Steine ringsum gespült zu werden. Deshalb und wegen ihrer weiten, um sie aufgebauschten Kleidung bemerkte ich zuerst gar nicht, was mit Gwen passierte.

Fast durchsichtige Schwimmhäute bildeten sich zwischen ihren Fingern, ihre Hände schuppten sich Grün und sie hatte plötzlich zwei zarte blaue Flossen anstelle ihrer Ohren.

WHAT. THE ...?

Meine Lippen formten ein stummes O.

Überrascht hielt ich in der Schwimmbewegung inne und blinzelte mit offenem Mund, als Gwen nun mehrmals Luftblasen entwichen, die durchs Wasser nach oben trudelten.

Während sie problemlos atmete, wogte ihr rotes Haar um Chris' Schultern und wir trieben an den Steinen vorbei, durch eine Tür, bis in den nächsten Gang.

Dort lief so plötzlich das Wasser ab, wie es gekommen war.

Die Rückverwandlung ließ mich für mehrere Herzschläge meine Umgebung nur schemenhaft wahrnehmen, dann realisierte ich, dass ich wieder zwei Beine hatte, Liams Jacke noch – was für ein Glück – lose um mich geschlungen war und Liam und Shey inklusive übergroßem T-Shirt lebendig unweit von mir lagen. Genau wie Gwen und Chris.

»Jetzt weiß ich, warum die früher Baggy Klamotten hatten, das ist viel praktischer«, sagte Shey, während sie sich aufsetzte, in ihrem naseweisen Ton, »die zerreißen nicht in tausend Mikrofetzen und die Reste schwimmen dann auch nicht einfach im Wasser auf Nimmerwiedersehen davon.«

Ich lachte. Es war ein halb hysterisch-ungläubiges, halb erleichtert-fröhliches Lachen, weil alle da waren und das wohl soweit unversehrt. »Du solltest Mermaids Fashion for Future gründen.«

»Yeah.« Shey nickte gewichtig. »Eine muss es ja tun.«

Die anderen schwiegen und standen auf eher unsicheren Beinen auf. Gwen wirkte, als würde sie umkippen, wenn Chris sie loslassen würde. Sie sagte keinen Ton. Ich auch nicht. Ihre Verwandlung, von der ich nicht wusste, ob Shey und Liam sie gesehen hatten, fiel ganz eindeutig in die von Liam aufgemachte ›Wir klären das später‹-Kategorie.

Bedrückt sahen wir uns alle um, lauerten stumm auf neue Gefahren, doch der Gang, in dem wir uns nun befanden, war leer. Nur ganz vorn gab es etwas Außergewöhnliches: Eine gut sichtbare Tür zur Seite hin.

Ein Ausgang?

KAPITEL 36

DONNERSTAG, DER 7. JULI
TANGLE ISLAND/TANSANIA
Cassidy Dell'Aqua

»Achtung!« Mit ansteigendem Puls beobachtete ich, wie sich die Tür vorne im Gang öffnete.

Shenaya-aaaaa, hallte es blechern daraus.

Verdammt. Kein Ausgang, sondern jetzt schien meine Cousine dran zu sein.

»Möchtest du, dass ich mitkomme?«, fragte Liam sie sofort. Ich hätte ihn dafür küssen können.

Shey straffte sich allerdings. »Nein.«

»Sicher?«, fragte ich sie behutsam.

»Ja, jede Jugendliche sollte lernen, sich etwas zu trauen.«

»Und diese Weisheit hast du woher?« Ich runzelte irritiert die Stirn.

»Pfadfindercamp.«

»Wirklich?«, bezweifelte ich. »Wann warst du denn Pfadfinderin?«

Shenaya-aaaaa.

»Ich war live dabei.«

»In einem Camp?«

»Auf YouTube.«

»Auf YouTube?!« Meinte sie das ernst?

»Da lernt man so einiges.«

»Darauf wette ich«, murmelte ich matt, während Shey einwarf: »Solltest mal vorbeischauen« und Liam brummte: »War das vielleicht Sidos Angelcamp?«

»Was?«, fragte ich ihn.

Shey gluckste überdreht.

Liam winkte ab: »Vergiss es.«

»Ja! Vergiss es Cass. Und jetzt lass mich das tun.« Spürbar übernervös trat Shey vor.

Ich wollte ihr sofort nachrennen, sie beschützen, sie ...

Shenaya-aaaaa.

Ihr Gesichtsausdruck leerte sich und Liam packte meine Hand.

Hand in Hand beobachteten wir, wie Shey auf die Tür zu und über die Schwelle trat. Und sich die Tür ruckelnd hinter ihr schloss. Sie allein gehen zu lassen, fühlte sich wie Verrat an. Ich machte mich von Liam los und schluckte schwer.

Stille trat ein, wir warteten beklommen.

Da fuhr die Wand frontal vor uns zur Seite.

Und Shey? ... war offensichtlich nicht in dem düsteren Raum hinter der Tür, sondern vom Transaktionssystem verschluckt worden, genau wie Okuza.

Ich blinzelte ungläubig. Doch es half nichts ...

Liam griff wieder nach meiner Hand und ich instinktiv nach Gwens, die wiederum Chris' Hand umklammerte. Nun waren nur noch wir vier übrig. Eigentlich sollte es jetzt vorbei sein, oder? Liam hatte seine Aufgabe gemeistert, danach war Okuza dran gewesen, dann ich und Chris, daraufhin Gwen und schließlich Shey. Doch der Raum, der uns nun erwartete, sah so überhaupt nicht nach dem glorreichen Ziel am Ende des Regenbogens aus, das Mum uns versprochen hatte. Was sollte das?

Langsam traten wir in den fensterlosen Raum.

Ein Piepen ertönte, laut und eindringlich, sobald wir alle darin standen.

Die konstante Angst in mir verschlimmerte sich noch mehr und ich hatte das Gefühl, bald platzen zu müssen, weil all die Anspannung zu viel für meinen Körper wurde. Dabei sollte Angst doch helfen, Gefahren zu erkennen, auszuschalten oder ihnen zu entkommen. Warum nur verspürte ich die Ahnung, dass sie in diesem Fall dabei gar nicht helfen würde und die Gefahren immer größer wurden ... genau wie die Angst selbst, die mich jetzt zu lähmen drohte.

»Was ...?«, setzte Chris an.

Plötzlich fuhr wieder die Wand vor uns zur Seite und gab den Blick auf einen Weg frei, der aus vielen kleinen sandsteinfarbenen Stufen bestand, die zwischen Felsen und zarten Wasserrinnsalen zu einer Wiese führten. Darauf, von uns aus in einigen Hundert Meter Entfernung, standen zwei Türme, deren Spitzen von weißen Nebelschwaden umgeben waren.

Hinter den Türmen erhoben sich mehrere Hügel und zwischen den Türmen, ringsum je von Säulen gestützt, blinzelte uns ein Auge aus gleißend blauem Licht aufmerksam an. Das Auge der Wahrheit.

Wir hatten es bis zum einzigen erhaltenen Mermaid-Artefakt geschafft. Mir wurde schummrig, doch ich hatte das Gefühl, dass jetzt kein passender Zeitpunkt war, um in Ohnmacht zu fallen.

KAPITEL 37

DONNERSTAG, DER 7. JULI
TANGLE ISLAND/TANSANIA

Cassidy Dell'Aqua

Liam drückte fest meine Hand und lenkte meinen Fokus damit effektiv aufs Hier und Jetzt. »Und dieses … Ding. Was auch immer das ist … wird unsere Fragen beantworten?« Zweifel schwangen in seiner Stimme.

»Was ist das bitte?!«, fragte Gwen besorgt.

»Das ist ein Orakel«, setzte ich an und verfolgte dabei das unregelmäßige Blinzeln des Auges, das uns zu beobachten schien. »Wir Dell'Aquas nennen es deshalb auch das Auge der Wahrheit. Aber …«

»Descagar, wie es wirklich heißt, ist das einzige Mermaid-Artefakt der Welt und der Speicher allen Mermaid-Wissens«, unterbrach Chris mich. »Gleichzeitig ist es so was wie die erste KI aller Zeiten. Und – wie Cass sagte – es ist auch ein Orakel.« Er klang aufgeregt.

Ich sah ihn verwundert an.

Doch er blickte regelrecht andächtig zum Auge und den Türmen. Offensichtlich konnte er es nicht erwarten, dem Orakel eine Frage zu stellen.

»Mhm«, brummte Liam, hörbar noch nicht ganz überzeugt.

»Es macht mir Angst«, gab Gwen nun auch zu und ich konnte ihr nur beipflichten. Das gleißende Licht, das wie eine im Kreis züngelnde Flamme die blaue Pupille bildete, sah unheimlich aus. Das durchscheinende Lid, das dem Auge etwas

Organisches verlieh, wirkte seltsam futuristisch oder ein bisschen wie die Außenhaut einer der Glibberquallen, die ich als Kind so gerne im Meer geärgert hatte.

Ich seufzte. »Gehen wir hinunter, dann finden wir heraus, was uns Descagar zu sagen hat.«

»Ja, gehen wir«, pflichtete Chris mir ruhelos zu und zog bereits an Gwens Hand, so eilig hatte er es.

Ich sah ihr den Zwiespalt an, denn sie wollte ihn nicht loslassen, aber auch nicht wirklich zum Orakel.

»Chris kann vorausgehen, ich bin direkt hinter dir«, versuchte ich ihr Sicherheit zu geben.

»Tja, viel mehr Möglichkeiten, als zu dem Ding zu gehen, gibt's wohl eh nicht«, murmelte Liam wenig begeistert. »Dann mal los.«

Wir lösten uns alle voneinander.

Gwen und ich traten hinter Chris den Weg nach unten über die kleinen sandsteinfarbenen Stufen an. Liam bildete die Nachhut. Die Stufen waren verhältnismäßig gut erhalten, nur an manchen Stellen hatten die Wasserrinnsale sie unterspült und der Tritt war wackelig geworden. Trotzdem kamen wir schneller als gedacht voran und ließen sie im Handumdrehen hinter uns – für die Wiese.

Je näher wir nun den beiden Türmen und den Nebelschwaden kamen, desto größer wirkte alles, fast übermächtig ragten die Türme bald über uns auf und das leuchtende Auge in ihrer Mitte wirkte riesig und überirdisch.

In respektvoller Entfernung blieben wir schließlich stehen und sahen in andächtige Stille versunken zum Auge der Wahrheit hinauf. Doch die Stille war nur von kurzer Dauer.

Ein Piepen ertönte, laut und sehr eindringlich.

Ich wirbelte herum. Oben schob sich die Wand an Ort und

Stelle und schloss uns damit ... ja was, mit dem Artefakt ein oder aus dem Transaktionssystem aus?

»Die nächste Generation, welche Ehre«, schallte es zeitgleich durch die Luft und ich drehte mich sofort wieder zum Auge um. »Christos, Gwendolyn, Cassidy und Liam stellt mir gerne eure Fragen, ihr habt es euch verdient und ich bin zu gespannt, was ihr zu wissen begehrt. Men first, würde ich heute sagen, Christos brennt seine Frage ja richtig unter den Nägeln.«

Descagar hatte Humor?

»Ja, also ... Was hat mich zum Aquarius gemacht, also wie war das möglich? Und was heißt das jetzt für mich?«, platzte es aus meinem Bruder heraus.

»Das sind zu viele Fragen«, wies ihn die Stimme des Auges scharf zurecht. »Aber die Antwort auf die entscheidende lautet wohl: Du, du allein, hast dich zum Aquarius gemacht. Wenn ich es genau bedenke, hattest du wohl etwas Hilfe, doch auch die hattest du nur, weil du du bist.«

Verwirrt verzog Chris das Gesicht. »Was soll das bedeuten?«

»Es soll bedeuten, dass die Liebe nicht fragt und die Frage – wie immer – auch viel zu spät kommt. Du, mein Lieber, bist genauso Teil der Geschichte wie die anderen, und Geschichte wiederholt sich, nicht wahr?«

»Heißt das, dass jeder Merman zu einem Aquarius evolvieren kann?«

»Nein.«

Hilfe suchend blickte Chris zu uns.

Ich zuckte die Achseln.

»Liam, du bist an der Reihe«, bestimmte das Orakel.

»Wer ist meine Mum?«, fragte Liam leise.

»Ich glaube, das ist nicht das, was du eigentlich wissen willst.«

»Nein?« Liam ballte die Hände zu Fäusten, als müsste er sich zurückhalten. Ich legte ihm beschwichtigend die Hand auf den Arm.

»Nein. Denn wichtig ist nicht, wer dich geboren hat. Wichtig ist, wer du bist. Und für dich ist es wohl wichtig zu verstehen, wo deine Wurzeln sind. Aber das ahnst du bereits, nicht wahr? Du bist ein Nachkomme von Sahr und der Königin von Saba. Das heißt, du hast Blut mehrerer Spezies in deinen Adern – auf jeden Fall der Mermaids und der Djinn –, genau wie dein Vater. Doch es gibt noch mehr, das du bald herausfinden wirst. Da bin ich mir sicher, jetzt da ihr vier hier vor mir steht ... Hab nur noch ein bisschen Geduld.« Das Orakel schwieg kurz. »Du trägst damit nicht nur die Bürde, dein Erbe zu bewahren und deine Blutlinie fortzuführen, sondern hast auch die Wahl, dich dem Schicksal zu stellen und Frieden zu stiften – für alle Erben und Blutlinien.«

Liam wirkte plötzlich unsicher.

»Ich denke, du verstehst nun, dass jedes Wissen mit neuen Dimensionen einhergeht, jede Frage mit Antworten. Willst du noch immer wissen, wer deine Mutter ist? Jetzt? Du kannst dir deine Frage aber auch aufheben«, bot das Orakel überraschend an.

Erstaunen flackerte über Liams Züge.

»Es ist ... ein ungewöhnliches Geschenk von mir. Genau wie der Ratschlag davor, den gab es kostenlos«, fuhr Descagar fort. »Weil du ungewöhnlich bist und ich etwas für die Kuriositäten dieser Welt übrighabe. Und ich mich nicht des Gefühls erwehren kann, dass du beides brauchst.«

»Dann werden wir uns also wiedersehen.« Liam formulierte es als Aussage, nicht als Frage.

»Ja«, sagte Descagar schlicht.

»Gut, ich hebe mir dein Geschenk bis dahin auf.«

»So soll es sein.« Das Orakel blinzelte langsam. »Nun zu dir, Cassidy, was ist es, das du wissen möchtest?«

Nervös knetete ich die Hände. Ich hatte so viele Fragen, aber alle erschienen mir nicht wichtig genug. Wen interessierte jetzt noch, ob Titus ein Vampir war, wie Gwen die Erlaubnis ihres Dads bekommen hatte, die Sommerferien bei mir zu verbringen oder warum Okuza und Shey dieses Jahr als einzige meiner Cousins und Cousinen auf Mermaid Island waren ... Und wollte ich jetzt wirklich wissen, wen ich mal heiraten würde? Was, wenn es nicht Liam sein würde? ... war das kompliziert. Aber eines gab es da doch, das mich brennend interessierte: »Gibt es das Urwesen der See tatsächlich und ist es erwacht?«

»Das, meine liebe Cassidy, sind zwei Fragen. Eden hat wohl vergessen, Christos und dir das Zählen beizubringen.«

»Ja, nun ja ...«, stotterte ich. »Es war ... schwierig, sich zu entscheiden.«

»Das glaube ich gerne. Haben wir nicht alle unzählige Fragen, die uns auf der Seele brennen? Lasse mich dir sagen: Ja, es gibt das Urwesen der See tatsächlich. Es ist dort draußen und wie die für euch alten Geschichten besagen, sinnt es auf Rache. Doch das Urwesen ist nicht das, wovor ihr euch am meisten fürchten solltet.«

»Nicht?!«, stießen Chris und ich gleichzeitig aus.

»... diese Familienähnlichkeit«, tönte das Auge und klang dabei eine Spur amüsiert. »Gwendolyn, was möchtest du wissen?«, überging es unseren Ausruf.

Gwen schwieg, sah auf den Boden und fragte schließlich: »Was bin ich?«

»Das Zünglein an der Waage, fürchte ich«, antwortete ihr das Auge.

»Was soll das heißen?« Gwen griff nach Chris' Hand. »Hat das was mit meinem Traum über den Fisch zu tun?«

»Ja und nein, nehme ich an. Aber wenn du vom Urfisch träumst, dann bist du es wirklich.«

»Wer?«

»Die eine, die Mächtigste deiner Art. Die mit der stets unterschätzten Kraft der Weiblichkeit.«

»Ich?«

»Ja, der junge Aquarius soll gut auf dich aufpassen. Ihr alle solltet gut auf euch aufpassen. Ich fürchte, es stehen dunkle Zeiten bevor.«

»Was soll das heißen?«, kam es von Gwen.

Doch das Auge schloss sein durchscheinendes Lid und schwieg.

Sprachlos standen wir da, jeder auf seine Art unbefriedigt. Keiner war bereit zu gehen, obwohl wir neben noch mehr Fragen auch Antworten erhalten hatten. Chris hatte bestätigt bekommen, dass seine Wandlung etwas mit Liebe zu tun hatte, Liam war an seine Wurzeln erinnert worden und hatte ein Geschenk erhalten. Ich wusste nun sicher, dass das Urwesen ein Riesenproblem war, fragte mich aber, was noch schlimmer als eine Urgewalt sein konnte – unzufriedene Matsya wohl kaum – und Gwen hatte es am härtesten getroffen, wenn sie tatsächlich in Zukunft das Zünglein an der Waage sein würde ... Bei welcher Entscheidung auch immer.

»Wie geht's dir?«, fragte ich sie leise.

»Gut«, sagte Gwen hölzern, gleichzeitig murmelte Liam: »Das war ... unerwartet.«

Chris seufzte. »Ja, gehen wir.«

»Aber wohin?«, warf ich ein. »Die Tür oben ist zu und hier unten sehe ich keinen Ausgang, du?«

»Kommt hierher!«, hörte ich unerwartet Mums Stimme von rechts rufen. Als ich mich in die Richtung drehte, stand Mum wirklich in einigen Metern Entfernung auf ein paar Felsen. Gab es dort einen Geheimgang?

Egal. Die Erleichterung, sie zu sehen und damit sicher zu sein, dass die Challenges vorbei waren, kam von ganz tief in mir und löste den inzwischen schon zu einem Normalzustand gewordenen Druck auf meinen Schultern und überall in meinem Körper. Es fühlte sich so gut an. Meine Lebensgeister übernahmen wieder das Kommando und ich setzte mich als Erste in Bewegung. So kam ich auch als Erste bei Mum an.

»Bitte legt wieder die Augenbinden an«, sagte sie an uns alle gerichtet und reichte uns nacheinander die schwarzen Stoffstreifen. »Sobald wir außerhalb des kritischen Bereichs sind, könnt ihr sie wieder abnehmen. Ich gebe euch dann ein Zeichen.«

Ich sah bei Gwen, die sich die Binde sofort umlegte, wie Mum kontrollierte, ob diese auch richtig saß.

»Ich werde einen nach dem anderen nach draußen begleiten«, erklärte sie. »Bitte wartet, bis ich euch hole. Es wird nicht lange dauern und niemand wird vergessen.«

Damit einverstanden band ich mir meine Augenbinde um. Mein Gesichtsfeld schwand zu purer Dunkelheit, doch im Gegensatz zum letzten Mal, als ich die Binde getragen hatte, spürte ich statt einer negativen eine positive Verstärkung meiner Gefühle. Ich konzentrierte mich auf meine Erleichterung und darauf, dass der Druck in meinem Inneren weg war. Ich ließ mich gar keine Angst mehr darüber empfinden, dass Mum mich nun am Oberarm packte.

»Auf der Blue Bell trefft ihr auch Shenaya und Okuza wieder. Ich bin mir sicher, ihr habt euch viel zu erzählen«, sagte sie, während sie mich mit sich zog.

KAPITEL 38

DONNERSTAG, DER 7. JULI
MERMAID ISLAND/TANSANIA

Cassidy Dell'Aqua

Die Sonne strahlte einmal mehr vom wolkenlosen Himmel, als die Blue Bell Mermaid Island erreichte, und wir strahlten mit ihr um die Wette.

Die ganze Überfahrt lang hatten Okuza, Liam, Gwen und ich aufgeregt über die Erlebnisse des heutigen Tages debattiert. Nur Chris hatte bis jetzt nicht damit herausgerückt, was ihn im Wasser ausgeknockt hatte, und auch Shey war seltsam still gewesen. Die Challenge hatte meine kleine Cousine sichtlich mitgenommen. Uns alle. Aber nachdem wir unter Deck in Neoprenanzüge geschlüpft waren, die Mario immer an Bord hatte, und unser Kapitän eine Runde Coke spendiert hatte, war das vorangegangene Spektakel fast so surreal wie ein schlechter Traum. Und jetzt, da Tante Mahana Shey bereits von den Bohlen des Anlegers aus zuwinkte, wo sie zusammen mit Joyce als Empfangskomitee bereitstand, gewannen auch die Wangen meiner kleinen Cousine endlich wieder an Farbe und Shey forderte frech: »Rückt mal raus mit der Sprache, was hat das Auge der Wahrheit euch denn prophezeit: Wird irgendwer reich und berühmt? Weiß jemand was über Aktienkurse? Oder geht die Welt morgen unter?«

»Äh.« Überrumpelt starrte ich sie an.

»Also das meiste davon wissen wir nicht. Aber ... Zusammengefasst haben wir eine düstere Zukunft prophezeit bekommen mit größeren Problemen, haben noch eine Frage offen – na ja, Liam hat die Frage offen – und ich bin irgendwie eine Geheimwaffe«, fasste Gwen beherzt zusammen. »Ergibt das für dich Sinn?«

»Äh«, machte Shey, sichtlich aus dem Konzept gebracht.

»Dacht' ich mir«, meinte Gwen. »Für mich auch nicht.«

»Nun ... Geheimwaffe klingt doch cool?« Gefasster lächelte Shey sie an.

»Ja-nein, werden wir sehen, würde ich sagen.« Auf Gwens Gesicht fiel ein Schatten.

»Na, eine Geheimwaffe wäre ich auch gern«, befand Shey. »Das kann jedenfalls nie schaden.«

»Wir haben angelegt«, meldete sich Marios Stimme über die Lautsprecheranlage der Jacht. »Und sind gleich bereit für den Landgang!«

Alle jubelten, besonders Liam, Gwen, Chris und ich, weil wir gleich an den Strand gehen wollten. Einfach nur Sonne tanken, faul auf Strandtüchern liegen und im Meer baden; genau das, was Ferien eigentlich beinhalten sollten. Nur Mum war unbeeindruckt von der allgemeinen Euphorie. Sie stand etwas abseits an der Reling und hatte ihr Handy am Ohr. »Vauc Gül?«, fragte sie gerade.

Moment ... War das nicht Sinas Nachname? Ich spitzte die Ohren, während sich in meinem Bauch Aufregung ballte. Zuerst das mysteriöse Telefonat mit Titus' Dad und jetzt dieses ...

»Wie komme ich denn zu der Ehre? Unsere Familien haben ja seit Jahrzehnten nicht mehr miteinander gesprochen.« Mum klang unangenehm überrascht. Sie hielt inne. »Oh, wie gestohlen?« Ihre Stimme hörte sich plötzlich belegt an, die Geste, die sie mit der freien Hand machte, um Joyce zu winken, sah fahrig aus. »Das alte Matsya-Artefakt wurde gestohlen? Wie konnte das denn passieren?!«, zischte sie. »Ihr hattet eine Aufgabe, eine einzige und ihr habt sie verbockt?« Sie horchte.

Ich ebenfalls, doch ich konnte nicht verstehen, was entgegnet wurde. Mum hatte ihr Telefon zu leise gestellt.

»Ich rufe gleich zurück, dann sprechen wir ausführlicher darüber«, fauchte sie noch, dann nahm sie das Handy vom Ohr und steckte es ein. »Willst du nicht von Bord gehen wie die anderen?«, wandte sie sich an mich.

Ertappt sah ich mich um. Tatsächlich waren nur noch wir beide übrig. Ups. Egal. »Alles ... Ähm ... Okay?«, fühlte ich mich bemüßigt zu fragen.

Mum seufzte. »Ich denke, es wird wieder in Ordnung kommen, ja. Ich werde mich ... drum kümmern.«

»Wenn ich dir dabei helfen kann«, bot ich sofort an.

»Nein, nein, schon gut, Cassidy.«

»Chris hat mir das von den Matsya erzählt u–«

»Ich hab alles im Griff«, fiel Mum mir harsch ins Wort. Sie sah irgendwie abgekämpft aus.

»Okay«, murmelte ich deshalb und entschied, dass heute wohl nicht der richtige Zeitpunkt war, um gewissen Dingen auf den Grund zu gehen.

»Okay«, echote sie. »Geht ihr mal lieber an den Strand und genießt die Sonne. Morgen kannst du vielleicht Joacim anrufen und ihr könnt ein paar Ausflüge für die nächsten Wochen planen, was meinst du?«, fragte sie aufgesetzt munter.

»Mhm«, machte ich. »Ja, war so mit ihm abgesprochen. Also ...«

Mum verschwieg mir eindeutig etwas. Wahrscheinlich eine ganze Wagenladung voll etwas. »Guter Vorschlag«, sagte ich trotzdem, weil wir es heute wohl alle verdient hatten, den Rest des Tages unsere Ruhe zu haben.

»Na prima, dann komm!«

Gemeinsam stiegen wir die Stufen nach unten, gingen durch den Bauch der Jacht und traten schließlich aus der Tenderluke der Blue Bell auf den Steg und von dort aus an Land zu den anderen.

»Alles hergehört«, tönte Mum. »Der Endstand der diesjährigen Mermaid Games lautet: Ein Punkt für Okuza und Shenaya, drei Punkte für Christos und Gwendolyn und vier Punkte für Liam und Cassidy. Unumstrittene Sieger sind damit Liam und Cassidy!«

»Wuhuuu!«, rief Shey.

»Glückwunsch.« Mahana nickte.

»Nice, Mann.« Chris klopfte Liam auf den Rücken.

»Liam und Cassidy, ihr dürft für den Rest der Woche Essenswünsche äußern«, sagte Joyce.

»Und euch für alle einen Ausflug überlegen, den ich sponsere.«

»Danke Joyce, danke Mum.« Ich lächelte beide an.

»Gerne.« Mum nickte. »So, ich verabschiede mich jetzt in Richtung Mermaid Castle. Will jemand im Geländewagen mitfahren?«

»Ja, ich«, meldete sich prompt Okuza.

»Ich auch«, schloss sich Shey ihrem Bruder an.

»Und ich sichere mir den letzten Platz.« Joyce zwinkerte in die Runde. »Mahana und Mario? Denkt bitte an den Videocall heute Abend, damit wir mit den Hochzeitsvorbereitungen im Zeitplan bleiben.«

Die beiden nickten.

»Sag mal, Joyce, hast du hier irgendwo Badetücher versteckt?«, fragte ich sie noch schnell. »Wir wollen schwimmen gehen und ein bisschen am Strand chillen.«

»Ich hab welche!«, rief Mario. »An Bord der Blue Bell. Wenn ihr mir versprecht, dass ich sie wiederbekomme, kann ich euch sogar eine Box mitgeben, da ist auch ein bisschen Musik drauf. Und ich hab irgendwo bestimmt auch noch vier Wasserflaschen.«

»Sehr cool!« Gwen nickte begeistert. »Asante sana.«

»Das wäre großartig«, stimmte ich zu, »dann müssen wir nicht erst heim, sondern können gleich zum Strand.«

»Okay, ich geh das kurz alles holen.« Mario verschwand im Inneren der Jacht. Mahana lächelte ihm hinterher und wir verabschiedeten Mum, Okuza, Shey und Joyce.

Mit einem ganzen Korb voll Handtücher, Getränke und sogar Knabberkram in der Hand kehrte Mario zurück.

»Du bist ein Lebensretter!«, lobte ich, nachdem er ihn mir übergeben hatte.

»Finde ich auch.« Mahana trat zu ihm und gab ihm einen Kuss. »Viel Spaß«, wünschte sie uns.

»Danke, euch auch«, sagte ich zum Abschied, als die beiden Hand in Hand über den Steg gingen und auf der Blue Bell verschwanden.

»Also dann«, meinte Chris, »lasst uns zum Strand aufbrechen, wir können uns ja direkt in Hafennähe ein gutes Plätzchen suchen. Ich glaub, ich mach in der Sonne gleich erstmal ein Schläfchen, ich bin echt erledigt.«

»Gute Idee«, stimmte Liam zu. »Da bin ich dabei.«

»Let's go!«, rief ich fröhlich und schwenkte den Korb, als wäre er die Flöte des Rattenfängers von Hameln. Immerhin schien er eine ähnliche Wirkung zu haben, denn die anderen folgten mir aus dem Hafen und den Strand hinauf, bis wir zu einer Palme kamen, die mir besonders gut gefiel.

Dort, halb im Schatten für Gwen und halb in der Sonne

für uns anderen, breiteten wir die Handtücher aus. Während Gwen ihres noch arrangierte und anschließend im Korb herumkramte, ließen Chris, Liam und ich uns einfach auf unsere Tücher plumpsen und schlossen fast zeitgleich die Augen, um eine Runde zu dösen.

Tat das gut.

Einfach nichts tun.

Einfach nichts fürchten.

Ich genoss die warmen Strahlen auf meiner Haut, grub die nackten Zehen in den Sand vor meinem Handtuch und lauschte dem sanften Rauschen des Meeres, bis ich mich ganz leicht und entspannt fühlte.

Irgendwann richtete ich mich auf und entdeckte, dass Gwen auch wach war. »Was liest du da?«, fragte ich sie.

»Hab ich im Korb gefunden.« Sie hielt mir das Cover des Buchs entgegen.

»Aha.« Es war eindeutig kein Sachbuch über Architektur, was sie sonst in letzter Zeit las; außen auf den Covern waren seit Neuestem heiße Architekten mit Schmalzlocke und aufgeknöpftem Hemd. Das würde zwar Gwens Architektur-Besessenheit erklären, erschien mir aber doch unwahrscheinlich.

»Was, das Buch ist gut!«, verteidigte sie es.

»Bestreite ich ja gar nicht.«

»Aber du hast dieses Augenbrauen-hochzieh-Ding gemacht«, flüsterte sie anklagend.

»Gott bewahre.« Ich lachte leise. »Das?« Ich zog eine Augenbraue hoch.

»Genau das meine ich. Tsss«, machte sie gespielt missbilligend.

Ich lachte wieder. »Also, was ist das für eine Geschichte?«

Ich nickte zu ihrem Buch hin. »Ein Buch mit Happy End oder ein Buch mit Hindernissen oder ein Buch mit Herz. Oder all-in-one.« Ich wackelte wild mit den Augenbrauen.

»Tsss«, machte Gwen wieder.

»Ein Buch über Schlangen?«

»Ha ha.«

»Also ich würde es viel ehrlicher finden, wenn sie was Konkreteres aufs Cover schreiben würden, als diese ganzen schnulzigen Worthülsen-Titel.«

Ungläubig schaute Gwen mich an. »Wer, bitte, will Spoiler? Und seit wann bist du Expertin für Buchtitel?«

»Wie würde dieser Sommer heißen, wenn er ein Buch wäre?«, fragte Liam mit vor Schlaf rauer Stimme dazwischen.

Ich grinste breit. »Hier geht's ab.«

Er lachte leise.

»Siehst du, im Buchtitel-texten bist du lausig«, rief Gwen.

»Na ja, ich hätte da schon noch ein paar richtig gute auf Lager. Besonders für das Cover von diesem Buch.«

»Ja?« Gwen musterte mich zweifelnd. »Lass hören.«

Ich grinste breit. »Na ja, ich dachte da an Shey und was sie vielleicht vorschlagen würde. Zum Beispiel so was wie: Im sexten Himmel. Mit x, du verstehst? Oder: Auf Wolke Sex.«

»Was?!«, quietschte Gwen und lachte nun selbst los. »No way! Kein Mensch kauft Bücher mit solchen Titeln«, meinte sie keuchend. »Vielleicht solltest du mehr lesen, dann wüsstest du das?«

»Ne, lass mal. Auf den meisten Büchern stehen immer so große Versprechen, wie auf dem.« Ich deutete auf ihr Buch. »Ein Augenblick des Glücks«, las ich, »und dann …«

»Dann?« Gwen musterte mich interessiert.

»Geht erst mal schön alles den Bach runter.« Ich seufzte. »Nachdem es doch so gut werden sollte ...«

»Na-na, bevor es wieder gut wird«, ergänzte meine beste Freundin. »So ist das Leben: Ein Auf und Ab. Und so sind auch Beziehungen. Bücher bereiten dich darauf vor.«

»Wann bist du denn so weise geworden?«, murmelte Chris jetzt schläfrig von rechts.

Gwen und ich verdrehten die Augen und ignorierten ihn.

»Was, wenn ich das nicht will? Das Auf und Ab«, fragte ich sie gedämpft.

»Tja, vor dem Lesevergnügen kannst du dich verschließen, ist ja deine Sache, aber vor dem Leben kannst du nicht davonlaufen. Und linear wird es auch nie sein. Das Leben ist ... ein Glücksspiel, eine Achterbahnfahrt, such dir eine Metapher aus.«

»Mhm.« Ich seufzte.

»Weißt du, was das Gute an unserem Leben ist?«, fragte meine beste Freundin lächelnd. »Wir haben jetzt all die Hindernisse des Sommers hinter uns. Für uns winkt nur noch Sonne, Sand und das Happy End.«

»Meinst du?«, fragte ich hoffnungsvoll und streckte mich.

»Klar. Denn jetzt, nachdem ihr Schlafmützen alle wach seid, mach ich endlich Musik an.«

Keine Minute später tönte ›Girls just wanna have fun‹ aus Marios Mini-Box, die Gwen neben sich aufs Handtuch gestellt hatte.

»Ha ha!«, machte sie triumphierend.

»Das ist auch so ein recycelter Song«, murrte Chris.

»Das nennt sich Songcover und ist sehr erfolgreich. Aber deine Outfits sehen immer sehr ... recycelt aus«, belehrte Gwen ihn eingeschnappt.

»Das nennt sich Vintage«, neckte er sie, während ich grinsend sagte: »Das Original von Robert Hazard von 1979 will echt keiner hören, Chris. Hättest du's mal gehört, würdest du nicht meckern. Cyndi Lauper hat das 1983 voll gerockt!«

»Ookayyy. Seit wann bist du jetzt auch noch Musikexpertin, Cass?«, fragte Chris augenrollend.

»Bin ich nicht, ich bin Gwen-Expertin«, entgegnete ich süffisant. »Und das, Bruderherz, ist ihr absolutes Lieblingslied.«

Chris riss vor Schreck die Augen auf.

KAPITEL 39

DONNERSTAG, DER 7. JULI
MERMAID ISLAND/TANSANIA
Cassidy Dell'Aqua

Eine Sekunde lang sah Chris' Gesichtsausdruck derart ulkig aus, dass ich mir vor Lachen den Bauch halten musste.

Gwen gluckste ebenso.

Selbst Liam wirkte äußerst belustigt. »Tja Mann, direkt ins Mega-Fettnäpfchen getappt, was?«

»Ist nicht so schlimm«, hatte Gwen schließlich Mitleid mit meinem Bruder. »Nächstes Mal vorverurteilst du einfach nicht so schnell?«, schlug sie ihm vor.

Ich grinste.

Chris seufzte. »Wie wär's, wenn wir jetzt ins Meer gehen?«

»Ja, Baden ist eine gute Idee.« Gwen nickte beschwingt, dann sah sie unsicher aus. »Aber was, wenn ich mich wieder verwandle?«

»Du hast dich verwandelt?« Neugierig musterte Liam sie von der Seite. »Deshalb die Frage an das Orakel«, schlussfolgerte er. »Wann? In was?«

»Ja, schon. Vorher. Ich weiß nicht? Deshalb ja die Frage.«

»Verstehe.«

»Also ich glaube, ich hab eine Ahnung«, meinte Chris nachdenklich.

»Ich auch«, stimmte ich ihm zu, »aber Gwen, lass es uns lieber noch mal testen und keine voreiligen Schlüsse ziehen.«

»... aber wenn, wäre es so genial!« Chris fuhr sich aufgeregt durchs sandfarbene Haar.

»Jaja, jetzt krieg dich wieder ein, Romeo. Noch ist nichts bewiesen.«

»Aber, wenn doch?«, fragte Gwen mit neuer Zuversicht.

»Ist es genial! Hör nicht auf Cass!« Chris griff ihre Hand, zog sie vom Handtuch hoch und rief: »Wer als Erster am Wasser ist!« Schon ließ er Gwens Finger los und rannte siegessicher auf die Gischt in der Ferne zu.

»Na warte!« Gwen, deren Ehrgeiz sie keine Herausforderung ausschlagen lassen konnte, war ihm dicht auf den Fersen. Nach den ersten hundert Metern hatte sie ihn eingeholt und die beiden joggten das letzte Stück bis ins seichte Wasser der Brandung.

»Nun aber mal aufgestanden vom Strandtuch«, forderte Liam mich auf.

»Jaja. Bitte keine Eile.« Ich gähnte.

»Bewegung!« Sein Schatten verdeckte die Sonne über mir. »Müde kannst du später noch sein. Nachdem wir die letzten Stunden in der Sonne gebrutzelt haben, können wir alle ein bisschen Abkühlung gebrauchen.«

»Hast ja recht.« Gemächlich rappelte ich mich auf. Schnell ging nach dem Faulsein einfach nicht. Mit dem ersten Schritt torkelte ich prompt gegen Liam, weil mein Kreislauf wohl noch ein bisschen länger faul sein wollte. Instinktiv klammerte ich mich an seine Oberarme. »Uppsss, das war keine Absicht.«

»Mhm.« Es schien ihn nicht zu stören. Sein Blick fand meinen und löste sofort das so vertraute Kribbeln aus. Das, das mich um den Verstand brachte, seit wir uns kannten. Träge entspannte ich meine Hände und ließ sie nach oben wandern. Der Neoprenstoff, der seine Oberarme bedeckte, fühlte sich glatt und heiß unter meinen Fingerkuppen an. Mein eigener Neoprenanzug schien plötzlich viel zu eng zu sitzen.

Ich benetzte meine Lippen mit der Zunge.

Liam verfolgte jede meiner Bewegungen mit den Augen.

»Du hast mich nass gespritzt!« Gwens Quietschen und das Geräusch von auftreffendem Wasser durchbrachen den Moment. »Oh, wehe dir!«

»Das hier ist ein Meer!«, rief Chris amüsiert zurück. »Was hast du gedacht? Dass es trocken wäre?«

Liam grinste.

Ich gluckste. »Komm, lass uns zu ihnen gehen.« Meine Hände sanken an ihm herab und meine linke Hand fand automatisch seine rechte. Als unsere Finger sich miteinander verwoben, war es, als wäre nun auch das letzte Puzzleteil meines Körpers an die richtige Stelle gesetzt worden. Es fühlte sich schön an. Richtig.

Hand in Hand spazierten wir den Strand entlang und saugten tief die Meerluft ein. Kurz schloss ich die Augen, um den Ozean zu riechen, ohne ihn zu sehen. Der salzige Duft des kristallklaren Wassers löste in mir wunderbare Gefühle aus, besonders in Verbindung mit der körperlichen Nähe zu Liam. Ich konnte es jetzt kaum erwarten, mich mit ihm in die Flut zu stürzen.

Ungeduldig zerrte ich an Liams Hand, während ich meine Schritte beschleunigte und uns damit zu Chris und Gwen zog, die sich gerade eine wahre Wasserschlacht lieferten.

Prompt bekam ich unabsichtlich eine gewaltige Dusche ab und ließ Liam los, um zurückzuschlagen. »Oh, oh, oh, jetzt habt ihr das Ungeheuer geweckt!«

Wir lachten, wir spritzten, Gwen und ich fassten uns mittendrin an den Händen und drehten uns, die Füße im knöchelhohen Wasser, die Zehen im Sand, bis unsere Haare frei schwangen und uns schwindelig wurde vor Glück. Ich jauchzte.

Ich war frei, frei, frei.

Endlich frei.

Liam fing mich auf, als ich Gwen losließ und mein Gleichgewichtssinn erneut versagte. »Und jetzt ab, ins Meer!«

»Nicht so bossy, Mister!« Ich pikste ihm mit dem Zeigefinger in die breite Neoprenbrust.

Völlig unbeeindruckt hob er mich ohne Vorwarnung hoch.

»AH!« Ich trommelte mit meinen Fäusten auf jedes Fleckchen Liam-Körper, das ich erreichen konnte. Möwen kreischten über uns, fast als feuerten sie mich an.

Er trug mich mit sich in die Fluten. Und das Leben war fantastisch.

Einfach schön.

Und es wurde noch schöner, als Liam mich im Meer losließ und ich mit dem Po voran die Wasseroberfläche durchbrach und keine Sekunde später ganz von Salzwasser umgeben war.

Mein Haar fächerte sich auf, die Verwandlung setzte ein und endlich war ich ganz ich: eine Mermaid.

Ausgelassen lachend reckte ich den Kopf aus dem Wasser und sah in Liams kaffeebraune Augen.

»Na, Prinzessin der Meere, wie fühlst du dich?« Er trieb neben mir und lächelte mich an.

»Fabelhaft. Müde, aber fabelhaft und jetzt komm her.« Ich streckte ihm meine Hand entgegen.

»Ja?« Seine Augen leuchteten auf. »Wirst du jetzt bossy?«

»Ja«, sagte ich rau. »Komm her, damit ich dich endlich küssen kann so lange ich will.«

Liam schloss auch die letzten Zentimeter zwischen uns. Seine Hand fand meine Wange und seine Lippen streiften meine, als ich aus dem Augenwinkel ein Funkeln sah.

Ich konnte nicht anders, als den Blick auf die Stelle zu lenken. Das schöne Funkeln war keine Reflexion auf der Meeresoberfläche, es war eine Qualle und hinter ihr schwamm ein ganzes Quallenfeld, das immer heller leuchtete, während die kleinen Leuchtorgane an jedem Schirm alles gaben. Das Innere der Quallen schimmerte orangerot, ihre Tentakel schwebten im Wasser bedrohlich auf und ab.

Eine stumme Warnung.

Meine Brust wurde eng und ich drehte meinen Kopf aus Liams Griff, um nach Gwen und Chris zu sehen. Hatte Gwen sich verwandelt? Für Menschen waren Feuerquallen nämlich giftig – aber hier im Indischen Ozean gab es sie eigentlich gar nicht ... Was hatte sie aus ihren heimischen Breiten hierher getrieben?

Und da sah ich sie.

Eine riesige Tsunamiwelle war aus dem Nichts am Horizont aufgetaucht. Sie türmte sich für einen schicksalhaften Moment, in dem ich nur ungläubig starren konnte, auf, zog alles Wasser in Küstennähe zu sich hin und trug offensichtlich bereits über einen längeren Weg vieles mit sich, sogar die Quallen. Bevor ich auch nur die Möglichkeit hatte zu reagieren, schlug sie kurz vor Mermaid Island in einem rasenden Wellenkamm über uns zusammen.

Ich schrie.

Doch es war längst zu spät, oben war unten, alles ging durcheinander und Liam war nicht mehr neben mir ...

LIAM!

CHRIS?

GWEN?!

Und dann wurde alles dunkel.

Das Finale folgt in Band 2 …

Mit den Dell'Aquas, Madhāmās, Al-Ginns,
Vauc Gūls und natürlich Tepes.

ANHANG

Auszug aus der »Geschichte der Djinn« von Sahr, dem Königsmacher

Originaltext datiert auf 901 vor Christus
Überarbeitete Überlieferung, 2020

Lange bevor die Menschen die Erde besiedelten, bevor Ackerbau und Viehzucht möglich waren, bevor der Planet überhaupt wirtlich wurde, gab es bereits die Djinn. Als erste Wesen, die über Verstand verfügten, gingen sie vor 4,6 Milliarden Jahren aus den heißen Feuern der Wolke aus Gas und Staub hervor, die sich am Anbeginn der Zeit zu einer Kugel verdichteten. Flüssige Schichten voll heißen Magmas und glühende Ströme kochender Glut waren ihre Brutstatt. Als erste übersinnliche Wesen besaßen sie, sowie später auch sämtliche Geistwesen, die sich entwickelten – etwa die Ghule –, die Fähigkeit, den jungen Planeten zu bevölkern.

Das Ökosystem der Erde gedieh derweil immer weiter. Im Wasser und auf dem Land entfalteten die Flora und Fauna neues Leben und erlangten vor rund 4,4 Milliarden Jahren langsam ebenfalls, Zelle für Zelle, das Bewusstsein. Heimische Kreaturen begannen unter den Geistwesen zu leben: Die Urwesen der See und des Landes. Salze, Hitze, kosmische Schauer und ultraviolette Sonnenstrahlung schufen von Beginn an eine natürliche Auslese unter ihnen und verliehen den Stärksten enorme Kräfte, vor denen selbst die Djinn Respekt hatten.

Als aber die Oberfläche der Erde immer weiter abkühlte, schwand der natürliche Lebensraum der Djinn. Manche Geistwesen flüchteten sich in tiefe, trockene und heiße Spalten der Erdkruste auf dem Land. Die allerstärksten – heute als Djinn-Art der Marid bekannt – tauchten auf den Grund des Urmeeres, wo Salzwasser, auf mehrere Hundert Grad Celsius erhitzt, wie Atemzüge der Erdkruste in Strömen entwich und mit Mineralien versetzt einen brodelnden Potenzialpool für Reaktivität bildete. Jahrtausende verharrten die Djinn nahe dem Erdkern, in dem Bestreben zu überleben, und die urzeitliche Evolution wurde durch nichts aufgehalten.

Die fortwährenden Veränderungen des Planeten brachten eine Vielzahl neuer Geschöpfe hervor, aus deren biologischem Erbe sich vor 3,5 Milliarden Jahren zuerst die Wasserwandler – Matsya – entwickelten und infolgedessen auch andere Gestaltwandlerstämme, bevor unter der nun schützenden Ozonschicht um die Erde die oberirdische Artenvielfalt der Fauna entstand. Lediglich drei Djinn-Arten überlebten die Wandlung der Erde: die Sila, die gemeinhin als starke, weibliche Dämonen gelten, die Ifrit, fast unbesiegbare Djinn-Krieger und Kriegerinnen mit mächtigem Zerstörungstrieb, und die männlichen Marid, die Anführer unter den Djinn. Doch noch eine andere Art ward zu jener Zeit geboren.

Durch Verbindungen zwischen den Marid und weiblichen Matsya verschmolzen Feuer und Wasser, Erde und Luft und die Nachkommen erhielten die Fähigkeit, in unterschiedlichen Lebensräumen zu überleben. Die Mermaids, wie fortan die neue weibliche Linie genannt wurde, entfalteten jedoch immer spezialisiertere Fähigkeiten im Wasser und hoben sich deutlich von den Djinn ab. Während die männliche Linie der Marid über die nächsten Jahrmillionen wieder erstarkte, das Wasser verließ und zum Wüstenvolk mutierte, wuchs die Population der Mermaids in den Ozeanen an. Was einst eins war, wurde durch Lebensraum und Fertigkeiten getrennt – in Land und Wasser.

Die neue Fruchtbarkeit der Erdflora barg weniger Gefahren, damit höhere Überlebenschancen und machte es schließlich, vor fast 6 Millionen Jahren, möglich, dass aus dem bestehenden Genpool der Gestaltwandlerstämme an Land der Mensch entstand, überlebte und immer mehr Territorium besiedelte. Die Djinn hielten die Menschen für schwach und spielten mit ihnen, bis die Menschen begannen, die Djinn durch List zu unterwerfen, um von ihren Kräften zu profitieren.

Anmerkung (2020): Erst 1047 nach Christus ging die letzte bekannte mythische Art, die Kinder der Nacht, auch Vampire genannt, aus einer Vereinigung der Djinn-Art der Ifrit mit den Menschen in Transsilvanien hervor.

DANKSAGUNG

Schreib das Buch, haben sie gesagt.
Das macht Spaß, haben sie gesagt.
Und das hat es!

Den ersten Band der *Secret Gods* zu schreiben, war einfach toll! Wohl, weil ich das Buch dieses Mal komplett im Alltag geplottet und geschrieben habe und es sich umso mehr wie eine kleine Reise angefühlt hat, zurück nach Sansibar. Der Archipel ist eine paradiesische Inselgruppe, die mich, seit ich sie 2019 mit meiner Familie bereist habe, nicht mehr loslässt. Also ja, dieses Buch habe ich für mich geschrieben, es war wie Laptop aufklappen, Kopf ausschalten und ab ins Abenteuer – fern von Corona und allem, was uns täglich prüft. Aber ich hoffe sehr, dass es auch euch Leser*innen ein Stück magisches Abtauchen, Entspannen, Lachen und Mitfiebern geschenkt hat.

Ein paar tolle Stunden nur für euch.

Bedanken möchte ich mich ganz herzlich bei meiner Freundin Tizia, die nicht nur die begabteste Designerin ist, die ich kenne, sondern die maßgeblich dazu beigetragen hat, dass ich dieses Buch überhaupt geschrieben habe. Im gleichen Atemzug möchte ich Franzi von Thienemann-Esslinger danken, die schon ganz früh an die Idee geglaubt hat. Und meinen beiden Lektorinnen Ute und Stefanie (aka die Satzmagierin) von Thienemann-Esslinger, die es möglich gemacht haben, dass wir jetzt diese Worte lesen. Danke auch ans Marketing- und PR-Team des Verlags für die coolen Aktionen rund um die *Secret Gods*! Außerdem danke ich zwei Autorenfreundinnen: Emily, meiner Bestie, die mir immer-immer-immer wieder Zweifel ausredet, und Stella fürs stella-tastisch sein. Man sagt, es brauche ein Dorf, um ein Kind großzuziehen, aber wir alle brauchen stets einen Kreis von lieben Menschen, die uns unterstützen; besonders wir Kreativen. Deshalb ›Asante sana‹ an meinen Mann, ohne den in manchen Bereichen im Alltag das pure Chaos ausbrechen würde, während ich in Wortwelten unterwegs bin.

Und danke an Valentina, Joana, Viktoria und Chrissy, die es schaffen, dass ich mich äußerlich und innerlich ›bright and shiny‹ fühle. Etwas, das wir alle viel öfter fühlen sollten, weil wir es sind. Ihr seid definitiv etwas Besonderes. Joana, Shey hat ein bisschen was von dir – das meine ich auf die beste Art; Maybe-Baby. Thanks for all our happy moments, I'm looking forward to seeing you.

Auch ein riesiges Danke geht direkt an meine Testleserinnen: Tanja, du Meisterin der ironischen Kommentare, was habe ich gelacht! Kathi, du Queen der fehlenden Buchstaben, Wortwiederholungen und Entwirrung wirrer Schachtelsätze. Ich habe deine witzigen Kommentare geliebt! Vanessa, du Detailjägerin, vielen Dank für den Einblick in die Wort- und Gedankenwelt von Kindern! Und hey, ich bin so was von auch Team Emmet. Jetzt müssen wir nur noch herausfinden, wer ihn zuerst angeleckt hat. Und Tizia, du Up-to-date- und Logikgenie, danke, dass du alles, was outdated war, das große Ganze und das Klein-Kleine im Blick behalten hast! Das war eine fantastische Hilfe. Sonja, danke für all die lieben Worte, immer wenn's um Schreiben geht, sie bedeuten mir die Welt. Aufgrund eures Enthusiasmus sind die *Secret Gods* ein riesiges Stück besser geworden. Und ich lächle und schmunzle immer noch über all eure Voices, Notizen, Kommentare, Zeichnungen, Vorschläge und mehr … Ich lache mir aber auch ein kleines bisschen ins Fäustchen, weil ich schon weiß, was in Band 2 passieren wird.

Da lesen wir uns dann wieder!

Und genau dafür möchte ich mich ebenfalls bedanken: Wie schön, dass du als Leser*in dich für mein Buch entschieden hast. Das freut mich wahnsinnig. Jedes Wort ist mit viel Herzblut geschrieben und wenn es dir gefallen hat, dann lass das gerne andere in einer Rezension wissen und hilf mit, andere Leser auf das Buch aufmerksam zu machen, oder komm zu meiner Community auf Social Media dazu, du findest uns überall unter isabel.kritzer oder einfach Isabel Kritzer und mehr auf www.isabelkritzer.de – don't be shy, würde Sh(e)y sagen! ;)

Von Herzen, Isabel

Kritzer, Isabel
Secret Gods
Die Prüfung der Erben
ISBN 978-3-522-50794-3

Umschlaggestaltung: Giessel Design
unter Verwendung von Bildern von Shutterstock.com: Jag_cz/
Biancardi/hideto999/EllieStark/Jingjing Yan/Onix_Art/Angvara Foto/CJ
Stevenson/Vac1/Potapov Alexander/VR-Virus
Druck und Bindung: CPI Books GmbH, Leck

MIX
Papier | Fördert
gute Waldnutzung
FSC® C083411